マネーロンダリング

橘 玲

幻冬舎文庫

マネーロンダリング

註

本書はフィクションであり、ここに登場する金融機関等は、実名を挙げた一部を除きすべて架空のものである。

これから本書で紹介される、タックスヘイヴン等を利用した税務上の種々のテクニックは、あくまでも著者の想像上のものであり、税法に関するコメントは私的見解である。

読者が自らの責任においてこれらの手法を試みることは自由だが、それが現実に効力を有する保証はない。

また、それによって惹起されるであろういかなる事態に対しても、著者および出版社は一切の責任を負わない。

目次

▼オフショアOffshore Market

国内金融市場（オンショア）から隔離され、非居住者向けに税制などの優遇措置を認めた国際市場。狭義ではタックスヘイヴン。

▼タックスヘイヴンTax Haven

「租税回避地」。法人税・所得税・資産税がないか、実効税率が著しく低い国や地域。

▼マネーロンダリングMoney Laundering

「資金洗浄」。海外の金融機関を使うなどして、アングラマネーを正規の資金に替えること。

第一章　夏、香港

1

二〇〇一年夏、香港。

ヴィクトリア湾に沿って香港島を東西に走る地下鉄・港島線《アイランドライン》を中環《セントラル》駅で降り、皇后像廣場《スタチュー・スクエア》に通じる狭い階段を上ると、排気ガスと粉塵《ふんじん》の混じった海風が吹きつけてくる。

破れかけたビーチパラソルを縁石に突き立て、大衆紙やエロ雑誌を雑然と積み上げたニュースタンド。発泡スチロールの大きな箱に氷水をぶちまけ、さまざまな色の缶ジュースを浮かべた貧相な屋台。けたたましいクラクション。不愉快そうな人波。半ズボンにランニングシャツ姿の真っ黒に日焼けした売り子は、早くも弁当箱を広げ、ぶっかけ飯に食らいついている。

秋生《あきお》はレイバンのサングラスで焼けるような日差しを遮《さえぎ》ると、広場をざっと見渡した。周囲は天を突く高層ビル群。ヴィクトリア湾に浮かぶフェリーの汽笛。高級ブランドがずらりと並んだショーウインドウの前には、上半身裸で、片手にブリキ缶を持ち、舗道を這《は》いずる両足のない乞食が一人。泥だらけの顔から涎《よだれ》を垂れ流し、水飲み鳥のようにヒョコヒョコと通行人に頭を下げている。

ぼけたような白墨《はくぼく》色の空。黄色っぽく膨《ふく》らんだ太陽。肌にまとわりつく強烈な湿気。周囲に林立するビル群の冷房機から吐き出される熱風で、午前中だというのに、じっとしているだけで体中から汗が吹き出してくる。香港の夏は、世界中でも最悪の季節のひとつだ。

狭い広場にはふたつの人工池があり、中国本土から来たらしい観光客のグループがコロニアル風の立法會大樓をバックに記念写真を撮りあっている。近くの金融機関に勤めているのだろう、メタルフレームの眼鏡をかけ、ワイシャツの袖をまくった男たちがブリーフケースを抱えて小走りに公園を横切っていく。噴水のある人工池の傍《かたわ》らで、秋生の目指す相手はすぐに見つかった。

小太りで頭の禿《は》げかかった五十歳過ぎの男と、鼈甲《べっこう》の派手な眼鏡をかけたでっぷりと太った女。男は黒のショルダーバッグを幼稚園児のように肩から斜めにかけ、タオルでしきりに首筋の汗をぬぐっている。不安そうな目であたりを見回しているが、右手は鞄の上に置かれたままだ。「大事なものがこの中に入っています」と大声で叫んでいるような格好だが、平日昼間のセントラルなら、よほど運の悪い奴でもないかぎり、舗道の真ん中で現金を数えていても襲われることはない。在りし日の大英帝国がアジア支配の橋頭堡《きょうとうほ》として育てたセントラルは、いまやウォール街やシティと並ぶ世界有数の金融街だ。

女が着ている派手な柄のピンクのブラウスは、遠目にもはっきりわかるほど、背中から腰にかけて大きな汗の染みをつくっている。けばけばしい化粧からは、どぎつい香水の匂いが漂ってきそうだ。女は苛《いら》ついた表情で、目印と決めていた観光ガイドブックを団扇《うちわ》がわりに使っている。

腕時計を見た。十一時ちょうど。あの二人は、この炎天下の中、約束の時間の三十分も前から待っていたに違いない。

秋生は太子大廈《プリンス・ビル》の狭いファサードがつくったわずかな日陰に身を寄せると、しばらくの間、二人を観察していた。さっきから何度も時計を見ていた女が、男に向かって何事か文句を言っている。男は答えるのも面倒臭そうに物憂《ものう》げに手を振ると、近づいてくるビジネスマン風の男を縋《すが》るような目で見詰めた。二人は、秋生が日本人であること以外は、年齢も風貌も性別すら知らない。連絡をとる方法もない。大金の入った鞄を抱え、指定された場所に突っ立って、お上りさんよろしくガイドブックを手に、声をかけてもらうのを待つほかない。約束の時間を少しでも過ぎれば、不安でいてもたってもいられなくなるはずだ。

十一時五分ちょうど。これ以上待たせると、怒り出す客が出てくるギリギリの時間。こいつらなら大丈夫だと判断した秋生はすたすたと二人に近づくと、声をかけた。

「佐藤さんですか？」

呼ばれた男は、驚いた顔で秋生を見た。それも無理はない。「香港在住のFA（ファイナンシャル・アドバイザー）」と聞けば、普通はオーダーメイドのスリーピースや黒のアタッシェケースを想像する。そこに、濃紺のTシャツに白のサマージャケット、チンピラのようなサングラスをかけた、二十代と言ってもおかしくない男が現れれば誰だってびっくりする。秋生は今年で三十四歳になったが、いつも実際よりずっと若く見られた。

「工藤です」

秋生がそう挨拶《あいさつ》すると、男はようやく、探していた相手が現れたことに気づいたらしい。ショルダーバッグの外ポケットから鰐革《わにがわ》の名刺入れを取り出し、「はあ、よろしくお願いします」と間の悪そうな顔で挨拶した。大粒の汗が浮かぶ首筋には一八金の太いネックレス。ゴルフ焼けした毛深い腕には安物のダイヤを埋め込んだロレックス。思わず眉をひそめたくなる格好だが、成金《なりきん》の街・香港にはぴったりだ。この街では、どんなに金があることを見せびらかしても、誰も軽蔑《けいべつ》したりしない。

男の名刺には西日本の地方都市の住所と「株式会社佐藤工務店　代表取締役社長」の文字が太い活字で印刷されていた。秋生はそれをチラッと眺めると、そのままジャケットの胸ポケットに突っ込んだ。客の素性が田舎の土建屋夫婦とわかれば、それで充分だ。当然、自分の名刺は渡さない。そうしたくても、もともと名刺などないのだが。

「パスポートは持ってきてもらえました？」

「ええ。持っとります」

土建屋は不安気な目つきで答えると、隣にいる女房にちらっと目をやった。

「奥さんも大丈夫ですか？」

女は小さく頷《うなず》くと、猜疑《さいぎ》心《しん》の強そうな金壺眼《かなつぼまなこ》で秋生を睨《ね》めつけ、「あのー……」と口を開きかけた。流れる汗で厚い化粧が剝《は》げ、近くで見ると般若《はんにゃ》の面のようだ。

「じゃあ、時間がないので行きましょうか」

秋生は女の問いかけを平然と無視すると、大通りに向かって歩き出した。土建屋が慌ててその後を追い、憮然《ぶぜん》とした顔の女房がそれに続いた。

「いやあ、香港は暑いですなあ。かないませんわ」

土建屋は吹き出す汗をタオルでぬぐいながら馴《な》れ馴《な》れしく話しかけてきたが、秋生から何の反応も得られないとわかると、おどおどした顔で女房を振り返った。女は女で、「あたしは騙《だま》されないわよ」という形相で秋生の背中を睨《にら》みつけていた。

セントラルの中心街を東西に走るデ・ヴォー・ロードを、トラムの愛称で知られる二階《ダブル》建て《デッカー》の路面電車が金鐘《アドミラルティ》方向にのんびりと進んでいく。片側二車線の車道には、車体全体に派手な広告を塗りたくられたシティバスや、ミニバス・マキシキャブなどのマイクロバス、ドアに大きく「的士」と描かれたタクシーが溢《あふ》れ、それぞれが勝手にけたたましいクラクションを鳴らしている。排気ガスとスモッグで、遠くの景色が鈍く霞《かす》んで見えた。信号が青に変わっても、何台かの車がかまわず横断歩道に突っ込んでくる。歩行者たちはそれを器用にかわすと、何事もなかったように道を渡っていく。

通りの向かい側が、香港上海銀行の本店ビルだ。

香港上海銀行は、地元では「滙豊銀行《ウイホン》」と呼ばれている。「滙豊」というのは、なんでも金の儲《もう》かる縁起のいい言葉らしい。櫓《やぐら》に似た外観から「油田基地」の愛称で知られるその本店ビルは正面に獅子《しし》の像が据えられ、グランドフロアからレベル5までが吹き抜けになっている。大胆な吹き抜けは、金があることを見せびらかしたい香港人には必須の建築様式だ。

香港上海銀行本店はイギリス最大の金融コングロマリットHSBCグループの旗艦《きかん》店舗で、十八世紀から続く大英帝国による東アジア植民地経営の象徴でもある。共産中国の誕生によって上海からは叩き出されたものの、同じ大英帝国の植民地銀行であるスタンダード・チャータード銀行とともに、発券銀行として、通貨を発行する中央銀行を持たない香港の金融制度を支えてきた。その後、中国銀行香港支店が発券銀行に加わり、香港には三種類の紙幣が流通するようになったが、いまでもその八割は獅子の描かれた香港上海銀行印刷のものだ。

この発券業務から吸い上げる利益は莫大《ばくだい》なもので、HSBCは香港第二の恒生《ハンセン》銀行を傘下に従えるだけでなく、その巨額の資金を使ってイギリスやアメリカの中堅銀行を次々と買収し、世界規模の金融グループをつくりあげた。一九九七年に香港が中国に返還されることが決まると、さっさと株式をイギリス市場に上場して資本を移転させ、その一方では、中国の開放政策に乗って悲願だった上海への再進出も実現した。香港の金融機関としては、日本では規模・知名度ともに抜群で、そのためこの銀行に口座を持ちたいという奇特な人間が跡を絶たない。

ビル中央のエスカレータでレベル3に上がると、香港ドルと外国通貨のリテール・カウンターが吹き抜けを挟んで両側に位置し、正面にATMが置かれている。エスカレータでさらにひとつ上がるとそこがレベル5で、個人理財中心《パーソナル・ファイナンシャル・センター》と表示された口座開設窓口がある。まだ午前中ということもあって、客はほとんどいない。

秋生は受付で、新規顧客担当のベティを呼び出した。徹底したコネ社会である香港では、何をするにも知合いを通す必要がある。彼らにとって、自分のコネクションとは無関係な一《いち》見《げん》の客は道端の石ころと同じだ。

「ハイ、アキ。久しぶりね。チャンさんは元気？」

奥のオフィスフロアからやってきたベティは、広東語訛《なま》りの英語で秋生に挨拶した。紺の地味な制服には、びしっとアイロンがあててある。白のブラウスには、無論、染みひとつない。このくそ暑い香港で、長袖のブラウスを着て仕事できることこそが、彼女たちのステイタスなのだ。

「こっちは相変わらず。チャンのところにはこれから顔を出すつもりだよ」

秋生はおざなりに返事をすると、土建屋夫婦をベティに紹介した。

おかっぱ頭のベティはかたちばかりの営業スマイルを浮かべ、客の二人を一瞥《いちべつ》すると、「口座開設の際にコピーが必要になるのでパスポートを預からせてください」と早口の英語で言った。二人はかろうじて「パスポート」という言葉だけは聞き取れたようで、女がルイ・ヴィトンのバッグから二人分のパスポートを取り出すと、「ほんとうに渡してもいいのか」という顔で土建屋を見た。男ははじめて威厳らしきものを見せ、鷹揚《おうよう》に頷いてみせた。ド田舎の土建屋なら、こうやって黙って頷いているだけで仕事が進んでいくのかもしれない。気に入らないことがあれば、手下を怒鳴りつければいいのだろう。しかしここ香港では、わけもわからずに頷いていれば、好きなように毟《むし》られるだけだ。

ベティは女からパスポートを受け取ると、エレベータの脇に置かれた応接スペースに秋生たちを案内した。ここで、口座開設の下準備をするのだ。

香港上海銀行ではずっと、担当者が新規口座開設を希望する顧客と向かいあって、一項目ずつ説明しながら口座開設申請書《アプリケイション・フォーム》に必要事項を記入させていたのだが、最近になってようやく手続きがコンピュータ化された。それでも、片言の英語すら話せない日本人にはハードルが高いことに変わりはない。そこに、秋生のようなサポート屋のニーズが生まれる。秋生がちょっと手伝ってやるだけで、ベティは言葉の通じない人間相手に虚《むな》しくしゃべり続ける手間を省くことができ、客はわけのわからない英語で問い詰められ、恥をかかなくて済む。日本人と香港人の共存共栄というわけだ。

香港人には小柄な女が多いが、ベティはその中でも背が低く、おまけにガリガリに痩《や》せているので、コピーを取りに行く後ろ姿を見ると中学生に間違えかねない。だが、香港では金融機関で働くのはエリートであり、ベティもイギリスで高等教育を受けていておそろしくプライドが高い。まかり間違っても英語すらしゃべれない顧客に奉仕しようなどとは思わず、彼女たちが尊敬するのは白人の上司と、香港の大学を卒業した超エリートの男たちだけだ。

広東語を母語とする香港では、英語も中国語（普通話）もともに外国語だ。中学でどちらを勉強するかによって、学業のコースは英文中学と中文中学に大きく分かれる。英文中学に進んだ生徒たちは、互いにクリスチャンネームの愛称で呼び合うようになる。キリスト教系の学校では牧師が生徒の名付け親になったようだが、いまではどんな名前にするかは完全に個人の自由で、その名前が身分証明書に正式に記載される。若い香港人は、親が付けた名前を捨て、ほとんどがクリスチャンネームだけで済ませている。ベティもその一人で、丁重に挨拶する時は、中国名ではなく、「ミス・エリザベス」と呼びかけなければならない。秋生は日本人のくせに英語を話すことと、口座に一〇〇万香港ドルを超える預金残高を維持していることで、ベティの記憶の片隅に名を留めることに成功していた。

二人をロビーの椅子に座らせると、秋生はベティから渡された口座開設のリーフレットをテーブルに広げ、さりげなく時計を見た。十一時十五分。タイムリミットまであと一時間と少し。リーフレットには、英語と中国語でそれぞれの口座についての説明がびっしりと書き込まれている。秋生はその隣に香港上海銀行の白紙のレターヘッドを置き、ジャケットの内ポケットから取り出したモンブランの万年筆で今日の日付を書き込んだ。

香港上海銀行本店の豪華なフロアに連れてこられた土建屋夫婦は、いきなりベティに英語でまくし立てられ、意味不明のリーフレットを見せられて、この場の雰囲気に完全に気圧《けお》されていた。秋生が銀行のカスタマーサービスと親しげに言葉を交わした時点で、正体不明の怪しげな男に対する最初の疑念はきれいに消え失《う》せていた。秋生はカウンターの向こうの広いオフィスフロアを指差し、おもむろに二人に伝えた。

「これから、あそこにあるベティのブースに行って、お二人で口座開設の手続きをしてもらいます。手続きは簡単で、彼女の質問に答えると、その情報がコンピュータに打ち込まれていきます。質問には、必ず本人が答えなくてはなりません。最後に、プリントアウトされた用紙にサインすれば手続きは完了です」

ここで秋生は、ゆっくりと二人に顔を向ける。二人とも、縋るような目で秋生を見ている。いきなり高慢そうな香港人スタッフの前に放り出されることになって、頼る人間は目の前にいる男しかいないということを思い知らされたのだ。後は完全に依存させ、言うとおりに動くようにすればいい。

鬱陶《うっとう》しい視線を無視し、秋生は努めて事務的に説明を始めた。

「日本国内からアクセス可能な香港上海銀行の口座にはプレミア・アカウントとパワー・バンテージ・アカウントのふたつがあります。今回は、そのいずれかに口座をつくっていただきます。口座開設に必要な情報は、お二人の名前、生年月日、職業、パスポートナンバー、自宅と職場の連絡先だけです。手続きが終われば、この場でATM用のキャッシュカードと香港ドル建ての小切手帳を受け取れます。香港ドルの普通預金、当座預金、定期預金のほか、外貨預金口座も同時に開設できるので、日本円や米ドルで預けておくことも可能です。ただし、香港に居住していない人は、クレジットカードをつくることはできません。口座管理は、テレフォンバンキングとオンラインバンキングを使って日本から行ないます。香港ドル口座に残高があれば、PLUSのネットワークに接続された日本国内のATMから日本円で現金を引出すこともできます。何か質問はありますか？」

二人は、口をぽかんと開けて秋生を見ている。日本語であるにもかかわらず、言われたことがまったく理解できないのだ。

「あのー、個人でも当座預金が開けるんですか？」

自分の腕ひとつで商売をしてきた人間らしく、土建屋がかろうじて「当座預金口座」という単語に反応した。

「欧米の銀行では、個人向け小切手の発行は当然のサービスです。ただし、日本と同様に、当座預金口座では金利がつきません。香港ドル建ての小切手は、あまり利用する機会がないと思いますが」

秋生はそう答えると、女房のほうに目をやった。先ほどの猜疑心とは打って変わって、表情には尊敬の念が浮かんでいる。たいていの人間は、自分がまったく理解できないことは、徹底的に拒絶するか、盲目的に信用するか、どちらかしかできない。土建屋夫婦は、ここで秋生を拒絶すれば、香港までのこのこやってきたことや、ショルダーバッグに詰めた現金がすべて無駄になってしまうことを思い知った。だとすれば、残された道は信じることしかない。

「プレミアっていうのと、パワー・バンテージはどう違うんですか？」

男がまた、おずおずと質問した。秋生は、吹き抜けの向こう側に見える、ホテルのロビーのような豪華な応接スペースを指差した。

「プレミア・アカウントの顧客は、あの席に座ることができます」

二人が「ほうっ」という顔で、富裕層顧客専用フロアを眺めた。入口の脇には無料のドリンク・バーが置かれ、コーヒーや中国茶のほか、クッキーなどの軽食も並べられている。応接スペースの奥は広い個室になっており、そこで金持ちたちが専属スタッフを呼び出して資産管理の相談をする、という仕掛けだ。

「どちらのアカウントにも最低預金残高は定められていませんが、ある一定の残高を下回ると懲罰的な手数料が口座から引落とされます。プレミア・アカウントの場合、その残高は一〇〇万香港ドル。現在、一香港ドルが約一五円ですから、日本円で一五〇〇万円くらいですね。そうするとこういうカードが発行されて、あそこのソファにふんぞり返って、コーヒーを飲みながら道行く貧乏人たちを見下ろすことができる、というわけです」

秋生は自分の財布から、箔《はく》付け用のプレミア・アカウントのカードを取り出すと、さり気なくテーブルに置いた。二人はまた「ほうっ」という顔でそのカードを見た。

「もうひとつのパワー・バンテージは、毎月の維持手数料《メインテナンス・フィー》のかからない最低残高が二万香港ドル、日本円にして約三〇万円です。一〇万香港ドル、約一五〇万円の残高があれば、年間二五〇香港ドルの口座手数料《アカウント・フィー》も無料になります。で、今回はどのくらい入金される予定ですか？」

土建屋が膝《ひざ》に置いた鞄に目をやって、

「あのう、なんせ初めてなもんで、とりあえず一〇〇万円くらい預けてみようかと……」

と答えた。女房が隣で、小さく頷いている。

「わかりました。それでは、今回はパワー・バンテージで口座開設しましょう。では、これから質問される内容を説明します」

「あのう……」

土建屋がおずおずと口を挟んだ。

「日本に帰ってから、金を送ることもできますか？」

「もちろん」

「だったら、一五〇〇万円預けることもできると思うんですが……」

これまでの秋生の経験では、客の半分は、単なる見栄のためにプレミア・アカウントを持ちたがった。もともと、命の次に見栄が大事という香港人のためにつくられた口座だから、成金のプライドをくすぐるようにできてはいる。だが、管理も満足にできない人間に分不相応な口座を持たせると、後が面倒だ。秋生はここで、はじめて笑顔を浮かべた。

「でも、プレミアの顧客になっても、小うるさい香港人の担当者がつくだけですよ。日本で暮らす方なら、パワー・バンテージで充分です。もしどうしてもと言うんなら、ちょっと使ってみて、馴れた頃にアップグレードしましょう」

「そうよあなた、この方のおっしゃるようになさい」

すっかり秋生の信者になった女房が、すかさず夫を叱責《しっせき》した。

土建屋がぶすっとした顔で、「じゃあ、お任せしますわ」と口を尖《とが》らせた。

秋生がこれまで出会った顧客の中には、中小企業の経営者や一流企業のサラリーマンですら、自分の住所や電話番号、生年月日を正確に英語で表記できる人間はほとんどいなかった。カードやステイトメント（残高明細書）の誤配などのトラブルを避けるためには、あらかじめ客から必要な情報を聞き出して、スペリングしてやる必要がある。

土建屋夫婦は訊ねられるままに自宅住所や電話番号などの個人情報を答え、それを秋生が、香港上海銀行の無地のレターヘッドに英語で書き取っていく。国際電話の場合、日本の国番号「81」の後に、局番から「0」を除いた番号を記入しなければならない。英文の住所は日本とは逆に、マンション名や番地から始まり、郵便番号と国名で終わる。イギリスの植民地だった香港は日付も英語表記なので、「日・月・年」の順になる。米語ではこれが、「月・日・年」に変わる。したがって、月の表記は数字ではなく、必ずアルファベットでスペリングしなければならない。こんなことは国際社会では常識だが、大半の日本人は中学校から十年以上も英語を勉強してきて、それすらも知らない。

勤務先の会社も英語表記にしなくてはならないのだが、田舎の工務店に英文社名があるはずもないので「Sato Inc.」で済ませ、男の肩書きを「CEO」、妻を「CFO」にした。職種は「Building Company」だ。

「あのう、CEOって何でしょう?」

土建屋が決まり悪そうに、小声で尋ねた。

「チーフ・エグゼクティブ・オフィサー。最高経営責任者、つまり社長のことです」

「じゃあ、CFOは?」

女房も、自分の肩書きの意味が気になるらしい。

「こちらはチーフ・ファイナンシャル・オフィサーで最高財務責任者。財務や経理のトップということです」

二人が「ほうっ」と顔を見合わせた。

「昼休みになったら担当者が出かけてしまうので、ちょっと急ぎましょう。午後からは別の用件があるので、お付き合いできません」

秋生はわざとらしく時計を見ながら、冷たく言い放った。こいつらの無駄話に付き合っている暇はない。

現在、十一時三十分。香港の株式市場は前場《ぜんば》が午前十時から十二時半、後場《ごば》が午後二時半から四時。金融機関の昼休みもそれにあわせて十二時半から始まるが、土建屋夫婦がそんなことを知るはずもない。昼休みといえば十二時から一時が万国共通だと勝手に思い込んでいる。実際にはまだ一時間の余裕があるが、本人たちにとっては、残り時間は三十分しかないと宣告されたのと同じだ。二人の顔が、さらに青ざめる。

先ほど受け取った名刺を見ながら会社の住所・電話番号を記入して、一通りの作業は終わった。

「手続きの最後に、サインの登録を求められます。英語と日本語、どちらにしますか？」

秋生にそう問い掛けられて、土建屋夫婦は「えっ」という表情をした。これまでの人生において、サインなどほとんどしたことがないのだから当たり前だ。パスポートで本人確認する欧米の金融機関の場合、一般に、サインはパスポートのものと一致していることが要求される。しかし香港上海銀行では、口座管理用に登録するサインはどのようなものでも構わない。実印と銀行印のような関係だ。

秋生は、二人の前に無地のレターヘッドを置いた。

「ここに、英語のサインを二回、書いていただけますか？　それと、いちおう日本語のサインも」

いったん登録したサインと同じサインができないと、入金した金が動かせなくなる。思ったとおり、不器用なローマ字で書かれた土建屋のふたつのサインは、似ても似つかないものだった。女房の場合は逆に、中学校の英語教科書にでも出てきそうな丁寧な筆記体で、これでは誰でも真似できてしまう。簡単に偽造できるサインは、金融機関で使用を拒否される。

「お二人とも、英語のサインは使わないほうが無難ですね。それでは、こちらの日本語のサインで登録してください」

土建屋夫婦は疑いもせずに、秋生の指示に素直に頷いた。

準備が終わると、ベティに合図して二人を彼女のブースまで連れていく。口座開設に必要な個人情報を英文で記入したレターヘッドをベティに渡し、「よろしく」とだけ伝えて、秋生は応接スペースに戻り、ウォールストリート・ジャーナルのアジア版を広げた。ほんとうは二人に同席してもいいのだが、いっしょにいるといろいろと細かなことを訊ねられて面倒なのだ。秋生がいなければ、ベティはかたちだけの質問をしつつ、レターヘッドに書かれた情報をただコンピュータに打ち込むしかない。土建屋夫婦といえば、何を聞かれているかもわからず、ただニヤニヤ笑いながら頷くだけだ。必要なことはあらかじめ秋生がすべて確認しているのだから、これで何の問題もない。作業は平和的かつ効率的に進んでいく。

口座開設フォームへの入力が終わると、ベティが手を挙げて秋生を呼ぶ。ここで秋生は、プリントアウトされた申請書の紹介者欄に自分のサインをしなければならない。香港上海銀行のプレミアやパワー・バンテージは、同じ口座を持つ紹介者がいないと新規の口座開設ができない。これが、香港に知合いのいない日本人の口座開設希望者が、秋生のような人間にサポートを依頼しなくてはならないいちばんの理由だ。秋生が最後に署名するのは、自分の口座番号と本名を客に知られたくないからだった。「工藤秋生」というのはよく言えばペンネーム、要するに偽名だ。

香港上海銀行のシステムは日本の金融機関よりもずっと進んでおり、手続きが終わると、その場でキャッシュカードとPIN、小切手帳が発行される。PINはパーソナル・アイデンティフィケイション・ナンバーの略で、キャッシュカードを使う時の暗証番号だ。口座維持手数料などの形式的な説明を聞いて、手続きは無事終了する。

「あのう、日本から持ってきた金はどうすればええんでしょう？」

ベティの味気ない営業用スマイルに送られてブースから追い出された途端、不安そうに土建屋が訊ねてきた。せっかく日本から大金を運んできたのに、ここで見捨てられたのでは困るのだ。

「口座ができたので、次は下に行って、日本円を入金する方法と、香港ドルや米ドルに両替する方法をお教えします。その後で、ATMでの出金・入金と小切手の使い方を覚えてください」

秋生がそう答えると、安心したのか、土建屋は持っていたタオルでゴシゴシと顔を拭った。女房のほうは、そんな夫を無視して、生まれてはじめて手にする外国銀行のキャッシュカードと小切手帳を見てガキのようにはしゃいでいる。

秋生は二人を、レベル3のリテール・カウンターに案内した。正面のATMコーナーに向かって左手が香港ドルの普通・当座預金窓口、右手が定期預金や外貨預金などの窓口になっている。

「日本から持ってきた現金は、香港ドルのほか、米ドル、ユーロ、ポンドなど主要十二通貨で口座に入金することができます。基本は同じなので、ここでは、香港ドル、円、米ドルの三種類の入金方法を覚えてください。口座の最低預金額は二万香港ドルなので、ちょっと余裕をもって、とりあえず四〇万円を香港ドルで入金してみましょう」

そう言って二人をインフォメーション・カウンター横のブースに連れていくと、秋生は無

地のレターヘッドを取り出して、

「Please deposit this into my savings account.」

と大書した。

「デポジットは〈預金してくれ〉、セイビングス・アカウントは〈普通預金口座〉です。これで、〈この現金を香港ドルに両替して普通預金口座に入金してくれ〉という意味になります。ちょっと発音してみてもらえますか？」

「ぷりーず、でぽじっと、でぃす、いんとぅー、まい……」

二人はおまじないのように、秋生の書いた英文を繰り返し唱えた。

「じゃあ、あそこのカウンターに行って、四〇万円の現金とキャッシュカードを窓口に渡して入金してきてください」

「えっ」という表情で、土建屋が秋生を見た。「いっしょについてきてくれないのか？」と必死に目で訴えている。こういう時は女のほうが覚悟を決めるのが早いのか、「しっかりしなさいよ」とばかりに夫の袖をつかんでカウンターに引っ張っていく。

ほんの三十秒ほどで、入金手続きは終わった。カウンターに日本円の現金とキャッシュカードを置けば、用件を聞くまでもなく、日本人顧客の入金依頼に決まっている。土建屋がニコニコしながら、秋生のところに戻ってきた。生まれてはじめて外国人相手に話した英語がうまく通じたと思ったのだろう。これで四〇万円が約二万七〇〇〇香港ドルに両替されて口座に入金された。

「次は、向こう側の外貨預金窓口に行って、日本円と米ドルで預金してみます。残金は六〇万円ですから、それぞれ三〇万円ずつでいいですか？」

二人はわけもわからずに頷く。

「基本はいまと同じです。現金とキャッシュカードを出して、最後を〈ジャパニーズ・エン・アカウント〉に変えれば、そのまま円口座に入金されます。〈USダラー・アカウント〉なら米ドル預金になります。じゃあ、まずは奥さんがドル口座に入金してきてください」

女は素直に「はい」と返事すると、夫から三〇万円を受け取り、さっさとカウンターに歩いていく。その後を男が、慌てて追いかける。円入金とドル入金をいっしょにやらせると窓口で確認を求められ、答えられずにおろおろすることになるので、両替は必ず一通貨ずつでなくてはいけない。ドル円レートは一ドル＝一二〇円だったので、約二五〇〇ドルが米ドル口座に入金された。

次に窓口を変えて、同じ要領で、土建屋が最後の三〇万円を円口座に入金した。戻ってきた男が、不思議そうな顔をしている。

「明細もろうたんですが、七五〇円引かれてるみたいなんですが、何でっしゃろ」

「香港ドル以外の外貨を両替せずに窓口で入金する時は、〇・二五パーセントの受取手数料が発生します。円を香港ドルや米ドルに替える時は為替手数料がかかりますから、その代わりということです」

説明を聞いても、二人は「そんなもんか」と不審気な表情をしている。どんな商売にせよ、他人に何かを頼んだら、それに応じて金を取られるのは当たり前だ。日本から運んできた円をそのまま円口座に入金されても、銀行には何のメリットもない。金を預かるのもサービスであり、面倒なことを依頼すれば手数料を取られて当然なのだ。

ともかく、右も左もわからない土建屋夫婦が日本から持ってきた一〇〇〇万円の現金は、こうして円口座三〇〇万円、米ドル口座二五〇〇〇ドル、香港ドル口座二万七〇〇〇ドルに収まった。

少し離れたところで、土建屋夫婦が何事か小声で相談している。男が意を決したように秋生に近づくと、

「もう少し金を持ってきておるんですが、何で預金したらええんでしょうか?」

と訊ねた。これも、秋生が予想していたとおりだ。

「円預金にしておけば為替リスクがないかわりに、現在は金利もつきません。米ドル預金は、

日本の銀行でドル預金するのと同じことです。三パーセント程度の金利がつくかわりに、円高になれば元本を割る場合もあります。香港ドルは米ドルに一ドル＝七・八香港ドルでペッグ（釘付け）されているので、為替リスクは米ドルと同じです。ただし金利は、九七年のアジア通貨危機以降、米ドル預金よりも若干高くなっています。香港の銀行は利子所得に課税されないので、金利収入が目的なら、米ドルか香港ドルがいいんじゃないですか？」

日本国内の金融機関で外貨預金をすると、問答無用で、利子に対して二〇パーセントが源泉徴収課税される。海外の金融機関なら、こうした源泉徴収はない。したがって、同じ米ドル預金でも香港やアメリカ、オフショアの銀行を利用すればパフォーマンスは二〇パーセント高くなり、これが複利で増えていくと数年で大きな差がつく。しかも、このリターンは日本国に税金を納めないことから生まれるものだから、何のリスクもなければ努力もいらない。だからこそ、多少でも目端の利いた人間は、資産に課税されない海外の金融機関を利用して外貨預金をするのだ。

だが、土建屋夫婦は黙って顔を見合わせているだけだ。素人はみなそうだが、「元本を割る」という言葉に引っかかっているのだ。そこで秋生は、彼らの不安を解き放ってやる。

「いったん口座に入金してしまえばいつでも外貨に両替できますから、とりあえず全額を円口座に預金しておくという選択もあります」

二人はもはや秋生の完全なコントロール下に置かれているので、タイバーツだろうがシンガポールドルだろうが、どんな通貨に両替させることも可能だが、そんなことで遊んでいるほど暇ではない。

「なら、円で預けときます」

土建屋がほっとしたように言った。

「いくら入金しますか?」

秋生が訊《き》くと、土建屋はショルダーバッグを肩からおろし、口を開けて中を見せた。帯封を巻いた一〇〇〇万円の束が四つ。二人は今回、五〇〇〇万円の現金を香港に持ち込んだというわけだ。

外為法(外国為替管理法)によれば、海外旅行にともなう現金の持出しや持込みは一人一〇〇〇万円までに制限されている。夫婦二人なら届出免除の現金持出しは二〇〇〇万円が限度だ。それ以上は、税関に資金の性質や使途を申告しなくてはならない。もちろん、土建屋夫婦が税関に「これから五〇〇〇万円を香港に持っていきます」と申告しているわけはない。当然、外為法違反だ。

とはいえ、土建屋夫婦が日本のどんな法律に違反していようが、秋生には何の関係もない。だいたいこの外為法規定はザル法で、五〇〇〇万円程度なら、たとえ運悪く見つかっても、

「結婚記念に女房と香港で豪遊するんですわ」とでも言って申告してしまえばいいだけだ。税務署は、税金の取れない金には興味を持たない。トラブルになるのは、持ち出すのが裏金で、本人が税務調査の対象になっている場合だけだ。

秋生は素早く金額を確認すると、外為窓口の担当者を呼んで、「日本円で四〇〇万円を入金したいからカウントしてくれ」と依頼した。担当者は奥からもう一人会計係を呼んでくると、手分けして現金を数え始めた。香港上海銀行本店といえども日本円札の自動カウンターは持っていないので、手作業で数えなくてはならない。客の少ない午前中を選んでも、入金額が大きければ、この作業にとんでもない時間がかかる。秋生は、現金の確認作業を約五分と踏んだ。時計を見ると十二時十五分。急がないと時間がない。

「現金を数えている間、奥さんにATMの説明をしておきましょう」

そう言って、女をATMカウンターに案内する。

「先ほど受け取った、PINの書かれた封筒を出してもらえますか？」

女がバッグから小さな四角形の紙を取り出し、「これでいいのか」という目で秋生を見た。

「封筒のミシン目を破ると中に六桁の数字が書いてあります。それが、キャッシュカードの暗証番号です。最初に、その番号を変更してもらいます。封筒をなくして暗証番号がわからなくなったというトラブルがずいぶんあるからです」

女は感心したように頷いている。

「絶対に忘れない六桁の数字はありますか？」

そう訊ねると、しばらく考えて、

「それなら、夫の生年月日にします」

と答えた。どうせ個人名義でも会社名義でも、すべてのキャッシュカードやクレジットカードの暗証番号を夫か自分の生年月日で統一しているのだろう。

キャッシュカードをATMに挿入すると、最初にPINの入力を要求される。ここで、封筒に書かれた番号を入力するとメニュー画面が現れる。そこから「PIN変更」を選択すれば、自由に暗証番号を変更することができる。女は疑いもせずに、秋生の見ている前で、暗証番号を夫の生年月日に変えた。

「ATMの使い方は日本とほぼ同じですが、普通預金と当座預金の振替ができるのと、入金のやり方が少し違います。まず、残高確認を押していただけますか？」

女が残高確認の実行キーを押すと、画面にふたつの口座番号が現れた。ひとつの口座残高は二万七〇〇〇香港ドル、もうひとつは残高ゼロだ。

「ATMには、香港ドル口座の普通預金と当座預金の残高が表示されます。口座番号の末尾〈833〉が普通預金、〈001〉が当座預金です。現在、普通預金口座にしかお金は入っていません。では画面を戻して、一〇〇香港ドルを出金してみてください」

女が出金画面で普通預金口座を選択し、「一〇〇」と入力して実行キーを押すと、ATMから香港上海銀行の一〇〇ドル札が吐き出された。中央銀行の存在しない香港では他にスタンダード・チャータード銀行と中国銀行が発券した紙幣も流通しているが、当然、香港上海銀行のATMからは自行の紙幣しか出てこない。女は、ATMから取り出した一〇〇ドル札を見て、「まあっ」と驚いている。

「次は、この一〇〇ドルを入金してもらいます。入金画面を選んで、金額を入力してください」

女が入金画面で普通預金口座を選択し、同じく「一〇〇」と入力して実行キーを押すと、今度は一枚のレシートと空の封筒が出てきた。女はどうしたものかわからず、当惑した顔をしている。

「複数の紙幣が流通する香港では、ATMは日本のような自動入金システムになっていません。入金する場合は、この封筒に現金と入金金額の記載されたレシートを入れて封をし、ATMに放り込んでおきます。入金できるのは紙幣か小切手で最高二十枚まで。コインは不可です。すべての封筒はその日のうちに回収され、中に入っているレシートと紙幣が突き合わされて、問題なければ翌日には記帳されます。入金した直後に口座残高に反映されるわけではありませんから、必ず控えを取っておいてください。帰国される直前に、余った香港ドル紙幣を空港のATMから入金しておけばいいでしょう」

女はまた「まあっ」という顔をして、いそいそと封筒に一〇〇ドル札とレシートを入れ、封をした。

「それでは次に、普通預金口座から当座預金口座に二〇〇〇香港ドルを振替えてみてください。これもやり方は簡単で、振替画面で振替元を普通預金口座、振替先を当座預金口座にして、金額を指定するだけです」

女が言われたとおりにすると、当座預金口座に二〇〇〇の数字が表示された。女は三たび「まあっ」という顔をした。

ATMの説明を終える頃、土建屋が入金票を片手にやってきた。受取手数料一万円を引かれて、入金金額は三九九万円。これで土建屋夫婦は、日本から持ってきた五〇〇万円を全額無事に香港上海銀行の口座に入金したことになる。

秋生は二人を、もういちど応接スペースに連れていった。

「では最後に、小切手の使い方をお教えしておきましょう。今回の謝礼は三万円のお約束ですが、日本円をいただいても仕方ないので、私宛に二〇〇〇香港ドルの小切手を書いてください。それを私が銀行に持っていくと、翌日には当座預金口座から、先ほど振替えていただいた二〇〇〇香港ドルが引落とされます」

秋生は女から香港上海銀行の小切手帳を受け取り、日付と金額、およびサインする場所を教えた。金額は英文と数字の二種類で記入する必要があるので、ここでもレターヘッドにスペルを書いてやる必要があった。小切手には宛先も必要だが、そこは空欄にしておいた。もちろん、偽名の「工藤秋生」では口座に入金できないからだ。

「会社名義の口座に入金したいので、宛先は書かなくてもいいです」

そう言うと、土建屋は何の疑問も持たず、指示に従った。

「これで手続きはすべて終わりです。テレフォンバンキングとオンラインバンキングの方法はこのマニュアルにまとめてありますから、日本に帰ってから試してみてください。テレフォンバンキングは操作方法が面倒なので、できればインターネットを使ってください。アクセスに必要なPINは両方とも同一で、一週間以内に自宅に郵送されてくるはずです。キャッシュカードの暗証番号とは違いますから注意してください」

秋生はそう言って、ジャケットの内ポケットから自作のオンラインバンキング・マニュアルを取り出して土建屋に渡した。

「ついでに、日本国内のATMから香港ドル預金を日本円で出金する方法も書いてあります。今回預けた預金をどうしても引出す必要が生じたら、外貨口座の資金を香港ドル口座に振替えてください。ただし、日本国内のＡＴＭでは一日の引出し限度額が一万香港ドル相当、約一五万円で、為替手数料とは別に出金手数料が二五香港ドルかかりますから、緊急の場合以外は使わないほうがいいでしょう」

ここで、わざとらしく腕時計を見た。十二時二十五分。ぎりぎりのタイミングだ。

秋生は長々と礼を言いたそうな土建屋夫婦を制して、「それではよいご旅行を」と笑顔で声をかけると、踵《きびす》を返してエスカレータを駆け下りた。

エスカレータの中段あたりで振り返ると、二人が深々と頭を下げているのが見えた。

2

香港上海銀行から皇后像廣場とは反対のクイーンズ・ロード側に出ると、目の前に香港最大の財閥・長江《チョンコン》実業の巨大な本社ビルと、シティバンクの香港拠点が入居する高層ビルが見える。その左手には、中国銀行香港支店が威容を誇示し、周囲を睥睨《へいげい》している。風水師たちがこのビルを「剣」に見たて、その切先《きっさき》が香港総督邸に向けられていると騒いだため、返還前の香港は時ならぬ風水論争に揺れた。この中国銀行ビルから発せられる邪気を払うため、セントラル界隈《かいわい》にはガラス張りのビルが増えたとも言われる。

中国銀行は共産党政権成立以前の中国の中央銀行だが、現在はその座を中国人民銀行に奪われ、外為専門の国有商業銀行となっている。しかしそれは形だけのことで、その香港支店は中国政府による香港経営の拠点であり、香港に進出する中国系企業のメインバンクとして君臨すると同時に、傘下に多数の大陸系金融機関を抱え、巨大なコングロマリットを形成していた。

香港上海銀行の西隣の重厚な建物がスタンダード・チャータード銀行。南アフリカのスタンダード銀行とインドのチャータード銀行が合併して生まれた、これまた典型的な大英帝国の植民地銀行だ。ただし企業規模ではＨＳＢＣグループに大きく差をつけられ、現在では新興諸国（エマージング・マーケット）専門銀行として生き残りの道を探している。

セントラルのヴィクトリア湾側、九龍《カオルン》に渡るスターフェリーの埠頭《ふとう》には、阿片商人ジャーディン・マセソンに由来する香港最大の証券会社ジャーディン・フレミングの高層ビルが威容を誇っている。もう一人の創業者ロバート・フレミングは００７シリーズの作家イアン・フレミングの祖父として知られるが、彼もまた新大陸に投資した資本家の一人である。しかし、大日本帝国の中国侵略を絶対に許さない香港人たちもイギリスによる植民地支配には寛容で、そんなことを話題にする人間はほとんどいない。

セントラルから少し南に歩くと、世界のブランドを集めた大型ショッピングセンター置地廣場《ランドマーク》にぶつかる。昼休み前でまだ人通りの少ない道路を足早に渡り、交差点を左に折れてゆるやかな坂を登ると、そこから先が洒落《しゃれ》たカフェバーやレストラン、ジャズバーやライブハウスが軒を並べる蘭桂坊《ランカイフォン》だ。王家衛《ウォン・カーウァイ》の映画『恋する惑星』の舞台になったことで、この一帯もすっかり有名になった。週末の夜ともなれば、カクテルグラスを手にした若者たちが狭い路地に溢れ、立錐《りっすい》の余地もなくなる。目指すのはその中の一軒、店の前で派手に国旗をたなびかせているイタリア料理店だ。

ウェイティング・バーに凭《もた》れて手持ち無沙汰にしていたウェイターの李《リー》に声をかけると、窓際の奥の席に案内された。フロアのインテリアは白を基調にシックにまとめられ、カウンター越しに厨房の様子が見えるようになっている。フロアの奥に、映画『カサブランカ』を気取ってグランドピアノが置かれている。ただし、このピアノが用をなしたのは開店から一ヶ月くらいの間だけだ。それ以降一年以上、触れる人もないまま、店の片隅にひっそりと鎮座している。秋生が案内された席はこのグランドピアノの脇で、他の席からはパーティションで仕切られた格好になっている。

ランチタイムは十二時からだが、客はまだ誰もいない。店主のカルロが一人、バーカウンターの隅で、その巨体を所在なげにスツールに押し込んでいる。秋生を見ると、カルロはニヤリと笑い、冷えたキールをワンショット、ウェイターに命じた。店の中は驚くほど強烈に冷房が効き、寒いくらいだ。

湿気の多い亜熱帯性の気候の香港では、クーラーこそが最高のもてなしだと信じられている。高級な店になればなるほど室内の温度は下がり、客は四〇度近い外気からいきなり極寒《ごっかん》の地に引きずり込まれることになる。香港人ビジネスマンの最高のステイタスは、真夏にスリーピースを着て仕事をすることだ。その結果、猛暑の中でもジャケットを手放せなくなる。うっかり軽装のまま店に入ると、きまって冷房病で気分が悪くなる。

「どう、最近は？」

秋生はキールの礼にかたちだけ乾杯すると、カルロに訊いた。カルロはイタリア系のアメリカ人で、祖父母の代にトスカーナから新大陸に渡ったのだという。もともとは米系の金融機関の香港駐在だったのだが、日本から数年遅れて香港にもイタリア料理のブームが到来すると、何を思ったかいきなり脱サラしてこの店を開いた。厨房にいるのは香港人のコックだが、開店から一年くらいはニューヨークのリトルイタリーからシェフを招いて味付けを叩き込んだので、香港では珍しく、本格的なトスカーナ料理が食べられる。

「アキ、なぜアマゾンは上がらない。書籍部門は黒字に転じたぞ。なんかスカッとするような面白い株はないのか？」

カルロは苦虫を噛《か》み潰《つぶ》したような顔で、酒を呷《あお》った。店は繁盛しているが、カルロの悪癖は株に夢中になることで、インターネット株にいれあげて店の利益の大半を吹き飛ばしてしまっていた。カルロはアマゾン・コムの創業者であるジェフ・ベゾスこそがビル・ゲイツを継ぐ成功者になると信じて疑わず、この一年で二〇万ドル以上を注ぎ込んだはずだが、一時は一〇〇ドルを超えていた株価も、いまでは十分の一の一〇ドル台まで暴落してしまった。しかしカルロはそれにも懲りず、秋生が昔、投資銀行にいたことを知ってから、顔を合わせるたびにマーケットの話をするようになった。

「PCCWなんてどうだい？　もうこれ以上、下がりようがないだろう」

「ケッ、しょせん不動産屋の馬鹿息子じゃないか」

カルロはそう言うと、中指を突き立てた。香港市場のインターネット株でも、ずいぶんやられたらしい。

パシフィック・センチュリー・サイバーワークス（PCCW）は、華僑《かきょう》の大立者である長江実業の李嘉誠《リ・カシン》の次男、リチャード・リーが設立したベンチャー企業で、旧香港テレコムの買収に成功し、ソフトバンクや光通信と同時期に一躍ネット時代の寵児《ちょうじ》になった。九七年に東京・八重洲の旧国鉄用地を落札したのもこのリチャード・リーだ。しかしそのPCCWも二〇〇〇年春のITバブル崩壊の逆風をモロに食らって、株価は三〇ドルから三ドル以下へ、こちらも十分の一以下に転落した。

長江実業グループは流通業や港湾事業などを手広く営む華人財閥最大のコングロマリットだが、元はといえば、創業者である李嘉誠が香港フラワーで儲けた金を注ぎ込んで始めた不動産開発業者である。香港の土地はすべて政府所有で、それを民間のデベロッパーが長期リース契約で借り、開発を請け負う。こうした不動産業者が、政治と密接に結びついて、巨大な利権を形成しているのだ。簡単に言うならば、香港経済は、ＨＳＢＣ（イギリス資本）、長江実業（華人資本）、中国銀行（中国資本）の三者によって支配されている。政官財の癒着《ゆちゃく》ぶりは、日本の比ではない。

秋生はカルロの愚痴《ぐち》を無視して、ウェイターの李にメニューを持ってこさせた。今日は白身の新鮮な魚が入荷しているから食ってみろ、と言う。とはいえ、街の鮮魚店に吊るされているのは見たこともない魚ばかりだ。

その頃には、近くの金融機関から欧米人たちのグループが次々とランチを食べに集まってきた。みんな、カウンターにいるカルロに向かって、「調子はどうだい？」と声をかけている。カルロはそれには答えず、ぶつぶつ文句を言いながら重い腰を上げると、コックたちを叱咤《しった》しに厨房に消えていった。株もいいが、その前に稼がなくてはならない。カルロの店のランチは人気で、十分もたたないうちに席はすべて埋まり、店の前に行列ができた。

秋生は、ジャケットの内ポケットからメモ代わりに使っていた香港上海銀行のレターヘッドを取り出した。そこには、先ほど口座をつくってやった田舎の土建屋夫婦の個人データが書き込まれている。口座開設手続きが終わった後に、ベティから取り戻しておいたものだ。生年月日、パスポートＩＤ、自宅や勤務先の連絡先。それに、無地のレターヘッドに書かれた二人のサイン。

次に秋生は、彼らから受け取った小切手を眺めた。二人には思いもよらないだろうが、小切手の左下には一列の数字が打ち込まれており、その一部が口座番号を示している。秋生はジャケットの内ポケットから万年筆を取り出すと、レターヘッドにその六桁の口座番号を記入した。男の生年月日を数字にすると、キャッシュカードの暗証番号になった。これだけのデータが揃《そろ》い、おまけにサインまであれば、銀行の通帳と印鑑を赤の他人に渡しているようなものだ。

あの土建屋夫婦は、あと何回か、現金を持って香港にやってくるだろう。入金する金額は、二〇〇〇万円か、三〇〇〇万円か。事業の規模からいって、一億ということはないだろう。

――その金が突然、口座から消えた時、あの二人は俺のことを思い浮かべることができるだろうか？

秋生は自問した。

もし仮に秋生を疑うだけの知恵が働いたとしても、「工藤秋生」などという人間はこの世に存在しないのだから、調べようがない。それとも、口座開設申請書を銀行から取り寄せて、紹介者欄に書かれた本名と口座番号を確認できるだろうか？

もちろん、彼らが奇跡的にそこまで辿《たど》りつけたとしても、秋生の居場所を突き止めるにはまだまだ長い道のりが必要だ。

この半年あまり、香港に現金を運んでくる日本の建設業者が急に増えてきた。地方の土建業は、公共事業の大幅縮小でどこも青息吐息のはずだ。十年を超える不況の中、特定の業者だけ金回りがいいなどという話は虫が良すぎる。

最初に会った時から、この土建屋夫婦もまた計画倒産が目的じゃないかと秋生は見当をつけていた。小渕政権時代に、自民党は、長年の支持基盤だった自営業者・中小企業経営者への手切れ金として、各地の信用保証協会を使って五〇〇〇万円までの無担保融資をつけてやった。もちろんほとんどの経営者は、その金でなんとか事業を継続しようと努力しただろう。しかしその一方で、もはやこれ以上頑張っても無駄だと諦《あきら》め、口座に振り込まれた資金を現金で引出し、海外の金融機関に持ち込んだうえで、不渡りを出して会社を倒産させる奴らが出てきた。

今回のように、現金を直接、海外に運べば、その跡を追うことは不可能だ。会社を潰してしまえば、よほどのことがない限り、税務署は興味を持たない。銀行にしても、元金の八割は国が保証してくれるのだから、残りは担保でなんとかなる。借金を押し付けられた信用保証協会からは厳しく責められるかもしれないが、税務当局と違って強制調査権のない彼らには隠し資産を見つける手立てはない。そのうえ、会社経営の失敗による自己破産申請なら裁判所は二つ返事で免責を認めてくれるから、一ヶ月も頭を下げていればすべての借金はチャラになる。あとは、国内では地味に暮らし、時々海外に出かけては、隠してある金で豪遊すればいい。その金は日本国からチョロまかしたものだから、なんら良心の呵責《かしやく》を感じることもない。なんと言っても国家は、好き勝手に紙幣を印刷することができる特権を持っているのだ。儲かるはずもない商売を続けて借金を膨らませ、首をくくるよりもずっと気が利いている。

だがそんな悪賢い奴らも、自分の銀行口座を他人が自由に動かせるなんて、想像すらできないだろう。せっせと運んできた金が忽然《こつぜん》と消え失せた時、あの強欲そうな二人はどんな顔をするだろうか?

そこまで考えると、秋生はもう、二人のことに興味をなくしてしまった。窓から外を眺めると、閑散としていた街が、いつの間にかワイシャツ姿のビジネスマンやOLたちで溢れている。『恋する惑星』に出てきたハンバーガー・ショップに行列ができている。いちど食べただけで、二度と行く気はなくしてしまったが。

秋生はテーブルの上に置いたメモを手に取ると、ぐしゃぐしゃに丸めて灰皿の上に載せた。ウェイターの李からライターを借りてメモの端に火をつけると、残りのキールをあける前に、跡形もなく燃え尽きて灰になってしまった。


十二時四十分過ぎに、メイ・リンが店に駆け込んできた。

「ごめん。また遅刻しちゃった」

はあはあと息を切らしながら腰掛けると、ハンカチも使わず手の甲で額に流れる汗を拭う。今日のファッションは、身体のラインを思い切り強調した丈の短いブルーのキャミソール。素足に銀色のパンプス。先月の誕生日にパシフィック・プレイスのブランドショップで買わされたが、お揃いのストールと合わせて五〇〇〇香港ドルもした。しかしもっと驚いたのは、その値段よりも、下着としか思えないその格好が外出着と聞いた時だ。そのペラペラの布切れは、触れただけでちぎれそうな細い紐《ひも》で、かろうじてメイの形のいい乳房を隠していた。背中のあたりにうっすらと汗が浮いて、肌が透けて見える。

メイの身長は一七〇センチちかくあり、スレンダーな肢体《したい》はモデルとしても充分に通用した。夏は、小麦色の肌と自慢のプロポーションを見せつけられる最高の季節だ。街を歩けば、ほとんどの男が振り返る。それが何であれ、プライドが高くなければこの街では生きていけない。

メイは高校を卒業すると、親戚のいるカナダに渡り、国籍を取得するために二年ほどバンクーバーの中華料理店で働いて、中国返還の九七年に香港に戻ってきた。香港は二重国籍を認めているので、中国共産党政権を嫌う香港人たちの間で、カナダやオーストラリアなど移民に寛容な国に短期間移住し、国籍を取得することが流行した。メイもそのうちの一人で、大学は出ていないものの、二年のカナダ暮らしの間に、それなりに英語が話せるようになった。ただし、興奮してくるとすぐに広東語に切り替わる。

「今日は魚が美味《うま》いって言ってたけど」

メニューをメイに見せると、ウェイターを呼んだ。

「どうしようかなあ。白身魚だったらソテーかムニエルだよね。久しぶりにステーキもいいなあ。ねえ、アキはどうする？」

「俺はいつものパスタ。魚料理を頼むんなら一皿でいいよ」

トスカーナ料理は内臓の煮込みなどでつくった濃厚なソースが特徴だが、さすがに昼からそんなものは食えない。最近はクリームソースやカルボナーラも胃にもたれるようになって、けっきょく、塩と唐辛子で味付けしたシンプルなパスタを選ぶことになる。

メイは、やってきたウェイターに機関銃のような早口で注文を伝えていく。広東語でしゃべり出されると、何を言っているのかさっぱりわからない。

　香港人の中には広東料理しか食べない人間も多いが、メイはカナダにいる間にすっかりアメリカナイズされ、週に一回は中華料理以外のものを食べないといられない。見栄っ張りの香港人の間では、最近、日本食とイタリア料理が人気だ。回転寿司の店も、この数年でずいぶん増えた。

「ねえ、今年こそいっしょにカナダに行こうよ。スキーのシーズンなら最高だよ」

　メイはバッグからストールといっしょに観光旅行のパンフレットを取り出すと、「バンクーバー&カナディアンロッキー　七泊八日九八〇〇ＨＫ$」というツアーのページを開いた。思い切ったショートカットが、広い額と生意気そうな茶色の瞳によく似合っている。

「そんなこと言ったって、休み取れるのかい？」

「大丈夫。今からチャンさんに頼んでおくから」

　チャンはこのあたりのちょっとした顔役で、上環《ションワン》で私書箱サービスの会社を経営している。秋生はそこに自分宛の郵便物を送らせていて、週に一度は顔を出すようにしている。カナダから戻ってきたメイは、親のツテでチャンの事務所で働くようになった。頭の回転が速く、英語を話せるメイはたちまち仕事を覚え、事務所を仕切るようになった。

メイはどういうわけか、香港に来たばかりで右左も満足にわからない、職のない日本人に興味を持ったらしい。彼女は二十三歳で秋生より一回りちかく年下だが、この街で生活するための教育係として、休みのたびに彼をあちこち連れまわした。

メイに限らず、香港の若い女は、日本のファッション雑誌や芸能メディアに夢中だ。東京ディズニーランドや原宿・六本木のことなら秋生よりずっと詳しい。芸能人の話題なら、話し相手にもなれない。香港政府の役人の娘として何不自由なく暮らしてきたメイにとって、日本人の男と付き合っているほうが友だちに自慢できるのだろうと秋生は納得した。

「カナディアンロッキーのアイスフィールド・パークウェイをアキと二人でドライブしたいな。氷河が目の前まで迫って、とっても幻想的なの。まだ行ったことないけど」

雪が降ることなど未来永劫あり得ない土地に生まれた香港人は、雪と氷に閉ざされた世界に異常な興味を示す。

「バンクーバーに二年もいたんだから、いくらだってカナディアンロッキーに行く機会はあっただろ？」

「そんなこと言ったって、働いてた中華レストランの休み、一ヶ月に一日しかなかったんだよ」

メイは頰《ほお》を膨らませた。澄ました顔が、思い切りあどけない雰囲気になる。こき使われたことが、よほど腹に据えかねるのだろう。

中国返還直前には、国籍を取得しようとする香港人が大挙してカナダに押し寄せたため、労働条件は最悪になった。超エリートである香港大学の卒業生でも、芝刈りの仕事しかなかったという時代だ。中華レストランに働き口があっただけ、メイは恵まれていたほうだ。

「だから、あたしは絶対、アキといっしょに氷河を見たいの。アキはどうせ暇だから、今年は絶対、チャンさんに八日間の休みをもらうわ。でも、クリスマスの時期になると飛行機代が高くなるからなあ」

チャンの事務所は、メイがいないと回らない。メイ自身も、そういう立場が気に入っている。けっきょく、いつも二泊三日の休みすら取れはしない。

メイは食事の間中、カナディアンロッキーがいかに素晴らしいところか、しゃべり続けた。バンフの最高級リゾートであるスプリングス・ホテル、エメラルド色の宝石と言われるレイク・ルイーズ、ジャスパーへと向かうアイスフィールド・パークウェイ。北半球最大のコロンビア大氷原は、地球温暖化のために、年一・六メートルのスピードで後退しているそうだ。ムースやエルク、ビッグホーンシープなどの動物たちも続々と登場してくるらしい。

メイはけっきょく、ソーセージのパスタと白身魚のソテーをきれいにたいらげ、食事の後はタルトとティラミスのドルチェまで出てきた。

「あたしが見る前に、氷河がなくなっちゃったらどうするの？　悔しくて、一生後悔するよ」

秋生はエスプレッソを飲み終えるまでに、三回くらいカナダに行った気分になった。

3

カルロの店を出ると、客のところに届け物があるというメイと別れ、クイーンズ・ロードでマキシキャブをつかまえた。香港島の中心街にはよく知られた二階建ての城巴《シティバス》のほか、赤屋根の公共小型巴士《ミニバス》と緑屋根の専線小巴《マキシキャブ》が隈《くま》なく走り回っている。どちらも同じマイクロバスなので、秋生は最初、その違いがまったくわからなかった。

マキシキャブはふつうのバスと同じだが、運行ルート上であれば、どこからでも乗れるし、どこで降りても構わない。近距離を移動する時には、非常に便利な乗り物だ。もうひとつのミニバスは、バスというよりも乗合タクシーのようなもので、目的地は決まっているものの、運転手との交渉次第でルートは自由に変更される。ただし、運転手は広東語しか話さないので、間違って乗り込むと車内で立ち往生することになる。

ミニバスのシステムを知らなかった秋生は、はじめて乗った時、運転手に何を聞かれているのかわからず、乗客から白い目で見られたあげく、すぐに降りろと怒鳴られた。その話を後日、メイにすると、腹を抱えながら、彼が受けた無法な扱いの理由を教えてくれた。

「だいたい、香港に来ている外国人がミニバスに乗ろうとするなんて聞いたことないわ。広東語がわからなくておろおろしていれば、福建かどっかの田舎者だと思われるに決まってるじゃない。香港人は、福建の人がそばにいると貧乏が染《うつ》ると思ってる。そういう時は、なんでもいいから英語で叫ぶのよ。そうすれば、〈なんだ、外国人か〉とわかって、乗客の中の親切な誰かが乗り方を教えてくれるわ。それよりもアキ、お願いだからタクシー使ってよ」

香港のタクシーは初乗りが一五香港ドルなので、日本円で二〇〇円ちょっと。けっして高くはないが、バスやトラムなら二香港ドル（約三〇円）で好きなところに行けるので、秋生は深夜でもなければタクシーを使うことはなかった。狭い地域に人口が集中する香港では、自家用車の保有にとんでもない金がかかるかわりに、公共交通機関の料金がきわめて安い。それに秋生は、言葉の通じない運転手と二人きりになるタクシーという乗り物があまり好きではなかった。そこで、近距離の移動にはいまでももっぱらマキシキャブを使っている。

上環の少し先で「要落《ヤオルオ》！」と叫び、バスを降りた。マキシキャブは、この魔法の呪文を知っているだけで、どこでも好きなところで停まってくれる。

マカオ行きのフェリーの発着場がある上環は、金融街・セントラルから一駅しか離れていないにもかかわらず、海産物の乾物問屋が軒を並べる典型的な香港の下町だ。はじめてこの街を訪れた時、アワビやフカヒレの乾物が山のように積み上げられた店を冷やかしながら、丸の内の隣に浅草があるようなものだと思った。

大衆食堂や食材屋の派手な看板が並ぶ路地を入ると、秋生は一軒の古い雑居ビルの前で足を止めた。入口はそこだけ真新しい頑丈な鉄扉で、ナンバー式のオートロックとインターフォンが取り付けられている。インターフォンを取って「901」とプッシュすると広東語で誰何《すいか》され、「アキ」と名乗ると鉄扉のロックが外れた。

いつ停まってもおかしくない旧式のエレベータで九階まで上がり、薄汚れた狭い廊下の突き当たりまで進むと、チャンの事務所だ。軽くドアをノックすると、分厚い扉の上下にふたつ取り付けられた鍵を開ける音がして、人のよさそうな丸顔の太った男が顔を出した。きれいに刈り上げた髪を七三に分け、ダンゴ鼻の上にちょこんと丸眼鏡を載せ、カーキ色の縦縞《たてじま》のジャケットに蝶ネクタイという妙な格好をしている。この蝶ネクタイが自分のトレードマークだと言い張っているが、どう見ても堅気《かたぎ》には思えない。

「アキ、儲かってるか?」

チャンは片言の英語で、大阪人のような挨拶をした。やたらと声がデカい。秋生が肩を竦《すく》めると、破顔一笑して力いっぱい彼の背中を叩いた。

陳中信《チャン・チュンソン》は五十代半ばで、文化大革命の後に香港への亡命を決意し、鮫《さめ》の遊弋《ゆうよく》する大鵬湾《タイパイワン》を一昼夜泳いでこの資本主義国にやってきた。チャンの父親は広州の平凡な高校教師だったが、英語を教えていたというだけで、造反有理《ぞうはんゆうり》の旗を掲げた学生たちから反革命派のレッテルを貼られた。チャンは姉に連れられて、父親が糾弾《きゅうだん》される集会に連日出かけた。父親は演壇に引きずり出され、中腰で両手を背中に突き出す「飛行機」と呼ばれる格好で、意識を失うまで何時間も「反省」を迫られた。もっとも激しく父親を糾弾したのは、チャンの姉だった。数ヶ月後、チャンの父親は絶望の中で自死した。

文革が終わると、学生たちは毛沢東《マオ・ツオトン》の指示で農村に下放され、チャンも広東省の片田舎で豚の世話をすることになる。三年間、狭い豚小屋の二階に監禁され、豚に餌をやり、豚の体を洗い、豚の排泄物を処理した後、チャンは自分が世話してきた豚を皆殺しにすると、香港を目指して歩き出した。

「姉はあの時、父親を糾弾しなければ、自分が反革命分子として糾弾されることを知っていた。いまなら、私にもそのことがわかる。でも、姉に会った時、自分が許せるかどうかわからない。だから私、広州には帰らない」

西日の差す事務所でたまたまチャンと二人きりになった時、ぽつりとそう呟《つぶや》いた。

香港に渡ってからチャンはさまざまな商売を手がけた。時にはかなりヤバい話にも手を出していたということを人伝てに聞いたが、その当時のことはあまり話したくないようだ。いまは五人の従業員を使って電話秘書・私書箱サービスの会社を経営している。事務所には十台ほどの電話機が並び、それぞれの回線には契約している会社の名前が貼り付けてある。オペレーターは電話が鳴ると、契約者の「社長秘書」として応対し、伝言を言付かったり、指定された携帯電話に転送したりする。海外からの電話は、すべてメイに回される。それ以外の面倒な電話も、メイがテキパキと処理しているようだ。ただし、こうした電話秘書サービスを使う会社に頻繁に電話がかかってくることはなく、仕事はそれほど忙しくない。

二〇平米《へいべい》もない狭苦しい事務所の壁には細かく仕切られた棚が置かれており、そこに雑然と郵便物が投げ込まれている。チャンはそこから秋生宛の郵便物を取ってくると、「またラブレターがいっぱいだ。メイの嫉妬が怖いだろう」と、ニヤニヤしながらカウンターに置いた。いつも左足を引きずっているのは、香港に来てから車に撥《は》ねられたのだというが、詳しい事情は知らない。チャンのいちばんの欠点は、冗談がつまらないことと、それを何度も繰り返すことだ。チャンとは、秋生が部屋を借りている不動産屋の紹介で知り合った。

チャンの客になるのは、偽名で郵便を受け取ったり、自宅に郵便を送られたくない事情のあるろくでもない奴らだ。たまにビジネスの立上げにこうした事務所を利用するケースもあるが、少し金回りがよくなると、みんな自分のオフィスを持つようになる。かといって、顧客の事情をあまり詮索《せんさく》すると、今度は商売が続かない。とくに最近では、派手な宣伝をする大手のサービス業者が台頭してきて、チャンのような零細業者は、ブラックな客だとわかっていても受け入れざるを得ないことが多い。

「この商売、人間のクズばかり見てイヤになるよ」がチャンの口癖だ。

そうした顧客の中で、秋生はもっともまともな客の一人だった。五十歳を過ぎても独身のチャンはなぜか秋生のことが気に入ったようで、顔を出すたびに近くの大衆食堂で飯をおごってくれた。チャンの半生は、そうした付き合いの中で聞くともなく聞いて知った。

秋生のところに来る郵便物はすべて、香港やアメリカ、オフショアなどの金融機関からのステイトメントの類《たぐ》いだった。それを知っているからこそ、チャンは秋生の顔を見るたびに「儲かってるか？」と冷やかすのだ。秋生は無用心なアパートの代わりに、香港の連絡先はすべてチャンの事務所にしていた。

事務所の机をひとつ借りると、秋生は二十通あまりの郵便物を片っ端から開封し、DMの類いやファンドの運用報告書をゴミ箱に捨て、ステイトメントだけを取り出してひとつの封筒にまとめた。口座残高はオンライン上で確認しているので、いちいち詳しく調べる必要はない。それに秋生は、この一年以上まったくトレードしていないので、取引記録といっても、銀行預金やＭＭＦの利息が増えているだけだ。

秋生は土建屋夫婦から受け取った二〇〇〇香港ドルの無記名の小切手を取り出すと、「今月の支払いはこれで」と言ってチャンに渡した。チャンは小切手を受け取ると、「支払いは月末でまだ先の話。そんなに気を使わなくてもいい」と言いながらも、さっさと鍵のかかった引出しにしまった。言葉とは裏腹に、何の遠慮もない。もっとも香港では、相手が差し出した金を受け取らないと、逆に悪意を持っていると疑われる。

電話の転送と私書箱サービスで月二〇〇〇香港ドルは払い過ぎだといつも思うが、これは一種の保険料だと割り切ることにしていた。かかってきた電話は秋生の携帯に転送してもらうことになっているが、これまでいちどもこのサービスが使われたことはなかった。トレーディング相手のブローカーには直接、自宅の番号を教えていたし、欧米のケチな銀行が国際電話をかけてくるなどということは、よほどのトラブルでもない限りあり得ない。

秋生が割高とわかっている料金を払い続けているのは、チャンが三十年の歳月をかけて香港で築き上げてきたコネクションを利用する資格を得るためだ。ファイナンシャル・アドバイザーの真似事を始める時も、チャンは秋生を零細投資顧問会社に幽霊社員として押し込み、あちこちの金融機関の担当者を紹介してくれた。秋生は帳簿上、その投資顧問会社から毎月の給料を受け取り、同額の経費を支払っている。これで、その投資顧問会社が契約するすべての金融商品を扱うことができるし、香港居住者、つまり日本の非居住者としての身分も安定する。この商売をするうえで、日本の非居住者として税法の特典を活用できることは必須の条件だ。こうした香港社会の処世術を、秋生はいつの間にか身に付けていた。

窓の外を見ると、空の色が真っ黒に変わっていた。真夏のこの時期は、時としてスコールのような土砂降りが来る。

「雨に降られないうちに今日は帰るよ」

「メイが帰ってくるまで待たなくていいのか。デートの約束があるんじゃないのか」

チャンが冷やかす。そういえば、「新しくできたクラブに行こう」と誘われていた気もするが、いつの予定だったか覚えていない。旧イギリス領の香港ではディスコは大人の社交場で、正装した小金持ちたちが、若さや美貌や宝石やブランドやその他さまざまな方法で虚栄心を満足させる場所だ。秋生はメイに連れまわされて、すっかり香港のナイトライフに詳しくなった。狭い街なので、洒落たバーやレストランに行けば、たいてい常連と顔を合わせることになる。どいつも金持ちの馬鹿息子か箱入り娘ばかりだ。

事務所を出る時、チャンはいつものように、暖かな肉厚の掌《てのひら》で秋生の手を固く握った。文革で父を失い、青春を豚の世話に捧げ、鮫のいる海を泳ぎ、ここ香港でも人に言えぬ苦労を重ねてきたであろう男の手だ。その掌に秋生の白く貧弱な手が包まれる時、かすかな罪悪感が胸を突いた。

外に出ると、すでに大粒の雨が落ちはじめていた。小走りにデ・ヴォー・ロードまで急ぐと、折よく銅鑼灣《コーズウエイ・ベイ》に行くトラムを停車場に見つけた。車内には、まだ数人の乗客しかいない。出発直前のトラムに飛び乗ると、そのまま二階に上がり、窓側の席に腰を下ろした。

セントラルを過ぎる頃には雨は本格的に降り出し、天を突くビル群が遠く煙って見えた。低い空には黒雲が渦巻き、時折、稲妻が光る。午前中、土建屋夫婦と待ち合わせた皇后像廣場にも、人影すら見えない。誰かが置き忘れていったのだろう子供用の赤い傘が一本、噴水脇のベンチに立てかけられていた。汚れた窓ガラスを叩きつける雨をぼんやりと眺めながら、〈俺はいったい何をやっているんだろう〉と考えた。

4

銅鑼灣に着いても、雨は止むどころか、ますます強く降り続いていた。しばらく停留所で雨宿りしながら様子を見ていたが、やがてあきらめて雨の中を走り出した。三越やＳＯＧＯなどの日系デパートが集中する中心街から海側に少し離れたあたりに、秋生の借りているアパートがある。一九八〇年代に建てられたというから、築三十年以上のビルがごろごろしている香港ではまだマシなほうだ。香港に高層ビルが林立している理由は地震がないというだけで、設計はきわめていい加減で、いつ倒壊してもおかしくはない。香港の不動産価格はバブル期の日本よりも高く、そんな古いビルの狭い2DKでも、このあたりなら三〇〇〇万円以上の価格で売買されている。それでも、返還景気に沸いた九七年当時の半値以下だ。

ずぶ濡れの格好でアパートにたどり着くと、ズボンのポケットから鍵束を取り出して、入口の防犯扉を押し開けた。ビルは十五階建てで、地下一階から地上三階までが店舗と事務所で、それより上が住居になっている。秋生の部屋は十二階で、エレベータ一台に各階三部屋が割り当てられている。それぞれの部屋はエレベータ前のフロアから少し奥まったところにあり、各スペースは鉄製の蛇腹扉で施錠されている。それをもうひとつの鍵で開けると、ようやく自分の部屋の扉に到達できるという仕組みだ。最初この厳重なセキュリティを見た時は、香港はブロンクス並みに物騒なのかとびっくりしたが、どうやら中国人は、自分の家を城塞のように囲うのが好きらしい。広大な国土に点在する村々が匈奴《きょうど》や夷狄《いてき》に蹂躙《じゅうりん》された遠い昔の記憶が、連綿と続いているのだろう。

秋生の部屋は、ベッドルームふたつに狭いダイニングとキッチンが付いた2DKの標準的な間取りだ。前の借り手が置いていった食器棚と洋服箪笥《だんす》、ベッドふたつはそのまま使っていた。一人暮らしなのでベッドがひとつ余分だが、不動産屋から捨てるなと言われているのでどうしようもない。香港人はふつう、このくらいの部屋に家族三人から五人で暮らすので、次に貸す時に家具が備え付けだと高い家賃が取れるらしい。使わないベッドルームには、月に何度か泊まりにくる時のために、メイが自分の着替えを置いている。食堂のテーブルと冷蔵庫、洗濯機、テレビのほか、食器などの細々としたものは引っ越してから少しずつ買い揃えた。いつまでここで暮らすか決めていないので、置いてあるのは最低限のものだけだ。

秋生が香港に来たのは九九年のはじめだから、すでに二年半になる。最初の数ヶ月はホテルに泊まっていたが、しばらく香港に住んでみようと決めて、アパートを探し始めた。その時、たまたま上環の食堂で香港大学の学生と知合い、彼の恋人の実家が不動産屋をしているという縁で、このアパートを紹介された。

家賃は月一万香港ドル(約一五万円)。保証金が家賃の二ヶ月分で、そのうえ秋生が無職ということで、六ヶ月ごとにキャッシュで前払いという条件だ。問答無用の勢いで契約させられたこともあって、最初はやはり多少はボラれているのではと思っていたが、その後、知り合った香港人たちの話を聞いてみると、むしろ相場よりも安いくらいだと言う。ふつうの日本人なら、同じ条件のアパートで月一万五〇〇〇香港ドルは取られているらしい。日本円で月二五万円前後だから、これでは六本木や麻布にマンションを借りるのとたいして変わらない。

秋生はしばらくして、自分が優遇されている理由をなんとなく理解できたような気がした。不動産屋にとって、秋生は娘の婚約者から紹介された客だ。その秋生から相場よりも高い家賃を取るということは、将来の婿の面子《メンツ》を潰すことになる。香港社会は良かれ悪しかれ、こうしたコネの論理で動いている。

この古いアパートには、秋生の他に外国人は一人も住んでいなかった。それ自体はとくに問題はなかったが、困ったのは郵便物の扱いだ。香港に来る以前、秋生はアメリカの私書箱サービスに郵便を送らせていた。アパートが決まった時点で香港宛に住所変更しようと思ったのだが、こんなところに海外の金融機関から大量のステイトメントが送られてくれば、「金があるから襲ってくれ」と触れ回っているようなものだろう。そのことを不動産屋に相談したら、チャンの事務所を紹介されたというわけだ。

秋生はびしょ濡れのジャケットとズボンを脱ぐと台所に干し、Tシャツは絞ってクリーニング用の袋に入れ、下着を洗濯機に放り込んでシャワーを浴びた。新しいTシャツとジーンズに着替えると、冷蔵庫からハワイアン・コナのコーヒー豆を取り出してミルに入れる。ハワイ島でしか育たない高級品で、その独特の舌触りと甘い香りは他では味わえない。秋生の唯一の贅沢《ぜいたく》だ。コーヒーメーカーにフィルタをセットし、ペットボトルの飲料水を用意し、同時に、食堂のテーブルに置かれたコンピュータの電源をオンにした。香港の水道水は硬水なので、うっかり飲むと確実に腹をこわす。テレビのスイッチを入れると、ケーブルテレビでCNNのニュースが流れはじめた。

コンピュータが起動すると、インターネットにアクセスして、ウォールストリート・ジャーナルと日経新聞の最新ニュースをチェックし、東京市場の終値《おわりね》を見る。ニューヨークはまだ夜中なので、今朝と変わらない。暗号化されたエクセルのファイルを開き、淹《い》れたばかりの苦いコーヒーを飲みながら、チャンの事務所から持ち帰ったステイトメントの数字を打ち込んでいく。香港上海銀行に一五万ドル、シティバンク香港に五万ドル、オフショアの銀行に二〇万ドルの定期預金、アメリカのオンライン証券会社に一〇万ドルの米国債とMMF。秋生の総資産は五〇万ドル、日本円にして約六〇〇〇万円で、何もポジションを持っていない以上、増えも減りもしない。五分もたたないうちにすべての作業は終わった。

時計を見ると、まだ午後四時も回っていない。雨はあがりはじめ、窓を開けるとこの季節には珍しく涼しげな風が吹き込んできた。

秋生はベッドに横になると、染みだらけの天井を見上げた。もう何もやることがない。

秋生がファイナンシャル・アドバイザーの真似事を始めたのは、ちょっとしたきっかけからだった。

一年ほど前、今日と同じように何もやることがなく、近くにあるホテルの地下のバーで夕方からだらだらと酒を飲んでいた。香港人は煙草も吸わないし、外ではほとんど酒も飲まない。こんな時間にバーに屯《たむろ》しているのは、たいていが金融機関をドロップアウトし、故国にも帰れずにヤクザな商売に身を落とした欧米人と相場は決まっていた。秋生は奴らを避けてカウンターの端で飲んでいたのだが、しばらくすると、そばに若い東洋人が一人腰を下ろした。男は丁寧な英語でビールを注文すると、鞄からファンドの目論見書《もくろみしょ》（説明資料）らしきものを取り出し、熱心に読み始めた。その物腰から、男が日本人であることはすぐにわかった。

やがて、男は大きな溜息《ためいき》をついてカウンターの上に書類を放り出し、秋生が「それ何？」と声をかけた。これが、マコトとの出会いだった。

マコトは二十代後半の、大手電機メーカーの研究部門に勤める技術者で、ある経済評論家の主催する資産運用セミナーに参加して香港にやってきた。そのセミナーというのは、香港上海銀行の外貨預金口座に米ドルで五万ドルを預け、それを元手にあるファンドを購入すると資産運用に成功できるというもので、参加者のほとんどがその評論家が書いた本の読者だった。マコトはこのホテルで開かれたセミナーに出ていたのだが、馬鹿馬鹿しくなって抜けてきたのだという。

「これが、その絶対に儲かるというファンドなんですけど……」

マコトは簡単に自己紹介をすると、持っていた目論見書を秋生に見せた。それは、よく知られているE社のシステム・トレーディングのファンドだった。投資期間十年の元本確保型。十年後の満期まで持っていればどんなに運用が失敗しても元本だけは戻ってくるという設計で、そのぶんリターンも低く抑えられるからプロにとっては面白味のない商品だが、初心者には非常に人気がある。

「その評論家が、〈私はみなさんがお金持ちになるのを願っているから、このファンドを勧めても一銭の利益にもならない〉と言ってたんですが、ほんとですか？」

秋生が金融機関に勤めていた経験があると知って、マコトが訊ねた。その話を聞いて、秋生は思わず吹き出した。

「世の中に、販売手数料を取らずにファンドを売るような善人はいやしないさ。このファンドはただたんに、売りやすいように手数料を投資額に丸めているだけだよ」

秋生は、アジア総代理店になっている香港のエージェントからそのファンドを購入した際に、手数料システムを細かく教えてもらっていた。何年か日本に暮らしたことがあるという、片言の日本語を話すオーストラリア人エージェントは、販売代理店になると最初に四パーセントの手数料が支払われ、その後も毎年の信託報酬の中から〇・五パーセントが代理店の収入になるという仕組みを図解で説明した後、「日本の金持ちに友人がいるなら、君も代理店にならないか？」と勧めたのだ。

「そのファンドのやり方が上手いところは、四パーセントの販売手数料をいきなり投資元本から天引きせず、十年の投資期間の間に、毎年、信託報酬に上乗せして少しずつ引落としていくところさ。パフォーマンスが良ければ、誰もそんなこと気にしないしね。だから販売代理店は、手数料無料のノーロードファンドのような振りをして売ることも可能になる。金融の世界では、うまい話には必ず裏がある」

「やっぱりそうかあ」

マコトは難しいクイズが解けた時のような顔をして、

「五万ドルの四パーセントといえば、二〇〇〇ドル、約二四万円でしょ。今回のセミナー参加者がだいたい三十人だから、みんなが買えば七二〇万円。うわっ、すごい儲けだ」

と即座に暗算で計算してみせた。

「それに、最低投資額五万ドルというところにもトリックがあるよ。僕が目論見書を見た時には、個人向けの最低額はノミニー（合同口座）で二万ドルからになっていたけど。おおかた、二万ドルじゃあ手数料が少ないから、五万ドルに嵩上《かさあ》げしたんだろう」

「エゲツないなあ。そこまでやるかって感じですね」

マコトの専門はコンピュータ・プログラミングで、ほとんど研究所に泊まり込むような生活なので給料を使う暇もなく、メーカーの安月給にもかかわらず一〇〇〇万円程度の貯金ができたという。その半分くらいを外貨建てにして運用しようかと考えていたところ、今回のセミナーを知り、たまたま有給休暇を使わなくてはならない時期でもあったことから、興味本位で参加したということらしい。

「五万ドルだと約六〇〇万円でしょ。不可能じゃないんですが、ほら、〈卵はひとつの籠《かご》に盛るな〉とか宣伝してるじゃないですか。それにもし、まるっきりの詐欺《さぎ》だったらダメージ大きいなと思って、考えてたんですよね。セミナーも宗教みたいな雰囲気で、みんな盛り上がっちゃって気持ち悪かったし」

「ファンドそのものは、評価の高いプログラムでシステム売買されてるから、持ってたっていいんじゃないかな。ただ、最近はちょっとパフォーマンスが上がりすぎだね。どんなシステムでも永久に高いパフォーマンスを維持するのは不可能だから、こうしたシステム・トレーディングのファンドは、成績の悪い時に買って、上がってきたら売るのが鉄則なんだ。僕もそろそろ売ろうかと思ってるよ。どうしてもというなら、香港のエージェントに電話して、二万ドルで買えるように頼んでみてもいいけど」

秋生がそう提案すると、マコトはしばらく考えてから、

「やっぱりいいです。そのかわり、僕を弟子にしてください」

と言った。

最初はびっくりしたが、話を聞いてみると、マコトの住むコンピュータ・ネットワークの世界では、興味のある分野で自分より詳しい人間に出会えば弟子入りするのが当たり前だという。マコトの場合、資産運用といってもほとんどゲーム感覚で、如何《いか》に税務署に見つからずに資金を動かすかということに興味は集中しており、どちらかというと投資家というよりハッカーに近い。そのあたりの感覚が自分に似ていると秋生は思った。

「何が知りたいの？」と訊くと、マコトは海外に匿名口座をつくってみたい、と言う。

悪用しちゃ駄目だと念押しして、ひとつだけ簡単な方法を教えてやった。

「海外口座というと、誰でもオフショアやタックスヘイヴンを思い浮かべるけど、最近はマネーロンダリング規制が厳しくなって、そう簡単に匿名口座なんてできなくなってる。口座名義人の名前のないナンバー・アカウントが有名だけど、スイスの銀行だって、いまどき完全な匿名口座なんておいそれとつくらせてはくれないよ。その原因が、武器や麻薬を使ったテロ組織のマネーロンダリングに神経を尖らせているアメリカなんだけど、実はそのアメリ

カの金融機関が、いちばん匿名口座をつくりやすいんだ」

マコトは、目を輝かせて秋生の話を聞いている。

「アメリカは日本でいう国民総背番号制の国で、SSNと呼ばれる社会保障番号《ソーシャル・セキュリティ・ナンバー》で一人ひとりが管理されている。運転免許証や銀行口座はもとより、おもちゃの景品の応募だってSSNがないとできやしない。ところが不思議なことに、証券会社や商品先物会社のようなブローカーなら、外国人はこのSSNがなくても口座をつくることができる。

オフショアの金融機関に口座をつくるには、香港みたいに本人が直接、窓口にパスポートを持っていくか、パスポートのコピーを郵送しなくちゃいけない。でも、パスポートのコピーは簡単に改竄《かいざん》できるだろ。そこで最近は、コピーが本物のパスポートの正確な写しであることを弁護士や公認会計士、銀行の担当者なんかに認証させろ、ということになってきた。そのうえ、自分の住所を証明する英文の書類も要求される。もちろん、パスポートから弁護士の認証から英文の住所証明までぜんぶ偽造することは不可能じゃないだろうけど、これじゃ完全に犯罪だよ。ぜんぜん割に合わない。

でも、SSNで顧客管理しているアメリカの金融機関には、パスポートで本人確認する習慣がないんだ。さすがに銀行口座は無理だけど、外国人がアメリカの証券会社や商品先物会社に口座をつくる時は、パスポートのコピーも住所証明もなく、ただ申込書にサインして郵送ればいいというとんでもないことになっている。なんでいまだにこんなことを許しているのか、さっぱりわからないけどね」

　そこまで聞いて、マコトが感嘆の声を上げた。

「じゃあ、僕がアメリカのオンライン証券会社にデタラメな名前と住所で申込書を送っても、口座ができてしまうということですか？」

「サインのある申込書を送れば、向こうは喜んで口座をつくるだろうね。ただし、口座番号とログイン時の暗証番号を知らなくてはいけないから、最低一回は郵便を受け取らなくちゃいけない。毎月のステイトメントは、最近はネットで完結させてしまうところも出てきたようだけど」

「そんなの、私設私書箱を使えば簡単だ」

　マコトはうめいた。

「この方法のいいところは、パスポートのコピーを改竄したり、弁護士の名前を騙《かた》ったりする必要がないから、日本の法律は何ひとつ犯してないことなんだ。ペンネームでアメリカの証券会社に口座開設申請書を送ったって、それを禁じる法律なんてないだろ。アメリカのほうがどうなってるかは知らないけどね」

「完璧だ。凄すぎる！」

感極まってマコトが叫び、周りにいた欧米人の酔っ払いたちが何事かという顔で二人を見た。マコトは周囲のそんな冷たい視線にも気づかず、秋生に訊ねた。

「でも、そうやって仮名口座をつくったとして、そこへの送金はどうするんですか？」

「二〇〇万円を超える海外送金は、金融機関から税務署に自動的に調書が送られる、という話だろ。ということは、二〇〇万円以下の送金なら税務署にはわからないから、そんなに神経質になることはないよ。堂々と仮名口座に送金すればいい」

「でも、たとえ二〇〇万円以下でも、銀行からの海外送金は税務署がチェックしてるってセミナーで言ってましたよ」

「もちろん、税務署は銀行に対して調査権があるから、小口送金を短期間に何十回も繰り返している顧客がいれば目をつけるかもしれない。でも、税金を給料から天引きされているサラリーマンの資産運用なんて、税務署は何の関心もないよ。気になるなら、毎回違う銀行から適当に送金しとけばいい。

それが嫌なら、いちばん簡単なのは、君がいまやっている方法だよ。なんでインチキセミナーを香港でやるかというと、証券取引法とかの法律的なこともあるだろうけど、いちばんの理由は現金の持ち出しだろ。五万ドルでファンド買えってことは、六〇〇万円の現金を税関に黙って持ってこいって話だよね。その金で、たとえば今回は、香港の銀行に口座をつくるだけにする。アメリカの証券会社に匿名の口座ができたら、香港に預けたその金をドルに替えて送金すれば、国内の金融機関に海外送金の記録は残らない。一〇〇〇万円以下の海外送金なら、こんな原始的なやり方でも充分だ」

「じゃあ、仮名口座に貯まった資金を外に出す時はどうするんですか？」

「オンライン証券会社はネット上で送金指示も出せるようになってるけど、僕の知る限りでは、送金先は名義人の口座だけに限定しているところばかりだから、これはあまり使えない。でもアメリカは小切手社会で、証券会社でもドル建ての個人小切手を発行してくれるところがけっこうある。この小切手を使えば、ちょっと時間はかかるけど、日本を含めどこの口座にも送金できるよ」

「そうやって、あちこちに匿名口座をいっぱい持っているんですか？」

マコトの口調は、もはや教祖を前にした信者のそれと変わらない。

「そんなヘンなもの、ひとつも持ってないよ」

秋生は笑いながら答えた。

「なんで匿名口座を持ちたがるかというと、税金を払いたくないからだろ。でも僕は、九年前にアメリカで仕事をするようになった時に日本から住民票を抜いてしまったから、税法上は非居住者扱いになっている。日本国に税金を納める必要はないし、香港では利子や譲渡所得に税金がかからないうえに香港以外から得た所得も非課税だから、ぜんぶ合法的にやっても一円も税金を払わなくて済む。匿名口座なんかつくったら、痛くもない腹を探られるだけだ」

「師匠、参りました！」

マコトは大袈裟に土下座する真似をしてみせた。

マコトは、日本から持ってきた現金を、セミナー主催者の言うままに香港上海銀行のドル口座に預けるつもりだった。しかしその当時はまだ香港上海銀行のオンラインバンキングは始まっておらず、そのうえただの外貨預金口座ではキャッシュカードすら発行されない。その金をファンド購入資金に充てさせるだけならいいかもしれないが、これではあまりに無責任だ。

秋生は当時唯一、インターネットで海外からアクセス可能だったシティバンク香港を勧めた。シティバンクなら口座の開設に紹介者は必要ないし、手数料のかからない最低預金額も三万香港ドルだ。とりあえず五〇万円も預けておけば問題ない。口座のシステムは日本のシティバンクとほとんど同じで、現地通貨である香港ドル普通口座とマルチマネー口座との間のスイッチングも自由にできる。もちろんキャッシュカードも発行され、日本国内のシティバンクのATMはもちろん、国際間ATMネットワークCirrus（サイラス）に接続していればどこでも香港ドル預金を日本円に替えて引出せる。そのうえ、インターネットでリアルタイムの残高確認や口座振替ができるほか、香港内や海外の金融機関への送金も可能だ。その当時は、日本から口座にアクセスするなら、文句なくシティバンク香港のほうが優れていた。

唯一の難点は、担当者の英語が聞き取れないと口座の開設が認められない場合があることくらいだが、マコトは一年ほどアメリカの大学で勉強したことがあるというから問題はないだろう。秋生は、ホテルに近い銅鑼灣の支店の場所を教えた。マコトはさっそく、明日の朝一番で行ってくるという。

「そうだ、ひとつ忘れていた」秋生は言った。

「シティバンクは香港上海銀行と違って、日本円を持っていっても口座に入金してくれない。いくら預けるつもりか知らないけど、その前にどこかの銀行か両替屋に寄って、香港ドルに替えておく必要がある」

「でも……」と、マコトは首を傾げている。「僕は今回、日本から持ってきた八〇万円を米ドルで預金するつもりだったんです。日本円をいったん香港ドルに替えて、それをまた米ドルに両替すると為替手数料が無駄ですよね。こういう場合、なんかいい方法はないんですか？」

おおかたクイズの出題者にでもなった気なのだろう。そう思うと、秋生はちょっとしたゲームを思いついてニヤリとした。もちろん日本円を直接、米ドルに両替して窓口に持っていくこともできるが、それでは芸がない。

「まだ名前すら教えてないけど、君は僕のことを信じてるかい？」

「もちろんです」マコトが即答した。

秋生はジャケットからいつも持ち歩いている米ドルの小切手帳を取り出すと、スペリングを確認し、マコト宛の金額のない小切手を書いた。

「これは僕が口座を持っているオフショアバンクの米ドル建て小切手だ。これを明日、シティバンクに持っていって入金依頼すれば、早くて三営業日後、遅くとも五営業日後には君の口座に入金される。君はこれから部屋に戻り、八〇万円の現金を取ってきて僕に渡す。そしたら二人で外に出て、インド人がやってるこの先の両替屋で円ドルレートを確認する。そのレートで八〇万円をドル換算し、君にこの小切手を渡す。ただし言っておくけど、僕が詐欺師で、口座に一セントの金も入ってなければ、この小切手はただの紙切れになって、八〇万円は返ってこないよ」

「面白いです。ぜんぜんオーケーです」

マコトはなんの躊躇《ちゅうちょ》もなく言うと、さっそくルームキーを持って駆け出していった。

マコトの持ってきた現金を酔客で込み合うバーのカウンターで数えても、その程度のことでは誰も関心を示さない。ちらっと目をやるが、彼らの興味を引くには札束があまりに薄すぎるのだ。

秋生はたしかに八〇万円あることを確認すると、マコトをつれて店を出て、両替屋の掲示板を見にいった。その日のレートは、仲値《なかね》で一ドル＝一二〇円四六銭。

香港ではなぜか、両替商といえばインド人と相場は決まっている。もっとも有名なのは、尖沙咀《チムサアチョイ》にある重慶《チョンキン》マンション一階のインド人街で、ここに集まる両替商のレートは香港上海銀行などの一般の金融機関よりも有利だ。重慶マンションはもちろん、世界中からバックパッカーが集まってくる貧乏旅行者の聖地である。

「いろいろお世話になったから、手数料で一円取ってください。一二一円四六銭のレートでいいです」

マコトが言ったが、秋生は笑って首を振った。

「これはゲームなんだから、そんなケチ臭いことはできない。そのうえ、僕は現金を受け取ったからリスクフリーだけど、君はまだこの小切手が換金されるかどうかわからない。そのリスク分だけレートを負けろ、と交渉するべきだよ」

ジャケットのポケットに突っ込んであるヒューレット・パッカードの金融電卓で計算すると、八〇万円は六六四一ドル二一セントになった。その金額を小切手に書き込むと、サインをしてマコトに渡した。秋生のサインは大きく字体を崩しているために、そこから名前を知ることは不可能だ。そのかわり、小切手の端にインターネットメールのアドレスを書いておいた。マイクロソフトがやっているホットメールなどは、匿名で簡単にメールアドレスを取得できる。あちこちを放浪する身になってから、秋生はどこのパソコンからでもアクセスできるインターネットメールを使うようになった。これなら、世界のどんな片田舎でも、インターネットに繋《つな》がったマシンさえあればメールの送受信が可能だ。

「もし一週間たっても入金がなかったら、このアドレスにメールしてよ。調べてみるから」

秋生がそう言うと、マコトは「ありがとうございました」と丁寧に礼を言った。どことなく育ちの良さが窺《うかが》える物腰から、これまで金に苦労したことがないことはおおよそ察しがついた。そうでなければ、こんな無茶な賭けになんの疑問も持たず乗ってくるわけがない。それともたんなる馬鹿なのか。どちらにせよ、秋生にとっては、ちょっとした暇潰しにすぎなかった。

翌日の夜に、マコトから最初のメールが届いた。シティバンク香港に無事口座が開設できたこと、小切手を渡してきたこと、インターネットから口座にアクセスできたこと、明日、日本に帰ることが書いてあった。結局、そのセミナーに参加して例のファンドを購入しなかったのはマコト一人で、そのかわりシティバンク香港に口座をつくったと話したら、セミナーを主催する評論家から勝手なことをするなと詰《なじ》られたらしい。「頭に来てファンドの手数料のことを匂わせたら真っ青になっていた」とおかしそうに報告していた。

秋生は、とくに返事はしなかった。

翌々日には、日本に戻ってさっそく私書箱に偽名のポストをつくったことと、明日にでもアメリカのオンライン証券会社に口座開設を申し込んでみるつもりだという報告があった。

秋生はまた、返事をしなかった。

その翌々日、シティバンク香港の口座に無事、入金があったというメールが来た。それといっしょに、「もしこれを読んでいたら返信メールをもらえないだろうか」という遠慮がちな文面が加えられていた。

秋生は、「入金確認、了解」と返信した。するとその五分後に、「返事をもらって感激した」というメールが戻ってきた。そこには、「ハンドルネームでもいいから、何か呼びかける名前があるとうれしい」と書いてあったので、しばらく考えて、

「ＡＫＩ　工藤秋生」

と書き送った。とくに意味はなく、たんにその時思いついた名前だ。

その後、何度かメールのやり取りがあり、マコトはアメリカの証券会社に匿名口座をつくり、香港のシティバンクから送金することにも成功した。その体験談を自分のホームページに載せたところ、かなりの数のアクセスがあり、びっくりしているという連絡があった。「秋生さんのことをちょっと書いたら、どうしても紹介してほしいというメールがいっぱい来て困っている」という話の次に、「断りきれない人が二人いて、秋生さんのメールアドレスを教えてあげたい」という懇願のメールが来た。

ここまで来て、秋生もようやく、事態が容易ならざる方向に進んでいることに気がついた。マコトは、いっしょにゲームをやろうと秋生を誘っているのだ。

半年前なら、こんな誘いは一笑に付しただろう。しかしその間の数ヶ月、秋生は相変わらず何もしていなかったし、何もすることがなかった。マコトのホームページを見て、わざわざ香港まで来て自分に会いたいという奇特な奴らにも興味があった。そういうマニアたちのプライバシーを、自分は完全な匿名のまま覗《のぞ》き見るということに魅力を感じなかったと言えば、それも嘘になる。しかしいちばんの理由は、なんといっても退屈だったからだ。

秋生は暇潰しを目的に、マコトの紹介で日本からやってくる客の相手をするようになった。十数人とメールのやり取りをし、実際に会ったりするうちに、この仕事の仕組みはすぐに理解できた。まともに相手にするに足る客は全体の五パーセント以下で、残りの九五パーセントは単なるカスかゴミということだ。そういう奴に限って、最初は下手《したで》に出ていたくせに、実際に会うと、身分証明を見せろとか、投資顧問業の登録はしているのかとか、あれこれ下らないことを言い出す。秋生が黙って席を立つと、驚いて「悪かった。見捨てないでくれ」と懇願するところまでそっくりだ。

なかには、明らかに犯罪目的でオフショアを利用しようとする奴もいる。ブラック情報を登録されたり、自己破産してクレジットカードを持てなくなった奴が、信用情報にアクセスできない海外の銀行に口座を開設してカードを入手しようとすることもある。これはべつに違法ではないが、こんなどうしようもない奴と付き合ってもロクなことがないので、すべて断っている。スポーツ新聞や夕刊紙に「自己破産した方でもクレジットカードが持てます」と宣伝している専門の業者がいるので、そいつらを利用すればいいだけの話だ。

秋生は顧客をあらかじめランク分けし、怪しい客を切り捨てたうえで、グレードに従って対応を変えるようにした。最低ランクの客は時間制で、一時間あたりのコンサルタント料を二万円として、「香港上海銀行に口座をつくるだけならコンサルフィー三万円で所要時間は一時間半以内」というように、自分でゲームのルールを決めた。そうやって金に目の眩《くら》んだ客を完全にコントロールし、自分の好きなように動かすことがそれなりに面白い時期もあった。

しかし、そんなことを半年近くも続けているうちに、秋生はすっかり飽きてしまった。依頼の大半をメールだけで処理できるように詳細なテンプレートをつくり、自動返信にしていたが、それも面倒になって、まるごとマコトのホームページにアップした。それがまた評判を呼び、アクセス数が急増して、秋生のところに転送されてくるメールも増えたが、最近は一週間にいちどくらいしかチェックしなくなった。「税金を払いたくない」「裏金を海外に持ち出したい」「相続税をごまかしたい」「うまい話で儲けたい」そんな話ばかりでうんざりだ。

ただ、「工藤秋生」という偽名だけは使っているうちに結構気に入って、クリスチャンネーム代わりにAKIと名乗るようにした。英文中学を卒業した香港人は、アメリカ人と同じく、いちど知合った人間とは愛称で呼び合うので、半年もしないうちに、誰もが「ハイ、アキ」と声をかけるようになった。以前と変わったことといえば、それだけだ。

けっきょく、振り出しに戻って、こうしてベッドに寝転がって天井の染みを眺めている。

5

セントラルの東、チャターー・ガーデンと向かい合ったリッツ・カールトンのティールーム女を待っていた。午後三時。今日も暑い。馬鹿でかいホテルが多い香港島の中で、リッツ・カールトンは都会の隠れ家といった風情の瀟洒《しょうしゃ》なホテルで、客の大半は常連だ。

女とは、いちどもメールのやり取りはしていない。マコトからの強い依頼で、セッティングもすべて彼がやっていた。相談内容は、香港かオフショアに法人を設立し、法人名義の銀行口座を開きたい、というものだった。詳しい話は知らない。どうせ脱税の道具に使うつもりだろうが、そんなことをメールに残す奴はいないから、事前の情報などまったく当てにならない。

「ゴージャス。超美人。期待してください」

マコトのメールにはそうあった。だったらわざわざ待ち合わせの目印を決める必要もないだろうと、平日の午後は閑散としているこのティールームを指定したのだ。奥の席に、どう見ても不倫にしか見えない白人男性と東洋人女性のカップルが一組。イギリス風のアフタヌーン・ティーの豪華なセットに小さな歓声をあげる日本人観光客のグループ。アタッシェケースを開け、書類を手に商談をする男たちがちらほら。ウェッジウッドの陶器。エミール・ガレの花瓶。植民地時代を思わせるアンティークな調度品。外の喧騒《けんそう》とは別世界だ。

その日、秋生はいつものように午前六時に起きると、前日のニューヨーク市場とシカゴ先物市場の終値をチェックした。相変わらずナスダックは二〇〇〇ポイントあたりをうろうろし、ダウは一万一〇〇〇ドルを割るかどうかといった展開だ。小泉改革政権のメッキがすっかり剝がれた日本市場もダレ気味で、シカゴの日経225先物はほとんど動かない。CNBCのマーケットニュースにチャンネルを合わせると、年増のキャスターがどうでもいいような話を針小棒大に膨らませ、終わったばかりのマーケットがいかにドラマティックだったかを力説している。毎日、そんなドラマがあれば、株式トレーダーは全員、胃に穴が空いて絶滅してしまうだろう。

コーヒーを淹れ、コンピュータを起動させ、ぼんやりテレビを見ていると、シンガポール取引所SGXの日経225が取引を始める七時五十五分になった。インターネットのリアルタイム情報で寄付《よりつき》を確認する。一万二八六〇円、シカゴの終値より一〇円安い。その五分後の午前八時、日本時間の午前九時に、大阪証券取引所の日経225が始まる。こちらは、シンガポールの弱気を見て、さらに一〇円安い一万二八五〇円のスタートだ。直近の限月《げんげつ》のオプション価格をいくつか調べてみたが、ボラティリティが低すぎてポジションをつくる気になれず、三十分も経たずに飽きてしまった。

久しぶりに泊まりに来たメイが寝ぼけ眼で起きてきたので、着替えるのを待って朝飯を食いに出かけた。メイは親や兄弟と九龍半島の新界に住んでおり、チャンの事務所まで片道一時間近くかかる。「ほんとうはアキのアパートから通うほうがずっと楽だけど、親がうるさくて外泊を許してくれないの」といつも嘆いている。昨日も、友だちに頼んで適当な予定をでっちあげてもらったらしい。

メイによれば、香港島の一等地で秋生のように一人暮らしをするのは究極の贅沢で、一日も早く自分を「ルームメイト」にするべきだ、と言う。実際、不動産価格がベラボウに高い香港では、一人暮らしというライフスタイルは存在しない。それ以前に、共同体の強い絆《きずな》で結ばれた中国社会には、孤独という概念すらない。かといって、若い女性と気軽に同棲する習慣もないから、メイをルームメイトとして迎え入れるにはそれなりの手続きを踏まねばならない。それを考えると、秋生としてはいつも適当に言葉を濁すことになる。メイは秋生のそういう態度が大いに不満らしく、いつも口論の原因になる。最近はカナダ旅行で頭がいっぱいで、それどころではないようだが。

近所のニューススタンドでウォールストリート・ジャーナルのアジア版を買い、行きつけの安食堂でピータン入りの粥《かゆ》を食べながら新聞に目を通す。九〇年代のアメリカを席巻したニューエコノミーの幻想はコカ・コーラに浮かぶ泡のように消え、聖地シリコンバレーでは、IT関連のベンチャー企業の運転資金がいつショートするか、誰もが戦々恐々としていた。チャンから長期休暇をもらう計画は、やはり難航しているらしい。

「クリスマスや正月に休みをくっつけろ、って言うのよ。そんなの無理に決まってるじゃない。あちこちからやってくる親戚たちの世話でてんてこ舞いなんだから」

香港では親族の集まりが何よりも優先される。秋生がメイと婚約でもする以外、その行事をキャンセルする正当な理由をつくることはできない。それを知っていて、チャンはわざとメイをからかっているのだ。もちろん、彼女はそんなことには気がつかない。

地下鉄の駅へと向かうメイと別れ、人波に逆らって部屋に戻ると、秋生はかたちだけ所属している投資顧問会社から送られてきたヘッジファンドの資料に目を通し始めた。かつては一口一〇〇万ドルが相場だったヘッジファンドも、最近の不景気とファンド数の増加で最低ロットが五万ドルくらいまで下がってきている。そのほとんどが、過去の成績のいいファンドを適当に寄せ集めてパッケージしたファンド・オブ・ヘッジファンズというやつだ。顧客の中には、こうしたファンドを買いたいという物好きも多い。ただでさえバカ高い手数料がさらに倍かかるこんな金融商品に金を出す奴の気がしれないが、自分の金で何を買おうとそいつらの勝手だ。

細かなデータの並んだ目論見書に半分くらい目を通したところで、退屈のあまり資料を投げ出した。過去のパフォーマンスをどれだけ分析しても、未来のことはわからない。そのうえ、データそのものが正確だという保証もない。こんなものは、ただの気休めにもならない。

モーツァルトのレクイエムを聴きながら、国債の暴落で日本経済が崩壊するという小説を読み始めたが、それもすぐに飽きてしまった。国が発行する借用証書を売買するだけが仕事の債券トレーダーが日本を救う、という荒唐無稽《こうとうむけい》な話だった。

世界の人口の九五パーセント以上は、日本国が破産しようが金融恐慌が起ころうがどうでもいいと思っている。秋生もその一人だ。国家の破産はべつに珍しいことではない。肝心なのは、自分がどう生き残るかだけだ。

けっきょく、午後になるまでベッドに寝転がって、いつものように天井の染みを眺めていた。


ふと気づくと、ティールームの入口に若い女が立っていた。一目でシャネルとわかるブルーのサマースーツに身を包み、ゆるくウェーブのかかった髪を明るいブラウンに染めている。店内の男たちが一斉に振り向いた。たしかに、凄い美人だ。これなら間違いようがない。

秋生は手を上げて合図すると、椅子から立ち上がって軽く会釈《えしやく》した。女はほっとした顔でテーブルにやってくると、

「若林麗子です。わざわざお忙しいところありがとうございます」

と丁寧に頭を下げた。

背筋をすっきりと伸ばして椅子に座ると、麗子はウェイトレスにアイスティーを注文した。

典型的な日本人英語だが、発音はきれいだった。改めて正面から麗子の顔を見ると、たしかに整ってはいるが、目尻に幾筋か細かな皺《しわ》が刻まれている。二十代後半か、もしかしたら三十歳を過ぎているかもしれない。バッグはグッチ、時計はブルガリ。金持ちであることは間違いない。顔色が、心なしか青ざめている。

簡単な挨拶を交わすと、秋生は依頼内容を訊ねた。麗子が言うには、婚約者の経営する会社に一〇〇〇万円単位の利益が出そうなので、海外法人を使って利益をプールしておきたい、という。

「彼は忙しくてとても香港に行く余裕がないので、代わりにお前が詳しく話を聞いてこい、と言われたんです」

麗子は緊張した表情で、秋生の顔を窺った。眉は剃《そ》って、きれいに描かれている。スーツの色に合わせたブルーのアイシャドウが、鳶色《とびいろ》の瞳を強調している。ファッション雑誌のグラビアモデルのように、完璧すぎる化粧。こちらが思わず赤面してしまうくらいゴージャスな女。だがどこかが崩れている、と秋生は感じた。それが何かはわからなかったが。

秋生はまず、婚約者がやっているという会社の業種を訊ねた。麗子は仕事の内容をよく知らないようだったが、どうやら不動産や金融のコンサルタントのようなことをしているらしい。

「コンサルタント業で、何千万も利益が出るものなんですか？」

「さあ、そのあたりの詳しいことは……」

「香港につくった法人と取引したことにして、その利益を、税金を払わずに海外に移したい、というご希望ですよね」

「はい」

「おやめになったほうがいいと思いますよ」

秋生が冷たく言うと、麗子はびっくりしたように目を見開いた。

「海外に法人をつくって取引を偽装すれば簡単に脱税できるというのは、とんでもない誤解です。製造業や流通業なら海外の子会社を利用することもできますが、金融関係のように実際にモノが動かないと、それだけ税務署の目に留まりやすくなる。一〇〇〇万円くらいの利益なら、国内でもどうにだってなるじゃないですか。決算期の違う子会社に飛ばしたり、知合いの会社から前倒しの請求書を出してもらったり、ボーナスとして社員の口座に振込んでキックバックさせたり。海外に法人をつくれば金だってかかるし、それが偽装だとバレたら、悪質な脱税と見なされて面倒なことになる。そんなことしても、なんの意味もありませんよ」

麗子はそれを聞くとしばらくうつむいて黙っていたが、やがて顔を上げて秋生を見た。

「実は、処理したい金額はもう少し大きいんです」

「いくらですか？」

「五億」麗子はかすれた声で言った。

「会社の年商はどのくらいあるんですか？」

「さあ、わたしはよく知りませんが、たぶん一〇億円くらいじゃないかと……」

「売上一〇億の会社が五億の利益を出して、それを全額、海外に飛ばして脱税しようというんですか。それは無茶だ。おやめなさい。税務署に隠しおおせるわけがないし、下手したら重加算税じゃ済まず、刑務所にブチ込まれて前科一犯がつくかもしれませんよ。税金で半分持ってかれても二億五〇〇〇万残るんですから、それで充分じゃないですか」

「わたしもそう説得したんですけど……」

麗子はそう言うと、またしばらくうつむいたまま黙ってしまった。

秋生は、返事を待っていた。

「その五億円、返さなきゃいけない人がいるみたいなんです」小さな溜息とともに、言った。

「表の金では払えないんですか？」

麗子は黙っている。

「最近じゃあ、どんなヤクザだって、フロント企業のひとつやふたつ持っているでしょう。

そういうところと契約書交わして金を振込んで、その後で倒産させればいいじゃないですか。そうすれば全額損金で処理できるし、裏金づくりは相手がプロなんだから任せておけばいいんですよ」

麗子は相変わらず何も言わない。人形のような大きな目に涙を浮かべて、首を振るだけだ。どういう事情があるのか知らないが、五億円相当の裏金を海外で受け渡さなくてはならないらしい。

「最悪でも、相手側にダミー会社をつくらせることはできないんですか？　自分のつくった会社に送金したんじゃ、申し開きの余地はないですよ。第三者の会社なら、取引に実態がないことがバレてもなんとかなる」

「ですから、わたしが海外に会社を設立して、そこと契約書を交わして送金するとか……。とにかく何か方法がないか相談してこいと言われて」

「それは無茶苦茶だ。そんな見えすいた出来レースをすれば、あなたまで犯罪者だ」

麗子は白い手にハンカチを握り締めたまま、華奢《きゃしゃ》な身体を細かく震わせている。鮮やかなブルーに金をちりばめた豪華なマニキュア。左手の薬指にはルビーの周りにダイヤモンドをあしらった婚約指輪。秋生は思わず舌打ちした。なぜ、マコトの奴はこんな面倒な客を俺のところに寄越した？

「いまから日本に電話をかけて、その婚約者の方に私から話をしてもいいですよ。いずれにしても、あなたには荷が重過ぎる」

それを聞くと、麗子はあわてて、「それだけはやめてほしい」と懇願した。「ちゃんと話をまとめてくると言って日本を出てきたんです。駄目だったとわかれば、彼の立場が大変なことになります」

「命にかかわる、という意味ですか?」

麗子はまた、黙ってしまった。白い頰に一筋、涙が伝った。

それを見て、「泣きたいのはこっちのほうだ」と秋生は思った。こんな鬱陶しい話ははじめてだ。

「しょうがないですね。何か方法がないか考えてみますよ。一日、時間をいただけますか?」

まったく気乗りはしなかったが、そう答えるほかなかった。もちろん、この魅力的な女にもういちど会えるという理由がなかったわけではないが。

秋生は最後に、肝心なことを訊ねた。

「五億円もの大金を、魔法のように消す方法がこの世の中にあるわけがない。いずれにしても、誰かが法を犯さなくてはいけない。その覚悟はあるんですか?」

青ざめた顔で、麗子が頷いた。

連絡先を聞き、いつまで香港にいるのか訊ねた。麗子は、この件が片づくまでは帰れないと言う。ペニンシュラ・ホテルのルームナンバーを書いたメモを受け取ると、明日の午前中には連絡するからと伝えて席を立った。

6

リッツ・カールトンを出て、そのままセントラル駅に向かって少し歩くと、香港を代表するホテルのひとつ、マンダリン・オリエンタルがある。その最上階にあるバーのヴィクトリア湾を一望できる席で、秋生はバーボンを舐《な》めていた。夕方六時を回ると、取引伝票を整理し終わったディーラーたちが三々五々集まってきて、カウンターの周囲は立錐の余地もなくなる。いまはまだ、客は二、三人しかいない。バーテンダーは暇を持て余して、グラスを拭いている。

夕方になっても外は強烈な暑さで、立ちのぼる水蒸気で九龍半島のビル群が霞んで見える。またひと雨くるかもしれない。麗子の泊まっているペニンシュラ・ホテルが正面に見えた。

香港の人口は、広東省の南に突き出た九龍半島の南端と、ヴィクトリア湾をはさんで向き合う香港島の北部に集中している。俗に「新界」と呼ばれる九龍半島の大半は、阿片戦争の結果、一八九八年にイギリスが清朝から九十九年間の契約で租借した地域で、一九九七年にその期限が切れた。それに対して香港の中心部はイギリスの割譲地で、本来であれば中国に返還する義務はない。イギリス保守派の中には、「固有の領土」を守れ、との主張も強かった。しかし現実には、香港の八割を占める新界からの水や食料の供給なくしては植民地を維持することはできず、サッチャーと鄧小平《トン・シアオピン》の会談で全面返還が決まったのだ。

　こうした歴史的経緯から、香港に対する大英帝国の投資はごく一部の割譲地に集中し、そこにビル群が密集するようになった。セントラルを中心に金融機関が集まる香港島北部に対し、尖沙咀を中心とする九龍半島南端は、東京でいえば新宿や池袋に相当する歓楽街として知られている。

　スターフェリー・ピアに接岸した船が乗客を吐き出す様子を見るともなく眺めながら、秋生は先ほどの話を考えていた。

　麗子の持ち出した条件は、婚約者の会社の口座から五億円を海外に送金し、経費ないしは損金として処理することと、送金した金を海外で第三者に受け渡すことだ。

　海外での受け渡しは、相手がオフショア、つまりタックスヘイヴン国の金融機関に口座を持っているならば、とくに問題はない。こんな手の込んだことをさせておいて、日本円の現金や無記名の割引金融債で渡せとは言わないだろう。その後は、こちらの知ったことではない。

問題は、五億円の金をきれいに損益計算書から落とすことだ。バブル崩壊後の不景気で法人税収入が激減して、最近では一億円以下の脱税でも国税局査察部が動くという。よほど巧妙なスキームをつくらなければ、一発でアウトだ。

こうした脱税・節税の依頼は、これまで何件もあった。なかには手伝ったものもある。しかしそれらは、法律の抜け穴を利用した合法的なスキームだった。

こうしたケースでよく使われる方法に、たとえば、海外子会社を利用した輸入取引がある。ある国内企業が、子会社を香港につくるとする。この子会社が、中国から原価八〇円の商品を買い付ける。親会社はそれを、一個一〇〇円で輸入する。この取引で、親会社から子会社へ一個あたり二〇円の利益が移転する。親会社は一〇〇円で輸入した商品を、「精一杯の販売努力をしたが売れなかった」という理由で、一個七〇円で一〇〇円ショップに投げ売りする。一個あたり三〇円の損失が発生するが、これは損金として計上されるので、そのぶん税金が安くなる。一〇〇円ショップでは、原価八〇円の商品を七〇円で仕入れ、小売価格一〇〇円で売ることができる。こうして、商品を製造した中国の会社も、輸入した日本企業も、一〇〇円ショップも、みんなが得をする。損をするのは、税金を取りっぱぐれた日本国政府だけだ。

利益を海外子会社に移転させたうえに損失まで計上できるこのスキームは、あまりにもよくできているため多くの会社が導入し、そのため「移転価格税制」によって一定の規制の網が被せられることになった。市場価格を逸脱した価格での子会社との取引を、ビジネスではなく単なる利益の移転を目的とするものとして規制しようという法律だ。しかし、その企業の主要な業務と関連した取引の場合、どこからが節税対策でどこまでが正当な商行為なのかを見極めることはきわめて難しい。とくに、日本全国どこを探しても黒字の会社を見つけるのが難しいほどの昨今の不況の中では、たんに採算割れの商取引をしたという程度では、脱税目的で摘発することなどとてもできない。

しかしこの素晴らしいスキームにも、実は問題がひとつだけある。オフショアや香港のような非課税・軽課税国に法人をつくって利益を移転させようとしても、「タックスヘイヴン対策税制」によって、国内企業が海外の子会社を実質支配している場合は、その利益を日本国内の所得と合算して課税されるからだ。要するに、海外子会社の利益が一〇〇パーセント連結させられてしまうのである。

この実質支配基準を逃れるためには、事実上、株式の五〇パーセント以上を日本の非居住者に持たせるしかない。ここに、非居住者である秋生のような人間の存在価値が出てくる。株式の過半数を保有されれば、子会社への支配権が発生するため、まともな企業は二の足を踏む。したがって、このスキームを有効に活用できるのは、オーナー社長の中小企業くらいだろう。ただし、会社の所有権が第三者にあることが明白であれば、いくら怪しいと思っても税務署は手出しできない。お互いに信頼関係を築き、充分に準備に時間をかけるならば、なかなか痛快な「節税」ができる。香港の法人税は一六パーセントと格安だが、間にオフショア法人を嚙《か》ませることで、それすら無税にすることも可能だ。

世の中には、金のためなら何でもする奴らがゴロゴロいる。香港でも、脱税目的の日本企業のために非居住者の名義を貸す人間を探すのは簡単だ。こいつらは確信犯で、仮に株主になっても、役員にさえ名を連ねなければ、その会社がどんな犯罪に手を染めても有限責任だからどうでもいいと思っている。資本主義においては株主の責任は出資金の範囲に限定されている。オフショアのペーパーカンパニーはたいてい資本金一ドルでつくるため、五〇パーセントを出資した株主が負うべき最大のリスクは五〇セントの損失である。

その一方で、こうしたブラックな日本人非居住者を利用する企業のリスクは無限大だ。巨額の脱税の証拠を握ったとたん、それを材料に企業を脅す輩《やから》が必ず出てくるからだ。そいつらがヤクザや総会屋と組もうものなら、企業は骨の髄までしゃぶりつくされることになる。

結果として、正直に税金を払ったほうがずっとマシだったということもよくある。香港にも、裏社会に身を落とした日本人がいくらでもいる。そんな奴らに引っかかる経営者が馬鹿なだけ、という話だ。

もっとも、麗子の婚約者がやっている会社はただのコンサルタント業だというから、モノを動かすこうした取引は不可能だ。いまから会社の定款《ていかん》を書き換えても、あまりに露骨で話にならない。だとすれば、五億円もの金を帳簿から消すには、投資名目かなにかで送金し、その後で投資先を潰すしかない。かなり荒っぽい方法で、一歩間違えば、「私は脱税しました」という看板をぶらさげて税務署の前を歩くようなことになる。

いちばん簡単なのは、麗子を代表取締役にして香港に適当な法人をつくり、不動産投資かなにかを名目に、いい加減な契約書でその法人に五億振込ませることだ。いまはまだ金回りが良さそうだからコンサルフィーをがっぽりもらって、後は運を天に任せる。不審に思った税務署が香港の登記簿を取り寄せれば確実にアウトだが、見逃してもらえる可能性だって〇・一パーセントくらいはあるだろう。秋生自身はたんに、依頼人の希望に従って、合法的に香港に法人を設立しただけだ。その法人がどう使われようが、何の関係もない。麗子も、婚約者に騙されて法人の代表者にさせられただけ。その婚約者だって、金がその後、第三者に送金されたことが証明できれば、刑務所行きは免れるだろう。

しかし、これではただの詐欺野郎だ。

では、オフショアに法人をつくって香港の子会社を所有させるか？

まともな金融機関にオフショア法人の銀行口座を開設することは、実は、一般に思われているほど簡単ではない。スイスやルクセンブルクをはじめ、マン島、チャネル諸島など、ヨーロッパの代表的なタックスヘイヴンに籍を置く金融機関は、素性のわからない会社の法人口座開設依頼など洟《はな》も引っ掛けないだろう。それが脱税目的であれば、なおさらだ。

そうなれば、カリブ海のケイマン、バミューダ、ブリティッシュ・ヴァージン・アイランドあたりか、南太平洋のバヌアツ、ナウル、パラオなどの規制の甘いところに法人をつくるしかない。そんな怪し気なタックスヘイヴンに登記された会社にいきなり五億も送金すれば、税務署が飛びついてくるに決まっている。

かといって、会社を香港やシンガポールに設立すれば、日本の税務当局から照会があった時に、役員名簿が簡単に割れてしまう。そもそも香港は、日本の国税庁の最重点警戒地域であり、調査官が常駐しているという噂もある。

オフショアに持ち株会社を設立し、その一〇〇パーセント子会社を香港に設立するか？

これなら、登記簿に名前は出ない。オフショア法人まで辿れば別だが、日本の税務署が騒いだくらいでは、会社の真の所有者はわからない。タックスヘイヴンにも市場原理が働いており、その程度で登記書類を見せていたら、おいしい客はみんなよそに取られてしまう。タックスヘイヴンはもともと観光くらいしか資源のない貧しい国で、世界中の金持ちの〝脱税幇《ほう》助《じょ》〟が最大の産業なのだ。金持ちにとって魅力がなくなれば、国民は石器時代の暮らしに戻るしかない。国際手配されているテロ組織ならともかく、多少は怪しくても、麻薬か武器密輸か幼児売買の証拠を揃えて圧力をかけなければ書類は出てこない。

だが、この方法にもいくつか問題がある。

香港に子会社を設立する際に、親会社であるオフショア法人の登記書類を要求される。そこに名前が出ていれば何の意味もない。

オフショアに法人をふたつつくって香港は孫会社にするか？　それとも、適当な法人を買ってきて、書き換え前の登記簿で強引に会社をつくるか？　やり方はいくらでもあるが、あまり細工しすぎると、バレた時に申し開きできなくなる。

もうひとつの問題は、香港法人の代表者だ。これを誰の名義にする？　そこらのホームレスを騙して名義人にするか？　身分証明を偽造するか？

そこまで考えて、秋生はこの案件がとてつもなくリスキーだということに気がついた。麗子の希望を叶《かな》えようとすれば、秋生自身が法を犯さなくてはならない。麗子の婚約者という人物が置かれている事情や背景もまったくわからない。その五億だって、どうせまともな金ではないだろう。

五億円が消えた後に、関係者の誰かが「実は、香港にいる日本人に騙し取られました」と告発したらどうなるだろう。本名は知らないとしても、直接、秋生に会った人間は何人もいる。税務当局なら、依頼人の口座開設書類から紹介者である秋生の本名を割り出すことは難しくない。そうなれば、こっちは脱税幇助どころか、下手をすれば五億円の詐欺容疑を押し付けられかねない。これでは、まったく割が合わない。問題外だ。

秋生はちらっと時計を見た。真っ直ぐに帰れば、麗子はとっくにホテルに戻っているはずだ。いますぐペニンシュラに電話をかけ、麗子を呼び出して、「依頼は断る。荷物をまとめて明日にでも日本に帰れ」と伝えるべきだ。

秋生は、氷が溶けて薄くなったバーボンを口に含んだ。

いつの間にかテーブルは満席に埋まり、カウンターの周りではトレーダーたちが今日のマーケットを肴《さかな》に大声で談笑していた。夜の帳《とばり》が下り、九龍サイドのビル群に色鮮やかな火が灯りはじめた。

五億円。米ドルに換算して約四〇〇万ドル……。

秋生はウェイターを呼ぶと、バーボンのダブルをもう一杯頼んだ。

「四〇〇万ドル」口に出して呟いてみた。

秋生はいまから一年半ほど前、同じビッグマネーを目指してマーケットに勝負を挑み、手痛い挫折を経験していた。


秋生はバブル最盛期に東京都内の私立大学を卒業すると都市銀行に入り、二年ほど外勤をさせられた後で本部に呼ばれ、二十五歳でニューヨークの支店に移った。理工系で数字に強く、そのうえ英語が話せる人間はあまり多くなかったからだ。当時はジャンク債やデリバティブが話題になり始めたばかりで、頭の固い日本の銀行も、若い人間をアメリカに派遣して最新知識を習得させる必要を感じたのだろう。そこで白羽の矢が立った一人が、秋生だった。

ニューヨークに移って二年ほど、秋生はアメリカ人の上司について、ジャンク債ファンドのプライシング（値付け）をやっていた。ジャンク債というのは文字どおりの「クズ」で、財務内容が悪く、いつ倒産してもおかしくないような会社が、資金調達のために発行する債券だ。そのため、飛び抜けて利回りが高い。一年で利回り一〇〇パーセントなどという債券がゴロゴロしている。一年後に一〇〇ドルが当たる宝くじを、五〇ドルで売っているようなものだ。ただし、外れる確率が高いので、これまでそんなものは誰も見向きもしなかった。

ところが七〇年代半ばにマイケル・ミルケンという天才が彗星《すいせい》の如く登場すると、魔法の力でこのクズをゴールドに変えてしまった。ミルケンは、どんなに危ない宝くじでも、それを山ほど掻き集めれば外れる確率が平均化し、高利回りの投資が可能になるという数学的なマジックを駆使して途轍《とてつ》もない利益を叩き出したのだ。このミルケンが八〇年代末にインサイダー疑惑で投獄されるとジャンク債市場はいったん崩壊するが、九〇年代に入るとふたたび持ち直し、ＩＴ景気とともに大いに賑《にぎ》わった。こうしたジャンク債や住宅ローン債券、コーポレートローン債券などの価格は、クーポンや償還《しょうかん》期限、金利やリスクによって複雑に変化するため、それを計算するにはコンピュータと数学・統計解析の先端知識が不可欠だった。秋生の上司は、元は大学の数学科の助教授で、彼から命じられた仕事は、プライシングのプログラムを修正したり、データをソートしたり、計算結果を検証したりすることだった。

その上司がウォール街の投資銀行に引き抜かれると、半年後に秋生もヘッドハントされた。与えられた仕事は、オプションのプライシングとデリバティブ債の組成だった。オプションというのは株式や株価指数、為替、商品などの原資産を売ったり買ったりする権利の売買で、その権利料の算出にも、確率微分方程式やモンテカルロ・シミュレーションを使った複雑な計算が必要になった。そうしたオプションを債券に組み合わせたり、あるいはデリバティブそのものを証券化して投資家に販売するようになると、その適正価格の算出は、もはやプログラムを組んだ本人しかわからなくなる。会社は、理論の精緻《せいち》さやプライシングの正確さではなく、その部門が上げる利益だけを評価するから、こうしたデリバティブ商品はブラックボックス化し、やがては顧客から法外な手数料を毟り取るための道具になり果てる。秋生は、その過程をつぶさに体験した。

三十一歳の時に、秋生はスカウトされてヘッジファンドに移った。オフィスはウォール街から少し離れたソーホーの一角にあり、昔ながらの倉庫を改造した建物だが、中身は最先端のハイテクの実験室だった。九七年のアジア通貨危機の直後で、ジョージ・ソロスのファンドに巨額損失が発生したことが噂され、その威光にもそろそろ翳《かげ》りの見えてきた頃だ。秋生が呼ばれたヘッジファンドは、相場の先行きを読んでレバレッジをかけた大きなポジションを取るグローバル・マクロの手法ではなく、世界中のマーケットの価格を瞬時に把握し、同じものが異なる価格で売られていることを発見すると、安いほうを買って高いほうを売るポジションをつくり、一物二価の価格差を無リスクで抜くマーケット・ニュートラルを専門にしていた。こうした価格差は、現物と先物、先物とオプション、株式と転換社債などあらゆるところで発見され、それが莫大な富に化けた。光ファイバーケーブルでつながれた何十台もの高速コンピュータが低いうなりを上げ、通信回線の網の目で世界中を覆い、宝の地図を手に入れ、墓を掘り起こして宝物を独占するのだ。

金融マンとしての秋生のキャリアは、ここで挫折した。ヘッジファンドの同僚たちのほとんどは一流の大学院で数学や物理のドクターを取ったか、軍の研究所で最先端の機密を研究していた人間たちで、専門教育を受けたわけでもない秋生は、彼らがいったい何の話をしているのかすら理解できなかったのだ。

秋生は半年もたたずに自ら辞表を出したが、もういちどウォール街で職を求める気力も湧かず、かといって日本に戻る気にもなれず、アパートを引き払い、バックパックひとつ背負ってアメリカを放浪するヒッピー生活に身を投じた。ニューヨークから南に下って、フロリダ、ニューオリンズ、テキサスなどの南部を旅し、メキシコとの国境沿いをうろうろした後、砂漠を渡ってラスベガスから西海岸に到達し、ロサンゼルス周辺のモーテルを転々としている時、このあたりは自分と同じような人間がいっぱいいることに気がついた。

ウォール街時代の秋生の年収は二〇万ドルを超えており、移籍にあたってヘッジファンドからも高額のボーナスを得ていたので、贅沢三昧の暮らしをしてもなお銀行口座には五〇万ドル程度の残高があった。当分は働かなくても生きていけるが、一生、遊んで暮らせるわけでもないという金額だ。西海岸の風光明媚《ふうこうめいび》な別荘地には、二十代後半や三十代前半で燃え尽き、ビジネスの最前線から脱落し、かといって働かなくては生きていけないわけでもなく、ドラッグとセックス以外に暇潰しの方法がない秋生と同じ境遇の若者たちが溢れていた。こうした九〇年代の落ちこぼれエリートたちは独特の匂いを持っているらしく、すぐに何人かの知合いができた。そのうちの一人が持っているマリブのプール付き別荘で、マリファナとコカインをやりながら一ヶ月を過ごした。ある朝目が覚めたら、隣に寝ていた仲間の一人が、ヘロインのやり過ぎで冷たくなっていた。このままではいずれ自分も同じ薬中《ヤク》になるだけだと思い、麻薬で崩壊しかけた脳味噌をなんとか立て直して、九九年のはじめにアメリカを離れ、香港にやってきたのだ。

秋生の目標は、五〇万ドルの資産をとりあえず一〇〇万ドル、できれば二〇〇万ドルまで増やすことだった。それだけの金があれば、死ぬまでマリファナやコカインに溺れていてもなんとか足りるだろうという程度の理由しかなかったのだが。平凡な中流家庭で育ち、中学・高校・大学をとりあえず優等生で過ごしてきた秋生には、そもそも根源的な欲望のいくつかが欠落していた。金があってもやりたいことがあるわけでもなく、ただ、貧乏のまま路頭に迷うのが怖かっただけだ。

金を増やすもっとも簡単な方法は、デリバティブの知識を活かして大きな相場を張ることだった。

アパートが決まると、秋生は深水埗《シャムシュイポ》のコンピュータショップに行ってトレーディング用とバックアップ用の二台のマシンを自作し、表計算ソフトや統計解析ソフト、プログラミングソフトなどのコピー品を二束三文で買ってきてインストールした。香港では発売前のウィンドウズのOSでさえコピー品が出回り、「中国の情報機関が、自分たちの給料を捻出するために最先端の研究施設を利用して組織的にコピービジネスを行なっている」との噂がまことしやかに語られていた。

香港の市内通話は定額制なので、プロバイダへの常時接続は問題ない。光ファイバーとはいかないまでも、本来ならせめてISDNクラスの通信速度は欲しいところだが、築二十年のアパートではそうもいかず、やむなくあきらめた。最近になって香港でもADSLが普及するようになってきたが、当時はそんなものはなかった。もともとデイトレーディングをするつもりはなかったから、なんとかなると判断したのだ。

秋生の投資対象は、シカゴ・マーカンタイル取引所CMEに上場されたナスダック、S&Pの株価指数先物とオプション、およびシンガポール取引所SGXの日経225だった。それ以外にも、ドル円の先物と、アメリカと日本の個別株にもポジションを取った。アメリカの場合、非居住者の株式売却益は非課税だった。香港の証券会社を通して日本株を売買すると、こちらもまったく税金がかからない。日本人が取引しているとわかれば調べられるかもしれないが、取引は香港の証券会社名で行なわれるので、その心配はない。ヘッジファンドを退職してヒッピーくずれになってから、正確には、非居住者としての秋生の資格はグレイゾーンに入っていた。

九八年秋にはロシア危機が起こり、ヘッジファンドのスーパースターが集まったロングターム・キャピタル・マネジメントが破綻《はたん》した。そこが大底《おおぞこ》で、秋生が個人で投資を始めた九九年は、日本にとっても、アメリカにとっても、投資家には最高の年になった。相次ぐ金融危機でバブル後最安値まで下落した日本の株価は九八年末から上昇に転じ、やがてＩＴバブルが到来することになる。それに呼応するように、ナスダックも五〇〇〇ポイントという夢の世界に向かって目も眩むような上昇を続けていた。

秋生は資金をアメリカのオンライン証券会社、先物ブローカー、香港の証券会社の三ヶ所に分け、ハイテク株を中心に信用取引で買い持ちし、株価指数先物のロングポジションを持ち、プットオプションを売った。一貫して、株価が上昇すればレバレッジがかかって利益が増えていく強気の戦略でマーケットに臨んだ。

その結果、九九年末には、最初の五〇万ドルは八〇万ドルまで増えていた。日経平均は二万円に届こうとし、ナスダックは四〇〇〇ポイントの壁を突き抜けた。誰が見ても、いつ崩壊してもおかしくない状況で、西暦二〇〇〇年問題もあり、十二月に入るまでに秋生はすべてのポジションを解消した。

しかし、秋生の予想に反して二〇〇〇年を迎えても何のトラブルも起こらず、ミレニアム景気で株価はさらに上がった。彼は焦った。どう考えても、こんな強気相場が永遠に続くはずはない。この機会を逃せば、目標達成まで何年もかかるのではないか。

第一目標の一〇〇万ドルまで、あと二〇万ドル。いま思えば、一年間、相場の波に乗って大きな成功を収めたことからくる過剰な自信もあった。秋生は、六〇万ドルをオフショアの銀行に送金すると、残った二〇万ドルをシカゴの先物ブローカーに預け、最後の大勝負を張ることにした。半年以内に、この二〇万ドルを倍にしようと考えたのだ。

二〇〇〇年一月末からナスダック先物とオプションを中心にポジションをつくり始め、二月中旬にはポジションのサイズは二〇〇万ドルを超え、レバレッジ率は十倍に達した。先物ロングとプットオプションのショートを組み合わせた強気のポジションで、秋生の計算では、ナスダックが五五〇〇ポイントを超えれば、二〇万ドルの利益が確保できるはずだった。

三月になって、ナスダックはついに五〇〇〇ポイントを突破し、秋生の総資産は九〇万ドルまで膨らんだ。ニューヨークの取引時間は、香港では午後十時三十分から午前五時にあたるため、彼は月曜から金曜の深夜、連日コンピュータの画面を見ながら値動きを確認し、リアルタイムでデータを取り込み、株価のボラティリティとポジションのリスクを確認した。

株価はその後、一進一退を繰り返し、いったん四六〇〇ポイント台まで下げたものの、三月後半にはふたたび五〇〇〇ポイントの大台に乗せた。だが月を越えると一本調子で下がり始め、四月十二日にはついに四〇〇〇ポイントの大台を割った。ポジションの大部分を手仕舞ったとはいえ、たった二週間あまりで一〇〇〇ポイント、二〇パーセントもの大幅な下落で、秋生の利益は急速に萎《しぼ》んでいった。いま思えば、この時まで三ヶ月以上、昼夜が完全に逆転したうえ、一日数時間の睡眠でマーケットにのめり込んでいた彼の頭は、すでに半分おかしくなっていた。次に来るだろう大きなリバウンドに賭けて、一気に勝負に出ようと考えていたのだ。

四月十四日金曜日。前日より八〇ポイント安い三五九七ポイントで始まったマーケットは、三六〇〇ポイントを超えて順調に上昇していった。それを見て、秋生はリバウンドの可能性に賭け、先物をロングし、プットオプションを売った。

香港時間で四月十五日土曜日午前二時、ニューヨーク時間の金曜午後零時、いったん三六〇〇ポイントを割り込んだ指数がふたたび上昇を始めたところで、突然、電話が不通になってインターネットの接続が切れ、次いで、電気も通じなくなってテレビも消えた。地下の飲食店に巣食う鼠が配電盤と交換機を齧《かじ》り、感電死したのが原因だった。

すべての情報が消えて、秋生はパニックになった。プロのトレーダーとしての、その時もっとも正しい対応は、国際電話のかけられる公衆電話まで走り、値段にかかわらずすべてのポジションを手仕舞うことだった。しかし連日の睡眠不足のうえに負けを取り返すことに目が眩んでいた彼は、なんとか電源と通信回線を回復しようと無駄な努力を続け、ブローカーに電話をしなければならないと気づいたのは二時間後だった。

ありったけの小銭を掻き集めて公衆電話からアメリカに電話すると、秋生のポジションを確認したブローカーは、

「ちょうど連絡しようとしていたところだ。追《お》い証《しょう》が必要になりそうだから、いますぐポジションをすべて切るか、一〇万ドル送金してくれ」

と感情のない声で告げた。最初は、何かの冗談だろうと思った。そして、ナスダックの相場を聞いて、秋生は膝から崩れ落ちた。この二時間の間にナスダックは急落し、先物価格は三二〇〇ポイントを割り込んでいたからだ。けっきょく、その日の終値は、前日比九・七パーセント安の三二〇八ポイント。この大暴落で、秋生の損失額はたった一日で二〇万ドルを大きく超えた。

そのまま二時間以上、電話ボックスの中で震えているうちに、週末の相場は終わった。前日から、ひどい雨が降り続いていた。全身がずぶ濡れになっていることに気づいたのは、すでに外が白み始めた頃だった。それまで何をしていたのか、まったく記憶にない。ただ、舗道に叩きつける雨の匂いを覚えているだけだ。

ポジションを解消するにせよ、もういちど勝負するにせよ、マーケットが開くまでは何も

できなかった。土曜の早朝から月曜夜までの二日半の間、秋生は一睡もせず、何も食べず、眼窩《がんか》は落ち窪《くぼ》み、土気色の顔に目だけがギラギラ光っているような状態で、現実とも妄想ともつかない時間を過ごした。

秋生が自らプログラミングしたポートフォリオ管理ソフトが告げているのは、月曜日の相場次第ではすべてを失って破滅する、という冷たい現実だった。月曜の寄付でポジションを整理すれば、なんとか五〇万ドルは残せるかもしれない。この急落後にせめて三四〇〇ポイントまで反発してくれれば、かなりの損失をカバーすることができる。逆に三〇〇〇ポイントの大台を割れば、プットオプションのすべてが権利行使価格に達し、損失額は一〇〇万ドルを超える。そうなれば、破産するしかない。

追い証を払って月曜のリバウンドに勝負をかけるべきか？　とりあえずポジションを半分だけ整理するのがいいのか？　それともあきらめて五〇万ドルだけでも確保するか？　六十時間近く秋生はこのことを考え続け、結論を出せぬままにオフショアの銀行から追い証の一〇万ドルを送金し、気が狂いそうな思いで月曜の寄付を待った。そして、彼の希望はもろくも粉砕された。

三一九四ポイント。金曜終値より一四ポイント安でのスタート。このままずるずる下がるようなら、すべてを失う。いつの間にか、秋生の目からは涙が溢れ、噛み締めた唇からは血が吹き出していたが、もはやそれすらも気づかなかった。これ以上のプレッシャーは到底耐えることができず、ブローカーに電話をかけると、すべてのポジションを閉じて損失を確定させるよう頼んだ。

結果論で言えば、その日は三一〇〇ポイント近くまで大きく下がった後で、午後から一転急反発し、けっきょく三五〇〇ポイントまで戻した。一日の上昇率は一〇パーセントを超え、そのままポジションを持ちつづけていれば、損失をほとんど取り返すことが可能だった。

しかし、破産の瀬戸際に追い込まれた時点で、秋生は自分の神経がこれ以上耐えられないことを知っていた。あそこでポジションを切らなければ、いまごろは狂気の闇の中を彷徨《さまよ》っていたに違いない。自分の精神がその程度のものでしかないことを思い知らされたことのほうが、秋生にはショックだった。

こうして、たった一日で二〇〇〇万円以上を吹き飛ばし、秋生の資産はふたたび五〇〇万ドルに戻った。生きるには少なすぎ、死ぬには多すぎる中途半端な金。あの時すべてを失えば新しい人生をスタートできたのか、とも考えることがあるが、もとよりそんな度胸はない。そうかといって、もういちどマーケットに挑み、ポジションを取る勇気もない。仕事を探す気にもなれなければ、やるべきこともない。スケジュール帳は、いつまでたっても空白のままだ。

こうして毎日、浴びるほど酒を飲んでは酔い潰れて寝るだけのろくでなしの生活を続けていた時に、ホテルのバーでマコトに会ったのだ。

気がつくと日はとっぷりと暮れ、麗子の泊まるペニンシュラ・ホテルのイルミネーションが漆黒の闇にぼんやりと浮かんでいた。

秋生は、バーボンの最後の一口を飲み干した。

7

麗子は肩まで大きくあいた花柄の黒のブラウスに黒のギャザースカート、コケティッシュなラメの網タイツにピンクのハイヒールという挑発的な格好で、ローマのコロッセウムを思わせる円柱の立つペニンシュラ・ホテルのロビーに物憂げに佇《たたず》んでいた。昨日のスーツ姿も似合っていたが、今日は高級ファッション雑誌のリゾート特集にでも登場しそうなコーディネイトだ。秋生は午前中のうちに麗子に電話して、昨日と同じ午後三時にここで待っているように告げていた。

一九二八年に創業され、大英帝国の栄華を今にとどめるペニンシュラ本館では、ポーターたちが宿泊客の巨大な荷物を手際よくさばいていた。中二階の桟敷《さじき》席ではモーニング姿の弦楽四重奏団《カルテット》がモーツァルトを奏で、奥のカウンターには、チェックインの手続きを待つ観光客の長い列ができている。誰もが慌しく、目の前の目的に向かって一直線に進んでいる。その中で麗子の姿だけが、まるでグラビアの一ページを適当に切り抜いて立て掛けたようだった。

秋生は麗子に声をかけると、ロビーに隣接するティールームに誘った。アフタヌーン・ティーの時間とあって、平日の午後にもかかわらず、客席は八割ほど埋まっていた。客の半分は欧米人、残り半分が日本人観光客だ。

ペニンシュラは世界でもっとも有名なホテルのひとつだが、秋生はあまり好きではなかった。どんなに歴史と格式があったとしても、いまやただの観光ホテルなのだ。その猥雑《わいざつ》な雰囲気は、熱海や箱根の温泉旅館と大して変わらない。香港島側には、もっと新しくて設備のいいホテルがいくらでもある。どうせ高い金を払うなら、そういうところで快適に過ごしたほうがずっとマシだ。

世界中の小金持ちたちが集まるこのロビーの中でも、麗子の美貌は図抜けていた。彼女が移動すると、それに合わせて、男たちの視線も動いた。麗子はごく自然に、秋生の左腕に手をかけた。香水の甘い匂いが鼻をくすぐる。ウェイターが、窓際の席を用意しに走る。恭《うやうや》しく引かれた椅子に、麗子は軽く微笑《ほほえ》んで、まるで映画スターのように優雅に腰をおろした。

ウェイターが完璧な動作で注文の品をテーブルに置くのを待って、秋生は言った。

「あれから一日考えましたが、この話はなかったことにさせてください」

麗子は一瞬、何を言われたのか理解できなかったのか、目を大きく見開いて秋生を見詰めた。

「あなたの依頼を受ければ、どんな方法をとっても、五億円の脱税か、海外への不正送金を幇助することになる。いくら私がお人好しでも、あまりにリスクが大きすぎます」

そう言って、次の反応を待った。

麗子は紙のように蒼白《そうはく》な顔をして秋生の話を聞いていたが、

「わかりました。昨日お会いして、断られることは覚悟していました。あとは自分で何とかします」

とかすれた声で答えた。かたちのいい唇の端がわずかに震えている。

「どうにかする当てはあるんですか?」

麗子はうつむいたまま、黙っている。真っ白な肌に、サファイヤの清楚なネックレスが似合っていた。大きく開いた胸元から、細い身体には不釣り合いな豊満な乳房の谷間が覗いている。完璧すぎるファッションだが、やはりどこかが崩れていると秋生は思った。その感触は、熟して腐り始めた果物に似ていた。

「あなたは私に、香港での法人設立を依頼し、いまここで断られた。仕方がないので、あとは自分で何とかするほかない。そうですね」

秋生は構わず話を続けた。

「そこで、ウォールストリート・ジャーナルのアジア版を見ると、BVIなどのオフショアに法人設立を代行するエージェントの広告がいっぱい出ているのを見つけた」

秋生は持っていた新聞の広告面を開くと、そのひとつをペンで丸く囲んだ。BVIはブリティッシュ・ヴァージン・アイランドの略で、カリブ海にある旧イギリス領の島国。同じ英国系ということで、香港ではもっとも馴染《なじ》みのあるタックスヘイヴンだ。適当なエージェントに一万香港ドルも払えば、その日のうちに、ここにIBC（インターナショナル・ビジネス・カンパニー）をつくってくれる。

「あなたはたまたま、オフショアに法人をつくるというこのコンサルタントの広告に目を留める。電話をかけてみると、ヘンリーと名乗る香港人が応対に出て、〈法人設立は前金で五万香港ドル。銀行口座を開くならプラス三万香港ドル。それでよければパスポートを持ってこい〉と言われる。ここまではいいですか？」

麗子は驚いたような顔をして秋生の顔を見詰めていたが、そのあとで、子供のようにこくりと頷いた。

「セントラルのオフィスビルにあるヘンリーの事務所に行くと、パスポートのコピーを取られ、この書類に必要事項を記入するように言われます」

秋生は持ってきた封筒から二通の書類を取り出すと、テーブルの上に置いた。ここに来る前に、ヘンリーのところに寄って、法人登記依頼書と銀行口座開設申請書を受け取ってきたのだ。それはBVIではなく、他のカリブの島国に法人を登記し、銀行口座を開設するためのものだった。

香港でBVI法人を設立すると、ほぼ自動的に、銀行口座は香港上海銀行につくることになる。最近はマネーロンダリング対策で以前より厳しくなってきたというものの、香港人が所有するBVI法人の大半が香港上海銀行を利用しているため、法人口座を開きやすいからだ。他の金融機関でも不可能ではないが、オフショアと聞いただけで門前払いするところもあり、そうでなくても本人確認やビジネスプランの提出など、非常に手間がかかる。

しかし今回は、国税庁が目を光らせている香港には直接、金を送ることができない。香港上海銀行しか使えないBVI法人では具合が悪いのだ。

ほとんどの人が誤解しているが、オフショアに法人を設立すること自体は非常に簡単だ。場所によっては、メールオーダーで登記できるところもある。問題は、その法人の銀行口座を開くことにある。

どの金融機関も、素性のわからないペーパーカンパニーの口座を引き受けたくはない。とくに、世界的な金融再編で、多くのオフショア銀行がイギリス系やヨーロッパ系の大手銀行の傘下に入ったため、マネーロンダリングには相当ナーバスになっている。今回のようなケースでは、先に法人をつくってから銀行と交渉したのでは、どこも引き受けないか、仮に口座が開設できたとしてもとんでもない時間がかかる。

しかし金融の世界では、どのような規制にも抜け道が存在する。銀行口座の開設が難しければ、オフショアの銀行自身に法人の設立を依頼してしまえばいい。

東アジア金融マーケットの拠点である香港では、百五十あまりの外国銀行が免許を取得して銀行業務を行ない、それ以外に、一千社近い金融機関が事務所を開いている。そういった事務所の中には、口座獲得や顧客管理のほか、法人や信託の設立代行を手がけるところも多い。ＢＶＩ法人よりはずっと費用は高くなるが、そのかわり法人の登記と銀行口座の開設がセットになっている。

今回利用するのはカリブ系のオフショアバンクで、ヘンリーはそこの香港事務所と契約するエージェントである。銀行としても、顧客に直接、事務所に訪ねてこられれば、責任をもって身元照会をしなくてはならない。エージェントを通せば、何かあっても責任を転嫁できるので、気が楽なのだ。この場合、エージェントに支払う手数料が別に必要になるが、その分、ハードルはさらに低くなる。要するに、金さえ出せば何でも可能になるという当たり前の話だ。

秋生はジャケットから万年筆を取り出すと、用意した書類の上に置いた。

「会社をつくるうえで、どうしても必要なのが株主と取締役です。どちらも、設立にあたって本人のサインが必要ですから、この場ですべての手続きを済ませるのなら、あなたが全額出資し、ただ一人の取締役になるしかありません。当然、この会社にかかわるすべての責任はあなたが負うことになる。もういちど確認しますが、それでほんとうに構わないのですね」

麗子は、「はい」と小さく頷いた。

「会社の名前は決めていますか？」

麗子はハイヒールとお揃いのピンクのポシェットから小ぶりな手帳を取り出すと、それを広げて秋生に見せた。そこには、〈ジャパン・パシフィック・ファイナンス（JPF）〉という社名が書かれていた。いかにもあやしげだが、どうせ数ヶ月で消えてなくなる運命だから、どうだっていいことだ。

「この社名ならたぶん問題ないと思いますが、もしも同じ名前が先に登記されていると、ジャパンをニッポンに変えるなど、社名を変更しなくてはなりません。それでいいですか？」

「お任せします」と麗子は答えた。

「それでは、名前や生年月日など、わかるところから記入していってください。住所と電話番号は空欄にしておいてください。それと、パスポートは持っていますか？」

麗子は何の疑問も抱かず、ポシェットからパスポートを取り出した。

秋生は席を立って中二階にあるビジネスセンターに行くと、パスポートのコピーを二部頼んだ。生年月日を見ると一九七〇年生まれになっているから、麗子は今年で三十一歳になる。本籍は東京都。パスポートの末尾の「所持人記入欄」には、東京・世田谷区のマンションの住所と電話番号が書かれていた。中をざっと見ると、ハワイやヨーロッパなどに、年二、三回は旅行している。今年の正月はパリとミラノで過ごしたようだ。秋生は住所の書かれたページのコピーも頼み、二つ折りにしてジャケットの内ポケットにしまった。

ビジネスセンターの秘書に声をかけ、奥のブースからヘンリーの事務所に電話をかけると、いきなり本人が出た。

「なんだ、アキか。儲け話、まとまったか？」

冗談とも本気ともつかない質問を無視して要件を伝えると、社名の確認には一時間ほどかかると言う。

「もっと早くわからないのか？」

「無理ね。これでも超特急。特別料金、請求したいくらい。わかったら電話するよ。これはサービス」

まるで、電話代を自分が持つことで恩を売ろうというような言い方だ。

「だったら、書類を持って直接そっちに行く。社名がダブッていたら、その場で直したほうが早い」

「ノー・プロブレム。ついでに、取締役と株主の名前を教えてくれ。こっちも書類をタイプしておく。料金は前払い。わかってるね」

ヘンリーの話はいつものように、金で始まって金で終わった。見かけによらず、ヘンリーの仕事はしっかりしている。そして、概《おおむ》ね約束は守る。ただし、先に金を見せなければ絶対に動かない。

「香港には三種類の人間がいる」

はじめて会った頃、チャンが教えてくれた。

「金を受け取ってから働く奴と、金を受け取っても働かない奴。そして、絶対に付き合ってはいけないのは、金はいらないから働きたいと言う奴」

秋生はヘンリーに麗子の名前とスペルを伝え、経費はその場で小切手で支払うと約束して電話を切った。

「あの、この〈コードワード〉というのは何でしょう？」

席に戻ると、麗子が小首を傾げて訊ねた。

「オフショアの銀行に口座をつくった海外の顧客は、電話かFAXで口座にアクセスすることになります。郵便ではいくらなんでも時間がかかりすぎる。でも、電話は偽者かもしれないし、FAXだと簡単にサインをコピーできる。そこで、確かに本人だという証明が必要になるんです。これがコードワードで、英字と数字の組み合わせ十六文字以内で適当な言葉を書いておいてください。本来なら直接、銀行に送らなければならないんですが、今回は時間がないのでエージェントを通します。当然、コードワードもエージェントに知られてしまうので、口座ができたら別のコードワードに変更してください。コードワードが漏れると、他人があなたの口座を自由に動かしてしまいます。逆に、コードワードさえ第三者に知られなければ、誰もあなたの口座にアクセスすることはできません」

秋生はそう答えて、パスポートを返した。

「もうひとつ、〈Mother's maiden name〉というのは？」

「これは〈母方の旧姓〉です。送られてくるクレジットカードをアクティブにする時に使う一種のパスワードなので、何でもいいです。どうせ、用が済めば潰してしまう口座ですからクレジットカードは必要ないでしょうが、いちおう書いておいてください」

麗子はしばらく考えて、二つのパスワードを書き込んだ。母方の旧姓は〈TATIKAWA〉、コードワードは〈KASUMI〉。秋生はそれを素早く記憶した。

「会社の定款は〈合法的なビジネスのすべて〉という簡単なもので済むので、エージェントに用意させます。それと、代表者の住所を日本にするわけにはいかないので、香港の私書箱サービスを使うことにします」

秋生はチャンのつくった下手くそなチラシを麗子に渡した。

「あなたはこの会社と契約し、すべての書類を香港で受け取ることにしました。電話も、この転送サービスを利用します。後で、転送先の電話番号を指定してください。料金は月二〇〇〇香港ドルで、最初に三ヶ月分の前払いです。それ以外に二ヶ月分の保証金が必要で、これは解約時に返却されます」

チラシの住所を指差し、それを申請書の住所欄に書き写すよう促すと、麗子は素直に従った。

「法人登記は二日ほどで終わり、登記簿、株券、そして〈シール〉と呼ばれる会社印をお渡しします。銀行の口座開設通知とキャッシュカードは、十日もあれば香港に届くでしょう。

法人の登記簿は、ノミニーといって、現地の法律事務所が代理人になるので、あなたの名前が書類上に出ることはありません。銀行口座も法人名で登録されていて、あなたのサインで資金は動かせますが、外からは口座の保有者名はわかりません。ただし、オフショアへの多額の送金なので、税務署には必ずチェックされます。そのことは覚悟しておいてください。先方から送られた書類一式は、ホテルに届けさせましょう」

麗子からは何の質問もない。すべてを秋生に委《ゆだ》ねているとも言えるし、自分とは無関係な運命に身を任せているようにも見えた。

「ここまでの手続きは、すべて合法です。これ以上のことをしようとすると、偽の身分証明をつくって架空名義の法人と銀行口座をつくるしかありません。そこまでやれば、ただの脱税や不正送金では済まなくなる。もしどうしても架空名義の法人が必要なら、ほかをあたってください。上海あたりでは、ベテランの入国管理官でさえ拡大鏡を使わなければ判別できない精巧な日本の贋《にせ》パスポートが三〇万円も出せば手に入るといいます。電話帳に広告を出している怪しげな業者に片っ端から電話をかければ何とかなるでしょう」

「ありがとうございます。これで充分です」

麗子の声はかすかに震えていた。

「私は何もしていないのだから、礼を言われる筋合いはありません。すべてあなたが一人でやったことです。それよりも、オフショアの法人も銀行口座も合法ですが、そこに不正な資金を送金した瞬間に日本の法を犯すことになる。それはわかっていますね」

もういちど念押しすると、

「もう決めたことですから」

と、か細い声で、だがきっぱりと麗子は言った。

「あの、お礼はどのようにすればいいのでしょう？」麗子が訊ねた。

「一般的には、今回のようなケースでは、報酬は顧客が得る利益の一パーセントから五パーセント。送金額五億を顧客の利益とすれば、報酬は最低でも五〇〇万円という計算になりますが、今回はあまりお役に立てなかったので、すべての費用込みで一〇〇万円で結構です」

秋生の提示に、麗子は「わかりました」と即座に返事をしたが、ちょっと困った顔をした。

「でも、それだけのお金をこちらに持ってきていないので、いまから日本に連絡して、明日にでもご指定の銀行口座に送金させていただきたいのですが」

秋生はしばらく考えて、「香港に金を送るのはやめましょう」と言った。もともと、麗子から金を受け取った証拠を残す気はさらさらない。

キャッシュカードを使って現金を引出しても、どこのATMを使ったかは記録される。その気になって調べれば、香港での出金がバレる可能性がある。一〇〇万円程度ならどうということはないが、念のため、もう少し細工を加える必要がある。

「クレジットカードを持っていますか？」と訊ねると、麗子は財布からアメリカン・エキスプレスのゴールドカードを取り出した。婚約者の紹介でつくったカードで、請求もすべて婚約者が支払っているという。これなら問題ない。

秋生は席を立つと、いったんロビーに出てから携帯でチャンを呼び出した。

「ちょっと急ぎで頼みたいことがあるんだ」

「なんだ、悪い病気でも染されたのか？　最近、遊びすぎだからな」

チャンはそう言って、馬鹿笑いした。よくこんなつまらないジョークを思いつくものだ。

さっさとビジネスの話に移った。

「七万香港ドルの金《ゴールド》を買って、その場で九五パーセントで買い戻してもらいたいんだ。クレジットカードが使える店で、向こうの支払いは小切手。いまペニンシュラにいるから、この近くで探してよ」

「なんだ、そんなことか。だが、クレジットカードで九五パーセントは無理だ。カード会社に三パーセント以上持ってかれるから、店の儲けが出ない。九二なら何とかなる」

「そんなレートじゃ話にならないよ。譲っても九四。これなら店も、右から左で三パーセント抜けるから文句はないだろ」

「難しいと思うが、とにかく交渉してみる。どうすればいい？」

「見つかったら携帯で呼んでよ。こっちから掛け直すから」

そう言って電話を切ると、携帯電話をマナーモードにした。この豪勢なホテルでは、携帯を鳴らしただけで周りから白い目で見られる。

麗子は、放心したような表情で窓の外を眺めていた。舗道では、人目もはばからず、恋人たちが別れの抱擁をしている。ブランドものの大きな紙袋を抱えた日本の若い女たちが、ホテルの正面で大騒ぎしながらビデオカメラを回している。外見だけを見れば、みんなそれなりに幸福そうだ。

秋生の気配を察すると、麗子は我に返ったように、かすかな笑みを浮かべた。


十分も経たないうちに、ポケットで携帯が震えた。ロビーからチャンの事務所に電話を入れると、「九三・五。これ以上は神様が交渉しても無理ね」とチャンが怒鳴った。おおかた九四で話をつけて、〇・五はチャンが抜くのだろう。そのレートを了承して、店の場所を訊ねた。尖沙咀の繁華街を南北に突き抜けるメインストリート彌敦道《ネイザン・ロード》の入口にある有名な宝飾店だ。ここからなら、歩いても五分とかからない。

ウェイターを呼んで支払いを済ませ、ペニンシュラを出た。午後四時を回っても、相変わらず気が狂いそうになるほど暑い。

麗子は、秋生の横を少し後れてついてきた。いっしょに並ぶと、思ったよりも背は高くない。品のいい香水の匂いに混じって、わずかに石鹼の香りがした。偽ロレックスを売るインド人の客引きが、思わず息を飲むのがわかる。それくらい麗子の美しさは際立っていた。

バックパッカーたちが屯する重慶マンションの向かいにある、店頭にけばけばしい金の置物を飾った宝飾店に入ると、すでに話はついているらしく、そのまま奥の応接室に通された。

香港人は、単なる国家の借用証書にすぎない紙幣よりも金《ゴールド》を信用しているので、街のいたるところに金細工を扱う宝飾店がある。金《キャッシュ》が貯まると、それでネックレスや腕輪などの金《ゴールド》を買う。内乱が起き、政府が転覆し、紙幣がただの紙屑になれば、身に付けた金《ゴールド》を抱えてさっさと国を見捨てるだけだ。郵便貯金などという国営金融機関に全財産を預けて安心している日本人とは、考え方がまるで違う。

応接室には毛足の長い真紅の絨毯《じゅうたん》が敷かれ、豪華なクリスタルガラスのテーブルにはわざとらしく金のライターと金の煙草入れが置かれていた。胸まで沈みそうな大仰な革のソファーに腰掛けると、店のマネージャーらしき男が揉み手しながら現れた。細身の身体を仕立てのいいスーツに包んで、精いっぱいの営業スマイルを浮かべている。転がり込んできた儲け話を少しでも早く金にしたいのだ。

「品物の値段は七万香港ドル。支払いはAMEXのクレジットカード。受取りは自己宛小切手。割引率は九三・五とチャンから聞いている」

秋生は手短に条件を告げ、駆け引きをするつもりがないことを伝えた。マネージャーはそれで問題ないと答えると、大声で店員を呼んで広東語で何事か怒鳴った。ほどなくして、ガラスケースに入った見事な金細工を店員が持ってきた。

長々と商品の説明を始めそうなマネージャーを目で制して、秋生は麗子に事情を話した。

「この金細工の値段は七万香港ドル、日本円で一〇〇万円強。これをクレジットカードで買ってもらいます。いちおう領収書は書かせますが、たんなる個人的な買物にしておいて、会社の経費にはしないほうがいいでしょう。そのあたりの処理は、日本に帰ってから相談してください」

麗子は理解しているのかどうかわからない曖昧《あいまい》な表情で頷くと、何一つ質問せずに、クレジットカードをマネージャーに渡した。秋生を信頼しているというよりも、どうでもいいという感じだ。店員がカードを金のトレイに載せて、レジカウンターに持っていく。マネージャーはひと目で麗子に金の匂いを嗅ぎつけたらしく、待っている間にもブレスレットやネックレスなど、さまざまなアクセサリーを薦めたが、麗子が無反応なのを見るとやがて諦めて、世間話を始めた。ほどなくして、同じ店員がカードとレシートを持って戻ってきた。麗子がレシートにサインすると、それと引き換えに領収書が渡された。

「この金細工を私がそのまま譲り受けて、この店に九三・五パーセントで売り戻します。七万香港ドルの九三・五パーセントは六万五四五〇香港ドルで、日本円に換算して約九八万円。一〇〇万円には二万円ほど足りませんが、その分はサービスです。これで、日本から香港に送金した記録は残りませんし、あなたから私に金が渡った証拠もありません」

秋生はそう説明すると、マネージャーのほうに向き直った。

「小切手は裏書をした自己宛で、三枚に分けて切ってくれ。四万、二万、五四五〇」

マネージャーは数字をメモすると、それを店員に渡して、広東語で何か命じた。五分ほどで、数字が打ち込まれた小切手を持って店員が戻ってきた。それを秋生に見せて数字を確認したうえで、マネージャーは、太い金無垢《きんむく》の万年筆で大仰にサインした。裏書をした自己宛小切手は現金と同じで、誰が銀行に持ち込んでも換金することができる。

七万香港ドルで売ったものを六万五四五〇香港ドルで買い戻したのだから、ほんの一〇分足らずで四五〇〇香港ドル弱の利益が出る。仮にクレジット会社に三パーセント払ったとしても、店の取り分は約二四〇〇香港ドル。これで、儲け話に目のない香港人の顔がほころばなければどうかしている。

一見の客ならば、たとえ有名店でも、小切手を受け取ることはリスクが伴う。小切手を不渡りにしたうえで、偽造だなんだと白を切られる恐れがあるからだ。しかし今回は、チャンが間に入っているので、騙される恐れはない。紹介者の面子を潰せば、香港社会では生きていけない。これが香港のビジネスを支配する鉄の掟《おきて》で、逆にいえば、自分とは関係ない人間には何をしてもいいということになる。ボラれているのは、何も日本人観光客だけではない。

秋生は宝飾店を出ると、店の前でタクシーを止めた。黙ってドアを開けると、行き先も聞かずに麗子は乗り込んだ。

ここから香港島に渡るには、尖沙咀の東端から海底トンネルで銅鑼灣に大きく迂回《うかい》するタクシーよりも、そのまま地下鉄の駅に降りたほうがずっと早いが、人いきれで噎《む》せ返る荃灣《ツェンワン・ライン》線に麗子を連れて乗る気にはなれなかった。幸い、まだ時間が早いこともあって、二十分もかからずに目的の場所に着いた。

高層ビルが林立する金鐘から少し奥に入ったオフィスビルの四階に、ヘンリーの事務所はあった。四十代前半で金融街の一角にオフィスを構えたこの男はなかなかのやり手で、エネルギッシュな脂ぎった顔に、何を思ったかチャップリン風のチョビ髭《ひげ》をはやし、太った体を窮屈そうにグレイのスリーピースに押し込んでいた。ヘンリーのいちばんの魅力は、金のためなら何でもすることだ。

秋生は事務所に入ると、ヘンリーに麗子を紹介した。ヘンリーは満面に笑みを浮かべて、椅子を勧めた。この男を喜ばせたのは、突然の来訪者が素晴らしい美人だったからではない。秋生が小切手を持ってきたからだ。

「幸いなことに、〈ジャパン・パシフィック・ファイナンス〉という社名の登録はありませんでした。必要な書類を用意しておきましたから、確認してください」

ヘンリーはテーブルの上に早手回しに用意した何通かの書類を並べ、麗子にサインさせた。同時に、パスポートのコピーと麗子の顔を見比べ、同一人物であることを確認して認証のサインをする。ペニンシュラで麗子が記入した書類の記載事項を確認しながら不明な点を訊ね、てきぱきと処理していく。その手が、法人登記のところで止まった。

「取締役をノミニーにするというお話は聞いてませんね。最近また、マネーロンダリング規制が厳しくなって、ノミニーでの登記は現地の法律事務所が嫌がるんです」

秋生はここで、アメリカ政府のオフショア規制についてヘンリーと議論する気はなかった。

「能書きはいいよ。金がいるならはっきり言ってくれ」

ヘンリーは肩を竦め、大きな溜息をついた。

「三万五〇〇〇香港ドル。それなら、なんとか話をつけることができるでしょう」

「ずいぶん吹っかけるじゃないか。ついこの間は、三万香港ドルでノミニーの登記をしていたのに」

「アキさんから依頼があったのは、三ヶ月も前。オフショアの事情は流動的で、一週間で状況ががらっと変わってしまいます。それも、カリブ海の小島に住むいい加減な連中が相手なんですよ。文句のひとつでも言おうものなら、電話が不通になったとか、郵便が届かないとか、ハリケーンで家が吹き飛んだとか、わけのわからない言い訳の山が返ってくる。そんな連中のご機嫌をとらなきゃいけないこっちの身にもなってください」

放っておけば、いつまでも愚痴は続きそうだった。秋生は交渉を諦めた。相手が一枚上手だ。

「口座開設費用の一万と合わせて、四万香港ドルはこの小切手で支払う。残りの五〇〇〇香港ドルは、登記が完了した時。その代わり、手続きを急いでくれ」

宝飾店で受け取った小切手の一枚を机に置くと、ヘンリーはしばらくそれを眺め、

「わかりました。お受けしましょう」

と、さも一大決心をしたかのように書類と小切手を手に取ってファイルに納めた。あくまでも嫌々引き受けさせられたという格好をしているが、どうせ追加の五〇〇〇香港ドルは自分のポケットに入れるつもりなのだ。

ヘンリーはカレンダーを見ながら、

「明日の朝から作業を始めさせます。順調に行けば、登記が完了するのは明後日、銀行口座ができるのはそれから一週間。登記簿や株券はこちらに届きますが、銀行からの通知は直接、チャンさんのところに送られるので、そちらでピックアップしてください。台風で家が吹き飛ばなければ、十日で手続きは終わるでしょう」

と真面目な顔で言った。

秋生には、それが冗談なのかどうか判別できなかった。

隣で「くすっ」と麗子が笑った。ヘンリーが満足そうに、顔をほころばせた。どうやらジョークだったらしい。

8

ヘンリーの事務所を出ると、午後五時を回っていた。外はまだ明るい。

「追加でかかったお金も、いまここでお支払いしたいんですけど」麗子が言った。金はいくらかかってもいい、一刻も早くすべてを終わらせてしまいたいという顔つきで、一〇〇〇万円の謝礼を要求しても、眉ひとつ動かさずに払ったかもしれない。

五〇〇〇香港ドル程度なら、キャッシュカードで引出しても問題ない。秋生は近くにあるシティバンクのATMに麗子を連れていくと、AMEXのカードで現金を引出すように伝えた。クレジットカードでのキャッシングはべらぼうな金利がかかるので、日本にいる婚約者に連絡して翌日にでも引出した分を入金するようアドバイスしたが、上の空で、聞いているのかどうかすらわからなかった。

ATMから吐き出されてきた紙幣を秋生に渡すと、麗子は小さく溜息をついた。

「わたし、お腹がすいたわ」

何か食べに行きましょうと、言わずにはおけない雰囲気だった。チャンへの支払いのことを考えたが、それは後でもいいと思い直した。第一、メイのいるところに麗子を連れていったら、後でひと騒動起きるに決まっている。

「香港に来てから、いちども満足に食事してないの。女一人で中華レストランもないでしょ。街の定食屋さんにも行ってみたいんだけど、勇気がなくて」

麗子はそう言って恥ずかしそうに笑った。端正な顔立ちにもかかわらず、その笑顔は驚くほど幼く見えた。

「何か食べたいものはありますか？　広東料理もいいけど、二人だと三皿も頼めば満腹になってしまう」

「お任せするわ。屋台のお店だって大丈夫」

「それは今度、ご案内しますよ」

秋生はそう言うと、タクシーを拾い、英語のわからない運転手にヴィクトリア・ピークを指差した。


一〇〇万ドルの夜景が見渡せるヴィクトリア・ピークは香港島一の観光名所で、そこには何軒ものレストランがあるが、その中でも秋生は、広いテラス席のあるピーク・カフェが気に入っていた。中華、タイ、インド、イタリアンと何でもありの無国籍料理だが、観光地のレストランとは思えぬほどどれもレベルは高い。

山頂に着いた頃には日も落ち始め、いくつかのビルで気の早いネオンが点りはじめた。

「まあ、素敵」

タクシーの中から携帯電話で予約を入れておいたため、ウェイターは、夜景を一望できるテラスの端に二人を案内してくれた。

メニューを受け取ると、麗子は、嫌いなものはないからすべて任せる、と言う。シャブリのワイン と前菜、料理を適当に注文し、乾杯のグラスを重ねた。

「ここは暗くなると、料理のかたちもわからなくなるから、先にせっせと食べたほうがいいですよ」

「わたし、こう見えても食べるの早いの。小学校の時は、男の子よりも先にお弁当を食べ終わってしまって、ずいぶん恥ずかしい思いをしたわ」

悪戯《いたずら》っぽく笑うと、麗子はグラスを置き、頬杖《ほおづえ》をついて景色を眺めた。そのままで映画のワンシーンになりそうな風情だ。間違いなく、秋生がこれまで会った中でもっとも美しい女性だった。

「香港に着いてから、あなたに会いにセントラルに行った以外、ずっとホテルの部屋に閉じこもっていたの。一日一回、ルームサービスでちょっと何か食べただけ。

香港に行ってくれ、と彼から言われた時は、いったいどうしたらいいのかわからず、パニックになった。何とかしなくちゃと心に決めて来たけれど、わたしはただのどうしようもない役立たずだった。

でも、あなたのお陰でいまは吹っ切れたわ。五億なんてお金、想像もできないけど、やるだけやって駄目なら諦めるわ。前科一犯になったって、死刑になるわけじゃないし」

秋生は、麗子が事の重大さをどこまで理解しているのか、不安に思った。オフショアに法人をつくるくらいなら、金さえ出せば誰だってできる。問題は、その後だ。

「脅すわけではないけれど、あなたはこれから、かなり危ない橋を渡らなければならない。差し支えなければ、もう少し詳しい事情を聞かせてもらえませんか？」

「恥ずかしい話だけど、わたしもほんとうのことはよくわからないの。彼もかたちだけの社長で、株式の大半は別の人が持っているみたい。仕事だって何してるのかよくわからないし、五億円の利益だって、ちゃんと稼いだお金かどうか……。わたしが知っているのは、会社のお金を海外に持ち出して、それをある人に渡さないと、彼の命が危ないっていうことだけ」

「そんな人と、よく結婚する気になりましたね。失礼な言い方かもしれませんが」

「ほんとね」麗子はそう言うと、おかしそうに笑った。

「最初はね、親が持ってきた話だったの。女子大を出てからＯＬしてたんだけど、仕事にも飽きてきちゃって、ちょうどどうしようかと思ってた時だったから会ってみたら、彼のほうが夢中になっちゃって。それから、もの凄いプレゼントの嵐。わたしの持ち物、着てるものもアクセサリーも、下着まですべて彼のプレゼントなの。自分で買ったものなんかひとつもないわ。買物の仕方すら忘れたみたいよ」

「凄いお金持ちなんだ」

「そうじゃないのよ」麗子は言った。

「会った頃の彼は、夢に挑むベンチャーの若社長って感じだった。稼いだお金はぜんぶ事業に投資して、自分のお金なんかぜんぜん持ってなかったわ。いつ見ても同じ格好して。わたしも、そこに惹かれたの。でもわたしと会ってから、彼は変わったわ。仕事に対する情熱はすべて失ってしまって、彼が夢中になったのは、わたしを着せ替え人形にすることだけ」

「それで、金をつくるために無理をしたと……」

「わたしってひどい女でしょう。彼の夢も、その夢に賭けていたお友だちの希望も、すべてわたしが台無しにしてしまった」

麗子は自嘲《じちょう》気味にそう言うと、フォークを取って、運ばれてきた前菜をつついた。

「わたしだって、なんとかしようと思った。四畳半一間のアパートでもいい、とも言ったわ。わたしさえいなきゃって、別れようとしたこともある。そしたら彼、わたしの家の前で手首を切っちゃったの。当然、親は激怒したわ。でも、そうなると今度は逆にかわいそうになっちゃって、彼の好きなようにさせてあげようと思うようになって、それで、結婚して子供でもできれば少しはなんとかなるかなと思ったんだけど……」

秋生には、女に全財産を貢ぐ男の気持ちも、それを受け入れていっしょに破滅しようとする女の心境も、理解できなかった。

男から依存されると抵抗できなくなる女性たちの話を、ふと思い出した。秋生がアメリカで暮らしていた頃、夫が酒やドラッグに溺れていく原因が、そういう夫を許し、求めている妻にあるという心理学者のレポートが大きな論争を巻き起こしたことがある。その心理学者によれば、夫による虐待は、妻が殴られることを求めているから起こる。妻をしたたかに殴った後、自責の念にかられて懺悔《ざんげ》する夫を抱きしめ、寛容な許しを与えることで、妻はカタルシスを得るという話だった。

「それで、彼のために脱税に手を貸そうとしたんですか？　でもいまの話を聞く限り、彼の役割は、ブラックな資金をマネーロンダリングすることだ。それが麻薬や武器の密売で得た金なら、脱税どころの騒ぎじゃ済まない。仮に今回はうまく行っても、同じことを繰り返せば必ず破綻する。それでほんとうにいいんですか？」

麗子はしばらくぼんやりした目で秋生を見ていたが、

「わたし、どうすればいいんだろう？」

と他人事《ひとごと》のように呟いた。

「あなたならどうするの？」

「僕なら、いますぐここから日本に電話して、〈別れることにした。二度と会わない〉と伝えて、荷物をまとめてニースでもマイアミでも南太平洋でも好きなところに行って、一年くらいぶらぶらしてますね」

「素敵なアイデア。でも、お金がないわ」

「あなたがもしそうするんなら、先ほどの報酬は受け取れないから、そのままお返しします。彼がカードを止める前に、同じ方法で必要なだけお金をつくってもいい。AMEXのゴールドカードなら、一〇〇〇万円は大丈夫でしょう」

「面白そうね」麗子は悪戯の種を見つけた子供のような目をした。

「でも、わたしが逃げ出して、そのせいで彼が殺されてしまったらどうすればいいの？」

「ヤクザだって、人ひとり殺して二十年も刑務所に入るのは嫌に決まってますよ。そう簡単に、人殺しなんてできるものじゃありません」

「でも、ほんとに死んだら？」

「その時は、墓に行って線香の一本でもあげるしかないでしょう。死人に対して、それ以上、いったい何ができます？」

「そうね、そのとおりだわ。わたしなら、彼のお墓を大好きなかすみ草の花束で飾ってあげたい」

麗子が無邪気な笑い声をあげた。

「でも、電話がないわ」

秋生はジャケットの内ポケットから携帯を取り出すと、麗子に渡した。

「これで国際電話がかけられますよ」

麗子は携帯電話を受け取ると、しばらく文字板を眺めていた。日本の国番号「81」から始まるボタンを押して、電話をかけた。携帯を耳にあて、「呼び出し音が鳴ってるわ」と言った。そして電話を切った。

「いないみたい」

秋生は麗子から携帯を受け取ると、リダイヤルボタンを押した。国際電話の長いコール音の後、「はい、真田ですが」と若い男が電話に出た。

秋生は黙って、麗子に携帯を渡した。麗子はそれを眺めていたが、

「ごめんなさい。やっぱりわたしにはできないわ」

と言った。

それから二人は、しばらく無言で運ばれてきた料理を食べた。いつの間にかあたりはすっかり暗くなり、真珠のようなビルの明かりが闇に浮かんでいた。

「ほんとにきれい」光の海を前にして、麗子が小さな溜息を漏らした。「こんどはあなたのことを教えて」

「僕はただの失業者ですよ。アメリカの銀行に何年か勤めていたんだけど、使いものにならなくて首になって、あちこち流れて香港にたどり着いた。香港でもやることがなくて、ＦＡ

の真似事を始めた」

「でもマコトさんが、〈秋生さんには熱狂的な信者がいっぱいいる〉って言ってたわ。わたし、最初はもっと怖そうな人かと思ってドキドキしてたの」

それを聞いて、秋生ははじめて、麗子がマコトにも会っていることに気づいた。「ゴージャス。超美人。期待してください」そんなメールを送ってくる以上、考えるまでもないことだが、それまでマコトが客に会っているとは思っていなかったのだ。

「その信者っていうのは、マコトがやっているホームページを見て、勝手に妄想を膨らませている人たちですよ。そして香港に来て、実物を見て、みんながっかりして帰っていく」

「そんなことない。マコトさんが、〈秋生さんは魔法使いのようだ〉と言ってたわ。わたしも今回、そう思った」

それを聞いて、秋生は苦笑した。魔法使い《ウィザード》がハッカーの世界での称号であることはよく知られているが、金融の世界でも、魔法の如く金を稼ぐ一握りの天才トレーダーに冠せられる最高の称号だった。秋生は、トレーディングの世界では場末の手品師にもなれなかった。

「ねえ。秋生さんはどんな魔法を使うの？」麗子が訊いた。

「金融の魔法なんて、何も難しいことはありませんよ」

秋生はグラスのワインを飲み干した。標高五〇〇メートル以上とはいえ、真夏はやはり蒸し暑い。グラスに注いだワインは、すぐに生暖かくなって味が落ちてしまう。ウェイターを呼ぶと、ワインクーラーに氷を足すように頼んだ。

麗子が手を伸ばして、ワインのボトルを取り、空になった秋生のグラスに注いだ。大きく胸の開いた黒のブラウスから、わざと見せつけるように、真っ白な乳房が覗いた。それに気づかぬ振りをして、秋生は話を続けた。

「たとえば、あなたがＨＩＶウイルスに感染していると医者から言われたとする。八〇パーセントの確率でエイズが発症して、五年以内には死亡する。そうしたら、どうしますか？」

麗子は突然の質問にびっくりした顔をした。

「たいていの人は、残された人生を好きに楽しみたいと思う。そのためには金がいる。だけど、すべての人が充分なお金を持っているわけじゃない。

あなたはたまたま、五〇〇〇万円の生命保険に入っていた。そこに、僕のような金融屋がやってきて〈あなたの生命保険契約を買ってあげましょう〉と言う。仮にエイズの発症確率が八〇パーセント、発症した場合の五年後の予想死亡率が一〇〇パーセントとするならば、数学的には五年後に四〇〇〇万円を受け取ることが期待できる。そこで、この四〇〇〇万円の期待値から金利や手数料を引いて、たとえば三〇〇〇万円でその生命保険契約を買うわけです。それを今度は、投資家に三五〇〇万円で転売する」

「そうすると、わたしは生きてる間に三〇〇〇万円もらえるの?」麗子は訊いた。

「ええ。その金で、あなたはなんだって好きなことができる。豪華船で世界一周の旅に出かけてもいい、酒浸りになってもいい。一方、この保険契約を三五〇〇万円で買った投資家は、あなたが予想どおり五年以内に死亡すれば五〇〇〇万円の生命保険金を受け取れる」

「そしてあなたは、三〇〇〇万円で買った契約を三五〇〇万円で売って、五〇〇万円の手数料を受け取る」麗子は笑った。

「そのとおり。これで三人ともハッピーになれる。金融というのは、簡単にいえばこういう商売です」

「でも、そのエイズ保険を買った人は、患者が早く死ぬのを願うんじゃない? それって、少し残酷な気がする」

「一対一の契約ならそうでしょうけど、たくさんのエイズ患者やＨＩＶ感染者の生命保険を集めて、統計的に平均余命を計算してそこから利回りをはじけば、一人ひとりが早死にしようが長生きしようが関係ありません。証券化しちゃえば、感情なんて消えてなくなります」

「なんかうまく騙されたみたい。やっぱり魔法使いだ」麗子はおかしそうに笑った。「ねえ、あなたの魔法は、そうやってどんな感情でも消すことができるの?」

　秋生は質問の意味がわからず、麗子の顔を見返した。

「べつにいいわ。わたしの心も、消してもらえたらと思っただけだから」

麗子は華奢な白い手を伸ばして、秋生の手の上に重ねた。その手の感触は、びっくりするほど冷たかった。


レストランを出ると、ピーク・タワーの展望台に寄って、夜の香港を二人で眺めた。眼下に金融街の高層ビル群。ヴィクトリア湾を挟んで、漆黒の闇に浮かぶ九龍側《カオルンサイド》の煌《きら》めく万華鏡。

「クリスマスや旧正月になると、ビルのイルミネーションはもっときれいになる」

秋生がそう説明すると、麗子は「その頃になったらまた来たいな」と言った。

「ねえ。あなたは日本には帰らないの？」

「時々、仕事で帰ってますよ。でも、実家に寄ったのは香港に移る時だから、三年前。国家公務員やっているお堅い兄がいて、失業者のままだと帰りづらくて。親もまだ元気だから、こんなことやってても何も言わないし」

「お幸せね」

「誰が？」秋生は訊いた。

「わたし以外のみんなかな」しばらく考えて、麗子が答えた。

帰りは、山頂駅からピーク・トラムに乗った。出発直前に飛び乗ったため車内は満席で、最大四五度の急勾配を吊革につかまって耐えなければならなかった。団体で乗り込んできたアメリカの陽気な若者たちが、大袈裟に驚いては周囲の客を笑わせている。トラムの勾配がさらに急になった時、麗子が吊革から手を離して、秋生に体を預けた。細い体からは想像できないふくよかな胸の弾力に驚き、激しく打つ心臓の鼓動を感じた。片手を華奢な肩に回すと、麗子は秋生の胸に顔を埋めた。

トラムの降車場から列をなすタクシーに乗り込む時、「送って」と麗子が囁《ささや》いた。

ペニンシュラ・ホテルのハーバーヴューのツインルームは、比較的観光客の少ない夏の初めのこの時期でも、一泊二〇〇〇香港ドルはした。

「わたしはビジネスホテルでいいって言ったんだけど、このホテルも彼が勝手に予約したの。帰ってから彼に見せるために、ボーイさんに頼んで、窓の前に立って写真を撮ったわ。そのために二時間かけてお化粧して、シャネルのスーツ着て。それがわたしの、香港でのもうひとつの大切な仕事」

麗子はルームサービスに電話して、シャンパンを注文した。

「今度はわたしに奢《おご》らせて。といっても、ぜんぶ彼のお金だけど」

麗子の金の使い方は、道に落ちていた紙屑をゴミ箱に投げ捨てるようだと秋生は思った。

何のために？　と一瞬考えたが、自分にはどうでもいいことだと思い直した。運ばれてきたシャンパンを冷えたグラスに注ぐと、「哀れな犯罪者に乾杯」と麗子は言った。

どちらともなく、自然に唇を合わせた。

電気を消してカーテンを開け放った窓から、香港島の夜景が一枚の絵のように広がっている。その明かりにほのかに照らされて、麗子の裸体が見事なシルエットを浮き上がらせていた。かたちのいい乳房は、よく見ると左右の大きさが少し違っていた。右の乳房の下に黒子《ほくろ》があった。激しい喘《あえ》ぎ声とともに、麗子の体が崩れ落ちた。

秋生は体勢を入れ替えると、「いいのかい？」と訊いた。

「お願い。来て」麗子が喘いだ。「滅茶苦茶にして」

自分でも驚くほどの欲望に突き動かされ、麗子の白い乳房を荒々しく掴《つか》んだ。背中に、麗子の爪が立てられた。その激痛が、さらに秋生を興奮させた。麗子もまた、秋生の動きに合わせて喘ぎ、のけぞり、最後に獣のような声をあげて果てた。

「恥ずかしいわ。こんなになるなんて」麗子が言った。

裸のままベッドに仰向けになっているうちに、秋生はいつの間にか、眠りに落ちていた。

誰かがやさしく、髪をなでてくれる。なぜか、子供の頃に過ごした狭く古い家の夢を見た。

目覚めると、バスローブを羽織った麗子が髪を拭いていた。

「ルームサービスを頼んだから、もうすぐ朝食がくるわ。何が好きかわからなかったから、いろんなものを頼んじゃった」

そう言って笑った。

実際、その日の朝食は、秋生のこれまでの人生の中でもっとも豪華なものだった。十種類以上のパンにサラダ、チーズオムレツ、ベーコンエッグ、コーンフレーク、ヨーグルト、オレンジジュース、トマトジュース、コーヒーにケーキまで付いてきた。

「とてもこんなに食べられないよ」

「昨日までぜんぜん食欲がなかったから、朝はコーヒーを持ってきてもらうだけだったの。いちど、メニューに出ているものをぜんぶ頼んでみたいと思ってたんだ」

ベッドから起き上がろうとすると、いきなり麗子が上からのしかかってきた。

「豪華な朝食はおあずけ。その前にもういちど可愛がって」

それから十日間、秋生はペニンシュラ・ホテルで麗子と過ごした。旺角《モンコック》や油蔴地《ヤウマテイ》の屋台街を散策し、魔窟と恐れられた九龍城の跡を覗き、映画『慕情』の舞台になったレパルス・ベイで遊び、ジャンク船に乗った水上生活者たちを香港仔に訪ね、九広鉄道に乗って深圳まで足を延ばした。

ヘンリーに書類を渡してから三日後に法人の登記簿と株券が届けられた。それから三日で銀行口座の開設通知がチャンの私書箱に送られてきた。十日目に、キャッシュカードとＰＩＮを受け取ってすべての手続きは終了した。

はじめて会ったリッツ・カールトンのティールームで、秋生は麗子にすべての書類を渡した。

「金は、この銀行口座に送金する。ただし、確実に税務調査が入ると覚悟してください」

最後にもういちど、念を押した。

「五億円を送金するには、それなりの理由がなくちゃいけない。ジャパン・パシフィック・ファイナンス社の業務は無制限だから、僕なら、この会社から香港の不動産への投資を持ちかけられ、五億円を出資したことにします。五億円だと約三三〇〇万香港ドルだから、このあたりなら小ぶりなマンション一棟かショッピングセンター一フロアくらいの値段でしょう。できれば、あなたの婚約者が事前に一度香港に来て、相手と打合せたことにしたほうがいい。相手を日本に呼んだことにすると、裏を取られて面倒なことになる。香港からＦＡＸを送ったり、この会社名でメールアドレスを取得して、電子メールのやり取りを偽装してもいい。契約書一通ではあまりに不自然だ。

五億円を送金したら、そのまま第三者の指定する口座に送って、法人も銀行口座も潰してしまう。あなたたちは詐欺にあって騙されたわけだから、香港の警察に訴えなくてはならない。香港では、こういう話は騙されたほうが悪いと相場は決まっているから、警察はまともに動かない。問合せたって登記簿は出てきませんが、それすらしないでしょう。税務署に聞かれたら、被害届を見せて、〈犯人が逮捕され次第、損害賠償の民事訴訟を起こす〉と言っておけばいい。かなり苦しいが、脱税の証拠もないわけだから、税務署員の前で泣き喚《わめ》けばなんとかなるでしょう。

銀行口座はあなたの単独名義だが、日本に戻ったら、必ず婚約者を共同名義人に加えてください。送金は、婚約者のサインで行なうこと。最悪の場合でも、〈婚約者に頼まれて法人と銀行口座をつくっただけ〉と押し通せば、少なくとも自分の身を守ることはできる」

麗子は書類をハンドバッグに納めると、「ありがとう」と言った。

「もし困ったことがあったら、ここに電話して」

秋生はメモに携帯の電話番号を走り書きすると、麗子に渡した。

「これ以上、ご迷惑はかけないわ」

そう言いながらも、麗子はメモを大事そうに折りたたむと、財布にしまった。

「海を渡って帰りたい」

しばらくして、麗子が言った。

いったん皇后像廣場まで戻って、そこから歩道橋でスターフェリー・ピアに渡り、尖沙咀行きのフェリーに乗った。油の匂いの混じった生暖かい潮風が頬をなでる。船尾の手摺《てすり》に凭れて、麗子が静かに泣いていた。

船着場に降りると、麗子は涙をぬぐって真っ直ぐに秋生を見詰めた。

「こんなに楽しかったこと、何年ぶりだろう。ずっと、ここでいっしょに暮らせたらいいのだけれど。でも、誰もが人生をやり直せるわけじゃない」

「気をつけて」秋生は言った。それ以外の言葉を、思い浮かべることができなかったからだ。

「あなたこそ」麗子は手を伸ばして、秋生の頬にそっと触れた。

秋生はそのままゲートをくぐると、同じフェリーに乗り込んだ。船が動き始めると、麗子が凭れていたのと同じ手摺から、遠ざかる九龍の街並を眺めた。

たしかに、誰もが人生をやり直せるわけじゃない。

第二章　秋、東京

9

その電話がかかってきたのは、十一月も半ばを過ぎた頃だった。

記録的な熱夏も終わり、朝夕の風はさすがに涼しくなってきたが、香港では、この季節になっても、道行く人々の大半はまだ半袖だ。

秋生はこの四ヶ月の間に、日本からやってきた十数人の顧客の相手をした。ほとんどは銀行口座の開設で、香港やオフショアへの法人登記が数件。一口五万ドルのヘッジファンドを買った物好きも何人かいた。

最近は、面倒な依頼はすべて断っていた。そのせいか、何しに来たのかわからない客も増えた。つい最近、香港上海銀行に口座をつくりに来た依頼者は風采《ふうさい》のあがらないのっぺりとした顔の中年男だったが、ひとことも質問せずに、言われたとおりに書類にサインして、金だけ置いてさっさと帰っていった。相変わらずポジションをつくる気にはなれず、ステイトメントを見ても、銀行預金の利息が増え、生活費が減っているだけだ。

メイとは、あれ以来口をきいていなかった。チャンの話によれば、ペニンシュラ・ホテルの前で、麗子といるところに偶然、通りかかったらしい。いちど事務所で見かけたが、こちらには目を向けようともしない。その後、事務所を辞めると大泣きして大変だったという話だ。けっきょくチャンは、秋生が郵便物を取りにいく時はメイを外出させることで、一触即発の嵐を避けることにした。秋生のほうも気詰まりで、どうせたいした郵便は来ないのだからと、だんだん足も遠のいて、最近では月に一回顔を出すだけになっていた。

この四ヶ月間に四、五回、携帯に無言電話が入った。ほとんどはすぐに切れたが、いちどだけ、女のすすり泣くような息遣いが聞こえた。ディスプレイに、発信番号は表示されなかった。非通知にしているか、国際電話か、どちらかだ。それも最近はなくなって、このところは、いちども着信音は鳴らなかった。

チャンの私書箱には、麗子宛のステイトメントが一通、来ただけだった。別の私書箱サービスと契約し、住所変更したのだろう。婚約者の指示で、日本でステイトメントを受け取れるようにしたのかもしれない。四ヶ月目の入金がなければ自動的に契約が切れるが、もう三ヶ月分だけ立て替えておいた。べつに何かを期待していたわけではないが。

秋生の生活にはまるで変化はなかったが、世の中の様子はずいぶん変わった。

二ヶ月前のその日、秋生はいつものように、アメリカ市場の寄付を確認するためにパソコンのモニタの前に座っていた。夜になってもまだ蒸し暑く、窓を開けると、向かいのビルでランニングシャツ姿の太った男が必死に自転車を漕いでいるのが見えた。香港もこの数年、空前の健康ブームで、フィットネスクラブはどこも大繁盛していた。

オンザロックのバーボンを舐めながらリアルタイムの株価チャートを眺めていると、妙なことに気がついた。ニューヨーク時間の午前九時三十分を過ぎても、マーケットがオープンしないのだ。

最初は祝日なのかと思ったが、九月のこの時期に休みがあった記憶はない。チャートソフトのトラブルかと思い、ウォールストリート・ジャーナルのサイトを覗くと、いきなり大見出しが飛び込んできた。最初は、何かの冗談かと思った。ふと気づいてCNNをつけると、かつて秋生が働いていたワールド・トレード・センターが跡形もなく崩壊する映像が繰り返し映し出されていた。

この同時多発テロを機に、世界的なマネーロンダリング規制が始まった。まず最初に、スイスやリヒテンシュタイン、ルクセンブルクなどのヨーロッパのタックスヘイヴンが陥落し、テロリスト・グループに関連すると思《おぼ》しき口座を閉鎖し、FBIに協力して関係者を逮捕した。アメリカの影響力の強いカリブの金融機関では、法人口座をすべて凍結するところも出てきた。ヘッジファンドにいたっては、自ら進んで捜査当局に投資家の名簿を差し出した。

匿名で運用されてきた巨額の資金が行き場を失い、右往左往して、世界的な資金移動が始まった。

十月には、ワシントンに炭疽菌《たんそ》がバラ撒《ま》かれた。十一月に入ると、アメリカン航空の旅客機がニューヨーク近郊で墜落し、世界最大のエネルギー商社エンロンの経営不安が表面化した。金融技術の粋を集めて巨額の資金を集め、世界中のエネルギー取引を自らの私設市場に集中させることで急成長を遂げてきたエンロンは、ウォール街にとって、まさに第二のマイクロソフトだった。その会社が、五〇〇億ドル、日本円にして六兆円という天文学的な負債を抱えて破綻するかもしれないという憶測は、同時多発テロ後の金融マーケットをさらに不安定なものにしていた。

しかし、アメリカがアフガニスタンを空爆しカブールが陥落しても、パレスチナで際限のない殺し合いが始まっても、アルゼンチンが預金封鎖に陥っても、香港は相変わらずだ。最近では、街の話題は中国チームのワールドカップ初出場に取って代わられた。

秋生は、とりあえずMMFと銀行預金を解約し、アメリカ国債を買った。金融不安が深刻化すれば、資金は米国債に逃避する。機関投資家は保有する資産をそう簡単に売却できないから、先回りして米国債を買っておけば、ほぼ確実に利益をあげることができる。実際、テロ後のFRBの緊急利下げで、秋生は難なく一〇パーセントの利益を得た。簡単で、退屈なディーリングだ。あとは、いつものように定食屋で飯を食い、目的もなく街を歩き、安い酒を飲み、ベッドに寝転んで天井の染みを眺めていた。

そして、電話がかかってきた。

「工藤さんかい？」

携帯の受信ボタンを押すと、見知らぬ男の声がした。午後四時過ぎ。遅い昼食を食べ、インターネットにアクセスしながら、CNNを見ている時だった。テレビ画面には、ブッシュ・ジュニアが相変わらず、「アメリカの正義はテロリズムに負けない」と力説する姿が映っている。

「ちょっと会って話をしたいんだが、いまから灣仔《ワンチャイ》のグランド・ハイアットまで来てくれないかな」

男は、秋生がそうするのが当然だという口調で言った。低音で、声にどことなく険がある。

「どなたですか？」

「それは、会った時に話す」

「要件は？」

「それも会った時だ」

「どうやってこの番号を知ったんですか？」

「そんなことはどうでもいい」男は、冷たい声で言った。

男が指定してきたのは、香港コンベンション&エキシビション・センターに隣接したグランド・ハイアット・ホテルの地下にあるシャンパン・バーだった。一九八九年にオープンした香港でも五指に入る豪華ホテルのメインバーで、「古き良き巴里《パリ》」をイメージした黒とゴールドの退廃的なインテリアと、香港一というシャンパンのコレクションが売りだ。隣はアダルト・ディスコのジェイ・ジェイズで、週末の深夜になると思い切りめかし込んだカップルたちがどこからともなく集まってくる。

グランド・ハイアットと聞いて、いつものTシャツにスニーカーという格好ではなく、ブランドもののカジュアル・スーツと革靴を選んだ。ラフな格好では、入店を断られることを知っていたからだ。メイが気に入っていたバーで、以前は二人でよくでかけたものだ。その後で、もっとほかに考えることがあるだろうと苦笑した。

家の前でタクシーをつかまえると、十分ほどでホテルの正面玄関に着いた。天井の高い豪華なロビーには無造作に応接セットが置かれているだけで、ほかには何もない。振り返ると、手前側に大胆なアーチ型の中二階があり、そこからティールームがロビーの上に迫《せ》り出している。秋生が知る限りでは、もっとも斬新なデザインのひとつだ。地下鉄の駅から少し離れているため、観光客はここまで足を延ばさない。温泉観光ホテルに成り果てたペニンシュラとはずいぶん雰囲気が違う。

開店直後の午後五時過ぎのバーは、客もほとんどいない。それを知ってここを選んだのだとしたら、かなりこの土地に詳しい人間だ。店の中央に大きな円形のカウンター、その奥がテーブル席で、壁際にはグランドピアノが置かれている。店に入ると、テーブル席の端でシャンパンを啜《すす》っていた四十代半ばの男が軽く手を上げた。

男は比較的小柄で、黒のダブルのスーツに黒のストライプのネクタイ、黒のエナメル靴という陰気な格好をしていた。隣のテーブルには、同じく黒の、こちらは一目で安物とわかるぶかぶかのデザイナーズ・スーツを着た若い男が二人、シャンパングラスを前に、居心地悪そうな様子で座っている。一人は金髪、もう一人は坊主頭で、二人ともしきりに煙草をふかしている。坊主頭のほうは、片方の目が潰れて義眼を入れている。見るからに不気味な顔だ。金髪の男は痩せぎすで、苛々と貧乏揺すりを続けていた。どこから見ても、ヤクザとそのボディーガードだ。

テーブルに近づくと、男は立ち上がって、「わざわざすまなかった」とかたちだけの詫びを言い、背広の内ポケットから大判の名刺を取り出した。名刺には「株式会社ケー・エス物産　専務取締役　黒木誠一郎」とあった。住所は港区赤坂。秋生は名刺を持っていないことを謝ったが、黒木はそれについては何も言わず、席を勧めた。すかさずウェイターが、分厚いメニューリストを手にやってきた。

秋生が適当に選んだピンクのシャンパンが運ばれてくると、黒木は黙って自分のグラスを取り、乾杯の真似をした。オールバックのきれいに撫でつけられた髪が、フロアの照明を映してちらちらと光っている。一見、ごくふつうの中年男だが、目には何の表情もない。隣で不気味な義眼のボディーガードが、秋生を睨みつけている。

「工藤さん、あんた、何でここに来た？」

いきなり聞かれて、秋生は言葉に詰まった。かろうじて「呼ばれたから」と答えると、黒木は、「あんた、呼ばれりゃどこにでも来るのかい？」と鼻で笑った。テーブルの上に置かれたキャメルの煙草を取り、口に咥《くわ》えると、すかさず坊主頭の手が伸びてきて、使い込まれたジッポーのライターで火をつけた。

黒木から電話がかかってきた時、秋生は驚かなかった。いずれはこうなると予感し、それを待ち望んでもいたからだ。

秋生は麗子の求めに応じて、考えつく中ではベストな方法を提案した。そのことに嘘はない。しかし、それは絶対に成功するはずのない提案でもあった。実行した者は必ず深刻なトラブルを招き寄せ、再び秋生が必要とされる時が来るはずだった。無論、それがヤクザの呼び出しだとは思わなかったが。

「今年の七月に、若林麗子という女があんたを訪ねてきただろ」黒木の声には、何の感情もこもっていなかった。「それであんた、どうした？」

秋生は素早く考えた。黒木が「工藤」という名前と携帯電話の番号を知った理由は、すでに見当をつけていた。最後に別れた時、秋生は携帯の番号をメモし、麗子はそれを財布に入れた。どういう経緯かはわからないが、黒木はそのメモを手に入れたのだろう。

問題は、麗子が黒木に何を話しているかだ。すべてをしゃべったのか？

いや、それはない、と秋生は思った。もしそうなら、オフショアに法人と銀行口座をつくっただけの自分に、ヤクザが興味を持つことはないだろう。わざわざ呼び出したのは、麗子との間に何があったかわからないからだ。

どう答える？　秋生は自分の持つリスクとアドバンテージを計算した。

アドバンテージは、黒木が秋生の本名や自宅を知らないこと。一流ホテルのメインバーで手荒な真似もないだろう。そのうえ、麗子が持ち帰った書類には、どこを探しても秋生の名前は出てこない。

リスクは、相手が何者かわからないこと。だとすれば、いますべきなのは、自分の手札を見せずに事態を把握することだ。

「セントラルのホテルで会って、五億の金を海外送金したいと言われた。脱税の依頼だったので、翌日、断った」

黒木は黙って、秋生の顔を眺めていた。一片の感情も窺えない、爬虫類《はちゅうるい》のような目だ。

「金は五億じゃない」しばらくして、黒木は言った。「五〇億。それを麗子がかっぱらって逃げた」

秋生は「五〇億」という金額を聞いて思わず目を剝《む》き、その瞬間に、感情の変化を黒木に読まれたとわかった。

「麗子は、カリブのタックスヘイヴンに会社と銀行口座をつくって香港から帰ってきた。五〇億の金を掻き集めて、あいつの婚約者がそこに送金した。その翌日に、金をどっかに送って麗子は消えた。同時に、口座も閉鎖された」黒木は淡々とそこまで話すと、「その五〇億の中に、うちの会社の金も入ってるんだ」と、他人事のように付け加えた。

秋生は、自分が狼狽《ろうばい》を隠せないでいることを意識していた。事態は、彼の想像をはるかに超えていた。

「で、もういちど質問する。あんた、麗子に何を教えた？」

秋生はかろうじて踏み止まった。麗子が五〇億持って逃げたという話がほんとうなら、それは同時に、麗子が何一つ奴らに話していないということだ。だったら、なおさら正直に教えてやる必要はない。

「香港には、似たような業者はいくらでもいる。別の誰かに頼んだんでしょう」

秋生は視線をテーブルに落とした。黒木に表情を読まれるのを嫌ったためだが、そんな意図も見抜かれていると思った。

「香港に来た時、麗子は、あんた以外に一人の知合いもいなかった。そんな人間が、自分ひとりで、たった十日あまりで、タックスヘイヴンに匿名の会社と銀行口座をつくったと信じろと言うのかい？」

黒木は、短い笑い声を上げた。笑い、というよりも、たんに引き攣《つ》るように空気が振動しただけだった。シャンパングラスから、小さな気泡がひとつ立ち上って、表面ではじけた。

「ここからはビジネスの相談だ」黒木は言った。「麗子が持ち逃げした金を、俺たちはどうやって取り戻したらいい？　相談料ははずむよ」

瞬間、秋生は「罠《わな》だ」と思った。ヤクザがすすんで金を払うはずがない。しばらく考えて、訊いた。

「いくら？」

黒木はニヤリと笑うと、「取り戻した金額の一割、五億でどうだい」と言った。そんな口約束に何の意味もないことくらいわかったが、敢《あ》えて反論しなかった。

「どういう事情かわからないと、答えようがない」

「何でも訊いてくれ」黒木がまた、秋生の表情を観察しはじめた。どこまで心を読まれているのか。

「銀行口座の名義は誰になっている？」

「麗子と、真田という婚約者だ」

「銀行口座は、もう閉じられているのか？」

「ああ」黒木は短く答えた。「真田に電話させたが、そんな口座は存在しないと言うだけで、取り付く島もない」

秋生のアドバイスに従って、日本に戻ってから、麗子は婚約者の真田を口座の共同名義人に加えたのだろう。そのうえで、どちらのサインでも口座を自由に操作できるようにしておいた。欧米の銀行では、一般的な方法だ。

「それじゃあ無理だ」秋生は溜息をついた。

麗子がいなくなった直後なら、婚約者のサインで送金確認の依頼を送れば、送金先の銀行を知ることができた。しかし口座を閉じた後では、銀行側も警戒して、おいそれとは答えないだろう。怪しげな問合せをすると、かえって藪蛇《やぶへび》になる。そうした事情を手短に説明した後、「犯罪の事実を証明できれば、弁護士を通して銀行側と交渉することも可能だと思う」

と付け加えた。

黒木がまた鼻で笑って、吸っていた煙草を揉み消した。

「銀行のルートを追うのは無理ということか？」

秋生は黙って頷いた。

「麗子は、どこかの銀行の話をしていなかったか？」

しばらく考えて、首を振った。それは、秋生にも謎だった。少なくとも彼の知るかぎりでは、麗子はオフショアの金融機関のことなど何も知らなかった。もちろん、認証されたパスポートのコピーさえあれば、メールオーダーで口座が開けるオフショアバンクはいくらもある。パスポートの認証は、仕事のない弁護士に頼めば、一万円も出せばやってもらえるだろう。しかし、麗子にそんな知識があるとはとても思えなかった。それとも、あれはすべて演技だったのか？

「その五〇億は、どういう金？」

「それはあんたには関係ねえ」

「麗子はどうやって、それを盗んだ？」

「それも関係ねえだろ」

「彼女がどこにいるか、まったくわからないんですか？」

「それがわかりゃあ、こんなとこにいねえよ」

黒木が吐き捨てるように言った。はじめて感情の片鱗《へんりん》が覗いた。この男も追い詰められているのか。少し気持ちに余裕が生まれた。だが、それも次の黒木のひと言で吹っ飛んだ。

「あんた、それ偽名だろ」

黒木はすぐに、能面のような表情に戻った。

「なぜバレたか不思議に思ってんだろ。ふつう、こういうとこに呼ばれたら、みんなビビる。誰だって、暴力は怖い。女房や子供がいなくても、実家にこんな奴らが押しかけてきたら困るだろ」

黒木はそう言って、隣のテーブルの二人をちらっと見た。坊主頭は、上目遣いの三白眼で秋生を睨みつけている。金髪のほうは、貧乏揺すりがさらに激しくなった。ひどく顔色が悪い。そのうえ、目が完全に泳いでいる。

「じゃあ、なんであんたには余裕がある？　それは、俺たちが手出しできないと思ってるからだ。違うかい？」

秋生は黙っていた。ＢＧＭに、懐かしいイブ・モンタンのシャンソンが流れている。この男は、ただのヤクザじゃない。

笑ったつもりなのか、黒木はかすかに口元を歪《ゆが》めた。

「あんたには、また連絡する。あんたから用がある時は、名刺のところに電話くれ。今度会う時は、もう少し実のある話をしたいもんだな」

黒木は二人のボディーガードに合図すると、席を立った。

金髪男が、ゆらゆらと体を揺すりながら出口に向かって歩いていった。秋生の脇を通る時、小さな声でずっと何事か呟いていることに気がついた。「やりてぇよ、やりてぇよ、やりてぇよ、やりてぇよ……」とそれは聞こえた。枯木のように痩せているが、ジャケットのポケットだけが妙に膨らんでいる。

坊主頭は、黒木の隣にぴったりと張り付いた。

「ゴロー、金払っとけ」

黒木は坊主頭に伝票を渡した。ゴローと呼ばれた男は、どうしていいかわからず戸惑っている。

ウェイターが慌ててとんできた。香港は日本のようなレジ・システムではないので、テーブルでチェックする。黒木は背広の内ポケットから分厚い財布を取り出すと、一〇〇〇香港ドル札を何枚か無造作に伝票の上に投げた。

「釣りはいらねえ、と伝えてくれ」

秋生が肩を竦めて「キープ・ユア・チェンジ」と通訳すると、ウェイターは宝くじにでも当たったように満面に笑みを浮かべた。

「金は、生きてるうちに使うもんだ」

別れ際に、秋生の耳元に顔を寄せて、黒木は囁いた。

10

グランド・ハイアットのロビーを出て、ハーバー・ロードに沿ってコンベンション&エキシビション・センターまで戻り、陸橋を越えて地下鉄駅のあるグローセスター・ロード側に降りると、カフェテリア形式のコーヒーショップの前に出る。秋生はとりあえずそこに入ると、コーヒーを注文し、トレイに載せて奥の席に座った。夕方のこの時間は、近くの金融機関で働くビジネスウーマンの姿も多い。彼女たちはみんな、黒のパンツ・スーツを着ている。九〇年代のはじめ頃から、投資銀行のユニフォームは、男はブルーのピン・ストライプのシャツ、女は黒のビジネス・スーツというのがウォール街の定番になった。それが十年で世界中に広まり、いまではシティでも東京でも香港でも、金融機関に勤めているというだけで、誰もが金太郎飴のように同じ格好をしている。隣の席には香港人の若いカップル。その向こうは、小学生の子供にドーナッツを食べさせている母親。店はかなり込んでいた。

秋生はそこでとりとめのないことを考え、いずれにせよ、このまま自宅に戻るのは得策ではないとの結論に達した。秋生の本名を知りたければ、いちばん簡単な方法は、このまま自宅まで後をつけることだ。コーヒーショップは通りに面した側が全面ガラス張りで、誰かに監視されていてもまったくわからない。

——しかし、それならわざわざ、俺を警戒させるようなことを言うはずがない。

秋生は自問した。

——そもそも、黒木は何をしに香港に来た？

彼の知る限りでは、麗子が香港で会ったのは、エージェントのヘンリーだけだ。ヘンリーは金に目が眩んで法人登記と口座開設の代行をしただけで、それ以上のことは何ひとつ知らない。いきなり日本のヤクザがやってくれば、大騒ぎして警官を何十人も呼びつけるだろう。

——チャンのところか。

秋生はようやく気がついた。代表者の住所も、ステイトメントの郵送先も、チャンの事務所になっている。自分が黒木なら、当然、麗子の私書箱に届いている郵便物を調べようと考える。ステイトメントを見れば、送金先の銀行がわかるからだ。もちろん麗子が住所変更の手続きをしている以上、チャンのところからは何も出てきはしない。しかし黒木は、そのことを知らない。

秋生はコーヒーショップを出ると、携帯からチャンの事務所に電話をかけた。市内通話が定額制のため、香港には公衆電話がほとんどない。ホテルのフロントにすら、公衆電話を置いていないところがある。適当な店に入って電話を借りればいいからだ。広東語のしゃべれない外国人は、携帯電話に頼るしかない。

間の悪いことに、メイが電話を取った。チャンを呼んでくれと言うと、三十秒ほどの重い沈黙の後に、「アキ、元気か？」という馬鹿デカい声が響いた。メイの手前、無理に陽気なふりをしているのだ。

秋生はチャンに、ちょっと面倒なことが起きたかもしれないと伝え、チャンの名前で顔の利くホテルを予約してくれるよう頼んだ。

「そんなことは簡単だが、いったいどうした？」

「電話じゃちょっと話せない。今日の夜、どこかで会えないかな」

チャンはしばらく考えて、

「午後九時過ぎなら大丈夫だ。どこか適当な店を押さえておこう。ホテルは、部屋が取れたらこっちから知らせる。チェックインしたら、俺の携帯に電話してくれ」

と言った。

電話を終えて、大通りまで戻ろうとすると、見覚えのある顔に出会った。黒木のガードマンをしていた、ゴローという義眼の坊主頭だ。向こうも秋生のことを覚えていたようで、一瞬、立ち止まってどうしたものかという顔をしている。身長は一九〇センチ近くあり、筋肉質の体はがっしりとしていて、おまけに頭も眉毛も剃って、片目が潰れているから、誰が見ても不気味としか言いようがない。しかし、片手にガイドブックを持ったところはおのぼりさん丸出しで、その表情は意外なほど幼い。

「何やってる?」秋生は声をかけた。

ゴローは黙って、もじもじとしている。

「女かい?」

秋生が訊ねると、耳元まで真っ赤になった。額には大粒の汗が浮かんでいる。見かけによらず純情な奴なのだ。

「黒木さんが行ってこいって」ボソッと呟くと、「このあたりならいくらでも女買えるって聞いたんだけど」と付け加えた。

秋生は思わず吹き出した。ゴローが真っ赤な顔で睨みつける。秋生は慌てて説明してやった。

香港の風俗街には、大きく香港島サイドの灣仔周辺と、九龍サイドの尖沙咀周辺がある。

ただし、欧米の金融機関の香港駐在が集まる香港島サイドの風俗店はほとんどがトップレスバーで、店で酒を飲みながら気に入った踊り子を口説き、外に連れ出すというシステムだ。灣仔駅から一本北に入ったロックハード・ロード沿いにはこうしたトップレスバーが軒を連ねているが、客のほとんどが白人で、英語の話せない日本人が行ったところで相手にされるはずがない。踊り子の多くはフィリピンからの出稼ぎで、エスコート料は一〇〇〇香港ドルが相場だ。秋生もいちどだけ、イタリア料理屋のカルロに連れられて行ったことがある。西瓜のような胸をしたフィリピン人ダンサーにさんざんたかられ、最後にカルロが怒り出し、店を叩き出されただけだったが。

日本人観光客が遊ぶなら、尖沙咀の夜総会かサウナに行くしかない。夜総会は香港映画によく出てくる豪華なナイトクラブで、店に入ると気に入った女性を指名し、エスコート・チャージを払う。後は、クラブの中でショーを楽しもうが、外に連れ出してセックスしようが客の自由、というシステムだ。一方のサウナには、若いマッサージ嬢がおり、足裏マッサージや理髪などの一般サービス以外にも、本番を含むスペシャルサービスをしてくれるというわけだ。ただし、どちらもほとんどの店が広東語しか通じず、日本語で交渉できるところは限定されている。秋生もそうした店を何軒か知っていて、たまに客を紹介してやる。そうすると、店からバックマージンがもらえる。こっちに住む日本人なら誰でもやってる小遣い稼ぎだ。

それ以外にも、尖沙咀の北にある下町・旺角が一大風俗街で、「日式指圧」の看板を出した安い売春宿が密集しているが、こっちは現地の人間でもまともな奴は近づかない。由来は知らないが、香港では「日本風の指圧」が売春マッサージの通称になっている。日本円で五〇〇〇円も出せば若い女とセックスできるが、そのかわり危険と背中合わせだ。

「金はいくら持ってる？」

「黒木さんがこれだけくれたっす」ゴローは一〇〇〇香港ドル札を三枚見せた。秋生は簡単に、夜総会とサウナの違いを説明して、どっちがいいか訊いた。どうせ言葉は通じないのだから、女を外に連れ出してホテルでセックスするか、サウナのマッサージルームでセックスするかの違いしかない。ゴローが迷っているので、せっかく香港に来たのだから夜総会のほうが面白いだろうと、知っている店に電話して、三〇〇〇香港ドルのセット料金で話をつけてやった。最近では、不景気のうえに、香港から日帰りできる深圳やマカオに安い風俗店が続々と誕生したため、老舗の風俗店の中には経営難に陥っているところも多い。ヤクザだろうが何だろうが、金さえ払えば喜んでサービスしてくれる。

「香港ははじめて？」

「はい」素直に返事した後、しばらくして、「海外旅行もはじめてっす」と付け足した。

秋生は店の名前と電話番号をメモにして渡した。

「タクシーの運転手にこれを見せると、店の前まで連れていってくれる。日本語を話すマネージャーが出てくるから、後は任せときゃいい。金は先払い。女の子のチェンジは自由だから、気に入った娘をじっくり選べる。どうせ言葉は通じないから、そのまま外に出て、近くのホテルに行くことになる。ホテル代も込みだから、金のことは心配しなくていい」

ゴローは、「わかりました。ありがとうございます」と、周りの人間がびっくりするような大声をあげて、直立不動で礼をした。

「警察にでも勤めてたの？」

「いえ、自分は自衛隊に五年ほどいたっす」

「部隊はどこ？」

「空挺です」

秋生はあらためて、ゴローのがっしりした身体を見た。片目を失ったのは、訓練中の事故によるものかもしれない。おおかた、怪我で自衛隊を除隊したものの不景気で仕事がなく、ヤクザのガードマンに拾われた口だろう。

「いっしょにいた金髪の男は？」

そう訊ねると、ゴローは不気味な顔を歪めた。

「あいつは、別ですから」

どうやら反りが合わないらしい。侮蔑の表情が浮かんでいる。

「黒木さんは？」

「ホテルです。なんか用すか？」

いや、と秋生は答えた。黒木はホテルに女を呼んでいるのだろう。だとしたら、ずいぶんと優雅な旅行だ。このぶんでは、わざわざ身元を隠すためにホテルに泊まるのも、たんなる取り越し苦労かもしれない。

秋生はタクシーを停めると、ドアを開けてゴローを乗せてやった。後部座席から後ろを振り返り、不気味な坊主頭のゴローは、もういちど丁寧に頭を下げた。

秋生は商売女を買わないが、好きな奴に聞くと、香港・マカオ・深圳などの風俗店は、どこも二十歳前後の美人をずらりと揃えているという。中国政府が国内旅行を自由化した結果、貴州、四川、湖北、湖南などの内陸部からパックツアーで香港にやってきて、そのまま風俗店の門を叩く女が急増しているのだ。彼女たちは、広東語も英語も話せないから、この街では体を売る以外に金を稼ぐ手段がない。香港・マカオが中国に返還されたことにより、この地の風俗産業はさらに拡大した。いまじゃ世界中から、若い中国女を目当てに男たちがやってくる。

店はどうせ暇だから、ゴローも今夜はそこそこいい女を抱けるだろう。

地下鉄で上環まで出ると、香港大学方面に行くマキシキャブをつかまえた。チャンが予約したのは、大学の近くにある中級のビジネスホテルだ。ゴローと別れたすぐ後に、ツインルームしか取れなかったと携帯に連絡があった。いったんは尾行をまくために大回りしようかとも思ったが、さっきのゴローの話でその気もなくなった。マキシキャブに乗ってしまえば、その後をついてくるのは素人じゃ無理だ。そのうえ、ホテルはチャンの名前でチェックインするので、万が一宿泊記録を調べられても秋生の名前は出てこない。

ホテルは、上環駅からバスで五分ほどのところにあった。交通の便は悪いが、部屋は質素で清潔なうえ、宿泊料は観光ホテルの半額以下だ。これまでにも何度か利用したことがある。外国人がまともなホテルに宿泊する場合は、パスポートの提示を要求される。今回は事前に話がついているので、フロントでチャンの名前を出すだけでキーが渡された。

部屋に入ると、携帯電話からチャンに電話した。そこまで気を使う必要はないと思いつつも、電話の利用記録を残したくなかったからだ。チャンはまだ事務所におり、午後九時にホテル近くの中華料理店で待ち合わせることにした。麗子の私書箱を調べてもらったが、やはり最近は一通の手紙も来ていない。

「尾行されるかもしれない」と告げると、チャンは「どこの馬鹿がそんなことをする」と笑いながら、「このビルには入居者しか知らない裏口があって、そこから出れば誰にもわからない」と答えた。いちおう、店の従業員に尾行の有無を確認させると言う。こういうことには慣れているらしい。秋生は、麗子のサービス登録書類と、四ヶ月前に一通だけ届いたステイトメントを持ってきてもらうよう頼んだ。

電話を切ると、電気ポットで湯を沸かし、備え付けのティーバッグで茉莉茶《ジャスミンティー》を入れた。カップを持って窓際の椅子に腰をおろすと、すでに日は暮れかけ、何もないホテルの一室にすら、夕食前の下町の華やいだ空気が流れた。

秋生はしばらくぼんやりしていたが、ふと、マコトに連絡を取ることを思いついた。もともと、麗子が彼のところにやってきたのはマコトを通してだった。香港に来る前に、麗子はマコトに会っている。時計を見ると、午後七時を回っていた。日本時間では八時過ぎだが、マコトはたぶんまだ会社にいるだろう。ジャケットから手帳を取り出すとマコトの携帯番号を探し、電話をかけた。

マコトはすぐに電話を取り、「あっ、香港の秋生さん？」と驚いた声をあげた。これまでの連絡は電子メールがほとんどで、秋生から電話をかけたことはいちどもなかったからだ。

「話がある」と言うと、マコトはこれから食事に出るつもりだったから、二十分後に電話が欲しいという。

「秘密の話をしても大丈夫なところに行きますから」

想像を逞《たくま》しくしたのか、興奮して声が上ずっている。

指定の時間に電話を入れると、マコトは電話に出るなり、「なんか事件ですか？」と聞いた。悪戯の種を探す子供と同じだ。

「若林麗子って客のことだけど」

「ああっ……」マコトは一瞬絶句した後、「あの凄い美人」と言った。「何かあったんですか？」

「香港に来るまでのことを知りたいんだ」マコトの質問は無視して訊いた。

「ええと……」と考え込んだ後、「たしか、電子メールが来たんですよ。僕のホームページを見て、香港に行きたいから秋生さんを紹介してもらいたいって。それで、彼女も東京だったから、いちど会って話を聞くことにしたんです」

「いつも、そうやって客と会ってるのか？」

「妙な人を紹介するわけにはいかないでしょ」と答えた後、マコトは「えへへ」と笑い、「若い女の人みたいだったから」と付け加えた。「会ってみたら、とんでもない美人でビックリですよ」

「彼女は何て言ってた？」

「香港に会社と銀行口座をつくりたいって。それで、会社なんかつくらなくても、個人の口座で充分だって話をしたら、婚約者の会社の節税対策で法人が必要だと説明されて、なあんだ、とがっかりです」

「それ以外には？」

「べつに。あとは世間話ですよ。僕の仕事のこととか、秋生さんがどんな人かとか……」

「それ以外は？」

「プライベートなことは、ほとんど教えてくれなかったですねえ。前に、不動産会社で秘書をしていたことくらい」

「不動産会社？」

「ええ、菱友不動産って一部上場の中堅の会社。そこで役員秘書の仕事をしていて、一年ほど前に辞めたって言ってました。メールだと、どんな相手かわからないでしょ。それでいちおう、簡単なプロフィールを書いてもらうんですよ。年齢と住んでるところと職業くらいですけど。そこに書いてあったんです」

「詳しい話は？」

「ぜんぜん。花嫁修業中っていう感じで、僕がうらやましいって言うと、笑ってましたよ。

銀座の喫茶店で会ったんですけど、周りの男はみんな僕を妬《ねた》んだ目で見るし、出勤前のホステスは彼女のことを睨みつけるし、大変でした。でもその後、店を出て彼女が一人でタクシーに乗ると、みんな、やっぱりね、という顔をして」

放っておくといつまでも話し続けそうなので、秋生は適当なところで遮って、「これから出かけるからまた電話する」と言うと、「えーっ、何があったか教えてくださいよー」と拗《す》ねる。黒木がマコトのところに行く可能性を考えたが、この調子では、そのことを教えてもさらに興奮するだけで逆効果だ。理由を言わず、当分、新しい客には会わないほうがいいと告げて電話を切った。いまごろは、妄想が頭の中で爆発していることだろう。

麗子が不動産会社で秘書をしていたという話ははじめて聞いたが、そういえば、麗子の立ち居振舞いにはどことなく職業的な匂いがした。所作はあくまでもエレガントだが、自然に身に付いたというよりは、訓練して覚えたという感じだ。不動産会社に電話をしてみようかとも思ったが、この時間では、代表電話には誰も出ないだろうと諦めた。

11

中華料理店の入口横には、鶏や豚の肉が外見を留めたままぶら下がっていた。その隣のカウンターで、店員が道行く人に声をかけ、点心を売っている。狭い店内は満席で、秋生を目《め》敏《ざと》く見つけたチャンが奥で手を上げた。例によって、蝶ネクタイに緑のジャケットという目を蔽《おお》いたくなるような格好をしている。

チャンのところに行くまでの間、周囲のテーブルをざっと見渡すと、ほとんどの客が上海蟹にかぶりついている。それでようやく、もうこんな季節かと気づいた。小ぶりな上海蟹は、暴れて身を傷つけないよう鋏《はさみ》を厳重に縛り上げたうえで、生きたまま蒸し焼きにするのがいちばん美味いとされている。上海料理の秋の定番だが、香港でも大人気だ。この時期、食材屋の店頭には緑色の上海蟹が山と積まれることになる。

チャンのテーブルにはジャスミンティーの大きなポットが置かれ、すでに何品か料理が運ばれていた。二人なので量は少なめにしているのだろうが、香港では、テーブルが料理で埋まっていないと縁起が悪いと思われ、とにかく品数を並べようとする。そのうえほとんど酒を飲まないので、年配者はジャスミンティー、若者はスイカジュースやオレンジジュースのグラスを片手に、延々と食べかつ語る。メイに聞くと、酒を飲まないのは「酔っている姿を他人に見られるのは恥」という意識が強いためで、自宅ではそれなりに飲むらしい。これが北京や台湾になると、度数の強い酒を全員が我慢比べのように飲み比べることになる。こちらも、酔い潰れた時点で「人間失格」と見なされるのだが。

秋生が座るやいなや、本題そっちのけで、チャンはいきなり株の話を始めた。どうやら、最近は仕手株《してかぶ》に手を出しているらしい。中国の株式市場は、世界的な株価下落を尻目に、二〇〇一年の初頭から時ならぬバブル景気に突入した。

中国には上海、深圳、香港の三つの株式市場があり、上海・深圳の二市場は長らく、国内投資家しか買えない人民元決済のA株と、外国人投資家しか買えない外貨決済のB株に分けられていた。そのB株も、上海市場は米ドル建て、深圳市場は香港ドル建てで、そのうえ香港市場には、中国本土企業が直接上場したH株や、香港の子会社を上場させたレッドチップスもあるから、それらの関係は複雑極まりない。

こうしたB株市場は、インサイダー取引の横行する不透明な中国の株式市場を嫌った外国人投資家から敬遠されたため、売買高は少なく、株価も低迷していた。一方、国内投資家向けのA株は、改革開放経済に伴う博奕《ばくち》相場で、ナスダック暴落に端を発した世界的な株価低迷期にも独歩高を続けた。その結果、同じ企業の株式にもかかわらず、A株とB株では値段が大きく異なるという状況が生まれた。簡単に言えば、同じソニーの株が、ある市場では一株五〇〇〇円、もうひとつの市場では一株一万円で売られているようなものだ。そこへ二〇〇一年二月、中国政府は突然、六月一日から国内投資家にもB株市場を開放すると発表したのだ。

こうなると当然、割高のA株を売り、割安のB株を買う大規模な裁定取引《アービトラージ》が発生する。それを見越して香港や台湾から莫大な華人マネーが流入した結果、二月から六月までのたった四ヶ月間で上海B株指数は二・五倍にも上昇した。それが一段落すると、夏以降は上海・深圳のB株と、香港市場のH株やレッドチップスとの裁定取引が流行して、香港市場に株式を上場させた本土系企業が大きく株価を伸ばした。もともと投機的な株式投資家しかいない香港では、数ヶ月で株価が倍になる銘柄の続出に市場は熱狂に包まれ、下町の屋台ですら、これら三市場の関連会社、同業他社の株価を比較し、どの株が割安でどの株が割高かを口角泡を飛ばして議論する姿が日常茶飯事になった。

とはいえ、株式の空売りができない中国市場では、本格的な裁定取引は成立しない。要は、上がったら売って乗り換えるだけだ。最後は誰かがババを引いて破滅することになる。秋生はこうした博奕相場の怖さを身をもって体験していたので、チャンにも早めに売り逃げるように忠告していた。チャンのポジションを詳しく聞いたわけではないが、六月まではボロ儲けしていたものの、七月に入ると、中国政府がバブル潰しに乗り出した煽《あお》りを受け、いくつかの銘柄で大きな損失を抱えたらしい。中国銀行の支店などが株式購入資金を違法に融資したとして摘発され、上場企業の粉飾決算に手を貸した会計事務所や公認会計士が相次いで処分されたことから、株価はたった二ヶ月で、ピーク時の六月に比べて国内向けの上海A株が三割、ドル建ての上海B株に至っては四割も下落した。

チャンの説明によれば、中国の株式市場ではインサイダー取引が当たり前で、党や政府有力者のコネを辿っていち早く仕手情報や企業の内部情報を摑み、仲間を集めて買い上げた後で素早く売り逃げるのが唯一の投資法ということになる。ただし、この方法では、常に先に仲間を裏切らなければ儲けられない。ババを引かされたら、破滅するだけだ。

国務院の報告によれば、中国の上場企業の時価総額は二兆三七三〇億元もあるが、上場企業の実際の資産価値は三一〇〇億元しかない。上場企業のうち四〇パーセントは資産価値がマイナスで、八〇パーセントは破産に瀕している有名無実の企業だという。これでは、何の価値もない紙切れに値段をつけて売買しているのと同じだ。

秋生は適当に料理に箸をつけながら、チャンの相場談義を話半分に聞いていた。ここで説教しても、聞く耳は持たないだろう。

「ところで、面倒な話って何だ？」

自分が手がけている仕手株がいかに有望かをしゃべり散らした後、それですっきりしたのか、チャンはようやく本題に入った。秋生は麗子のこと、カリブのオフショアに法人と銀行口座をつくったこと、麗子が会社の金を盗んで逃げたこと、黒木というヤクザに呼び出されたことを簡単に話したが、五〇億という金額は伏せておいた。

「事情はわかったが、それにいったいどんな問題があるんだ？」

チャンが不思議そうな顔をした。

「そんなことは、香港ではよくある話だ。自分の金を他人に預けたほうが悪い。アキには何の関係もないんだから、放っておけばいい」

法人の登記書類を見て黒木が訪ねてくるかもしれないという秋生の危惧《きぐ》も、「日本のヤクザが香港でいったい何ができる」と一笑に付された。「麗子という女は、私がつくった素敵なチラシを街で見つけて、一人で訪ねてきた。三ヶ月分の前金を受け取って、サービスを始めた。けっきょく、郵便は一通も来なかったし、電話もかかってこない。四ヶ月目の金は振込まれていないからサービスを打ち切った。そう答えておくよ」

黒木がチャンに交渉しようとするなら、香港の裏社会の人間を通すしかない。そんなことをすれば、張り巡らされたネットワークを通して、即座にチャンの耳に入る。たしかに、香港に何の足場もない日本のヤクザには大したことはできないだろう。

「そんなことよりも、メイを何とかしてやれよ」

その話はこれで終わりというように、チャンは話題を変えた。麗子とのことはメイから聞いているはずだが、さすがにそれは話題にしない。

「あんな元気だった娘が、いまじゃひと言もしゃべらなくなっちまった。飯も食ってないみたいだし、かわいそうで見てられない。どうせちょっとした浮気だったんだろ。豪華なプレゼントでも贈って喜ばせてやればいいんだよ。そうすりゃ機嫌も直るさ」

秋生にはとてもそうは思えなかったが、「考えてみるよ」と答えておいた。メイとのことをどうしたいのか、自分の中でもはっきり決まっているわけではなかったからだ。

「この件を片づけないと、とてもそんな気にはなれないんだ」

チャンは、困ったように顔を顰《しか》めた。「そんなこと言って、女を探す当てはあるのか?」

秋生は、チャンが持ってきた麗子のサービス登録用紙をテーブルの上に広げた。

「銀行口座を開くには、住所と電話番号が必要だろ。住所に関しては、ステイトメントが宛先不明で返送されてこなければ銀行側は何の不審も抱かないから、私書箱で問題ない。でも、電話はそうはいかない。一〇万ドル以下の小口の送金ならどうでもいいだろうけど、いきなり一〇〇万ドル単位の大金を送金依頼したら、銀行側は必ず、顧客に電話をかけて確認する。その時、電話が通じなければ警戒される」

「だから、ウチの転送サービスを利用してるんだろ」

「たしかに書類上では、この電話は、麗子の婚約者の会社に転送されることになっている。でも考えてみてよ。口座の金を騙し取ろうとして、その送金確認の電話が相手の会社に転送されたら、それだけで計画はおじゃんだ。わざわざそんな危ない橋を渡ると思うかい？」

「だったら、この電話番号はデタラメというわけか」

「それもリスクが大きい。送金指示を出して、銀行が電話してみたら偽の番号だった、なんてことになれば、マネーロンダリングの汚い金ですと宣言してるみたいなものだからね」

チャンはしばらく考えていたが、「だったらいま、電話して確かめてみろよ」と言った。

秋生は携帯を取り出すと、うるさい店の中で、構わず電話番号を押した。しばらくして、「この電話は現在使われておりません」というＮＴＴのアナウンスが流れた。やはり、チャンの言うようにデタラメだったのか？　だが、麗子が金を奪った直後に、法人や銀行口座と同時に、この電話を解約した可能性もあると思い直した。

チャンは、相変わらず半信半疑だった。

「たしかにそうかもしれないが、そんなことなら、ヤクザがとっくに気づいて探しているだろう」

「奴らは、この電話番号に気づいてないんじゃないかと思うんだ。少なくとも麗子は、この電話のことを絶対に教えない。ステイトメントには、住所や電話番号は掲載されないからね」

秋生は、チャンの持ってきた麗子宛のステイトメントの封を切った。そこには、口座番号と名義人の名前しか書いてない。最初のステイトメントなので、残高はゼロだ。

「俺に何か手伝えることはあるのか？」チャンは訊いた。

「明日にでも、日本に行こうと思うんだ」

秋生は自宅の鍵をテーブルの上に置いた。パスポートとクレジットカードと小切手帳は常に持ち歩いているから、その気になればいますぐでも飛行機に乗れる。だが、自宅に置いてあるノートパソコンと、麗子の法人登記や口座開設書類の控えが必要だった。秋生はヘンリーから、すべての書類のコピーを受け取っていた。自分の顧客に関しては、後日のトラブルを避けるため、案件ごとに資料をファイルしてある。

「当分、自宅に戻るのは控えようと思うんだ。悪いけど、必要なものを取ってきてもらえないかな？」

チャンは、ほんとうにそこまでする必要があるのか訝《いぶか》りつつも、秋生の頼みを快諾した。家に帰るついでにアパートに寄って、明日の朝、届けてくれるという。チャンの家は、銅鑼灣からさらに東に行った太古《タイクー》にあった。秋生と同じ2DKのアパートに、やはり一人で住んでいる。

「なぜ、そこまでして女を探す」チャンが訊いた。

「金が入るんだ」

「いくら？」

「女が盗んだ金が五億。その一割だから五〇〇〇万円」と、一桁少ない数字で答えた。「約三〇〇万香港ドル」

「宝くじを買うような話だな」チャンが笑った。

「当たったら礼をはずむよ」秋生がそう言うと、「期待してる」と大笑して、いつものように分厚い掌で背中を叩いた。

チェックの時、財布を出そうとする秋生を問答無用で押し留め、結局、今回もチャンのおごりになった。中国人には、割り勘という発想はない。半分以上の料理が残ったが、これも、残すほうが喜ばれる。きれいに食べてしまうと、客を充分にもてなさなかったということになるからだ。

チャンは最後に、上海蟹の味噌を一口舐めると、「日本から戻ってきたらメイと仲直りしろ」と念押しして席を立った。


ホテルに戻ってから、チャンにもう少し強く警告しておけばよかったと不安になった。黒木は馬鹿じゃない。当然、麗子の私書箱を探ろうとするはずだ。しかしチャンは、自分の手掛けている仕手株に夢中で、秋生の話をほとんど聞いていなかった。

冷蔵庫から氷を取り出し、ウィスキーのミニボトルを開けた。深夜〇時を回ると、さすがに外の人通りも少なくなる。秋生は部屋の電気を消し、窓際の椅子に腰掛けた。いまからでもチャンに電話しようかと思ったが、しばらく考えてやめた。

仮に黒木がチャンを脅そうとしても、簡単にはいかないだろう。秋生はチャンが、裏社会に強力なコネクションを持っていることを知っていた。

香港の裏社会は、「三合会《トライアド》」と呼ばれる。香港では、組織の構成員であること自体が違法とされるため、日本のように、組が看板を出したり、組員が互いの名刺を交換することなど考えられない。しかし不思議なことに、香港人同士では、誰がどこの組織に属しているのかみんな知っている。秋生は、メイがいちどだけ、「チャンさんはああ見えても怖い人なのよ」と言っていたことを思い出した。

中国のヤクザ組織は秘密結社に端を発していると言われるが、そもそも中国人の社会そのものが、秘密結社的なネットワークによって成り立っている。その秘密結社の中で、非合法な仕事をする一部が「三合会」と呼ばれているにすぎない。

日本ではまがりなりにもヤクザと市民社会は一線を画されているが、香港では組織も社会の一部であり、その区別はきわめて曖昧だ。組織に入るのも抜けるのも比較的簡単で、ある程度金を儲けたヤクザは正業に戻るのが当然とされている。構成員と非構成員が明確に分かれることもないから、チャンが組織に属していたとしても何の不思議もない。ただし、組織から抜けるのは自由でも、自分の属する組織を裏切ったり、相手の面子を潰した時には厳しい制裁が待っている。

チャンが裏社会の人間なら、日本のヤクザを歯牙《しが》にもかけない理由もわかる。黒木がうかつに地元のヤクザを使おうとすれば、チャンを脅す以前に、自分たちが始末されることになる。日本人からもらうわずかな金のために仲間を裏切るような馬鹿はいない。

秋生は、チャンの質問を思い出した。

「なぜ、そこまでして女を探す？」

果たして、ほんとうに金のためなのか。

グラスのウィスキーがすっかり水っぽくなっていることに気づいて、ミニボトルをもう一本開けた。ゴミ拾いの男が、リヤカーを引いて暗い路地から出てきた。近くの料理店の残飯を漁《あさ》っているのだ。

秋生は、麗子がトラブルに巻き込まれるのを知っていた。なぜなら、そうなるように仕組んだからだ。婚約者は破滅し、麗子はもういちど彼の前に現れるはず、だった。

しかし、麗子は五〇億の金を持って逃げたという。彼女のほうが、はるかに上手だったということだ。どうやって、そんな大胆なことができた？

麗子を見つけ出し、何としても、彼女の口から真相を聞き出さずにはいられない。
それが執着なのか、プライドなのか、それとも金目当てなのか、わからないが。

次の日の朝、日本時間で午前九時になるのを待って、麗子がかつて勤めていたという菱友不動産に電話をかけた。「個人的な要件で、一年ほど前に退職した女性と連絡が取りたい」と話すと人事部に回され、名前を確認した後、「その方は派遣会社から来ていたので、こちらでは退職後のことはわかりません」と言われた。「役員秘書と聞いたが、どの役員に付いていたのか知りたい」と言うと突然警戒され、名前や理由を剣呑《けんのん》な口調で訊ねられたので電話を切った。

菱友不動産の株価や財務内容をネット上で調べると、バブル崩壊後は青息吐息で、このところ三期連続で赤字決算を続けている。バランスシートを見ると、銀行から債権放棄を受けたにもかかわらず有利子負債は五〇〇〇億円もあり、それに対し株主資本は一〇〇億しかない。資産を時価評価すれば、大幅な債務超過に陥っているのは間違いない。売上は二〇〇〇億円近くあるが、営業キャッシュフロー二二〇億円に対して財務キャッシュフローはマイナス二五〇億円。稼ぐ以上に、利払いで現金が流出している。株価は額面の五〇円を割り、政府とメインバンクの意向だけで生き延びているゾンビ企業のひとつだ。リストラで社員を大きく減らしているが、それでも本体で六百人、子会社・関連会社を入れると二千五百人の従業員がいる。

取締役は十五人で、麗子が誰の秘書をしていたのかはもちろんわからない。株主は親会社とそのオーナーのほか、銀行、生命保険会社、社員持株会といったところで、とくに不審な名前は見当たらない。誰も、こんないつ潰れてもおかしくない会社の大口株主名簿に名を連ねたいとは思わないだろう。

次に、派遣会社に電話してみた。「登録者の個人的な情報はお教えできません」という木で鼻を括《くく》ったような答えが返ってきたが、現在も登録されているかどうかだけでも教えくれと粘ると、しぶしぶ調べてくれた。麗子の派遣登録はなかった。

その後、航空会社に電話をかけて、香港発成田行きの午後便のビジネスクラスを押さえた。九・一一の同時多発テロ以降、航空会社はどこも閑古鳥《かんこどり》が鳴いており、当日でも簡単に座席が取れる。料金も三割は安い。昔は狭いエコノミー席でもなんとも思わなかったが、最近、隣の客と肘をつきあわせるようなスペースに押し込まれることが苦痛になってきた。

九時過ぎにチャンから連絡があり、書類とパソコンはエアポート・エキスプレスの発着する香港駅で十時に受け取ることになった。チャンから、「マコトに渡す土産も入れといたから、よろしく伝えてくれ」と頼まれた。

マコトはいまでは、チャンの得意先だ。マコトが香港に遊びに来た時、チャンとメイを呼んで四人でカルロの店に飯を食いに行った。カルロの店に夜ごと集まる英米系の金融機関のトレーダーたちは、半分アル中みたいな奴がほとんどだ。その日の相場で勝っても負けても、朝までドンチャン騒ぎを繰り広げ、二日酔いでほとんど意識のない状態で出社していく。まともな神経の持ち主ではやってられない仕事だからだ。彼らは、相場は酔い潰れて張るものだと思っている。それができなくなる時が、トレーダーとしての人生が終わる時なのだ。

何が気に入ったのか知らないが、マコトはその日の体験を自分のホームページにアップし、それが評判を呼んで、日本からチャンの私書箱を利用したいという依頼が来るようになった。マコトがつくりあげた妄想の中では、カルロの店は〝金融マフィア〟の巣窟《そうくつ》で、チャンは蝶ネクタイをトレードマークに香港の裏社会を仕切る謎の中国人、ということになっていた。「トップトレーダーたちもみな、この中国人には一目置いていた」のだそうだ。

暇な時に秋生は、そのエッセイを英訳してチャンに見せてやった。それを見てメイは腹を抱えて笑ったが、チャンはマコトのことを「才能のある作家」と呼んで目をかけるようになった。

コピー天国の香港でも、ソフトの大半は中国語ヴァージョンで、英語版のソフトが手に入る店は少ない。それ以来、チャンはマコトのために、パソコンのコピーソフトを仕入れては送ってやっていた。今回も、マニアックなプログラミング・ツールなど、十枚ほどを持っていくよう頼まれた。定価で購入すれば一〇〇万円を下回ることはないだろうが、実際にチャンが払った金は、大目に見積もっても五〇〇〇円ほどだ。これでせっせとチャンの商売を日本で宣伝してくれるのだから、こんなうまい話はない。

ホテルをチェックアウトして、シティバスでセントラルまで出る。金融街の一角にある地場銀行に寄り、貸し金庫から、日本円のキャッシュカードとクレジットカード、それにプリペイド式の携帯電話を取り出すためだ。たいした金は預けていないが、日本に帰る時のために、国内銀行に非居住者用の円口座を持っていた。クレジットカードは、その口座から引落とされるようになっている。これで、いちいちよけいな為替手数料を支払わなくても済む。

プリペイド式携帯電話は、何年か前に匿名で購入したものだ。以前は期間一年のカードがあったが、最近では外国人による偽造を防ぐために最長三ヶ月に短縮された。国際電話に偽造カードが使われ、通信会社が大損したためだ。さらに、期限切れから三ヶ月の猶予期間を過ぎると使用不能になる。こちらは、匿名携帯電話が犯罪に利用されることを防ぐために、購入にあたっては身分証明書の提示が必要になったからだ。いろいろ不便になったが、秋生のように偽名で仕事をする人間にとっては便利な道具なので、半年に一度は日本に行く知合いに頼んでカードを交換していた。

ジャーディン・ハウスから、新しくできたエクスチェンジ・スクエアのショッピングモールを抜けてヴィクトリア湾側に降りると、香港駅に出る。十時ちょうどに駅に着くと、中央ホールの手前でメイが待っていた。

「久しぶりだね」

秋生は、ほかに挨拶の言葉を思いつかなかった。メイと話をするのは、四ヶ月ぶりだ。少し痩せて、頬もこけたような気がする。藍色《あいいろ》の薄手のセーターに、紺のスラックス。服装もずいぶん地味になった。そのぶん、少し大人になったように見えた。

「チャンさんが、どうしても行けなくなったからって」

メイはそれだけ言うと、荷物を秋生の胸に押し付けて踵を返した。

その瞬間、メイの目に涙が溢れるのがわかったが、だからといって、何ができるわけでもない。

12

飛行機は香港国際空港を定刻に出発し、夕方六時前に成田空港に到着した。入国カウンターには思いのほか長い列ができており、二十分ちかく並ばなくてはならなかった。長い不況が続いているにもかかわらず、大きなスーツケースを引きずる若い女性たちでロビーは混雑していた。

案内所でホテルガイドをもらって、新宿のシティホテルに電話をかけた。平日のため、簡単に空室が見つかった。今年は例年に比べてずいぶん暖かいらしいが、十一月の日本は香港よりも一〇度は気温が低く、セーターか冬物のジャケットを手に入れる必要がある。空港内のブティックを覗いたが、あまりに高いのであきらめた。「工藤秋生」の名前で予約を取ったので、ホテルの支払いにクレジットカードは使えない。最初にキャッシュでデポジットを要求されるため、空港のＡＴＭから一〇万円、日本円を引出した。万が一、黒木たちと接触した場合のことを考えて、今回はすべて偽名で通すことにしていた。

成田エクスプレスで直接、新宿まで向かい、駅ビルで軽い夕食を済ませると午後八時を回っていた。以前、新宿に来た時は、西口地下の広場にホームレスたちのダンボールハウスがずらりと並んでいたが、いつの間にかきれいに整備され、企業向けのショールームに生まれ変わっていた。タクシー乗り場を覗くと、十人くらいの列ができている。近距離ではどうせ運転手に嫌な顔をされるだけだと思い、けっきょく、ホテルまで歩くことにした。

西口のロータリーから地上に出る。居酒屋とディスカウント家電ショップの集まる駅前は酔客たちでごった返していたが、高層ビル街のほうに少し離れると人影もまばらになり、グロテスクな東京都庁の陰から半月が青白い光を投げかけていた。雑居ビルの入口シャッター前のわずかな隙間《すきま》に、ホームレスの男が一人、赤ん坊のように背を丸めて眠っていた。

ほぼ三年ぶりの帰国になるが、とくに感慨はなかった。戻ってきたからといって、連絡を取り合う相手がいるわけでもない。転職を繰り返し、海外を転々とするうちに、友人と呼べる相手はいなくなっていた。それで不都合を感じたこともない。

ホテルにチェックインし、狭い部屋の無愛想なベッドに横になった時、香港駅で別れたメイのことを思い出した。ずっといっしょにいたのに、気がつくと、ずいぶん遠く離れてしまった。もう二度と、触れ合うことはないかもしれない。

いつのまにか眠りに落ちた。

翌日、早めに目覚めると、持ってきたノートパソコンを電話回線につなぎ、都内の興信所・探偵事務所・調査会社を検索した。これらの区別は部外者には謎だが、何でも、調査にあたって身元を名乗るのが興信所、身分を伏せて隠密調査を行なうのが探偵、尾行・張込みなどをせず、情報を売買するだけなのが調査会社、ということらしい。

資本主義国家である日本では、個人情報も、金さえ出せば簡単に手に入る。最近では、ネット上に堂々と料金表を掲げている業者もいる。

その料金表によれば、固定電話の番号から契約者名や契約者住所を調べる料金は四万円。電話が解約されていると、倍の八万円になる。住民票や戸籍の調査は八万円から一〇万円。クレジットやサラ金の借入状況の確認はたった一万五〇〇〇円だ。ここには掲載されていないが、当然、犯罪歴の情報も簡単に手に入る。なかには、匿名の依頼者にも、前金で金を払えば情報を売るところもあった。

インターネット・タウンページを見ると、新宿だけで二百軒近い興信所・調査会社が登録されている。秋生はズラリと並んだリストの中から、高田馬場にある小規模な事務所を選んだ。シンプルだが丁寧なつくりのホームページが気に入ったのだ。新宿の業者は見るからに怪しいところが多く、逆に大手は、警察関係者の息がかかっている可能性がある。恩田《おんだ》調査情報というから、個人経営の事務所だろう。今回の依頼では面倒な尾行などが発生するとも思えないから、ちょうど手頃だ。

ホテルから電話をかけると、五十歳前後の、落ち着いた声の男が応対に出た。たぶん所長本人だ。解約された電話番号から住所を調べてほしいと言うと、あっさりと「お急ぎなら今日の午後にはわかります」という答えが返ってきた。

「それなら直接、事務所に行って、報酬もその場で支払いたい」と伝えた。

「午後二時以降に来ていただければ調べておく」と言う。

料金は八万円だが、他の調査があれば合わせてディスカウントするという話をされ、麗子が指定した転送先の電話番号と、連絡先としてホテルの名前と、香港から持ってきたプリペイド携帯の番号を教えて電話を切った。現代社会では、人探しですらコンビニエントだ。

ホテルのレストランで簡単な朝食を済ませると、新宿駅に行くまでにコンビニで五〇〇〇円の携帯用プリペイドカードを買った。これでまた、半年は匿名を維持できる。プリペイド携帯を買うにも身分証明が必要になってから、匿名で使える携帯電話はネットオークションでも高値で売買されている。いまでは貴重品だ。ちなみに、携帯電話の番号から契約者名を調べる料金は一件五万円だ。

着替えも持たずに飛行機に乗り込んだので、西口のデパートに寄って冬物のセーターを買った。薄手のジャケットの下に着ると、なんとかこの季節でも耐えられる格好になった。バーゲンの時期でもないのに、一流デパートがブランドもののセーターを一万九八〇〇円で投げ売りしていた。こんなに消費財の価格が下がっていれば、日本の不景気も長引くはずだと妙な納得をした。

新宿から中央線で東京まで行き、丸の内のオフィス街には約束の時間の十分前に着いた。昨日とは打って変わって、十一月のこの時期には珍しく、いつ降り出してもおかしくない空模様だ。さっき買ったばかりのセーターがなければ凍えていただろう。駅の売店で傘も買おうかと思ったが、もう少し様子を見ることにした。銀行の始業時間は過ぎ、通勤ラッシュは一段落したが、それでもコートを羽織ったスーツ姿のビジネスマンの列は途切れることはない。再開発で、このあたりの様子もずいぶん変わった。PCCWのリチャード・リーが購入した旧国鉄用地にも、建築中の高層ビルがその姿を現しはじめていた。秋生はN信託銀行の前に立ち、道行く人波をぼんやりと眺めていた。

午前十一時ちょうど。日比谷通りから黒のリムジンがゆっくりと近づいてきて、秋生の前で停まった。運転手が素早く降りて、後部座席のドアを開ける。「待たせたかな。すまん」と言いながら、ステッキを片手に倉田老人が降りてきた。その後を、青木という秘書が頑丈なアタッシェケースを持って続いた。

倉田老人は秋生の顧客の中で、唯一の大金持ちだった。その資産がいったいいくらあるのか、本人にすら見当がつかないだろう。八十歳をとうに過ぎているはずだが、いまだに矍鑠《かくしゃく》としている。

倉田老人とは、秋生が面倒を見た顧客の紹介で、半年ほど前に知合った。その顧客は、オフショアから日本に送金しようとした一〇万ドルが行方不明になったと泣きついてきたのだ。送金側は「たしかに指示どおりに送金手続きしたから受取銀行に訊け」と言い、受取り側は

「入金のない資金のことなどわからない」と主張する、典型的なトラブルだ。

ＦＡＸで送られてきた送金指示書を見ると、原因はすぐにわかった。その客はオフショアから日本のシティバンクに送金しようとしたのだが、支店名と口座番号だけ書いてあって、国名が抜けている。これでは資金を中継する金融機関は、どの国のシティバンクに送金していいかわからない。

ドル建ての決済は、シティバンクの場合、ニューヨークの本店を通すことになる。こうしたハブの役割をする銀行をコレスポンデント銀行、略称コルレス銀行《バンク》といい、ドル決済の場合はバンカーズ・トラストやバンク・オブ・ニューヨーク、ＪＰモルガン・チェースがよく使われる。世界展開するシティバンクは、他の銀行を中継基地として利用する必要がないので、すべてのドル決済を本店に集中させている。

一般にはあまり知られていないが、国内銀行の外貨預金口座から日本のシティバンクのドル口座に送金する場合も、決済自体はニューヨーク本店で処理される。全世界に散らばるシティバンクはこの本店に口座を持っており、送金指示書に従って、入金されたドルが各支店の口座に分配されていくわけだ。これらの作業はすべて電子データで処理され、ドル札が日本まで送られるわけではない。この時、送金指示書に国名が抜けていると、どの国の支店に振込んでいいのかわからず、放っておかれることになる。中継点のコルレス銀行で資金が宙吊りになるこうしたトラブルは、案外多い。

日本の銀行は親切なので、こうした場合、送金元の銀行に「送金先不明」で差し戻したり、各支店の口座を調べて入金先を特定したりしてくれる。一方、欧米の金融機関はドライで、自分のミスは自分で解決せよと、黙っていては何もしてくれない。秋生は送金元の銀行に、宙吊りになった送金をいったん組み戻すよう依頼し、正式な送金依頼書のフォームであらためて指示し直した。中三日で、無事に組み戻しと送金が完了し、感激した顧客があちこちで宣伝したらしく、そのうちの何人かから連絡があった。秋生としては大した手間ではなかったが、顧客からすれば、道に落とした大金が戻ってきたような気分だったのだろう。そのうちの一人が倉田老人で、突然、「香港に来ているから会いたい」と、秘書の青木を通して連絡があったのだ。

倉田老人は、とてつもない資産を持っていた。銀座や赤坂の一等地にビルを保有し、一部上場企業の個人大株主に名を連ね、スイスのプライベートバンクにも一億ドルを超える預金があった。その資産は、すべて親の遺産を運用してつくりあげたものだ。室町時代から続くという名家に生まれ、大正デモクラシー華やかなりし頃の上流家庭で育った、自由で洒脱な雰囲気を持つ好人物だった。秋生に会ったのもたんなる好奇心からで、資産運用に困っていたわけではない。どうせ、死ぬまでにその百分の一ですら使い切れないのだ。秋生はどういうわけか倉田老人に気に入られ、日本に戻る時は、海外送金の手伝いをさせてもらっていた。今回も香港の空港から帰国の連絡をすると、ちょうど送金予定があるからと、この時間を指定されたのだ。

倉田老人は、秋生を連れてN信託銀行の門をくぐった。あらかじめ連絡を受けていたのだろう、入口では支店の営業担当者と女子行員が最敬礼で迎え、やや遅れて、支店長が駆けつけてきた。支店長はそのまま、倉田老人一行を役員応接室に案内した。

専用エレベータで最上階まで上がると、そこは別世界だ。重厚な調度が据えられた豪華な応接室にはピカソの原画が飾られ、広い窓からは皇居の森が一望できる。この信託銀行も巨額の公的資金を導入され、徹底したリストラに努めているとされているが、とてもそんな風には思えない。倉田老人がソファーに腰を下ろすと、すかさず女性秘書がお茶を運んできた。役員の趣味なのか、胸や腰のラインを強調したスーツを着ている。

隣の部屋で待機していたのだろう、いかにも金融マン然とした仕立てのいいビジネス・スーツに身を包んだ若い男が部屋に入ってきて、丁重に倉田老人に挨拶した。田宮という名の、スイス系プライベートバンクの日本駐在だ。ソファーのこちら側には倉田老人と秘書の青木、そして秋生。向こう側にN信託銀行の支店長と営業部長、そして田宮が座った。

田宮は、秋生に目を向けると、営業用のさわやかな笑みを浮かべ、「いつもホームページを楽しみに拝見しています」と声をかけた。マコトの運営しているサイトのことを言っているのだ。「よく、あんな過激なことが書けるなと、感心してるんですよ」

田宮の口調には、それとなく皮肉が込められていた。これまでも、富裕層を顧客とするプライベートバンカーたちから同じような皮肉を何度も聞かされてきたから、秋生には田宮の底意がすぐにわかった。数百万円程度の運用資金しかない貧乏人がオフショアを利用しても意味がないという侮蔑と、自分たちの脱税ノウハウを無料で公開されることへの不快感。いずれもお馴染みのものだ。とりわけ田宮は、倉田老人のような超ＶＩＰが、秋生の如きチンピラと付き合うことに我慢がならないらしい。

秋生自身は、マコトのホームページにはいっさいかかわっていないが、ちょっと調べれば誰でもわかるようなノウハウで金持ち連中を騙し、高い手数料を取ることしか考えない高慢な金融エリートにはやんわりと反論することにしている。こいつらの始末に悪いところは、詐欺師まがいのくせに、自分たちは特別だと勘違いしていることだ。そして、彼らと同じことを安い手数料で請け負う同業者を、脱税の手先と批判する。

「あそこに書いているのは、原則として、合法的に税金を払わなくてもいい方法だけです。非合法な脱税を勧めているわけじゃありません」秋生は、田宮に向かって言った。「たとえば、海外の銀行から利子を受け取っても、確定申告の必要のない給与所得二〇〇〇万円以下のサラリーマンなら、年間二〇万円までは雑所得として申告が免除されている。年五パーセントの金利がつくとして、他に給与以外の所得がなければ、四〇〇万円までの預金は実質無税になる。あるいは、収入のない専業主婦の名義で口座をつくれば、年間三八万円の基礎控除の範囲内なら税金はかからない。この両方を使えば、年間五八万円までの利子・配当所得は無税だから、利回り五パーセントとして、一一六〇万円までは合法的に税金を払わずに運用できる。そういう類いの話です」

N信託の支店長や営業部長は、秋生の言ったことが理解できずに、ぽかんとした顔をしている。さすがに田宮は、こうした税法の抜け穴をよく知っているようだ。

「たしかにそうでしょうが、現実的じゃないですよね」

田宮が言いたいのは、そんな姑息《こそく》な節税法は、多額の資産を運用する富裕層には役に立たないということだ。秋生は逆に、この程度の税法の基本も知らずに大事な資産をプライベートバンカーに預ける奴は、「どうか私のお金を好きなように毟り取ってください」と頼んでいるようなものだと思っている。

「合法的に税金を払わない方法なんて、他にいくらでもありますよ」

秋生は、もうすこし田宮の挑発に付き合うことにした。

「たとえば割引債を外国の金融機関で購入して、満期日前に売却すると、どういうわけか日本の税法では税金がかからないことになっています。一般の債券でも、利札《クーポン》の配当は申告対象ですが、売却益《キャピタルゲイン》は無税です。

あるいは、契約型の投資信託《ファンド》を利用してもいい。日本の税法では、外国籍の契約型投信の売却益は債券と同じと見なされて無税です。税法上は、配当のない外国籍の契約型投信は合法的無税商品になってしまう。世界中を探せば、そういう投信はいくらでも見つかる。

それを利用して、海外の割引債と、配当のない契約型投信だけに投資すれば、何百億円運用しても合法的に一銭の税金も払わなくて済む。税務署がどう判断するかは知りませんけど」

田宮は、嫌な顔をした。割引債や契約型投信を使った節税法は、彼らが顧客を取り込む時の大事なノウハウなのだ。それがインターネットで堂々と公開されていては、都合が悪い。

割引債とは、利払いがないかわりに、九〇円で売って五年後に一〇〇円で償還するような債券だ。アメリカの国債市場では、証書からクーポンを切り離した割引債が大量に流通している。

日本の金融機関で割引債を購入すると、最初に償還差益の一八パーセントの税金を源泉徴収される。一方、同じ割引債を海外の金融機関で購入し、中途で売却すれば税金はかからない。不思議な話だが、理屈上、日本の税法ではそうなっている。

一方、投資信託には、投資家が株主になる〈会社型〉と、投資家が受益証券という契約書を購入する〈契約型〉がある。このうちの契約型投信は、国内で設定されたものは売却益、配当益ともに二〇パーセントの源泉徴収課税の対象になるが、どういうわけか、外国籍の契約型投信は債券と同じと見なされて、売却益に課税されない。したがって、配当のない契約型ファンドがあれば、割引債と同様に、合法的な非課税商品になる。

「しかし、そんな複雑な方法を使いこなせる人がいっぱいいるとは思えませんなあ」

N信託銀行の営業部長が、横から口を挟んだ。何か意見を言わないと、倉田老人の手前、格好が悪いと思ったのだろう。一瞬、田宮の顔に軽蔑の表情が浮かんだ。こういうドメスティックな金融マンを、はなから馬鹿にしているのだ。それは秋生も同じだが。

日本の金融機関の営業担当は、税金逃れといえば、裏金で無記名の割引金融債や金の延板を買わせることくらいしか思いつかない。かつて、自民党副総裁だった金丸信がやった脱税法だ。「日本の首領《ドン》」と言われた政治家がこんな無能な方法しか知らなかったことに、この国の金融界のレベルの低さが象徴されている。

「べつに、何も難しいことなんかありませんよ。ちょっと勉強すれば、誰だってできることです」

秋生がそう答えると、営業部長は露骨に嫌な顔をした。

「でも、素人がいろんなことを覚えると、後でトラブルになりませんかねえ」

田宮はさすがに、もう少し現実的だ。一般大衆が外国の金融機関を使った税の抜け道を利用するようになると、金融庁や国税庁あたりが規制に乗り出して、せっかくのノウハウが意味をなくすことを心配している。秋生はどちらかというと、そうなったほうが面白いと考えている。

税法上は、日本に住んでいる以上、どの国から得た所得でも、日本で申告して税金を払わなくてはならない。だが実際は、それはたんなる建前で、海外の金融機関との取引で得た利益を申告する奇特な人間はほとんどいない。田舎の税務署だと、海外投資の利益をどう処理するのか聞かれても、まず答えられない。面倒臭がって、「日本に持って帰って円に替えた時に申告してください」などというデタラメを平気で教えるところもある。見て見ぬふりをしていたほうがお互いのため、というのが実情だ。

たとえ運悪く税務署に見つかっても、たいした金額じゃなければ、すみませんと言って税金を払えばいい。あんまりうるさいようなら、違う税務署の管轄に引っ越せば済む。税務署のデータベースは一元管理されていないから、管轄が違えばすべての記録がリセットされて、翌年は一から始められる。最近になって、ようやく法人所得からデータベースの共有化が始まったが、個人所得はまだまったくの手つかずだ。こんなことは、ちょっと機転の利いた人間なら誰でも知っている。

少しばかりハッカー寄りのところは気になるが、そうした知識を広く共有しようというマコトのやり方を、秋生自身は痛快だと思っていた。

「最近では、どんな依頼が多くなってきたのかな」

二人の議論を面白がって聞いていた倉田老人が、話に割って入った。

「ひところは、香港やオーストラリアの証券会社を通して日本株を売買させる業者が増えました。これだと、取引は海外の証券会社の名前で行なわれるから、税金を払わなくても済む。もちろん違法ですけど。

オフショアに投資会社や匿名組合をつくり、新規公開株を海外の証券会社に持たせて、IPO（株式新規公開）時に売却して儲けを無税でポケットに入れる、というのも流行《はや》りました。このところの株安であまりパッとしないみたいですが。

あと、相続税対策で高額の保険に入りたがる人も相変わらずいますね。ただしこれも、相続税逃れとして税務署が認めないケースが出てきました」

秋生がそう説明すると、

「海外の保険会社の生命保険が、なんで相続税対策になるんですか？」

と、N信託の支店長が不思議そうな顔をした。田宮がまた顔を歪めた。これも、彼らが金持ちを騙す大事なノウハウのひとつなのだ。

生命保険金を相続する場合、法定相続人一人あたり五〇〇万円が非課税とされている。父親が死亡して、妻と子供二人が残された場合は、一五〇〇万円が非課税枠になる。これに相続税の基礎控除五〇〇〇万円と、法定相続人一人あたり一〇〇〇万円の控除が加わるから、都心の一等地に不動産資産を持っているような特別なケース以外では、保険金に相続税がかかることはほとんどない。ただし、一部の富裕層にとっては、五〇〇万円の非課税枠などなんの意味もない。

ところが、相続税法によれば、保険金に対する「みなし相続財産」の特例は国内の生命保険契約にしか適応されない。ということは、被相続人が国内に支店を持たない海外の保険会社と契約した場合、その死亡によって相続人が受け取る保険金は、相続税の課税対象にはできない。だからといって無税にするわけにはいかないから、理屈のうえでは、一般則の一時所得として課税することになる。

一時所得の場合、総収入金額から、それを得るために支出した金額を除いた収益の二分の一が課税対象になる。相続人が保険料を支出したわけではないから、仮に保険金が一〇億円だとすれば収益も一〇億円で、課税対象になる一時所得は半分の五億円だ。保険金が一〇〇億円なら、課税対象は五〇億円。この理屈が認められるとすれば、事実上、相続税が半額になってしまう。海外の保険会社には、相応の保険料を前提に、こうした大口の契約を受けるところがある。

さらに、日本でも最近出てきた変額保険年金のように、保険契約の中に複数の投資信託を組み込むものがある。これをオフショア生保というが、こうした契約では、ファンドを解約しても、保険契約が継続されている限り売却益に対する課税が先送りされる。この仕組みを利用して、すべての資産を投資型のオフショア生保に預けてしまえば、実質無税で運用したうえに、解約返戻金や保険金を一時所得として受け取ることができる。これが一部で、海外生保を使った究極の節税法といわれたものだ。

ただし、この「究極の節税法」にも問題がひとつある。日本国は、保険業法によって、国内居住者が海外の保険会社と契約を結ぶ際に内閣総理大臣の許可を得るよう定めているからだ。この非現実的な条文は、建前としては、日本国によって保護されない保険契約から国民を守るためであり、本音ではもちろん、国内の生命保険会社の既得権が侵されないようにするためだ。

しかし、この条文を無視して勝手に海外の生命保険に加入する日本人は跡を絶たず、金融庁としても、そうした個人に対して「小泉総理のところに許可をもらいに行きなさい」と言うわけにもいかないから、完全に死文化しているというのが実態だ。なにしろ、この条文には罰則規定はあるものの、最高五〇万円の罰金だけで、いったん締結した保険契約を解約させる条項はない。仮に、無許可で海外の生保と契約した個人を告発したとしても、財布から五〇万円の札びらを出されて、「これを払うから文句ないだろ」と言われてしまえばそれで終わり、という漫画のようなことになる。

秋生がそんな説明をすると、支店長は目を丸くしていた。しょせん、保険を使った節税といえば、銀行から借金させて変額保険に入れることくらいしか知恵が回らなかった奴らだ。こんな馬鹿なことをすれば、運用利回りの低下と担保価値の下落で金利負担が賄えなくなり、破綻することは目に見えている。日本を代表する大手銀行が保険会社と組んで、バブル期にこうした詐欺商品を無知な顧客に売りまくっていたのは周知の事実だ。そんな反社会的企業が、莫大な税金の投入によって救済されようとしている。

田宮が居心地の悪そうな顔をしたところを見て、「じゃあ、そろそろ始めましょうか」と、倉田老人が仲裁に入った。

青木はアタッシェケースから、日本国債の束を無造作に取り出した。券面一〇〇万円の国債が百枚だから、額面で一億円、時価で一億二〇〇〇万円ほどになる。

この額面一億円の国債は、この場で倉田老人から、王永康《ウォン・ウインホン》という香港人に贈与される。ふつうなら贈与所得が時価で計算され、最高七〇パーセントの贈与税が課されるところだが、外国人の非居住者である王永康には日本の税制は適応されない。香港では贈与所得は無税だから、この額面一億円の国債は、合法的にそのまま全額、彼のものになる。

ところで、この王永康という人物を、倉田老人はまったく知らない。秋生自身も、本人に会ったことはない。ただし、王永康は田宮の所属するスイスのプライベートバンクに口座を保有しており、秋生は彼から白紙委任状を預かっている。要するに、名義は違っていても、実質的には秋生の口座と同じだ。王は実在の人物だが、チャンがどこからか連れてきて、金を渡して口座申請書にサインさせた以外、それが何に使われているのかまったく知らない。

この国債は、そのまま田宮に渡され、王永康名義のプライベートバンクの口座に入庫される。これは海外送金の一種だが、実際には、田宮のプライベートバンクがＮ信託銀行に持っている口座に国債を預け、書類上の入庫処理をするだけだ。国債の束を海外宅配便でオフショアに送るわけではない。

そのうえで秋生は、王の代理人として、入庫された国債の売却依頼を出す。実際は、王のサインをした白紙のレターヘッドに必要な文面をタイプしたものを渡すだけだ。秋生が関与した証拠は残らない。その指示はこの場で田宮からＮ信託銀行に伝えられ、十分ほどで現金化されることになる。これで、倉田老人が持ってきた額面一億円の国債は、一億二〇〇〇万円の現金となって王の口座に入金された。わざわざ全員が集まったのは、この儀式を行なうためだ。

以前は、日本国籍を持っていても非居住者であれば、相続税・贈与税はかからなかった。自分の子供を海外駐在などに出し、非居住者にしてから生前贈与してしまえば、いくらでも無税で財産を残すことができた。だが、一部の税理士・公認会計士がこの手法を活用した相続税対策を指南し、それが富裕層に広く知られるようになったために、二〇〇〇年四月の租税特別措置法改正で、相続人が非居住者であっても、日本国籍を有していれば課税対象に加えられることになった。

現在では、この方法で相続税を逃れるためには、相続人と被相続人がともに非居住者となり、五年以上、日本国内に居住していないことが条件となっている。贈与税もこの規定に準ずるため、たとえ秋生が非居住者であっても、倉田老人が日本国内に住んでいる以上、贈与を受ければ課税扱いになってしまう。そのため、日本国籍を持たない相手に贈与する必要が生じたわけだ。

一部で使われ始めたこの裏技では、倉田老人の持ってきた国債が王永康に贈与された痕跡は、何ひとつ残らない。N信託銀行の口座に国債が入庫されただけだから、海外送金の記録もない。万が一、税務当局が国債の行方を疑ったとしても、その実態に気づくことは不可能だろう。仮に何らかの方法で贈与の事実を知ったとしても、外国人の口座に入庫されている以上、手の出しようがない。

すべての手続きを十五分ほどで済ませると、倉田老人は「お疲れさん」と言って席を立った。支店長と営業部長が、「ありがとうございました」と最敬礼して送り出す。田宮は、ちょっと憮然とした顔をしている。自分がたんなる道具として使われたことが気に入らないのだ。それでも、この一億二〇〇〇万円の預金は田宮の実績になる。悪い話ではない。

信託銀行を出ると、秋生は倉田老人に誘われてリムジンに乗り、近くの帝国ホテルに行った。車内で、用意してきた書類を秘書の青木に渡す。

帝国ホテルでも倉田老人はＶＩＰ扱いで、正面玄関に乗りつけたリムジンから降り、青木が「先に用件を済ませてしまいますから」とフロントに向かう頃には、ドアマンから連絡を受けた副支配人が挨拶に駆けつけてきた。倉田老人は、副支配人の馬鹿丁寧な口上を適当に受け流すと、秋生をロビー脇の椅子に誘った。どこから集まってきたのか、広いホールは、めかしこんだおばさんたちで溢れていた。胸の悪くなるような香水の匂いがあたりに充満している。そこに台湾からの観光客の一団が到着し、まるでラッシュアワーの山手線状態だ。

「今日は、工藤さんにちょっとお願いがあって、お食事でもご馳走しようと思っとりました。お時間はありますか？」

周囲の騒々しさを気にする風もなく、倉田老人は背広の内ポケットから銀の懐中時計を取り出してちらっと時間を確認した。

「地下の和食屋に席を用意してますんで、青木が戻ってきたら、昼酒でもいっしょにやりましょう」

リムジンの中で秘書の青木に渡した書類は、王の口座にある国債の売却代金をドルに替えたうえで、倉田老人の口座に送金するよう指示するものだ。青木はそれを、フロントからスイスにFAXする。

先ほど国債を入庫したプライベートバンクには、倉田老人も口座を持っている。それも、口座名のないナンバー・アカウントだ。同一銀行内の口座間送金は外部からまったくわからない。資金をいったん円預金からドル預金に両替したのは、送金時に邦銀のコルレスバンクを中継することを嫌ったためだ。

たったこれだけで、倉田老人が持ってきた額面一億円の国債は、なんの痕跡も残さずに、スイスのプライベートバンクのドル預金に変わった。このすべての過程を税務署が把握すれば、実態はマネーロンダリング目的の海外送金ということになるだろうが、N信託銀行もプライベートバンクの日本駐在・田宮も、倉田老人の国債が外国人の王永康に贈与され、売却されたことしか見ていない。もし彼らのところに税務調査が入ったとしても、不正送金の証拠はどこにも存在しない。債券と信託銀行を使ったこの手法は、日本国内のまとまった資金を海外に移す、もっともエレガントな方法のひとつだ。

倉田老人は戦前の遊び人らしく、実子以外にも妾に産ませた子供がいた。本人のさっぱりした性格のためか、異母兄弟の仲は悪くないらしいが、自分が死んだ後に相続で揉めるのを避けるため、倉田老人は妾の子を呼んでさっさと話をつけ、相続分は生前贈与で海外の銀行に預けるから、そのかわり相続権は主張しないということで納得させた。妾の子は大手商社で海外駐在の経験もあり、合理的な考え方をする人物で、二つ返事で了承したという。秋生が送金を手伝った資金はいずれ、この腹違いの息子と、大学を卒業したばかりの孫が共同名義で開設したオフショアの口座に送金されることになる。秋生が知る限りでもすでに一〇億円は送っているから、最終的にはいったいいくらになるのか想像もつかない。

日本のように印鑑を使わず、サインだけで資金が動く欧米の金融機関では、本人に何かあった時のために共同名義の口座にするのがふつうだ。オフショアの金融機関でこの共同名義を利用すると、仮に親が死んだ場合、子供は親を名義人から外し、新たに孫を名義人に加えることで、口座の資産をそのまま相続することができる。そのうえ、これはたんなる口座名義人の変更なので、相続の証拠が残ることもない。スイスやルクセンブルクなど、伝統的なヨーロッパのオフショア金融機関には、こうして代々受け継がれた莫大な資金が眠っている。日本にも、幕末から明治維新にかけて、外国商人に金《きん》を売って大きな富を築き財閥の礎をつくった商人たちがいたが、彼らの富の一部がオフショアの銀行に預けられ、兆円単位の資産になっているという噂がまことしやかに囁かれてもいる。もっとも、仮にこうした資金が存在したとしても、絶対に表に出ることはない。

秋生は倉田老人の依頼で、孫の資産運用アドバイザーになっていた。秋生が勧めたのは、資金全額をリスクのない定期預金にしておくことと、孫には海外口座のことは教えず、そのかわり父親が遺言を書いて弁護士に信託しておくことだった。アメリカ時代、二十代で一生、働かなくてもいいだけの金を手にした若者たちがどのように堕落していくのか身をもって体験したからだ。

金で幸福が買えるわけではないというのは、この世の真実のひとつだ。もうひとつの真実は、貧乏だと人は不幸になる、ということだが。

文句を言わないところを見ると、倉田老人は秋生のそうした方針に満足しているようだった。

青木が戻ってくると、倉田老人はすたすたと先に立って歩き出し、秋生を地下にある京懐石の店に案内した。送金指示書は、青木の目の前でホテルのシュレッダーにかけられ、処分されたはずだ。これで、送金記録はどこにも残らない。

ランチでも最低一万円はする高級懐石料理店は、それでも半分くらいの席が埋まっていた。ほとんどが、日本に出張にやってきた外国企業幹部の接待だ。彼らは鮨や懐石料理を食べ、芸者と遊び、高級旅館に泊まれば、それだけで満足して帰っていく。最近では、日本の不良債権を買い漁るハゲタカファンドの連中も増えてきた。

店に入って倉田老人が「やあ」と声をかけると、厨房から女将《おかみ》が慌てて飛び出してきて、そのまま奥の個室に案内された。茶室を模した六畳ほどの部屋で、見事な掛け軸が飾られている。席に着くと、すぐに板前が挨拶に来て、「料理は如何《いかが》いたしましょう」と訊く。倉田老人は、「かまわんから適当に持ってきてくれ」と言い、「少し飲みますか？」と秋生を見た。

「お付き合いします」と答えると、うれしそうに笑って、冷酒を注文した。医者から酒を止められているため、飲む口実が欲しいのだ。こういうところは子供っぽい。

「工藤さんのホームページ、ワシも見とるよ」倉田老人が、おしぼりで顔を拭きながら言った。「もちろん、青木に印刷させたものを、拡大鏡で読んどるんだが」

秘書の青木が、アタッシェケースからプリントアウトを取り出した。

「若い人が、こういうことに興味を持つのはいいことやね。ワシが三十代の頃は、オフショアのことなんて誰一人知らんかった。いまは世界中の金融機関を自由に選べるんやから、なにも格付の低い日本の銀行なんか使う必要はない。銀行も証券会社も保険会社も、三分の二は潰れなきゃこの国は変わらんな」

倉田老人はアメリカの大学で経営学と金融学を学び、戦争中に親が守った資産を、戦後すぐに海外で運用しはじめた。一ドル＝三六〇円だった時代だ。そして高度成長期に、海外の金融機関に預けた金で日本企業の株式を買い、莫大な富を築いたのだ。それをすべて独学でやったというから、並の人物ではない。倉田老人が海外の資金で購入した日本株は、ステートストリート・バンクのような外国の信託銀行の名義になっている。これを日本の経済紙などは「外国人株主」と書く。国内にある資産だけでも充分大金持ちだが、こうした海外資産を加えたら、一〇〇〇億円単位のとてつもない額になるだろう。

冷酒と先付《さきづけ》が運ばれてきた。先付は湯葉の酒蒸し。倉田老人は料理に少し箸をつけると、うまそうに冷酒を口に運んだ。これも、名人と言われる杜氏《とうじ》に特別につくらせたものらしい。最近の日本酒はますます軽くなって、ほとんど水と変わらない。ニューヨークでは、誰もが白ワインの一種だと思っていた。

はじめて倉田老人に会った時、「資産運用に成功する方法は何か？」と訊かれた。秋生はしばらく考えて、「資産運用しないことと、税金を払わないこと」と答えた。倉田老人はその答えに大笑いして、それ以来、何かにつけては秋生に仕事を回してくれるようになった。

リスクを取って勝負しても、マーケットに勝てるのは、ごく一部の選ばれた天才たちだけだ。そんなことなら、大多数の人間は最初から投資などしないほうがいい。一方、税金を払わなければ、その分だけ確実に利回りが上がる。これはノーリスクで、そのうえ誰にでもできる確実な方法だ。どんなプロでも、税コストを安定的に上回る運用をすることは簡単ではない。

そう考えれば、いちばん賢い資産運用術は、資金をオフショアバンクの定期預金にでも預け、後はほったらかしておくことだ。あくまでも適法性にこだわるのなら、割引米国債や契約型の債券ファンドでもいい。同時多発テロ後は、ＦＲＢの相次ぐ金利引下げで利回りは下がってしまったが、二〇〇一年はじめまでならドル建てで年五パーセントの金利はついた。この実質利率で複利の運用ができれば、余計なリスクを取るよりずっとマシだ。例の手痛い失敗をして以来、秋生はそう考えるようになっていた。

倉田老人は、六〇年代の高度成長期が到来するまで、じっと投資のチャンスを待ち、大きな勝負に出た。その賭けに成功を収めた後は、過度なリスクを取らず、資産を保全することに努めた。

秋生は、自分の失敗を倉田老人に話していた。

「何度も大勝負に勝てるような幸運な人間はおらん」倉田老人は、その話を聞いて言った。「工藤さんには才能がある。潮が満ちるのを待つことやね。それと、汚い金には触らんこと。このふたつを守れば、望むものを手に入れることができるやろ」


御造りは鯛・生ウニ・平目の縁側、煮物は京野菜、焼物はまな鰹《がつお》の西京焼、揚物は車海老、最後に松茸ご飯と土瓶蒸で締めて豪華な昼食が終わった。玉露を口に運びながら、目尻をほんのりと染めた倉田老人が、用件を切り出した。

「五井建設ゆう大手のゼネコンに間部《まべ》という専務がおるんやが、この男の相談に乗ってやってくれませんか」

「何かトラブルでも？」秋生は訊いた。

「それは間部から直接、聞いてやってほしい。工藤さんさえよければ、明日の午前中にでも会ってやってもらいたいんやが。なんでも急いでおるようでな」

秋生は、べつに構わないと答えた。倉田老人は、ビジネスに関しては余分なことはひと言も言わない。

「ところで、今回の謝礼はどのようにすればよいかな？」

秋生は少し考えて、

「日本で支払いの予定があるので、もしよければ現金でいただけますか？」

と答えた。

報酬は、送金額の一パーセントと決めていた。今回は一億二〇〇〇万円の送金だから、秋生の報酬は一二〇万円になる。

倉田老人は秘書の青木に命じて、近くの銀行で現金を下ろし、車で待っているように伝えた。その後、最近始めたという陶芸の話をひとしきり聞かされたが、素養のない秋生には、粘土細工との違いすらもわからなかった。

ホテルの前で、青木から現金の入った封筒を受け取った。ちらっと中を見ると、帯封のままの現金が二束入っていた。約束の金額より八〇万円多い。これは間部という男の依頼を受けたことへの謝礼だろう。それがどんな相談であれ、この金を受け取った以上、断れないということだ。

13

中央線に乗っていったん新宿に戻り、山手線に乗り換えて高田馬場に着いたのは午後二時を回っていた。恩田調査情報に電話をかけると、駅から歩いて五分ほどのところだという。これから行くと伝えたら、「お待ちしております」と愛想のいい応えが返ってきた。

事務所は、東側の出口で降り、ビッグボックス裏の路地を入った雑居ビルの三階にあった。いつのまにか、雲の切れ間から薄く陽が差してきた。エレベータに定期点検中の札がかかっていたので、狭い非常階段を上る羽目になった。一階に飲食店が入っており、ゴミや蒸しタオルの山が階段の踊り場に雑然と積み上げられている。

呼び鈴を押すと、待っていたのか、「どうぞ」という声とともに、勢いよくドアが開いた。応対に出たのは、ジーンズにトレーナーというラフな格好をした二十歳前後の若い女の子だ。学生アルバイトにも見える。「真紀ちゃん、応接にお通しして」という声が奥から聞こえ、「はーい」という間延びした返事をした。拍子抜けするほど、のんびりした雰囲気だ。事務所の広さは一〇坪ほどで、机三つと応接室でいっぱいになってしまう。

所長の恩田は五十代半ばの太った男で、頭頂部がきれいに禿げ上がっている。ファイル片手にワイシャツ姿で現れると、名刺を渡し、いきなり本題に入った。社交辞令は嫌いらしい。真紀と呼ばれた女の子が危なっかしい仕草でお茶を運んできた。

「お訊ねの電話はすぐにわかりました。若林康子という女性の名前で登録されていました」

恩田はファイルから取り出した書類を見ながらそう言うと、「この後はどうする？」と目で問いかけた。

「登録の住所はわかりますか？」

「もちろん」

「その電話番号は、若林麗子という女性が自分宛の電話の転送先にしていたものなのですが、個人的な事情で、彼女の行方を探しているんです」

恩田は短いが鋭い一瞥をくれて、「その個人的な事情というのをお聞かせいただくわけにはいきませんか？」と訊いた。

「それはちょっと……。ただ、犯罪に関係するものでないことだけはお約束します」

そう答えると、恩田はしばらく考える振りをした後、「じゃあ、そのお言葉を信じることにいたしましょう」と言った。依頼者の事情を根掘り葉掘り訊ねたのでは商売にならないのはどこも同じだ。本音を言えば、依頼者が直接、事務所に訪ねてきただけでも上等、というところだろう。

「この、若林康子という女性はご存知ですか？」

秋生は首を振った。

「お探しの方がこの女性の電話を使っていたとすると、なんらかの血縁関係にあるのでしょうね。母親か、姉妹か……。戸籍と住民票をあげてみれば、もう少し詳しいことがわかるかもしれません。それ以外の個人情報も簡単に調べられますが、どうされますか」

「具体的には？」

「信用情報や犯罪歴などが一般的ですが。本格的な行方不明調査になると、銀行口座を調べてATMの利用記録をチェックすることになります。すべての銀行というわけにはいきませんが、大手の都銀ならたいてい大丈夫です」

「入出国の記録は調べられますか？」

「パスポートナンバーがわかれば。ただし、入国管理局のデータベースにアクセスするのはなかなか大変なので、すぐにわかるのは成田と関空だけですが」

秋生は、ジャケットの内ポケットから用意してきた麗子のパスポートのコピーを出した。ペニンシュラ・ホテルで余分に一部、取っておいたものだ。

「探したいのはこの女性なんですが」

恩田はそのコピーを手に取ると、「対象者の身分証明があるなら、ずっと作業は簡単になります」と言った後、「おきれいな女性ですね」と付け加えた。

「調べられる個人情報をすべて当たってもらえますか」

依頼内容を書類に書き込みながら、「最低でも五〇万円ほどの調査料が必要になりますが？」と恩田は訊いた。

秋生が頷くと、「では、前金で三〇万円、残りは成功報酬ということでお願いします。調べられなかったものについては、費用はいただきません」と言われ、商談はまとまった。

秋生は、倉田老人から受け取った封筒の中から帯封のまま現金を取り出し、三〇万円を数えて、「領収書はいらない」と伝えて渡した。恩田が、はじめて顔をほころばせた。ハードボイルドな調査員でも、税務署に申告しなくてもいい金はうれしいのだろう。

「それから、麗子は一時期、人材派遣会社に登録して、菱友不動産の役員秘書をしていたようなんですが」

「どこの人材派遣ですか？」

数日前に木で鼻を括った対応をされた業者の名前を告げると、「ああ」と言ったあと、「そこなら大丈夫です。派遣先や業務内容を調べてみましょう」とあっさり答えた。

秋生は、なんでこんなに簡単に個人情報が調べられるのか、恩田に訊ねた。実際、不思議だったのだ。

「どこにも秘密なんかありませんよ」恩田は笑った。

「たとえば、ＮＴＴや携帯電話会社の職員の中には、会社で手に入る情報を金にしたくて仕方がない人間が、常に一定数います。こういう手合いは、たいていがギャンブルにはまって、サラ金や街金から金を借りて目をつけられ、やがて業者が情報屋を連れてきて、利息をまける代わりに会社の顧客データベースを売るよう脅されます。バレたってクビになるだけですから、借金取りに追われることを思えば、会社の倫理規定など何の意味もない。端末を叩くだけだから、罪悪感すらない。なかには、自分から積極的に顧客データを売り込む者もいる。これが、情報の卸元です。銀行員だって、警察や役所のような公務員だって同じ。みんな金が欲しい。

その反対側には、あなたのように、情報を金で買いたい人間がいます。いちばん切実なのは、企業の信用調査です。うっかり取り込み詐欺に引っかかれば空手形を握らされて会社が潰れるかもしれない。日本のように労働者の権利が手厚く保護されている国では、間違って性格異常者を雇ってしまおうものなら、企業は莫大な損害を被ることになる。そのリスクに比べれば、単純な素行調査で一件三〇万円、企業の信用調査でも五〇万円程度だから、ただみたいなものです。もちろん、たまたま出会った女の住所や電話番号を知りたいストーカーや、アイドルの行きつけのレストランを探す追っかけもいっぱいいますが」

恩田はここで、秋生の顔を覗き込んだ。一瞬、自分がストーカーになった気がした。

「情報の卸元と、情報の消費者との間を結ぶのが、情報屋というブローカーです。彼らは警察や電話会社、信用情報会社にルートを持ち、依頼があれば、電話一本で必要な情報を取り寄せることができる。ただし、彼らの商売は違法か、かぎりなく黒に近いグレイゾーンなので、不特定多数の個人に情報をバラ売りするわけにはいかない。とくに、最近はプライバシー保護がうるさくなって、目立つことをすればすぐに警察や新聞社に密告されてしまいます。

そこで、私たちのような興信所や調査会社が、消費者との窓口になります。情報屋は、あちこちの興信所・調査会社に自らの情報源を売り込んでおく。私たちは、顧客から依頼があると、付き合いのある情報屋の中からもっとも安く、かつ確実なところを選んで、仕事を発注する。情報屋としても、こうしたやり方だと情報源を守ることができて便利なんです」

恩田の話を聞いて、情報の売買は金融業と同じだと理解した。情報屋はホールセラー、興信所・調査会社はリテールというわけだ。卸元があちこちの小売店に商品を卸すなら、どこで購入しても同じ。大手だろうが中小だろうが、大した違いはないことになる。

情報商売のいいところは、一人に売ろうが、一〇〇万人に売ろうが、原価が変わらないことだ。そのため、良質の情報源を確保した情報屋はあちこちの興信所・調査会社に営業し、ボリューム・ディスカウントで契約を取ってくる。仮に電話番号調査を一件八万円として、それを卸元である情報源、問屋である情報屋、小売店である興信所・調査会社で分けるとすれば、それぞれ三万円弱。原価はタダ同然だから、ボロい商売だ。

個人情報も、金融情報も、しょせん唯《ただ》のデータにすぎない。それが価値を持つとわかれば、無限に増殖していく。そのうち、個人情報が牛丼のように叩き売られる日も近いだろう。

秋生は恩田に、何かわかり次第、携帯か電子メールで連絡するよう頼んで席を立った。

高田馬場から山手線に乗り、西日暮里で営団地下鉄千代田線に乗り換えると、三十分ほどで綾瀬駅に着いた。時刻はまだ午後五時前というのに、晩秋の日は早くも暮れようとしている。恩田が教えてくれた若林康子の住所は、綾瀬の南の外れにあった。綾瀬川を越えると、そこには東京拘置所の灰色の塀が延々と続いている。

秋生は大学時代からずっと中央線沿線で暮らしていたので、東京の北側にはほとんど土地《とち》鑑《かん》がない。それでも、バブル期以降、都心の再開発に取り残され、このあたりが徐々にスラム化していることくらいは知っていた。スラムといっても日本の場合ははるかに平和で、夜中に女性が一人で歩けない程度だが。

西口駅前の広場に、金髪の若者たちが、所在なげに屯している。学校からはドロップアウトし、かといって働くわけでもなく、親に寄生してその日暮らしを続けている子供たちだ。彼らは、携帯電話と車があれば、いくらでもタダで家出少女とセックスできる時代に生きている。何個かの目がちらっと秋生を見たが、自分たちとは関係のない人種だと見て取ると、すぐにいつもの死んだ魚のような目に戻った。

中国や南アジア、南米からの出稼ぎ労働者の姿もよく見かける。彼らもこの不況の中で、職を失ってやることがないのは同じだ。しかし彼らは、極貧に喘ぐ故郷に金を送らなければならない。借金を抱えて日本にやってきた者も多い。ビザの期限が来ても充分な金が稼げなければ、不法滞在で働きつづけるしかない。そこから犯罪に手を染めるようになるまではほんの一歩だ。

繁華街を抜ける間に、何人もの客引きにしつこく声をかけられた。駅前の大型スーパーを除けば、店といっても、スナックとコンビニくらいしかない。あとは、ドラッグストアと牛丼屋と一〇〇円ショップ。コンビニの前では、女子中学生が制服姿で道路に座り込み、平然と煙草をふかしていた。

若林康子の家は、綾瀬川に近い、古い木造住宅とアパートが密集するうら寂しい住宅街の中にあった。番地を表示してない家がほとんどなので探すのに苦労したが、そこは、築三十年以上は経っているだろう木造アパートだった。一階が家主の住居で、二階がアパートになっている。郵便受けを見るとアパートは四部屋。家の広さから見れば、一部屋は四畳半か六畳一間だろう。

郵便受けには、入居者二人の名前が書いてある。残る二部屋は名札がはがされ、外から見ても雨戸が閉じられたままだ。どちらも空室になっていると思われる。入居者がいるらしい部屋も、電気は消えている。二階に上がる階段の脇に靴箱と共同の洗濯機が置かれていた。

階段を上ってみると、廊下の突き当たりが共同トイレになっていた。部屋のドアはベニヤ張りで、こんな安普請《やすぶしん》では隣の物音が筒抜けだ。

秋生はアパートの前でしばらく考えていたが、大家に訊ねてみるほかないと思い、呼び鈴を押した。ずいぶん待たされた後に玄関に明かりがつき、七十歳は過ぎていると思われる萎《しな》びた顔の老人が顔を覗かせた。訪問販売かなにかと思ったのだろう、疑わしげな目で秋生を見ている。

「あの、ここに若林康子という女性が住んでいたと思うんですが」と言ったとたん、老人の顔に突然朱が差し、「またあの女の話か！　俺は何も知らん。帰れ、帰れ！」と怒鳴りだし、激しい音を立てて玄関のドアを閉めると、鍵をかけてしまった。取り付く島もないとはこのことだ。

あまりの剣幕に辟易《へきえき》として門を出ると、老人の怒鳴り声が聞こえたのか、向かいの家から様子を窺っている女がいる。髪を赤く染めていかにも水商売風だが、花柄の派手なエプロンをしているところを見ると、主婦とも思える。見るからに話したくて仕方がないという感じだ。秋生は頭をかきながら挨拶すると、「いやあ、いきなり怒鳴られちゃって」と情けなさそうな顔をしてみせた。

「若林って人のこと？」女はあけすけに聞いた。

「ええ。康子さんって方がここに住んでたかどうか、訊ねただけなんですけど」

「このあいだ、怪しげな人たちがいっぱいやってきたからねえ。あのお爺さんもすっかり頭に血がのぼっちゃって」

「怪しい人って？」

「ヤクザよぉー」女は下卑《げび》た笑いを浮かべた。「この通りにいきなりベンツ乗り付けて、大変だったんだから」

「いつ頃の話ですか？」

「さあねえ、二週間くらい前だったかなあ。気味の悪い片目の男があたしんちまでやってきて、麗子って女を見なかったかって訊かれたわ。娘はどこだって大騒ぎして、最後は大家さんが警察呼んで、ようやく帰ったのよ。ねえ、いったい何があったのよ」

完全にワイドショーの感覚だ。

秋生は混乱した。この女のところに押しかけてきた片目のヤクザというのは、ゴローに違いない。二週間前というから、香港にやってくる前の話だ。麗子が金を盗んだ直後、黒木はこのアパートを見つけ、娘の居場所を教えろと、大家を脅したという。ということは、若林康子は麗子の母親ということになる。

黒木はどうやって、このアパートに気づいた？　自分と同じく、転送先の電話番号から辿ったのか？　だとすれば、とんだ無駄足だ。

「若林さんとはお知合いだったんですか？」

女の問いを無視して、逆に訊ねた。

「あたしはここに来てまだそんなに長くないんだけどさ、ヤクザが来た後、いろんな噂が流れたのよぉ。それで、近くに住んでるおじいちゃんが引っ張り出されてみんなに問い詰められて。そしたらたしかに十年くらい前まで、高校生の娘と二人で住んでたそうよ。それが、警察沙汰になる騒ぎを起こして、それで出てったって話なのよぉ。そのおじいちゃん、半分ボケちゃってるから、詳しいことはわからないんだけどさ」

ここで、「それが怖い話なのよぉ」と、女は声を潜《ひそ》めた。

「何があったんです？」

今度は、女のほうが秋生の問いを無視している。ギブ・アンド・テイクということなのだろう。

秋生は、「娘さんが、ちょっとお金のトラブルで」とカマをかけてみた。

「やっぱりねぇー」女が好奇心を隠し切れない目で秋生を見た。「あんた、サラ金の人？」

「まあ、そんなようなもんです」適当に言葉を濁した。

「母親も娘も、この近所でも評判の美人だったらしいわねぇ」

「最近、娘さんがここに来たっていう話は聞きませんか？」

「それをヤクザもしつこく言ってたのよぉ。近所でも話題になったんだけど、誰も見たことないわねぇーって。だいたい、十年以上も前に出てったあんなボロアパートに、なんでわざわざ戻ってこなくちゃいけないのよ？」

電話番号を辿っただけでは、若林康子と麗子の血縁関係はわからない。だとすれば、黒木は麗子の戸籍をあげ、住民票を辿ってここを突き止めたのだ。若林康子が麗子の母親ならば、当然、実家を押さえにかかる。しかし、来てみればただの無人のボロアパートで、何の手がかりもない。これでは、頭に血が上って大家を脅しつけても無理はない。

黒木はやはり、転送電話の存在に気づいていない。秋生は考えた。だったらまだ、チャンスはある。

その時、買物帰りの主婦のグループが通りかかり、それを見た女は、

「あの、あたし、晩御飯つくってる最中だからこれでね」

と、慌てて家の中に引っ込んでしまった。振り返った秋生を、今度は、近所の主婦たちが好奇の目で見ていた。

綾瀬駅前の煙草臭い喫茶店で、秋生は薄いコーヒーを飲んでいた。麗子の母親が住んでい

たというアパートから、主婦たちの好奇の視線を背に立ち去った後、駅まで歩く間にさまざまな疑問が湧いてきた。いちど、それを整理しておく必要があった。

麗子は今年で三十一歳になる。向かいに住む女の話では、高校生の麗子は、共同トイレのあの安アパートに母親といっしょに暮らしていたという。十数年前の話だ。そして、警察沙汰になる何かの事件があって、母娘でアパートを出た。近所の女は、「怖い話」と言っていた。いったいここで何があった？　これが、第一の疑問だ。

秋生は、シャネルやグッチ、ブルガリなどのブランド品で身を覆った麗子の姿を思い出した。あの貧しいアパートを出て十年あまりの間に、麗子はほしいままの贅沢ができる身分になった。では、母親はどうなった？　今どこにいる？

いずれにせよ、麗子の婚約者の話がまったくの出鱈目《でたらめ》だということは間違いない。あの暮らしぶりでは、麗子の母親は娘に見合いの話を持っていくこともできなければ、婚約者を家に招くことも不可能だろう。では、その婚約者というのは何者で、どうやって知り合った？　秋生は、香港のピーク・カフェから電話をかけた時の、「はい、真田です」という若い男の声を思い出した。これが第二の疑問。

麗子と母親があのアパートを出た後も、住民票はそのままにされていた。近所の女は、誰も住んでいなかったと言う。だが麗子は、あの部屋に置かれた電話を転送先に指定した。黒木たちが大家を脅したのも、賃貸契約が継続していたからだろう。部屋を解約してしまえば、当然、電話を使うこともできない。ということは、この十数年間、誰かが部屋代を支払っていたことになる。誰が、何の目的でそんなことをしたのか？　これが三つ目の疑問。

いずれにせよ、つい先日まで、あの部屋の電話がつながっていたことは間違いない。香港のチャンの事務所にかかってきた電話は、そのまま麗子の母親のアパートに転送される。では、麗子はどうやって電話を受ける？　あのアパートで、じっと電話が鳴るのを待っていたのか。

その可能性はないだろう、と秋生は思った。いまどき、どんな電話だって遠隔操作で留守録を聞くことができる。もし海外の金融機関から電話連絡を受けるだけが目的なら、留守番電話のメッセージを英語にしておけばいい。口座名義人と同じ名前を名乗れば、彼らは何の疑問も抱かずに用件を吹き込むだろう。それをどこかで聞いて、折り返し連絡すればいいだけのことだ。いちど留守電の設定をしてしまえば、麗子が国内にいる必要すらない。そう考えれば、たしかに無人の部屋に置かれた電話なら都合がいい。

ここで秋生は、重要なことに気づいた。もしまだあの部屋に電話が残っているのなら、そこにはオフショアの銀行からのメッセージが残されている可能性がある。もちろん、遠隔操作でメッセージを消去することも可能だから、確率はそう高いとはいえない。しかし、万が一送金確認のメッセージが残っているのなら、五〇億円が眠っている銀行がどこなのかを知ることができる。

そこまで考えると、秋生は伝票を摑んで立ち上がり、精算を済ませて店を出て、来た道を戻りはじめた。時計を見ると、午後六時過ぎ。日はとっくに落ちて、青白い街灯の明かりが冷え冷えとした街を照らしている。ところどころで夕食の支度をしている気配がするが、半分の家はまだ誰も帰っていないのか、真っ暗なままだ。

若林康子の部屋に入る算段があるわけではなかった。もういちどあの大家の老人を呼び出して、金を握らせて鍵を開けさせるか？　アパートの住人が帰宅していないなら、無理矢理ドアをこじ開けるか？　あの薄いベニヤのドアなら、バールか何かで鍵を壊すことも難しくはないだろう。

アパートの前に着くと、幸いなことに、入居者は二人ともまだ帰ってきていなかった。一階の大家は雨戸を固く閉めて、ひっそりと物音ひとつしない。秋生はとりあえず、空いている靴箱に靴をしまうと、音を立てないように慎重に二階に上がってみた。

アパートの空室は二部屋だが、麗子の母親が住んでいた部屋は入口近くの二〇一号室だと見当をつけていた。もうひとつは引っ越して日が浅いらしく、郵便受けのネームプレートが剝がされたばかりだったからだ。

秋生は念のためにポケットからハンカチを取り出すと、指紋が残らないように、二〇一号室のドアノブに巻きつけた。案に相違して、ノブは簡単に回り、ドアが開いた。もとから鍵はかかっていなかったのだ。

雨戸が閉められているため、室内は真っ暗で様子はまるでわからなかった。かろうじて、ドアのすぐ横が半畳ほどの狭い台所になっていて、そこに薄汚れたガスレンジがひとつ、ぽつんと置かれていることだけがわかった。

ブレーカーを探すと、廊下の突き当たりの共同トイレの横に見つかった。二〇一号室のブレーカーを上げ、部屋に戻って電気を探した。六畳間の電灯は取り去られていたが、幸い、台所の白熱電球は残っていた。スイッチを捻《ひね》ると、黄色い明かりが狭い部屋を照らした。

一目で、無駄足だったことに気づいた。部屋には電話どころか、家具ひとつ残っていなかった。新しい借り手を迎えるために手を加えた形跡もなく、畳は湿気を吸ってぶかぶかと沈み、襖もあちこち破れたまま、張り替えられてはいなかった。壁は砂壁で、ところどころ地肌が覗いている。部屋は狭く、暗く、陰鬱《いんうつ》だった。方角からすれば、年中、西日に照らされていたはずだ。こんなところに麗子が暮らしていたとは、とうてい信じられなかった。

秋生は、電話のモジュラージャックを探した。それは、台所のすぐ脇にあった。薄暗い明かりの助けを借りてその近くの畳を仔細に見ていくと、一ヶ所だけ、埃の積もっていない四角いスペースがあった。間違いない。電話はここに置かれていて、最近、誰かが持ち去ったのだ。

その時、秋生はふと、押入れの襖に妙な模様が描かれていることに気がついた。近づいてみると、まるでペンキをぶちまけたようだ。その下の畳も、同様に黒ずんでいる。

秋生は襖の一部を破って、台所の裸電球の下に持っていった。擦《こす》ると、手にもかすかに黒っぽい粉がつく。それが大量の血の跡であることは、調べるまでもなくわかった。

どのような理由かはわからないが、かつてここで夥《おびただ》しい血が流れた。それ以来ずっと、この部屋は打ち捨てられたままなのだろう。

秋生は部屋を出ると、もういちど外からアパートを眺めた。

ほの暗い街灯の明かりに、朽ちかけた雨戸と錆《さ》びた手摺が浮かび上がっている。高校生の麗子が、母親と二人で暮らしていた家。

遠くで、犬の遠吠えが聞こえた。そして、静寂。

14

新宿歌舞伎町裏のジャズバーで、バーボンを舐めていた。

秋生が学生時代に足繁《あししげ》く通った新宿のジャズ喫茶は、バブルの波に飲まれてほとんどがカフェバーになり、バブル崩壊とともにキャバクラやランジェリーパブに変わってしまった。ここは地上げにもあわず、風俗店にもならず、奇跡的に、相変わらず六〇年代のジャズを聴かせている。狭い階段を降りると、右手に長いカウンター、通路を挟んで、二人がかろうじて座れる小さなテーブルがいくつか。キャバクラに改造するには狭すぎたのだろう。

店に向かう途中でホテルに電話を入れると、倉田老人から、間部との待ち合わせ場所と時間が伝言されていた。もう一本は探偵事務所の恩田からで、折り返し連絡が欲しいという。試しに電話を入れてみるが、事務所は誰も出なかった。

ポケットから黒ずんだ紙を取り出して、テーブルの上の暗いスタンドにかざして見る。かさかさに乾いて、ほんの少しの力でバラバラになって消えてしまいそうだ。親指と人差指の腹に、まだかすかに黒い粉がつく。しばらく眺めた後、握り潰して灰皿に捨てた。

人の気配を感じてふと目を上げると、マコトが息を切らせ、上気した顔で立っていた。新宿駅から走ってきたのだろう。「遅れちゃってすみません」と言うなり、ダウンの厚いジャケットを脱いで、「ビールください」とカウンターの奥に向かって叫んだ。まるで居酒屋のノリだ。マスターはむっとした顔で返事すらしないが、気にするふうもない。

綾瀬の駅でマコトに電話し、〈日本に帰ってきた。今夜なら会える〉と伝えた時から、躁《そう》状態だった。〈いますぐ仕事を放り出して会いに行く〉と言うのをなんとか抑えて、夜十時に新宿で待ち合わせることにしたのだ。

「麗子さん、見つかったんですか？」

運ばれてきたビールをグラスに注いで一気に飲み干すと、挨拶もそこそこに、マコトは訊いた。

この躁状態をなんとか落ち着かせないと、話もできない。マコトの空のグラスにビールを注いで、自分はバーボンのダブルをもう一杯頼んだ。

「久しぶりだから乾杯しよう」

そう言われると、マコトはびっくりしたような顔をして、「そうでしたね。すみません」とグラスを持ち上げた。

「若林麗子から、その後、連絡はあるかい？」

「ぜんぜん」

「彼女について、訊いてきた奴は？」

「そんなの秋生さんだけですよ。ねえ、香港で何があったんですか？」

「なんで、そんなに彼女のことを知りたがる？」

「そんなこと訊かれたって……」

マコトの顔は真っ赤になった。

「何もないよ」秋生は笑って言った。「彼女の希望どおり、法人と銀行口座をつくってやった。それだけさ」

「じゃあ、なんでわざわざ秋生さんが日本に来るんですか？」

今度は、疑り深そうな目で秋生を見る。

「彼女は関係ないよ。別の顧客のトラブルで、日本に戻らなきゃならなくなっただけさ。ついでに、彼女に郵便物を渡そうと思ってね」

マコトには、できるだけ事情を話さずに済まそうと思っていた。麗子から連絡があった形跡はなく、幸いなことに、黒木からの接触もまだないようだ。

「気にすることはないよ。ただ、彼女に連絡が取れなくてちょっと困っているだけだ」

「いなくなっちゃったんですか？」

マコトが、悲しそうな声をあげた。

「そんな話じゃない」秋生は首を振った。「たまたま日本に帰ることになったから、郵便を届けようと思った。そしたら、聞いていた電話番号が通じなくなってる。それだけのことだ。彼女の新しい連絡先がわかれば、用事がひとつ終わるってだけのことさ」

マコトはまだ納得したようには見えなかったが、ようやく少しは落ち着いたようだ。「麗子さん、電子メールしか教えてくれなかったんです」と言うと、大きくひとつ息を吐いた。

「あのあと、何回かメール送ろうと思ったんですが、なんだか勇気なくて」

「銀座で彼女と会った時、何かプライベートなことを話さなかった？」

「どんな？」という顔で秋生を見た。

「家族のこととか、生まれ故郷の話とか、子供の時のこととか、何でもいいよ」

マコトはしばらく考え込んだ。

「電話でも言いましたけど、〈何してるんですか？〉って聞いたら、ちょっと前まで不動産会社で役員秘書をしていて、結婚することになって会社を辞めて、いまは花嫁修業中って笑ってました。今年の秋には結婚するって言ってたから、それで住所が変わったのかなあ？」

マコトは、「婚約者ってどんな人か知ってますか？」と秋生に訊いた。

秋生は、黙って首を振った。知っているのは、そいつが地獄に突き落とされたということだけだ。

「それ以外には？」

「あとは、香港で何をしたいかって話をして、秋生さんがどんな人か訊ねられた。婚約者に言われて、香港に会社をつくらなければいけないんだけど、引き受けてもらえるだろうかってすごく心配してました。それより、秋生さんこそ、香港でいろいろ話したんじゃないですか？」

今度は秋生が考える番だった。

「法人の設立なんて簡単だからね。いっしょにエージェントのところに行って、登記書類にサインしてそれで終わりだよ。たいした会話はなかった」

これはあながち嘘ではない。秋生は十日あまり麗子と二人きりで過ごしたが、婚約者とのデタラメなつくり話以外には、彼女はひと言も個人的なことを口にしなかった。

「その郵便、彼女に渡さなきゃマズいんじゃないですか？」

「銀行のステイトメントだからね。なくたって、別に困るわけじゃない。新しい連絡先がわからなければ、何か言ってくるまで待つよ」

「そおかあ。じゃあ、さっそく今日にでもメール送ってみますよ。秋生さんが探してることも伝えておきます」

マコトは大声で叫び、周りの客から睨まれた。麗子に連絡する口実を見つけたことで有頂天になっているのだ。

それからマコトは、麗子がいかに素晴らしい女性だったかを延々としゃべりだし、秋生は自分から呼び出した手前、それに付き合わざるを得なかった。銀座の喫茶店で自分が男たちからどんなに嫉妬の視線を浴びたかという話を五回くらい繰り返し、ビール二本を飲み干した後、やっと麗子の話が終わった。

「ところで、秋生さんに聞きたかったことがあるんです」マコトがようやく話題を変えた。「例のテロがあってから、オフショアに対する規制が厳しくなるのかって問合せがいっぱい来てるんです。ホームページ上で、なんか答えなきゃいけないんですけど」

「何も変わらないって言っておけばいいよ」秋生は答えた。「オフショア規制っていうのは、口座のほんとうの持ち主がわからない法人口座や信託口座に対するものだ。個人口座でマークされるのはアラブ人だけ。日本人は信用度だけは妙に高いから、日本人顧客が認証されたパスポートを提出して開設した口座が規制されるなんてことはあり得ない。一四〇〇兆円とかいう個人金融資産への幻想もあるから、テロがあろうがなかろうが、海外の金融機関は日本人をいつでも大歓迎さ。それが脱税目的でも、ぜんぜん関係ないよ」

「そうなんですか。ちょっと安心しました」マコトはビールのグラスに口をつけた。今日はかなりピッチが早い。「でも、オフショアそのものがなくなっちゃうなんてことはないんですか？」

「世界中の国が国家主権を放棄しなければ、それもあり得ないさ」あっさりと秋生は答えた。

「日本でも〈沖縄をタックスヘイヴンにして経済を活性化させよう〉なんて運動が起きてい

るけど、もともとオフショアは、沖縄程度の規模の国や地域がほとんどだ。観光以外に資源はなく、経済的に自立することは難しい。ただし、沖縄とはひとつだけ違いがある。国家主権なるものを有していることさ」

秋生の言いたいのは、次のようなことだった。

近代社会は、国家主権という幻想に基づいて成立している。アメリカ、ロシア、中国、インドのような大国も、一〇〇万人足らずの国民しかいない極小国も、理念のうえでは国家として対等だ。これは、民主主義社会において、ビル・ゲイツのような大金持ちも、上野公園のホームレスも人間として対等なのと同じことだ。

万人に共通の人権というのは民主主義を支える壮大な虚構で、これを否定してしまうと近代社会は崩壊してしまう。同様に、それがどんなに荒唐無稽であっても、すべての国に平等な国家主権があるという虚構を否定してしまうと、国際社会が成り立たない。

主権というのは、そもそもは神の権利で、他の何者もその権利を侵害することは許されない。そこがただのどうしようもない島国であったとしても、国家を名乗る以上は主権を有しており、したがって、他の国々は独立国の主権の行使になんの強制力も持てない。タックスヘイヴン国が、国民に職を提供し、幸福を増大させるために有害税制を導入したとしても、それを止める権利は誰にもない。

法人税や資産課税を無税にすることで国際企業を誘致し、富裕層を集客することに成功すれば、住民の雇用が発生し、観光業や商店・飲食店も活性化する。国家の財政は登録税などの各種手数料や居住者の所得税などで賄えばいい。アイルランドは首都ダブリンをタックスヘイヴン化し、グローバル企業のヨーロッパ拠点を誘致することに成功した。テロリストの巣窟からヨーロッパ経済の優等生へと大変身を遂げたのはつい最近の話だ。資源のない貧しい国や地域にとっては、タックスヘイヴン化は実に経済合理的な選択なのだ。

「でも、税金のない国がどんどんできれば、けっきょくどこも税金を取れなくなっちゃうんじゃないですか？」マコトが、ようやく話に乗ってきた。

「そうだよ」秋生は言った。「現実には、タックスヘイヴン国が存在することによって、他の国々の税収は大きな打撃を受ける。マネーのグローバル化によって巨額の資金がタックスヘイヴン国に自由に移動できるようになれば、資産課税は事実上、不可能になってしまうからね。そうなると、国家は個人の所得に課税するほかなくなる。結果として、大きな資産を持つ者がさらに金持ちになり、貧富の差が拡大する。これが、タックスヘイヴンが有害税制と言われる理由さ」

その結果、ＯＥＣＤを中心にタックスヘイヴン対策が議論されているが、いまだに効果的な解決方法は見つからない。それも当たり前で、そもそも国家主権という虚構を前提とする限り、原理的に、有害税制を規制することは不可能だからだ。

こうして、世界は〈税裁定《タックス・アービトラージ》〉という巨大な力に翻弄《ほんろう》されることになる。マネーが海外に流出することをキャピタル・フライトというが、それを避けるために、各国は競って税率を下げざるを得なくなる。事実、アメリカは相続税（遺産税）の廃止をほぼ決めているし、法人税の撤廃も議会で取り上げられるようになった。そうなれば、世界中の企業はアメリカに本社を移そうとするだろう。一方ヨーロッパでは、所得税率を徐々に下げて、税収を付加価値税（消費税）にシフトさせている。

タックスヘイヴン国の存在によって、事実上、他の国々の課税主権が侵害されてしまう。だからこそ、この問題は根が深い。

「だったら、いまやってるマネーロンダリング対策って何なんですか？」

マコトはもう、好奇心の塊《かたまり》だ。

「タックスヘイヴン国だって、国際社会で生きていく以上、それなりの配慮は必要になる。テロリストはもちろん、麻薬や武器の密売、幼児売春、人身売買なんかの犯罪に自分の国が利用されているというのは、やはり都合が悪い。

ヨーロッパのまともなオフショアは、どこもブラックな金から手を切りたいというのが本音だよ。それが、九・一一の同時多発テロではっきりした。だから、あんなに熱心にＦＢＩ

に協力するんだ」

「じゃあ、オフショアを利用した税金対策も、これからは使えないんですか？」

「それとこれとは別の話さ」秋生は、ちょっと片目をつぶった。

「タックスヘイヴン国が気にするのは、犯罪にかかわる金だけだ。でも、彼らにとって、脱税は犯罪のうちに入らない。なぜだかわかるかい？」

しばらく考えて、マコトは首を振った。

「タックスヘイヴン国には所得税も法人税も資産課税も相続税もない。したがって、そもそも脱税という概念が存在しない。他の国が、脱税を犯罪とみなすのはその国の勝手。自分たちの国にはそんな犯罪はないのだから、預金者が国家に税金を払わないのは、彼らにとっては合法的な行為ということになる。これも、さっきの国家主権の応用問題」

「すると、これからも税金を逃れたい金がタックスヘイヴンに流れていって……」

「それが限度を超えた時に、何が起こるかは誰にもわからない」

「そおかあ。奥の深い問題なんですねえ」マコトが唸《うな》った。

「オフショアを利用したマネーロンダリングが難しくなったら、犯罪者やテロリストはどうするんですか？」

例によって、マコトの質問攻めが始まった。ちらっと時計を見ると、もう午前一時を回っている。明日の朝は、倉田老人から頼まれて五井建設の間部という役員に会わなければならない。もう少しだけ付き合って、適当に切り上げることにした。

「マネーロンダリングなんて、オフショアを使わなくても簡単にできる。少なくともオサマ・ビンラディンには」

マコトは、目を輝かせて秋生の話を聞いている。

「日本でも時々、地下銀行が話題になるだろ。ほとんどは、ブラジルあたりから日本に出稼ぎに来ている労働者が使うもので、日本国内にある地下銀行の支店に出稼ぎ労働者が現金を持っていくと、家族は、現地の支店で同額の金を受け取ることができる。要するに互助会みたいな組織だけど、日本では銀行法で、銀行免許を受けた事業者以外、外為業務をしてはいけないことになっているから、違法行為になる。そもそも日本の銀行の海外送金手数料が高すぎるからこうした互助会を利用しなくてはならないわけで、もうちょっと規制緩和すればいいと思うけどね」

現在、国内の都市銀行を使って海外送金を行なうと、為替手数料とは別に、一件あたり五〇〇〇円以上もの法外な送金手数料を取られる。一ヶ月必死に働いて、ようやく故国の家族に送金する五万円が貯まったとする。だが、その金を送ろうとすると、一割以上を金融機関が掠《かす》め取っていくのだ。時給を六〇〇円とすれば、五〇〇〇〇円はほぼまる一日分の労働に相当する。

そこで、私的な格安送金サービス業者が登場する。日本で働く外国人労働者がこの業者のところに五万円を持っていくと、業者は故国の支店に入金の連絡をする。その後、家族がこの支店に行けば、五万円相当の現地通貨を、はるかに安い手数料で引出すことができるというわけだ。業者のほうは、ある程度まとまった額になった時点で、集めた金を送金すればいい。こうすれば、一件あたりの手数料はずっと安くなる。「地下銀行」などとおどろおどろしい名で呼ばれているが、その実態は、一般の金融機関よりもはるかに効率的な海外送金システムだ。

「こうした互助会的な送金システムは、実は、イスラム教徒の間でも広く利用されている」

薄くなったバーボンを少し口に含むと、秋生は説明を続けた。マコトは、もう話に夢中だ。

「この送金システムを〈ハワラ〉と言うんだけど、世界中に根を張っていて、イスラム教徒なら、世界のどこからでもローコストで家族のもとに金を送ることができる。

部族間紛争で九一年に無政府状態に陥った東アフリカのソマリアから、多数の難民がアメリカに流れた。彼らはそこで低賃金の労働に従事し、稼いだドルを故国に送った。内戦で荒廃した故郷では、出稼ぎ先から送られてくる外貨が、家族が生き延びる唯一の糧《かて》だったからだ。

ソマリアもイスラムの国で、彼らも故国への送金にはハワラを使った。アルバラカットという送金会社なんだけど、ここは中東最大のタックスヘイヴンであるアラブ首長国連邦に本拠を置き、アメリカ各地に支店を展開していた。アメリカでは銀行以外でも外為業務をしていいから、これはれっきとした合法企業だ。

このアルバラカットに、アメリカ中で働くソマリア人が必死に貯めたドルを持ち込むと、それを現地で家族が引出し、明日の食料を買う。そのうえ、ハワラは既存の金融システムにほとんど依存しないから、非常にコストが安い。しかし、銀行網を使わないこの送金システムには致命的な欠陥がある。わかるかい？」

マコトはまた考え込んだ。

「アメリカで預けたお金を、ソマリアで引出すわけですよね。ハワラというのは、銀行を使わない私的な送金システム。あれ？　そうすると、肝心の送金はどうするんですか？」

「そこがポイントさ」最後に来て、マコトはようやくいつもの切れを取り戻したらしい。

「アメリカのハワラには、出稼ぎ労働者が持ち込んだドルが貯まっていく。そうすると、ソマリアのハワラにも、それに対応する額のドルがなきゃいけない。そうでなけりゃ、金を引出せないだろ。ハワラのシステムが成立するためには、常に反対取引する人間が必要なんだ」

「そうすると、ソマリアのハワラにドルを持ち込んで、アメリカのハワラでドルを引出す人間がどこかにいる……」

「それが、オサマ・ビンラディンというわけさ。彼は、アフガニスタンの麻薬ビジネスで儲けた金をソマリアに持ち込み、それをアメリカで引出した。彼が引出したドルは、ソマリアからの難民が、家族に送金するために必死になって貯めた金だ。その金が、テロリストの活動資金としてばら撒かれた。どうだい？　金融機関なんか使わなくても、見事にマネーロンダリングができている」

「なんてすごいシステム！」マコトが感嘆の声をあげた。

「こんなもので役に立ったかい？」

秋生はウェイターを探して、伝票を渡した。マコトはそれを制して、「日本に来た時くらい、僕におごらせてください」と、ズボンのポケットから財布を取り出した。

店を出ると、午前二時を回っているというのに、歌舞伎町は相変わらず人で溢れていた。コマ劇場の前では、貧乏くさい格好をした若い男が下手なフォークをがなりたて、それを金髪の女子高生たちが何をするでもなくぼんやりと眺めている。その周りには、カラオケボックスのチラシを配る学生アルバイトや、サラリーマンと見れば誰彼構わず声をかけるポン引きたち。道路に座り込む、険のある目をした若者。太股に張りつくタイトなミニスカートに、胸を大きく開けたコート姿で寒そうに道に立つ異国の女たち。この街だけは、いつ来ても変わらない人間の欲望で成り立っている。

聞こえてくる言葉の半分以上は中国語だった。秋生はなんとか広東語と普通話の区別がつくようになったが、それとは異なる発音やイントネーションもかなりある。福建語か上海語だろう。中国料理店や台湾料理店もいつの間にかずいぶん増えた。

新宿通りでタクシーを拾う前、チャンから頼まれていたコピーソフトをマコトに渡した。マコトは、「ああ」と気の抜けたような顔で受け取ると、無造作にショルダーバッグに突っ込んだ。それから思い出したように、「チャンさんは元気ですか?」と訊いた。いつもなら夢中になっておたく的蘊蓄《うんちく》をしゃべり散らすのだが、それだけ麗子のことで心を奪われているのだろう。秋生は、マコトを呼び出したことを少し後悔した。

「チャンは相変わらずだよ」そう言ってタクシーを停め、「この近くに泊まっているから、歩いて帰る」と伝えた。まだ話したそうなマコトを無理矢理タクシーに押し込み、気がついたことがあったら連絡をくれと、携帯の番号を教えた。

「麗子さんに会ったら、必ず僕にも教えてください」

マコトは何度もそう念押しして帰っていった。

もう少しどこかで飲んでいこうかと思ったが、明日の約束のことを思い出し、そのままホテルに戻った。部屋に置いてあったウィスキーのミニボトルを開け、ストレートで飲んでいるうちに、いつの間にか眠ってしまった。

眠りに落ちていく中で、血糊《ちのり》が飛び散る貧しいアパートが一瞬浮かんで、消えた。

15

五井建設の間部との待ち合わせは、会社ではなく、午前九時に赤坂見附にあるニューオータニのガーデンラウンジを指定された。広い日本庭園が見渡せる窓側の席に腰掛け、目印の封筒をテーブルの上に置いて待っていると、約束の時間より五分くらい遅れて、仕立てのいいスーツを着た初老の男が小走りにやってきた。額の禿げ上がった、恰幅《かっぷく》のいい、いかにも上場会社の役員といった雰囲気の男だ。

秋生はいつものように午前六時に起き、熱いシャワーを浴びて二日酔いの頭を立て直すと、五井建設について少し調べておいた。旧財閥系の建設会社だが、やはりバブル期の過剰投資で大きな傷を負い、債権放棄を受けてもなお二五〇〇億円を超える有利子負債を抱えていた。

三八五億円の株主資本に対して、連結剰余金はマイナス三七八億円で債務超過寸前。関連グループに第三者割当増資を求めたものの、株価自体が五〇円の額面割れで身動きがとれない。かつては五〇〇〇億円を超えていた売上も四〇〇〇億円を割り込むところまで落ち込み、二〇〇一年九月期にいたっては、半期で一五〇〇億円の売上達成も危うい。いつ倒産してもおかしくないところまで追い込まれていた。

「申し訳ありません。朝の会議が妙に長引いて。不況はいけませんなあ」と磊落《らいらく》な笑い声を上げたが、目だけは笑わずに秋生を観察している。予想外にラフな格好が気にかかるのだろうが、倉田老人の紹介とあっては信用するしかないと腹を決めたのだろう、いたってビジネスライクに依頼内容を説明しはじめた。

秋生はもともと、間部の依頼は株主代表訴訟がらみの資金隠しだろうと見当をつけていた。上場企業の役員ともなれば、いつ何時、代表訴訟の被告にされるかわからない。とくに大手ゼネコンなら、バブル期の古傷をつつかれれば、そんなネタはいくらでも出てくるはずだ。いったん敗訴すれば、退職金はもちろん、全財産を持っていかれても文句は言えない。そこで、身に覚えのある役員たちの間で、不動産のような逃げ場のない資産を売却し、金融資産に変えたうえで国外に持ち出すことが流行りはじめていた。秋生もこれまで、何件か手がけたことがある。いったん資金を外に出してしまえば、捕捉するのはほぼ不可能だから、仮に株主代表訴訟に負けても自分と家族の生活を守ることができる。しょせん賠償金は会社に支払われ、弁護士が儲かるだけの茶番だから、これも人助けの一種だと考えていた。

秋生の予想どおり、五井建設には株主代表訴訟で訴えられかねない不正融資案件がかなりあり、間部はそのいくつかに担当役員として決済印を捺《お》しているという。その中で、すでに監査役に対して訴訟を提起するよう要求する内容証明が届いているものがあり、事態は一刻の猶予もないところまで追い込まれているらしい。そこで、なんとかして自分の財産を保全しようと倉田老人に相談したところ、秋生を紹介されたというわけだ。

「二〇〇二年四月の商法改正で、株主代表訴訟を起こされても、取締役の支払う賠償金の上限は年収の四倍までに制限されることがほぼ決まっています。六月の株主総会で定款を変えてしまえばいいのだから、それまで待つわけにはいかないんですか？」

秋生は訊いた。大和銀行ニューヨーク支店の債券トレーダーが一一億ドルもの損失を簿外に貯めこんでいた事件で、当時の責任者に対して総額九〇〇億円の損害賠償を求める地裁判決が出て、日本の経済界をパニックに陥れた。それを受けて、賠償額に上限を定めるよう、商法改正が急がれたのだ。もっとも、大和銀行の事件については当のトレーダーが手記を発表しており、それを読む限り、当時の大和銀行幹部の無能さは目を覆わんばかりで、九〇〇億円の賠償額も妥当なものだと秋生は思っていた。

「政府のやることなんか、信用できません。もし商法改正が成立しなかったらどうなるんですか」間部は馬鹿馬鹿しいというふうに片手を振った。「それに、来年六月の株主総会の時まで、会社が存在してる保証なんかありません。会社が潰れても賠償義務は残るそうですから、そうなったら目も当てられません」

なるほど、と秋生は思った。間部の言うことにも一理ある。

「株主代表訴訟とはいえ、他人の財産には手をつけられません。たんなる名義書換ではダメですが、奥さんと離婚して、慰謝料の名目で財産を移してしまうのがいちばん簡単ですよ」

何かうまい方法はないかと訊ねられたので、そう答えた。これからも日本国内で暮らしていくのなら、資金を外に逃がしても不便なだけだ。

すると間部は、頭をかきながら、

「いやあ、こんな業界にいると、これまで遊びのひとつやふたつやってきたわけですよ、私みたいなもんでも。情けない話ですが、そんなことしたら、これ幸いと、全財産持ってかれて見捨てられるだけですわ」

と笑った。

訴訟を提起された後の資金移動は目立つため、とりあえず株式や別荘など、自宅以外の資産はすべて売却して一億ちょっとの現金に換えたので、せめてその半分でも外に出したい、と言う。残りは、国内に隠すつもりらしい。

「自宅は女房と子供の名義も入ってるんで、私の持ち分は四割程度。裁判起こされて負けたら、それと退職金は諦めますわ。合わせて八〇〇〇万円ほどになりますが、身ぐるみ剝がれるよりマシですから。まあ、退職金のほうは出るかどうかわかりませんが」

間部はさばさばした表情で言った。

これまで、海外の金融機関に口座をつくったことはないという。一刻も早く資金を安全なところに出したいと言う以上、多少の無理は覚悟してもらわなくてはならない。もちろん、倉田老人の時のようなエレガントな方法は使えない。プライベートバンクとしても、超VIP顧客でなければ、あんなサービスはしてくれない。

「とりあえず、現金を下ろして割引金融債を購入していただけますか？　できれば、日本興業銀行のワリコーなど、銘柄がまとまっていたほうがいいんですが」

そう訊ねると間部は、これまでも何度か買ったことがあるから問題ないと言う。懇意にしている顧客に頼まれたことがあるらしい。

「一回に三〇〇〇万円以下なら無記名で購入できますから、五〇〇〇万円なら二ヶ所に分ければ充分でしょう。あらかじめ電話で連絡しておけば、用意しておいてくれますよ。そうしたら、あなたがそれを持って香港に行き、現地の証券会社に口座をつくって入庫する。そのうえで売却・換金し、オフショアの銀行に送金するというのがいちばんシンプルな方法ですが」

長期信用銀行の資金調達手段として発行される金融債の中でも、割引金融債は、窓口に現金を持っていけば無記名で購入でき、償還まで持っていれば、同様に無記名で換金できるというとてつもない特権を与えられている。右翼の大物の児玉誉士夫や、「東北の政商」と呼ばれた小針暦二、自民党副総裁だった金丸信がこうした割引金融債で資産隠しをしていたように、もともとは政治家やその周辺の権力者たちの脱税用につくられた金融商品だ。破綻した旧日債銀（日本債券信用銀行）は、政治家やフィクサー、右翼、暴力団幹部などに割引金融債を売りまくり、「政界の痰壺《たんつぼ》」と呼ばれていた。マネーロンダリングの格好の道具になっているため、最近のマネーロンダリング規制強化の流れを受けて、金融庁は無記名での売買の上限を二〇〇万円程度まで引き下げたいらしい。

「でも、いくら割引金融債を使っても、中途で換金した場合は名前が出ますよね。それはマズいと違いますか？」

間部は首を傾げた。さすがに大手企業の役員らしく、頭の回転は速い。

「もちろんそうですが、割引金融債の売却は香港の金融機関名で行なわれますから、個人名が出ることはありません。日本の税務署は香港の金融機関に対する調査権はないので、五〇

○○万円程度なら、中途換金してもまったく問題ないでしょう。逆に満期まで待って償還しようとすると、窓口で現金を受け取らなくてはならないので、かえって処理が面倒になります」

間部はしばらく考えていたが、「それはやっぱり無理です」と言った。「第一、私がいま香港なんかに行ったら、資産隠しをやります、と言いふらすようなもんです。それに、香港の金融機関が絶対に秘密を守ると言い切れるんですか？」

秋生は苦笑した。香港の金融機関の守秘性については、どんな客からも必ず聞かれる。日本では、香港の銀行に開いた口座は日本の税務署に筒抜けになっている、という話が広く信じられている。

実際には、日本の税務署が確実に口座の中身を把握できるのは日系の金融機関だけだ。香港の金融機関は中国の金融当局の管轄下なので、表向きはなんの調査権もない。ただし、大手の金融機関は日本でも営業活動を行なっているので、これを人質にして情報提供を迫られた時にどのように対応するかは微妙だ。しかし、問題はもっと別のところにある。

社会が秘密結社化している中国においては、企業の倫理規定よりも個人のネットワークが優先される。それは、香港でも同じだ。金融機関の中にコネクションさえ持っていれば、口座の内容を知ることは実は難しくない。外国人の秋生ですら、特定のいくつかの銀行なら、電話一本で第三者の取引や資産内容を照会できる。香港に現地駐在まで置いていると言われる日本の税務当局が、同様のネットワークを持っていないはずはない。その意味では、間部の言うように、完璧な守秘性は期待できない。だからといって、口座内容が筒抜けになるわけではなく、あくまでも大口の脱税など、税務当局にマークされた場合のことだ。それに、広東語しか通じない地元の金融機関を使えば、こうしたリスクは大幅に減る。

「そうなると、私を信用してもらうしかないですね」簡単に事情を説明すると、秋生は間部に言った。「私が割引金融債を香港まで持っていって、自分の口座にいったん入庫して現金に換える。私は非居住者なので、万が一口座を調べられても税務署は何もできません。その間に、あなたはヨーロッパかカリブのオフショアに銀行口座をつくる。私は換金した資金を、いったん自分のオフショアの口座に送金し、そこからあなたの口座に送る。これなら、日本の税務署がいくら香港の金融機関を調べても何の証拠も残らない。ただし、私があなたの金を持ち逃げするというリスクがありますが」

間部は即座に、「それで構いません」と答えた。「どうせ裁判で持ってかれる金ですから、あなたが詐欺師ならそれはそれで諦めますよ。まぁ、これは冗談ですが。倉田さんのご紹介ですから、疑うなんてできませんよ」

「なんなら、倉田さんに一筆書いてもらうようお願いしましょうか？」

「滅相もない」間部が大袈裟に手を振った。「そんなことしたら罰が当たりますわ。倉田さんが紹介したということは、何かあったらあの人が責任を取るということですから。それを信用できなかったら、相手にされません」

切迫した事情はあるのだろうが、相当腹の据わった人物であることも確かだ。間部は息子のような年齢の秋生に、「よろしくお願いします」と丁寧に頭を下げた。


「ところで、ちょっとお聞きしたいことがあるんですが」

打合せが一段落したところで、秋生は気になっていたことを訊ねた。

「菱友不動産の役員にお知合いはいますか？　そこで一年ほど前に役員秘書をしていた女性が顧客にいて、ちょっとしたトラブルに巻き込まれてるんです」

「菱友さんはよく知っていますが、さすがに役員秘書までは」と間部は首を傾げていたが、

「そういえば、あそこの平取《ひらとり》で、とんでもないスキャンダルを起こして、いま大騒ぎになっておるのがいます」

と言った。

「スキャンダル？」

「ええ。私も知人から聞いたんですが、なんでも円建て元本保証で年利一〇パーセントの金

融商品があるとかで、知合いに声をかけて金を集めたところ、それがとんでもない詐欺だったということです。まあ、個人の金で投資したんだからどうでもいいようなもんですが、なんでも会社の取引先にもあちこち声をかけたらしくて。こういう業界ですから、いろんな奴がおります。〈カネ返せ！〉と会社に怒鳴り込まれ、ついには右翼の街宣車まで出されたみたいです」

「いつ頃ですか？」

「さあ、二、三週間くらい前ですかねえ」

間違いない、と秋生は思った。麗子が五〇億円を持ち逃げした時期とぴったり符合する。

「その話、もう少し詳しく聞かせていただけませんか？」

「そう言われても、いまお話しした以上のことは知らんのですよ。その平取、山本って男なんですが、業界の集まりで何度か顔を合わせたことがあるくらいで。あまりパッとせん男だったな。声かけられた知人に聞いてみましょう」

「お願いします」と秋生は言い、ファンドの目論見書のようなものがあれば、それもいっしょに見せてもらえないかと付け加えた。

ティールームを出ると、ホテルのビジネスセンターでインターネットの端末を借り、オフショアバンクのホームページから口座開設申請書をプリントアウトすると、記入方法を間部に簡単に説明した。

「ヨーロッパの金融機関は、香港と違って、日本の税務署など洟も引っかけませんから、仮に調査が入っても心配することはありません。いちばん多いトラブルは、ステイトメントを税務署に押さえられることです。これは、言い逃れが効きません。次に多いのが、国内の金融機関から送金して、海外送金調書から金融機関と口座番号を割り出されることです。このふたつさえ気をつけていれば、大丈夫です。

ご希望なら、ステイトメントを香港の私書箱に送らせることもできます。いまは口座残高がインターネットで簡単に確認できますから、ステイトメントが手元になくてもとりあえず問題はありません。もちろん、まとめて日本に転送することも可能です。ただし、できるだけ証拠は残さないほうがいいでしょう」

秋生の説明を聞いて間部は、「それでお願いします」と、ほっとした表情をした。秋生は間部にチャンの事務所の住所を教え、一週間以内に、電信送金か送金小切手で三ヶ月分の利用料を支払っておくよう伝えた。

「いやあ、これで助かりますわ。この年になって一文なしにされたら、首括るしかありませんから」

真顔でそう言うと、「ところで、お礼は？」と訊いた。

「ふつう、こうしたケースでは送金額の二パーセントを報酬としていただいているのですが、今回はこちらからお願いしている件もありますから、一パーセントで結構です。ただし、実費は別にいただきます」

間部は、「そんなに安くていいんですか？」と驚いた顔をした。とんでもない手数料を取られると思っていたらしい。たしかに、同業者の中には顧客の弱味につけこんで暴利を貪《むさぼ》る奴もいるが、このケースは税引き後のきれいな金を海外に出すだけなので、秋生としても大したリスクがあるわけではない。この時点では、間部は株主代表訴訟の被告にすらなっていない。秋生はただ、外為法違反という軽犯罪と引き換えにちょっとした便宜を図ってやるにすぎない。それも、五〇〇〇万円として、額面一〇〇万円の割引金融債を五十枚ほど、香港まで持っていくだけのことだ。文庫本一冊の重さにもならない。

間部は、こうした英文の契約書類の扱いに慣れているらしく、万年筆を取り出すと、その場ですらすらと記入していった。

「弁護士か会計士のお知合いはおられますか？」

「ええ、何人か」

「だったら、その方に頼んで、パスポートを認証してほしいんですが」

秋生はそう言うと、持ってきた書類から見本を取り出した。

「認証の際には、必ず英文のレターヘッドを使ってください。そうじゃないと信用されませんから」

「そんなもの持ってるかなあ」間部が不安そうに言う。

「もしなければ、ワープロソフトで適当につくってください。どうせわかりゃしませんから」

秋生がそう言うと、「そんないい加減なものなんですか」と間部が不思議そうな顔をした。オフショアバンク側としては、金融当局に提出する書類が整えばいいだけだから、いちいち細かな詮索はしない。オフショアの金融当局としても、アメリカなどに対し、マネーロンダリング対策をきちんとやっているというポーズが取れればいい。それだけのことだと説明すると、なるほど、と納得した。

「口座開設申請書と認証されたパスポート、それに英文の住所証明を送れば、だいたい一週間で口座が開設できます。英文の住所証明は、取引先の銀行につくってもらってください。シティバンクに口座があれば、電話一本で発行してくれます。私もしばらく日本にいる予定ですから、割引債の準備ができたらご連絡ください。香港に帰る前に受け取れば、向こうに戻ってからだいたい十日で送金できると思います」

間部に携帯の番号と宿泊先を教え、菱友不動産の山本の件で詳しい話がわかったら早めに連絡をくれるよう頼んだ。間部は、「会社に戻ったら最優先で処理しますわ」と言って、来た時と同様にせかせかと帰っていった。

16

間部と別れたのは午前十時半過ぎだった。秋生は昨日の伝言を思い出し、ホテル内から恩田の事務所に電話をかけた。真紀と呼ばれていた暢気《のんき》なアルバイト嬢が電話を取り、名前を告げると、「あっ、こんにちわー」と気の抜けたような挨拶をされた。

「昨日は如何でした？」

開口一番、恩田は訊ねた。秋生はわかったことだけをかいつまんで説明した。

若林康子は麗子の母親で、二人が住んでいたのは共同トイレ、六畳一間の安アパートだったこと。十数年前、麗子が高校生の時にある「事件」があり、母娘ともアパートを出たにもかかわらず、つい最近まで家賃が支払われていたらしいこと。アパートの鍵が開いていて中に入ったが、何者かに電話は持ち去られていたこと。襖に飛び散った血糊については、黙っていた。

「その若林康子という女性ですが、亡くなってますね」恩田は言った。

「死んでる？」

「ええ。若林麗子という女性が登録していた人材派遣会社ですが、登録者を社会保険に加入させてましてね。最近は労働基準監督署がうるさくなったんで、大手はどこもそうなんですが。それで、社会保険の記録を調べさせたら、わずかな間ですが麗子さんは若林康子を扶養家族にして、医療費を社会保険で支払っていたんです。そこから彼女の入院していた病院を調べて問合せたら、一年ほど前に病死していることがわかりました」

「死因は？」

「それが、わからないんですよ。病院側がけんもほろろでね、患者のことについてはいっさい、答えたくないという感じなんです」

「病院名は？」

「記録に出てくる病院は二ヶ所です。ひとつは牧丘病院、次が赤田病院。どちらも、いわゆる精神病院です」

秋生は、ふたつの病院の連絡先を控えた。

「亡くなったのは赤田病院のほうで、こちらに電話したんですが、いやあ、ひどいもんでしたよ」

恩田はそう言って溜息をついた。

「それから、お探しの若林麗子の出入国記録が一部わかりました。今年の夏に一回、それとつい最近も香港に出かけてますね」

「いつ？」

「二週間ほど前です。こちらは、帰国の記録が見当たりません」

麗子が香港に飛んだという話は、初耳だった。だが、これで黒木がなぜ香港にいたのかわかった。べつに、自分に会いに来たわけじゃない。

引き続き調査を続ける、と言って、恩田は電話を切った。たった一日でここまで調べるとは、相当なやり手であることは間違いない。

秋生は手帳から、黒木の名刺を取り出した。黒木が麗子を追って香港に行ったのなら、いまごろ麗子を見つけて一件落着しているかもしれない。そうなれば、いまやっていることはただの茶番だ。

電話をかけて確認するか？　もし黒木が麗子の身柄を押さえているのなら、秋生の出番はなく、五億円の報酬の話も消え、すごすごと尻尾を巻いて香港に帰るだけのことだ。

秋生は受話器を取り上げ、プッシュボタンに手をかけたところで、思いとどまった。

恩田の話によれば、麗子が香港に飛んだのは二週間前。秋生が黒木に呼び出されたのは三日前だ。先ほどの間部の話と合わせると、麗子は五〇億円を自分の口座に送金した後に、すぐ香港に向かったことになる。黒木たちは麗子を探すのに血眼になっているから、出国の情報もすぐに摑んだはずだ。仮に入国管理局のデータベースにアクセスできなくても、海外への渡航はパスポートを提示し、本名で航空券を買うしかないから、旅行会社に片っ端から電話して訊けばすぐにわかる。

そう考えれば、黒木たちは秋生に会う前に、一週間以上は香港にいたことになる。実家はもぬけの殻で、麗子を追って香港に来たものの、足跡はつかめず、方途がなくなって秋生に連絡を取ったということだ。

麗子は、誰も住んでいない安アパートの家賃を十年以上も払い続けていた。事件後には、証拠になる電話機も持ち去っている。最初からそこまで計画していたのなら、そう簡単に尻尾は摑まれないだろう。

黒木に電話しても、まさか「麗子さんは見つかりましたか？」と聞くわけにもいかない。交渉するためには、こちらにもカードが必要だ。

黒木に連絡するのはもう少し調べてからだと結論を出し、秋生は別の番号を押した。

赤坂見附から営団地下鉄で北千住まで出て、東武伊勢崎線に乗り換えて竹ノ塚に着いたのは一時少し前だった。そこから北に住宅街を抜けて五分ほど歩くと、右手に灰色の背の高いコンクリート塀が見えてくる。そこが牧丘精神病院だった。

秋生は最初、若林康子が病死したという赤田病院に、娘である麗子の婚約者を騙って電話をかけた。応対に出た事務職員は露骨に迷惑気な口調で、康子の病名と死因を知りたいという秋生に対し、「主治医がいないからわかりません」の一点張りだった。主治医の名前は言えない、いつ来るかもわからない、こちらから電話をすることはできない、遺族ではない人間からの問合せには応じられない、病院は一般の来訪者を受け入れていない。医療訴訟を警戒している様がありありとわかった。これではたしかに埒《らち》が明かないと諦め、赤田病院の前に康子が入院していたという牧丘病院に電話をかけてみたところ、こちらは打って変わって親切な応対だった。当時のカルテを調べてくれ、あいにく主治医は別の病院に移ってしまったが、親しくしていた臨床心理士がいるからと、電話を回してくれた。

心理士は、吉岡光代という中年の女性だった。ヘヴィスモーカーなのか、声が少ししゃがれている。「若林康子さんのことで……」と言ったとたん、光代は「ああ」と小さく叫び、「お亡くなりになったんですってね。お気の毒に」と呟いた。秋生が麗子の婚約者を騙り、麗子が突然、失踪したことを告げると、「まぁ」と大きな声をあげた。麗子のことも知っているようだった。一瞬、婚約者の真田にも会ったことがあるのだろうかと考えたが、それはないと思い直した。麗子が金づるの真田を、親のいる精神病院に連れていくはずがない。

秋生がいなくなった麗子を探しており、そのためにも彼女の過去を知りたいと言うと、最初は渋っていたが、根っからの善人なのだろう、昼休みの一時間程度ならと光代は折れた。

コンクリート塀の端に狭い入口がある。塀と建物の裏手に挟まれて、外来者には病院の中が見えないようなつくりになっている。受付はしんと静まりかえり、平日の午後だというのに誰もいない。精神病院に来たのははじめてだが、その奇妙な静けさを除けば、ふつうの病院と何も変わらないことに逆に驚いた。

待合室はきれいに片づけられており、マガジンラックには漫画雑誌と女性週刊誌が並べられている。受付の隣が控室になっているのか、白衣を着た看護婦たちが何人か、忙しげに出入りしている。その一人が来客に気づくと、「すみません。午後の外来は二時からなんです」と声をかけた。

秋生が、臨床心理士の吉岡光代を訪ねてきたと伝えると、看護婦はちょっとびっくりした顔をして、「お待ちください」と控室に消えた。患者やその家族以外の人間が来ることは滅多にないのだろう。看護婦は戻ってくると、「吉岡さん、すぐ来ますからそこで待っててください」と、待合室にあるビニール張りの長椅子を指差した。

五分ほどぼんやり座っていると、中年の女性が小走りにやってきた。ぽっちゃりとした顔に笑顔を浮かべ、白衣がなければ、近所の主婦と区別はつかない。

「工藤さんですか？　吉岡です。お待たせしてすみません」

秋生は、自分のほうこそ無理を言って申し訳ないと礼を述べた。顔を見ても何の反応もないことから、予想どおり、真田に会ったことがないことがわかった。

光代は秋生を二階の応接に案内すると、「煙草、いいですか？」と断って、しわくちゃになったマイルドセブンのパッケージを白衣のポケットから取り出し、一本目に火をつけた。

電話では、十年ほどアメリカで暮らしていたと光代に伝えていた。これなら、事情に疎《うと》くても疑問に思わないだろう。麗子とは旅先で知合い、電話や手紙で交際を続け、三ヶ月ほど前に婚約し、結婚の準備のために日本に戻ったら突然、失踪してしまったという物語をでっち上げた。まったくの与太話《よたばなし》だが、光代は信じ切っている。よっぽどのお人好しなのだろうが、それだけでもないと秋生は思った。光代は、麗子を知っている。そのうえで、どんなデタラメでもやりかねないと考えている、ということだ。

「これまでいちども、家族のことは聞いたことがなかったんです。今回、結婚にあたってご両親に挨拶させてほしいと言ったのが悪かったんでしょうか？」

そう溜息をつくと、光代は「おかわいそうに」と、秋生にすっかり同情した。

「麗子さんとお母様のことを教えていただけませんか？」

秋生が頭を下げると、光代はしばらく黙っていたが、ふうと大きな溜息をつくと堰《せき》を切ったようにしゃべり始めた。精神病院というのは孤独な職場なのだろう。光代自身が、話を聞いてくれる人間を求めていたのかもしれない。

光代の話によると、若林康子は二年前、療養先の病院で自殺未遂を起こし、その後、精神に異常が見られるということで牧丘病院に転院してきた。そこで精神分裂病と診断され、入院となったのだ。

「おきれいな方だったのに……」

光代はまだ半分以上残っている煙草を灰皿に潰し、すでに三本目となった煙草に新しく火をつけた。ドアの外を、時々看護婦たちが足早に通り過ぎる気配がするが、それ以外は物音ひとつしない。秋の長い日差しが窓から差し込み、スチールテーブルとパイプ椅子しか置かれていない簡素な部屋を、より侘《わび》しく見せていた。

「康子さんは、自殺未遂というよりも、自分の顔を滅茶苦茶に傷つけて病院に運び込まれてきたんです」

煙草を灰皿に置くと、光代は話し始めた。

「この病気では自傷《じしょう》行為というのは珍しくなくて、とくに女性の場合、顔を傷つけるのが一般的なんですが、私も、あそこまでひどいのは見たことがなくて。なんて言うんですかねえ、ふた目と見られないというか……」

康子の傷跡は、凄惨《せいさん》を極めていたという。光代がそれとなくほのめかしたことによれば、康子は自分の鼻を抉《えぐ》り、唇を切り裂き、あまつさえドライバー様のものを左眼に突き刺した。

「ウチに来た時は外傷の治療は終わっていたんですが、放っておくとすぐに顔を滅茶苦茶にしようとするので、保護室に拘束して大量の精神安定剤を投与するほかなかったんです。そうやって一ヶ月ほど経った時、突然、娘さんが病院に見えられて……」

病院側には、康子は生活保護を受けていて身寄りはいない、と伝えられていたらしい。

「そしたら、とんでもない美人の娘さんでしょ。一時は、病院中がその噂で持ちきりでしたよ」

その時、康子の看護担当として麗子に応対したのが、光代だった。

「いちおう、病状をお話しして、この病気はなかなか完全治癒は難しいけど、最近は効果の高い薬も出てきたから、と説明したんですが、なんていうか、あまり興味がないというか、魂が抜けているというか、とにかく不思議な雰囲気の娘さんでした。でも、親族がいる以上いつまでも生活保護扱いじゃ困ります、と相談すると、わかりましたと言って、それからは病院への支払いもきちんとしてらしたし。最後は社会保険に切り替えられたようですが」

「麗子さんは、お母様といっしょに暮らしていたんではないんですか？」

「康子さんは病気がちで、長期で入院してらしたみたいです。娘さんも、この十年ほどは会っていない、というようなことを言ってらしたし。でも、ここには家族関係に特別な事情のある方たちが多いから、とくに珍しくもないんです。康子さんの場合、娘さんがお見舞いに来るだけでも幸せですよ。大半は、こちらから連絡しても、〈そんな人間は知らない〉とか、〈金は払うから死ぬまで退院させないでくれ〉とか、そんな答えばかりですからねえ」

そう言うと光代は、大きな溜息をついた。灰皿の上で、煙草がフィルタの近くまで燃え尽きている。それに気づくと、いらいらした仕草で灰皿に押し付け、また新しい煙草に火を点けた。

「お母様の様子は、どうだったんですか？」

「精神分裂病というのは、これといった治療法のない病気なんですよ。病院でできるのは、精神安定剤や向精神薬《こうせいしんやく》を投与して興奮を抑えることくらい。これだけでもずいぶん違うんですけどね。

康子さんの場合、自傷行為への衝動が激しいので、拘束を解くためには、かなりの量の向精神薬を処方しなくちゃいけなくて、そうすると今度は意識が混濁してくるんです。一日中寝たきりで、何を言っても反応がない。そういう時期が大半でした」

「麗子さんは、見舞いには？」

「あんなに熱心にお見舞いに来る方はいませんでした。時間は不定期なんですが、毎日欠かさずいらっしゃるんです。ウチではお見舞いに来る方にはできるだけ便宜を図ろうという方針なので、特別に時間を八時まで延長してさしあげて。ずっと、お母様の横に座っておられるんです」

「病室は？」

「康子さんの場合、自傷行為は抑制できたんですが、夜中に大きな声で叫ばれるんで、相部屋は無理だったんです。そこで、仕方がないので地下の個室にいていただいたんです。正式には保護室といって、まあ、有体《ありてい》に言ってしまうと独居房みたいなところなんですが。それを麗子さんが、差額ベッド代を払うからといって正式な個室に移されたんです。一日一万円のお部屋なので、一ヶ月三〇万円。それを半年ちかく支払われたんですから、病院の中には、〈あんなにお金があるなら、母親を生活保護にしておくことはないんじゃないか〉と陰口を叩く者もいました。

とにかくあの美しさでしょう。医者も職員も患者までもみんな虜《とりこ》になってしまうんで、やっかみもあったんでしょうね。まあ、ご本人はそんなことになんの関心もなかったようですが」

「麗子さんの様子はどうだったんですか？」

「それが……」と言って、光代は口ごもっている。

「とにかく、黙って枕元でお母様を見ているだけなんです。私が、〈何か話しかけてあげたほうが喜ばれますよ〉と言っても、ずっとそのまま。長い時は、昼にお見えになって夕方六時過ぎまでずっと無言で座っているだけなんです。それが何ヶ月も続くと、さすがに病院内でも変じゃないか、という声があがって。

あの、よくあるんですのよ。患者さんよりも、お見舞いに来たご家族のほうがもっと重い病気だったということが。ただ、そうしたケースでも、本人に治療する意思がなければ私たちは何もできないわけですけど」

光代はちょっと声を潜めて言った。

「転院された理由は？　麗子さんの希望ですか」

光代はそれには答えず、ちょっとお茶でも淹れましょうね、と言って席を立った。急須《きゅうす》と茶碗を持って戻ってくると、ぽつりと言った。

「人間のこころというのは不思議なんですよ」

秋生は何も言わず、黙って光代の次の言葉を待った。

「精神分裂病には、これといった治療法はないんです。ただ、脳の神経が異常な興奮状態にある場合が多いので、それを薬で無理矢理抑制させておく。それも、正常な人が処方されたら、一瞬で昏倒してしまうような量ですが、それでも興奮を抑えられず、身体を抑制しなくてはならないことも多いんです。逆に、薬が効いている時は、いつも意識がぼんやりして、自分が誰で、どこにいて、何をしているのかもわからない。ただ、象でさえも気を失うような強力な薬を処方されていても、患者さんには、突然、はっきりと意識を取り戻す瞬間があるんです」

秋生に茶をすすめ、煙草をもう一本抜こうとしたが、思い直したのか、片手でライターを弄《もてあそ》んでいる。その顔に西日がもろに当たり、目尻に刻まれた深い皺が老いを強調していた。

「康子さんも、いつもは薬のせいで眠っているか、ぼんやりと濁った目が宙を彷徨っているかなんですが、ある日、片づけ物をしていて、ふと誰かに見られているって気がして振り返ると、康子さんがとても澄んだ目で私をじっと見詰めているんです。もちろん、左眼は潰れてしまっているんで、右眼だけなんですが。私、いままであんなにきれいな瞳を見たことがなくて。思わず駆け寄って声をかけたら、はっきりした声で、〈このまま死なせてください〉と言われて……。

私も、どう答えていいのかわからないから、〈素晴らしい娘さんがいるじゃないですか〉って言ったら、そのきれいな瞳から突然、大粒の涙が溢れて。それを見ていると、いま思い出しても不思議なんですが、〈ああ、私はこの人に許されている〉って感じたんです。

こういう言い方するとびっくりするかもしれませんが、この仕事をしていると、時々出会うんですよ、こういう瞬間に。精神分裂病の患者さんたちというのは、何て言ったらいいのか、特別な能力を持った方たちですから。あまりにも傷つきやすくて、そのうえ他人のところが見えるから、さらに自分を傷つけてしまう……」

光代は、「私、なんか変なこと言ってますか?」と訊いた。秋生は首を振って、そんなことはないと答えた。

「自分の過去も、現在も、未来もすべて見透かされたうえで、〈あなたはそのまま生きていていいのよ〉って許される気持ち、わかります?」

わからない、と秋生は答えた。光代は、ちょっと憐れんだような目で秋生を見た。

「もっとも、すぐにいつものように薄い膜が瞳に覆い被さってきて、一分もしないうちに意識が混濁してきてしまったんですけど」

「その話を麗子さんには?」

「いえ。なんか残酷な気がして……」

光代はしばらく黙り込んだ。

「その後しばらくして、麗子さんはお見舞いに来なくなったんです。その直後だと思うんですが、康子さんの容態が悪くなって、ウチでは扱えなくなって、それで転院させなきゃということでご連絡したんですが、〈お任せします〉とそれだけで……」

「扱えないというと？」

「あの、精神病院には大きく分けて三種類あるんです。

ひとつは、大病院の神経科や、クリニックの看板を出している街の個人病院。こういうところは、ストレスで不眠になったり、軽い鬱病にかかった人が訪れます。この手の病気は、いまでは薬で軽快しますから、ほとんどの患者さんは社会復帰していきます。

もうひとつは、精神分裂病の患者さんを中心にした入院施設のある病院。症状の比較的軽い患者さんは開放病棟のある病院に、症状が固定化してしまった患者さんは、ウチのような閉鎖病棟の病院に入院します。精神分裂病でも初期の頃は、比較的退院率も高いんです。もちろん、何度も入退院を繰り返される方もいますが。

最後のひとつは、このふたつの病院では受け入れない患者さんを入院させる病院です」

「受け入れない、というと？」

ここで、光代は言いにくそうに口ごもった。

「精神科の病院は、みんな精神分裂病の患者さんが好きなんです。暴れるのは最初だけで、薬で興奮を抑えてしまえば、あとは子供か赤ん坊と同じですから、看護婦の人数が少なくても、それほど手間はかからない。鬱病の人は、いまではよい抗鬱剤が開発されてますから、自殺の惧《おそ》れがある時以外は、入院することはあまりありません。

みんなが嫌がるのは、アルコール中毒や覚醒剤《かくせいざい》中毒の患者さん。背中に刺青《いれずみ》を彫った人も多いし。患者や看護婦に暴力を振るうのは、たいていこういう人たちです。それと、性格異常の人。これは病気ではないので、どんなことをしても治りません。ウチでも、よほどのことがないと受け入れません。

いちばん困るのは、手間がかかる患者さん。食事も排泄も一人でできなくなると、ただでさえ人手の足りないウチみたいな病院ではぜんぜん対応できません。お年寄りの場合は、それでも国の補助が出るから、老人病院が引き取ってくれるんですが」

光代の話によると、こうした患者を専門に扱う病院がある、とのことだ。業界の隠語で、〈人間倉庫〉と呼ばれているらしい。治癒可能性がなく、まともな病院は相手にしない患者を隔離し、保管し、処理しているところだ。こうした病院の内情は世間に知られることはなく、誰もが見て見ないふりをしている。必要悪、ということだ。赤田病院がこの〈人間倉庫〉のひとつで、最終的に、康子はそこに転院させられたらしい。こうした病院では、患者が食事を取らなければ、そのまま放っておかれる。強力な向精神薬を投与されているから、空腹も感じなければ苦痛もない。ただ、衰弱して死んでいくだけだ。

秋生はこの話を聞いて、ようやく赤田病院の対応が理解できた。向こうにしてみれば、何をいまさら、ということだったのだろう。

「あの病院に転院すると、だいたい半年以内に亡くなると言われています。康子さんも、ちょうど半年でお亡くなりになったとか」

光代は堪えきれなくなったのか、新しい煙草に火をつけた。これで、話しはじめてから早くも五本目だ。

「連絡があったんですか？」

「ええ、麗子さんからお手紙をいただいて……。

実は、康子さんの容態が急変したのは、麗子さんがお見舞いに来なくなったからじゃないかと思って、ずいぶん失礼な電話をかけたこともあったんです」

「その時なんて？」

「〈もう終わったことですから〉って。何て冷たいんだろうって、こっちもひどいこと言っちゃって。それなのに丁寧なお礼状をいただいて、申し訳なくてお電話したんです。もう通夜もお葬式も済ませたというから、せめてお墓参りでも、と言って、場所を教えていただきました」

煙草の煙とともに、光代は深い溜息を漏らした。

「最近になって、麗子さんも私と同じように、お母様と話をされたんじゃないかって思うようになったんです。麗子さんは、お母様の意識が戻るのを確信していて、それをずっと待っていたんじゃないか、と。たんなる想像ですけど」

昨日とはうってかわって快晴で、窓の外を眺めると、抜けるような青空に飛行機雲が幾筋かかかっている。それに比べて、狭い部屋には煙草の煙が充満し、息苦しい。

光代は短くなった煙草を揉み消すと、「長い話に付き合わせちゃってすみません」と言った。秋生はそんなことはないと丁重に礼を述べると、できれば康子の入院していた病室を見せてもらえないだろうかと訊ねた。光代はしばらく考えていたが、「ほんとうは部外者の方を病棟には入れられないんですけど」と言いながら、白衣のポケットから鍵束を取り出して立ち上がった。

「精神病院ははじめてですか？」光代が訊く。

「ええ」と答えると、「それでは、集団病棟を通って行きましょう」と先に立って歩き出した。

「ウチは分裂病の患者さんがほとんどで、みなさん、おとなしくて繊細な方ばかりなので、驚かすようなことはしないでください」

光代が「男子閉鎖病棟」と書かれた鉄の扉に鍵を差し込んだ。ドアが開くと、そこは、不思議な空間だった。

五〇メートルはあろうかという広い廊下が真っ直ぐに延び、右側が鉄格子のはめられた窓、左側が畳敷きの病室になっている。病院というよりも、修学旅行の旅館の大部屋という感じだ。

その廊下を、思い思いの色のパジャマを着た患者たちが、ゆらゆらと歩いている。よく見ると、その歩き方には規則性があり、互いにぶつからないように繊細な気配りがされている。鉄格子の窓から、外の景色を飽きずに眺めている患者がいる。すると、その五メートルほど手前から、ほかの患者は迂回を始める。けっして、他者の世界に干渉しない。

そのうちの何人かが、二人を見てにこにこと笑いながら近づいてきた。光代が「元気?」などと声をかけている。きちんとしたスリーピースを着た営業マン風の男性に挨拶されたので、病院の関係者かと思うと、彼もまた患者だった。この病院では服装は自由らしく、パジャマ姿に混じって、軍服やモーニング姿の患者もいる。左手の病室は布団が壁際にきれいに積み上げられており、正座したり、横になったり、思い思いの格好で患者たちが時間を潰している。会話はまったくない。物音もしない。何人かは、イヤフォンを耳に当て、ウォークマンで音楽を聞いている。音楽に合わせて体をゆらゆらと揺らしている患者がいたが、よく見るとイヤフォンのコードが外れていた。少なくとも一部屋に十人以上の人間が詰め込まれているはずだが、この奇妙な空間は深海の底のような沈黙に包まれていた。

廊下を歩いていた患者の何人かが、秋生の後ろにぴったりとくっついた。

「まあ、珍しい。ふつう、はじめての人にはみんな近寄らないんですけど。よっぽど好かれたのね」光代が笑った。

自分でも不思議だったが、息がかかるほどぴったりと後ろにくっつかれても、不快な感じはしなかった。秋生はどちらかというと他人との接触が嫌いで、混雑した電車に長時間乗ると吐き気がしてくるのだが。

廊下の途中で立ち止まって、あたりを見回した。後ろについてきた五、六人の患者が、一斉に、秋生の真似をしてぐるりと首を回した。

廊下の突き当たりのドアを開けると、そこから先が男子の個室病棟になっていた。こちらは、ふつうの病院とほとんど変わらない。一人用、二人用、四人用の三タイプがあるらしく、ほとんどの病室のドアが開け放たれ、ベッドと小さなテーブルが置かれていた。患者の姿は見えない。

「個室の患者さんは、比較的症状が軽く、お金にも余裕がある方が多いので、みなさん元気なんですよ。昼間のこの時間は、食堂や遊戯室に行って、患者さん同士で楽しんでます」

光代が説明してくれた。

「この先が女子の個室病棟なんですけど、ここから眺めるだけにしていただけますか？　あなたのような若い方がいると、みんな興奮して大変だから」

真面目な顔でそう言うと、鍵束を取り出してドアを開けた。そこもまったく同じ構造の病室だったが、何人かの女性が、廊下に立ってぼんやりと外を眺めているのが目に入った。

「若林さんは、この病室のいちばん手前に入院されてました」

そう言われて覗き込んだが、やはりスチール製のベッドとテーブルが置かれているだけの簡素な部屋だった。ここに毎日のように麗子が通って、自分の顔を滅茶苦茶に傷つけた母親を黙って見ていたという。その姿を想像してみたが、うまくいかなかった。秋生のまったく知らない女がそこにいたことだけは間違いない。

廊下の壁に凭れていた女性の一人が、不思議そうな顔で秋生を見た。美しい女性だったが、顔に無残な傷がいくつもあった。どこかで見たことがあると思った。思わず引き込まれるような美しい瞳をしていた。

ホールへと通じる階段を下りながら、「廊下にいたきれいな方、有名なモデルさんだったんですよ」と光代が言った。「素敵な旦那さんと結婚されて、幸福の見本のような生活をされてたんですけど、子供が生まれたとたん、赤ちゃんを虐待するようになっちゃって」

そういえば昔、雑誌のグラビアなどで目にした女性だと思い出した。

「小さい時、父親から悪戯されてたんですよ。その記憶が、子供を産んだとたん、蘇《よみがえ》っちゃったんですね。それで、汚れた自分を処罰するために顔を滅茶苦茶にして……。びっくりされるかもしれないけど、多いんですよ、そういうケース」

秋生には、返すべき言葉が見つからなかった。

地下へと続く階段から、「あー、あー」と、アザラシの鳴くような声が聞こえた。この下が、保護室なのだろう。看護婦や看護人の姿は、ほとんど見なかった。たしかにこの人数では、面倒な患者の世話をするのは不可能だ。そのうえ、患者とは意思の疎通が成立しない。ストレスで光代が重度の煙草中毒になるのもわかる気がした。たった二十分ほどのことなのに、もう指先が震えている。

別れ際に光代は、「もし麗子さんが見つかったら、大切にしてあげてください」と言った。「こんなこと言っていいのかどうかわかりませんけど、心の病気の場合、近くにいて支えてあげることが大事なんですのよ」

病院を後にして、竹ノ塚の駅で電車を待っていた。光代は、最初から自分の下手な嘘を見抜いていたに違いない、と秋生は思った。光代が案内してくれた精神病棟は、純粋と沈黙の支配する世界だった。その中で、秋生の嘘はあまりに醜かった。

「患者よりも家族のほうがはるかに重い病に侵されていることがある」という光代の言葉を、思い出した。

それは、麗子のことを言っていたのか？　彼女もまた、狂気の淵《ふち》にひとり孤独に佇んでいるということなのか？

秋の弱い日差しを浴びて、電車がのんびりと近づいてきた。

「麗子を救ってほしい」そう光代は言った。

そんなことはとても無理だ、と思った。

営団地下鉄でいったん秋葉原まで出て、中央線で武蔵境まで行き、一時間半ほどで西武多摩川線の多磨駅に着いた。牧丘病院の吉岡光代が教えてくれた若林康子の墓は、多磨霊園の中にあった。

平日の夕暮れ時の多磨駅は閑散としていた。近くにあるアメリカンスクールや東京外国語大学の学生が、ホームのそこかしこにまばらに立っている。駅前にはコンビニと居酒屋、クリーニング屋などが数軒。電車の到着を知らせる踏切がカンカンと鳴った。

墓参者向けの休憩所と石材店が並ぶ路地を抜けると、五分ほどで霊園入口の事務所に着いた。

十一月の墓地はうら寂しかった。供物をついばみに集まってきたのか、夕陽に赤く染まった空に烏が舞っている。車道を少し離れると、もう人の気配はない。荒涼とした風が、秋生の頬をひゅうとなぞった。

若林康子の墓は、霊園の東の外れにあった。近くから見ると、墓石はそれぞれ意匠を尽くしたものが多かったが、「若林家之墓」は、なんの変哲もない大谷石《おおやいし》が使われていた。裏に回ると、「昭和五十六年九月　若林義郎　平成十二年十一月　若林康子」と刻まれていた。

義郎が麗子の父親だとすれば、彼女が十一歳の時に死亡していることになる。

墓の前に、花弁のほとんど落ちた、ひからびかけたかすみ草の花束がぽつんと置かれていた。花束に手を触れて、せいぜい一週間ほど前に置かれたものだと見当をつけた。

麗子は、日本に戻ってきていた。

彼女以外のいったい誰が、この墓をかすみ草で飾ろうとするだろう。

17

いったん中央線の三鷹駅まで戻ると、そこから恩田の事務所に電話をかけた。

「麗子のクレジットカードの支払い記録を見れますか？」

秋生が訊ねると、「それなら今日の午後、確認しました。信用情報にとくに問題はありません」と恩田が答えた。

「銀行のATMは？」

「そちらはまだ確認できていません。どの銀行に口座を持っているかがわかれば、後は早いんですが」

「個別のクレジット履歴は出せますか？」

「パスポートのコピーがあったので、それもやっておきました。お急ぎなら、FAXでホテルにお送りします」

相変わらず、仕事は手際よく正確だ。秋生は、これから直接、高田馬場に向かうと伝えた。三鷹からなら、東西線で三十分もかからない。

二週間前に、麗子は五〇億円を自分の口座に送金し、その直後に実家に寄って電話機を回収し、成田空港から香港に向かった。それを知った黒木たちは、香港に麗子を追った。しかし、黒木が必死に香港で這いずり回っている頃には、麗子は日本に戻ってきており、かすみ草の花束を手に母親の墓を訪ねている。いったいなぜ、そんなことをする？

五〇億円もの金があれば、事件のほとぼりが冷めるまで、好きなだけ海外で豪遊できる。追っ手はしょせん、日本のヤクザだ。外国に逃げれば、その後を追跡するのは不可能だろう。なぜ麗子はわざわざ、もっとも危険な日本に戻ってきた？

恩田の事務所に着くと、すでにテーブルの上には麗子のクレジット履歴が広げられていた。

多重債務者を防ぐという建前を掲げて、日本の金融業界は個人信用情報のデータベースを共有している。銀行業界には全銀協の「個人信用情報センター」、消費者金融は「全国信用情報センター連合会」、クレジットカードならCICやCCBという信用情報管理会社がある。こうしたデータベースにいちどでも延滞や代位弁済《だいいべんさい》の情報が載せられると、それ以降は、すべての金融機関から相手にされなくなる。金を貸してくれるのは、これらのデータベースを利用できない街金と呼ばれる零細業者や、闇金融などの非合法な業者だけだ。延滞などの事故情報や破産宣告などの公的記録はブラック情報と呼ばれ、業態を問わず、ほぼすべての金融機関がその事実を知るところになる。こうしたブラック情報は七年から十年はデータベースに登録され、泣いても喚いても取り消してはもらえない。

一方、通常の契約情報や借入・返済の記録はホワイト情報と呼ばれ、基本的には、その業界内だけで共有される。

顧客が新たな借入やクレジットを望んだ時に、こうしたホワイト情報がないと、金融機関側は貸出リスクを把握できない。弁護士に三〇万円も払えば、ギャンブルに注ぎ込もうが、ブランド品を買い漁ろうが、誰でも簡単に自己破産できるようになって、素人の借り逃げでクレジットカード会社や消費者金融に大きな損害が発生している。こうした悪質な顧客から身を守るためにも、どこだってクレジット枠を厳密に管理したい。

信用情報は個人のプライバシーにかかわるものとして厳重に保護されていることになっているが、実際は、興信所や調査会社と契約する情報屋を使えば簡単に入手することができる。各データベースとも、三百社にものぼる会員企業がデータへのアクセス権を持っているのだから、セキュリティの保持に限界があるのは明らかだ。

信用情報データベースは精度にかなりの違いがあり、たとえば消費者金融では借入情報しか出ない。サラ金のカードを持っていても、いちども使ったことがなければ、他社にはその契約内容やクレジット枠がわからない。それに対して、全銀協やクレジットカードのデータベースでは、契約情報や残債額のほか、個別の支払い履歴まで登録されている。これを見れば、カードがどのように使われたかは一目瞭然だ。

「若林麗子は、クレジットカードを三枚、所有していますね。そのうちの一枚はＡＭＥＸのゴールドカードで、これは凄まじい使い方です。来月分の請求が一八〇万円。先月まではちゃんと支払っていますが、今月分がまだ入金されていないようです。ただ、引落日からそれほど日にちが経っていないので、遅延扱いにはなっていません」

麗子の信用履歴を見ながら、恩田は説明した。こうした情報の扱いには慣れているのだろう。送られてきたデータから、必要な項目を読み取っていく。

「もう一枚は、まったく使用されていません。たぶん、義理かなにかでつくったカードなのでしょう。

不思議なのは最後の一枚で、これまでまったく使用していないにもかかわらず、今月分の残債が六万九八〇〇円ほどになっています。これまで使っていなかったカードを、何らかの理由でつい最近、使用しはじめたということです」

秋生は、そのクレジットカードの番号を調べられるか訊ねた。信用情報には名前や生年月日などの個人データは表示されるが、さすがにカード番号までは出てこない。

「簡単ですよ」恩田はそう言うと、アルバイトの真紀を呼んだ。「ちょっとこの番号調べて」

真紀は「はーい」と間延びした返事をすると、スリッパを引きずりながら恩田のところにやってきて、信用情報の記載された書類を受け取った。秋生を見ると、「こんにちわー」と、やはり気の抜けたような挨拶をした。

真紀は自分の机に戻ると、クレジットカード会社の電話番号を検索し、顧客相談窓口に電話をかけた。

「もしもし。私、若林と申しますが、クレジットカードの入った財布を落としてしまいまして」

これまでの態度とは一転して、はきはきとしたキャリアウーマンのようなしゃべり方だ。秋生は、その変わり身の早さに舌を巻いた。

「それで、警察に届けようと思うんですが、カード番号を控えていなくて。場所ですか？　東西線で高田馬場まで来て、山手線に乗り換えようと思ってふとバッグを見たら、口が開いているんです。電車、けっこう込んでたから、スリかもしれません。幸い、現金はたいして入っていないんですが、カードが何枚かいっしょにあって……」

どこでなくしたのか訊かれているらしい。

「はい。ええと、名前と生年月日ですね」

信用情報を見ながら、麗子の名前と生年月日、住所を読み上げていく。相手が見ているデータと同じものだから、何の問題もない。

「はい、ありがとうございます。ついでに有効期限も教えていただけますか？」

伝えられた情報を、紙に書き取っていく。

「あの、カードを止めるのはちょっと待ちます。警察の人からも、現金だけ抜いて財布はそのまま捨てられることも多いと言われたので。明日の午前中いっぱい待って、それでも出てこないようなら、もういちどお電話しますから」

真紀は電話を切ると、「一丁あがりー」と言って、恩田にメモを渡した。

「簡単なもんでしょ。これで、明日の朝、やっぱり財布だけ出てきた。カードは無事だったと電話すれば、証拠は何も残りません」

秋生は恩田に、真紀の手際の良さを誉めた。

「この娘は、見かけよりずっと優秀なんですよ。ウチの探偵事務所のホームページも、ぜんぶ真紀ちゃんが一人でつくったものです」

真紀が「見かけよりってどういう意味？」と拗ねると、恩田が「すまん」と頭を掻いた。

案外いいコンビなのかもしれない。秋生はふと、香港にいるチャンとメイのことを思い出した。日本に来てからまだ二日しか経っていないが、セントラルでメイと別れたのが、ずいぶん昔のことのようだ。


恩田の事務所から高田馬場駅に戻る間に、「インターネットカフェ」の看板を見つけた。一時期ずいぶん流行ったが、家庭やオフィスへのインターネットの普及にともないあっという間に廃《すた》れてしまった、各テーブルにネット接続したパソコンを備え付けた喫茶店だ。学生街ということもあって、かろうじて生き残っているのだろう。案内を見ると、三〇〇円払って会員になれば、五〇〇円のコーヒー一杯で一時間インターネットが使えるという。これからホテルに戻るよりも早いと思い、ゴミゴミとした雑居ビルの三階にあるその喫茶店に入った。一階はパチンコ屋、二階は焼肉屋で、焼肉屋のほうは長引く狂牛病騒ぎの煽りを受けて店を閉めてしまったようだ。

店内は予想外に広く、二十席ほどのテーブルにそれぞれ一台ずつパソコンが置かれている。入口脇のレジで三〇〇円の入会金を払って会員証を受け取ると、空いている席に座ってコーヒーを頼んだ。テーブルは三分の一ほど埋まっていた。ほとんどが、レポートを書く大学生だ。

パソコンの機種は古く、ＯＳもウィンドウズ95が使われているが別に構わない。秋生はブラウザを立ち上げると、麗子の使っているクレジットカード会社のホームページを開いた。予想どおり、カードホルダー向けの会員ページがある。

クレジットカード会社もＩＴ化の波に乗り遅れまいと、どこもネット上での会員向けサービスを充実させている。ただし、銀行や証券会社と比べて、クレジットカード会社のデータベースにネット経由でアクセスしても資金移動がともなうわけではないから、セキュリティは非常に甘い。ステイトメントを確認したり、利用額に応じて貯まったポイントを景品に交換するくらいしかできないからだ。

秋生はインターネットメールで適当なメールアドレスをつくると、麗子のカード番号と取得したばかりのメールアドレスを入力し、会員登録ボタンをクリックした。麗子が先に登録していなければ、これで、ログイン用のパスワードが新しくつくったメールアドレスに送られてくるはずだ。インターネットでわざわざクレジットカードのステイトメントを確認しようという物好きはそれほど多くない。

予想どおり、麗子のクレジットカードは未登録で、三十秒ほどでメールアドレスにパスワードが送られてきた。カード番号とそのパスワードでログインすると、すぐにステイトメント画面に移行する。

問題のカードの使用履歴をチェックする。「シライ（ス）」という名前で、この数日間に、三回ほど使われている。いずれも二万二三五六円、二万三五四八円、二万二三四七円という中途半端な金額だ。秋生は、店の名前と利用金額からスーパーマーケットだと当たりをつけた。

次にインターネットの電話番号案内で「白井スーパー」「しらいスーパー」「シライスーパー」を検索すると、東京都内に、新宿、上石神井、福生《ふっさ》の三軒が見つかった。住所を調べると、上石神井と福生は鄙《ひな》びた商店街にある個人経営の店で、こんなところで連日、麗子のような女がカードで一万円以上の買物をすればいくらなんでも目立ちすぎる。新宿のほうは歌舞伎町の奥にある二十四時間営業の店で、カードが使われたのはここに違いない。食料品のほかに衣料や電化製品も扱っている。店員もほとんどがアルバイトだろう。なによりも、客には近くのホステスも多く、麗子が買物してもそれほど目立たない。だが、それだけが理由なら、伊勢丹や三越など新宿にあるデパートを利用すればいいだけのことだ。五〇億円もの大金を抱えて、なぜこんな店で買物をする必要があるのか？

店員に訊くと、プリントアウトは、コピーと同じく一枚一〇円だという。一〇円玉を何枚か渡してステイトメントを印刷すると、ぬるま湯のようなコーヒーには手をつけずに店を出た。

ついさっきまでは、麗子はまだ香港に隠れているかもしれないと思っていた。多磨霊園に母親の墓を訪ねて、彼女がいつの間にか日本に戻っていることを知った。いまは、クレジットカードの履歴から、歌舞伎町の店で、毎日、買物をしていることまで摑んだ。このままいけば、案外、簡単に見つけられるかもしれない。

しかし、歌舞伎町で麗子はいったい何をしている？

18

白井スーパーは、歌舞伎町と区役所通りに挟まれた風俗街とラブホテル街のど真ん中にあった。このあたりには最近、カジノが増えてきた。もっとも、実際に金を賭けさせるカジノは賭博法違反なので、堂々と宣伝することはできない。そこでこの寒空の中、サンドイッチマンが看板を首からぶら下げて街中に立つことになる。

秋生が訪れたのは午後八時過ぎで、一階の食料品売り場はそこそこ込み合っていた。ざっと見ると、客の半分は外国人、それ以外は水商売関係だ。レジには金髪の若い男女がいて、外見に似合わず、言葉の通じない客をテキパキと捌《さば》いている。ワンフロアの広さは八〇平米ほどで、一階が食料品と雑貨、二階に衣料品と電化製品が並べられている。どれも、大手スーパーの特売で売られているようなものばかりだ。

秋生はしばらく店の様子を眺めていたが、混雑するレジで直接訊ねるのは諦めて、店の奥の倉庫に向かった。台車を押して出てきた若い店員に店長はいるかと聞くと、黙って倉庫の右隣にあるドアを指差した。軽くノックすると、面倒臭そうな声で「誰?」と訊ねられた。

店長といってもまだ三十代前半の男で、アルバイトたちの束ね役を任されているらしい。髪の毛を短く刈り上げ、無精髭をはやし、頬に深い傷がある。元暴走族のリーダー、という雰囲気だ。店長は上目遣いに秋生を見ると、露骨に警戒の色を浮かべて、「何すか?」と言った。

秋生は財布から一万円札を二枚取り出すと、黙ってテーブルの上に置いた。店長の目が、一万円札に吸い付けられるのがわかる。

「人を探しているんだ」

秋生は、さっきプリントアウトしてきた麗子のステイトメントを見せた。

「このところ毎日、この店でカードを使っている。その時、レジにいた店員に話を聞かせてもらいたいんだが」

「あんた、警察の人？」店長が訊いた。

「刑事がいきなりカネは出さないだろう」秋生が答えると、「そうすね」と笑った。

「ちょっと困ってるんだ。レジにいた人間に会わせてくれたら、もう三万円出すよ」

店長は、「ああ、サラ金の人かあ」と言い、それで納得したらしい。ニッと笑って、「じゃあ、ちょっと記録見てきますんで、そこで待っててください」と、ステイトメントを持って出ていった。

十五分ほどで、店長は戻ってきた。

「金額から見て食料品じゃないと思ったんでほかを当たったら、電化製品のレジでこのカード、使われてましたよ。ぜんぶ、夜中の一時から三時の間ですね。ローテーション見たら、そのうち二回は同じ奴がレジやっていて、夜番なんで、今日も十一時にここに入ります。どうせそこらでパチンコかスロットやってるだけですから、さっき、携帯に伝言しときました。連絡来たら、ここに呼びますよ。どうします？」

秋生は携帯の番号を教え、この近くの喫茶店で待っているから、連絡があったら呼び出してほしいと伝えた。席を立とうとしたとたん、店長の携帯が鳴った。着信表示を見て「ついてますね」と秋生に目配せし、電話に出た。店員は、定時よりも早く出勤することに抵抗していたようだが、最後は「うるせえなあ。ごちゃごちゃ言ってないですぐに来い！」と怒鳴りつけられてしぶしぶ応じたようだ。

「池袋でスロットやってました。オケラになったみたいなんで、こっち呼びましたから、二十分もあればつきます。この先に喫茶店ありますんで、そこで待っててもらえますか。自分が連れていきますから」

残りの三万円の報酬もその場で支払った。五万円の臨時ボーナスに、俄然《がぜん》、やる気になったらしい。


薄暗い喫茶店のべとついたテーブルに置かれたコーヒーに手をつけようかどうか考えていると、思ったよりも早く、スーパーの店長が若い男を連れて店に入ってきた。田舎臭い顔に似合わないピアスをして、髪を半分、金色に染めている。金髪に染めたのはいいが、その後で髪の毛が伸びてきてしまったという感じだ。着ているダウンジャケットは、ところどころ破れて白い羽毛が覗いている。見るからにだらしのない奴だ。

「この人が、お前に聞きたいことがあるんだとよ」

店長がそう言って、男を小突いた。秋生がクレジットカードを使った客のことを話すと、男はすぐに「ああ」と声をあげ、「やっぱ変だと思ったんすよねえ」と、他人事のように言った。

「何が変なんだよ？」店長が訊く。

「カード持ってる女が違うんですよ」

「どういうこと？」

「なんて言うんすか。こんな店で、それも真夜中にカードで買物する奴なんてあんまいないじゃないすか。それで覚えてたんすけど、二度とも中国人のホステスで、だけどぜんぜん別人なんすよね。最初はラジカセ、二回目はMDウォークマンの安いのだったかな。なんか気になって、前の時の伝票調べたら、カード番号同じだったんすよ」

「何だって、中国人ホステスってわかるんだよ」と店長。

「そんなの、中国語でしゃべってんだから、オレにもわかるっすよ」

「カードの名義は若林麗子ってなってたんだろ。それじゃ、盗難カードってことじゃないか」

「まあそうなんすけどね。でも前の店長から、盗難カードでもなんでも、カード出されたらぜんぶ喜んで伝票切れって言われてたから」

「馬鹿だなあ」店長が男の頭を小突いた。「最近はカード会社もうるさくなって、盗難カードとわかっているのに伝票切ったら、カネ払ってくれねえんだよ。カード出されたらサイン確認しろってあれほど言ってるだろうが」

「そーなんすかー」と、自分には関係ないとばかりに、どうでもいい態度で返事をする。とはいえ、雇われ店長にだってどうでもいいことなのだろう。それ以上、説教する気配はない。

「ほかに気づいたことがある？」こんどは秋生が訊いた。

「あの、二回とも同じ中国人の男がいっしょだったんすよ。女はけっこう怯《おび》えてて、しょっちゅうその男のことを見てたから、覚えてるんすけど」

「その男、どんな格好してた？」

「なんすか、ポン引きっつーか、そういう格好ですよ」

「要するにこういうことですよ」と、訳知り顔に店長が解説する。

「そのクレジットカードは、どういう理由か知りませんけど、あんたが探してる女の人から中国人のヒモが盗んだ。ところが、カードのサインを見ると女の名前が書いてある。いくらなんでも自分じゃ使えない。そこで、クラブのホステスにカードを使わせて、モノを買わせようとした」

「でも、カードで買物をする時にはサインが必要だろ」秋生は訊いた。

「中国人なら漢字書けるじゃないすか」店長は、あっさり答えた。「ウチの店なんかだと、カード使う時にサインなんか見やしませんし、二万円や三万円のセコいカード詐欺にはクレジット会社もうるさくありませんから、ここで小金を稼ごうとしたんでしょう」

店としては、盗難カードだろうが何だろうが、使ってもらえばカード会社から金が入ってくる。後のことは知ったこっちゃない。カード会社だって保険に入ってるんだから文句はないだろう、というわけだ。

「しょせん、小心者のやることですよ。一回目で成功したんで、二回、三回と繰り返した。カード使えなくなるまで、また来ますよ。どうします？」

「そのカードに盗難届が出てたらどうなる？」

「わけのわかんない中国語で喚いて、店から出てくだけですよ。こっちも、そんなことでいちいち警察呼んでられないし」

「その男、もういちど見たらわかる？」秋生は店員に訊いた。

「大丈夫すよ。しょっちゅう店に来る奴だから」

「どうすか？　こいつ、一週間ばかり深夜番させて見張らせますから、カード盗んだ奴が来たら連絡しますよ。五万円でいいすよ」

「えっ、カネもらえるんすか？」店員の目が急に輝いた。

「取り分はお前が三万、俺が二万。文句ないだろ」店長が恩着せがましく言う。さっき受け取った五万円のことはもちろん黙っている。

「オーケーっす。ちょうど金欠でサラ金でも行こうかと思ってたから、助かりますよ」

店員は虫歯だらけの歯を見せて笑った。


駅ビルに隣接したレストラン街の蕎麦屋で遅い夕食を食べてからホテルに戻ると、午後十一時を回っていた。フロントでキーを受け取ると、ＦＡＸが届いている。五井建設の間部から、例のファンドの資料が送られてきたのだ。上書きに、「香港への土産は用意できた。至急、連絡を乞う」と書いてある。こちらもかなり急いでいるようだ。いずれにせよ、いちど香港に戻らなくてはならない。

部屋に戻ってシャワーを浴び、ビールを飲みながら目論見書に目を通す。目論見書といっても、弁護士や監査法人のチェックを受けた正式なものではなく、金融の世界に身を置く者が見れば一目で詐欺の道具だとわかる貧相な代物だ。

「元本保証で年一〇パーセントの利回りを保証。そのうえ運用益は無税です」

目論見書は最初に、こう大きく謳《うた》っていた。銀行の預金金利が年〇・一パーセントという時にこんな都合のいい話があるわけがないが、世の中には不思議なことに、こんな詐欺話にコロッと騙される馬鹿がいっぱいいる。

ざっと目論見書を読むと、その仕組みは簡単に理解できた。

まず、オフショアにSPCを設立し、投資家はそこに円建て年一〇パーセントの金利で金を貸す。SPCというのは「特別目的会社（スペシャル・パーパス・カンパニー）」の略だが、この場合は脱税のためのただの道具だ。オフショアにつくられたこの会社の主要業務は、香港の消費者金融や商工ローンへの融資となっている。

香港には日本の利息制限法や出資法のような金利規制はないので、こうした短期・高利の金貸しから借金すれば、その金利は年利換算で一〇〇パーセントを超えることもザラだ。一〇〇万円借りたら一年後には二〇〇万円にして返さなくてはならない理屈だが、もちろんこんなことができるわけがない。そのため、こうした高利金融は週単位、一日単位の超短期の貸出しでリスクを管理している。「来週が給料日だから、今週末のデート代をちょっと借りる」という使い方だ。アメリカでも、週払いで給料を受け取る肉体労働者を対象に、こうした超短期の高利ローンが広く普及している。好景気の時はボロ儲けできるが、いったん不景気になると、延滞や自己破産の増加で真っ先に経営が傾く、典型的なハイリスク・ハイリターンのビジネスだ。

投資会社であるSPCは、こうした高利貸しに年利三〇パーセントで融資を行ない、高利貸しはそれを年利五〇パーセントから一〇〇パーセントで香港の中小零細企業やサラリーマンに貸しつける。これで資金を回し、儲けを叩き出していこうというのが基本のスキームだ。

仮に投資家から一〇億円の資金を集めれば、SPCが一年後に支払う利息は一〇パーセントで一億円。一方、その一〇億円は香港ドルに替えて年三〇パーセントで融資されるので、為替の変動を考慮しなければ、一年後には円換算で三億円の利息が入ってくることになる。金利分の一億円を払っても二億円の儲けだ。これなら、円と香港ドルの為替リスクを考慮したとしてもボロい商売に違いない。

そのうえ、オフショアの法人はいくら利益をあげても法人税を払う必要がない。投資家は、このSPCから金を引出さない限り、年一〇パーセントの複利で元金が増えていくという触れ込みになっている。これもまた、投資家にとって悪い話ではない。

ただし問題は、目論見書に貸倒れ率の予測が出ていないことだ。出資法の上限金利ぎりぎりの年利二九・二パーセントで貸している日本の消費者金融や商工ローンでも貸倒れ率は五〜八パーセント、中小の業者だと一〇パーセントは軽く超えると言われている。一〇億円の元金のうち、最低でも五パーセントの五〇〇〇万円は返ってこない計算になる。仮に年利五〇パーセントの金利をつけて貸倒れ率が一〇パーセントまで上がれば、一億円が丸損だ。

この貸倒れリスクをSPCが負担するという契約なら、残り九億円から三〇パーセントの金利収入を得ても二億七〇〇〇万円。元金が毀損《きそん》した一億円の貸倒れを補塡《ほてん》し、投資家に一億円の利息を支払えば、七〇〇〇万円しか残らない。貸倒れ率が一五パーセントに上がれば、儲けはわずかに五〇〇〇万円だ。これでは、為替が少し円高に動いただけで、たちまちランニングコストも出なくなる。

貸倒れリスクを高利貸しが負うという仕組みになっていれば、もっと性質《たち》が悪い。貸倒れの負担に耐えかねて高利貸しが倒産してしまえば、貸した金はすべて丸損になってしまうからだ。実際にはこちらのケースのほうが多く、投資先の損失が表面化した途端にファンドも一蓮托生で破綻してしまい、あとは紙切れしか残らない。もちろん、投資先とファンドが最初からグルになって計画倒産させることも簡単だ。

早晩、こうしたファンドは投資家に約束した金利を支払うために元金を取り崩す「タコ足配当」を始め、その配当実績を元に素人を勧誘し、被害を拡大させていく。こんな見えすいた詐欺商法に引っかかるのは、たいていは強欲な小金持ちと相場は決まっている。

目論見書には「元本保証」と大きく謳ってあるが、中身を読んでみると、ただたんに投資会社が「保証する」と言っているにすぎない。「シングルA以上の格付を取得」という文言《もんごん》もあるが、格付を与えているのは聞いたこともない会社だ。幼稚園児程度の知能を持っていれば、これだけで詐欺だとわかる。

百歩譲って投資を検討するとしても、まともな投資家ならまず、投資会社がどのような方法で貸倒れリスクを管理し、損失を一定程度以内に抑えているかを詳細に検討する。ただたんに、右から左に金を貸すだけなら、そこらのガキにもできる。

目論見書には、そのあたりのことが何一つ書かれていない。すべての融資が一〇〇パーセント返済されるという前提で収益予想が成立している。もし仮に、満足な担保も取らずに金を貸して、全額きれいに返済してもらえる商売が世の中にあるのなら、こんなにボロい話はない。わざわざ投資など募らず、自分で借金してやるに決まっている。なんと言ってもいまの日本は、身元の怪しい中小企業でも、国営金融機関から年一パーセントとか一・五パーセントとかのタダみたいな金利で何千万円もの金が借りられる稀有《けう》な国なのだ。

目論見書を読み終えて、おぼろげながら事件の骨格が見えてきた。

たぶん真田という婚約者が、「元本保証で年利一〇パーセント」というインチキ金融商品のスキームを考え出したのだろう。それを麗子が、以前、秘書をしていた菱友不動産の山本という役員に持ち込み、投資家を集めさせた。投資家たちが金を振込んだ途端、あらかじめ用意していた別の口座に送金して逃げた、というわけだ。上場企業の役員が、自分の取引先にこんなインチキ金融商品を売って歩いたのだとしたら、大騒動になるのも無理はない。その筋の金が入っていれば、右翼の街宣車だって出るだろう。

目論見書によれば、ファンドの設定・運営は、カリブのオフショアに設立されたジャパン・パシフィック・ファイナンスとなっている。これがSPCで、要するに、秋生がつくってやったインチキ会社だ。日本における販売会社は空欄になっているが、そこに手書きで、「KK　JPF」と走り書きされている。説明を受けた人間が控えたのだろう。ジャパン・パシフィック・ファイナンスの頭文字を取っただけだが、これが日本における販売会社だとしたら、子供騙しにもほどがある。販売会社名を印刷しないのは、もちろん、未登録の投資商品を勧誘・販売したという証拠を残さないためだ。

麗子は、「婚約者のために、会社にある五億の金を無税で海外に持ち出し、ある人物に送金しなければならない」と言った。

婚約者の会社というのは、詐欺ファンドの販売会社のことだろう。五億というのは、このファンドを使って集める予定だった金額だ。それがなぜか、五〇億まで膨らんでいる。その後に起こったことから考えれば、金を送らなければならない「ある人物」というのは、麗子本人のことに違いない。秋生に会った時に麗子は、すでに金を奪って逃げることを計画していた。その方法を聞き出すために、香港で秋生に接触したのだ。

だったら、麗子と真田は最初からグルなのか？　だが黒木は、麗子が金を奪って逃げた、と言った。口座の共同名義人になっている真田に命じて、銀行に連絡させたとも言っていた。だとしたら、こいつもまた騙された哀れな犠牲者の一人、ということになる。

麗子の婚約者だという真田がどんな男かはわからないが、そもそもこんなインチキなファンドで金を集めようと考える以上、まともな人間であるはずがない。しかしこの男は、手もなく麗子に騙されて、地獄の底に叩き込まれた。自分で考えだした詐欺話に自分で引っかかるような阿呆が、この世にいるものだろうか？

真田のビジネスには、菱友不動産の山本という取締役が協力している。山本はそれ以前に、麗子を役員秘書として使っていた。こいつはいま、右翼から厳しい追い込みをかけられている。

真田と山本が集めた金を、麗子が横からさらったのは間違いない。だが、秋生と会った四ヶ月前までは、麗子は金融のことなど何ひとつ知らなかった。そんなド素人に、オフショア法人に大金を振込ませた後、自分の口座に送金して逃げるなどという芸当がほんとうにできるのだろうか？

いったい誰が、そんな手口を麗子に教えた？　それとも、すべて自分ひとりで考えたというのか？

この件で名前の出てくる人間をひととおり当たってみる必要がある、と秋生は考えた。そんなに単純な話ではなさそうだ。どこかに裏がある。

秋生は恩田からもらった名刺を取り出すと、そこにメールアドレスが印刷されていることを確認して、調査依頼を電子メールで送った。

麗子はいちど、秋生の目の前で真田に電話をかけている。「真田です」と答えたところをみると、自宅に違いない。秋生は、携帯に記録されたその電話番号もファイルに控えていた。そこから住所とフルネームを割り出すことなど、恩田ならわけもないだろう。

一方、詐欺ファンドの販売会社については、何の情報もない。間部から送られてきた目論見書に書かれていた「KK　JPF」だけが、いまのところ、唯一の手がかりだ。「株式会社ジェイピーエフ」と、菱友不動産の山本についても調べるよう、書き添えておいた。

久しぶりにメールボックスを覗くと、マコトから長文のメールが届いていた。「麗子にメールを送ったけど返事がない。何かわかったら教えてほしい」と延々と書いてある。鬱陶しいので、最後まで読まずにパソコンを閉じた。

午前一時過ぎ、携帯が鳴った。秋生はベッドに横になっていたが、まだ起きていた。相手は、白井スーパーの店長だった。

「例の中国人、いま店に来てますけど、どうします？　また女連れてるから、カード使うかもしれませんよ」

時計を見た。この時間なら、ホテル前でタクシーを拾えば、十分以内に店に着けるだろう。

「これからそっちに向かう」と伝え、クレジットカードはそのまま使わせるよう頼んだ。

「まだ盗難届、出てなきゃいいんですけどね」店長はそう言うと、「もし、こっち来る前に店出ちゃったらどうします？　追加料金で後つけますよ」と提案してきた。秋生は、そうしてくれと伝えた。

週末のためか、タクシーを捕まえるのに少し手間取った。甲州街道から明治通りを目白方向に向かうと、新宿駅を越えたあたりで携帯が鳴った。

「今日は買物しないで、そのまま外出ちゃいました。ホステスがカード使うの嫌がったみたいです。そのまま真っ直ぐ来てください。あと、電話代もったいないんで、折り返し、そっちから掛け直してもらえますか？」

着信履歴を確認し電話すると、「いま、どこっすか？」と店長が訊いた。伊勢丹前、と答えた。

「知合いに会ったみたいで、立ち話してます。区役所の近くで車降りてください。電話、つながったままにしといてくれたら、ずっと実況しますから」

区役所前でタクシーを降りると、ホステスと酔客に囲まれて、店長が大きく手を振っていた。分厚い革のジャンパーを着て、頭に赤いバンダナを巻いている。どこから見ても暴走族そのものだ。これが堅気のスーパーの店長とは、誰も信じないだろう。

「そこに、男三人、女一人のグループがいるでしょ。カード使わせたのは、そのうちの、派手なロングコートを着た背の高い男に間違いないって言ってます。見るからにヒモって感じでしょ。今日も、この前とは連れてる女が違うみたいです。残りの二人とはたまたま道で会って、世間話ってとこですかね。こんなもんでいいすか」

秋生は礼を言うと、約束の五万円に尾行代の一万円を加えて渡した。

店長は札束を数えると、「ほかに手伝うことはないすか？」と訊いた。いまのところ間に合っていると答えると、ちょっと残念そうな顔をした。

それから少し真面目な顔をして、秋生に言った。

「あいつらナイフ持ってますから、あんまり近づかないほうがいいすよ」

麗子のカードを持っているという中国人は、仲間との世間話が終わったのか、ホステス風の女の腰に手を回してぶらぶらと歩き出した。少し離れて、その後をつけていく。午前二時の区役所通りは酔っ払いのサラリーマンや客引きたちで溢れ、秋生の下手な尾行でも目立つ恐れはない。

中国人のヒモとホステスは、そのままラブホテル街のほうに歩いていくと、バッティングセンターの近くで左の路地に折れ、派手なラブホテルのネオンに挟まれて建つ古いマンションの前で立ち止まった。

そ知らぬ顔をして近くを通り過ぎると、なにやら口論している。はっきりとはわからなかったが、どうも広東語とは違うようだ。このあたりを男が一人でうろうろしていると、客引きや立ちん坊がイナゴの大群のように寄ってきて面倒なことになる。仕方がないので、少し離れた電柱の根元に座り込んで、ゲロを吐いている酔っ払いの振りをした。押し殺した声で始まった口論はやがて激高に変わり、女がヒモを突き飛ばして小走りでマンションに入っていった。メイと付き合ったことで広東語のスラングはずいぶん覚えたが、秋生の知っている言葉はなかった。福建あたりの人間らしいと見当をつけた。

この古いマンションで、同郷の中国人ホステスたちが共同生活しているのだろう。ヒモである男は、仕事が終わった後、店まで迎えに行って、稼ぎのことで口論になったというわけだ。あるいは、女が麗子のカードを使うのを嫌がったことが、ヒモの機嫌を損ねたのかもしれない。

中国人ホステスのいるクラブは、たいていが正規店と深夜クラブに分かれている。正規店は風営法に則《のっと》ったクラブで、深夜零時になると店を閉める。するとこの同じ店が、看板を掛け替えて「深夜クラブ」と呼ばれる別の店になる。深夜クラブはだいたい、深夜一時過ぎから始発まで営業する。この正規店と深夜クラブは、経営者が違うのがふつうだ。不動産屋から店を借りた正規店の経営者が、夜中に店を遊ばせておくのはもったいないと、他の経営者に又貸ししているのだ。仮に風営法違反で警察がやってきても、つかまるのは深夜クラブの経営者で、現在の法律では店を又貸しした経営者を罰する規定はない。

ややこしいのは、中国人ホステスの多くが、正規の店と深夜クラブを掛け持ちしていることだ。そのまま同じホステスが店にいると、看板が替わっただけでは、定連の客ですら店の違いがわからない。

不況のために、中国人クラブの多くは、エスコートサービスをつけるようになっている。ホステスのほうは、夕方五時から午前五時まで、一日十二時間労働だ。

要するに店外売春だ。二万円から三万円を店に払うと、好みのホステスを連れ出して、近くのラブホテルに連れ込むことができる。ただし、プライドの高い上海人ホステスの中には絶対に客を取らない女も多く、身体を売るのは福建や東北、内陸出身の娘が多い。この中国人のヒモは、正規店の営業が深夜零時に終わった後、深夜クラブとの掛け持ちもせず、店外デートの声もかからなかったホステスを、家まで送り届けているのだ。毎日、連れている女が違うのはそういう理由だろう。

中国人のヒモは携帯を取り出すと、何事かしゃべりながら、秋生の方に向かって歩いてきた。喉の奥に指を突っ込んで、胃の中のものを無理矢理吐き出した。このあたりには、売春婦の数と同じくらい、ゲロを吐く奴がいる。酔っ払いに絡まれては馬鹿馬鹿しいと思ったのだろう、中国人のヒモは秋生を見てちょっと舌打ちすると、そのままぶらぶらと大久保方向に歩いていった。

ラブホテル街を抜け、職安通りを越えると、雑居ビルと木造アパートと商店が混在する地域に入る。中国人は携帯電話で延々としゃべりながら、やはり古ぼけたマンションに入っていった。当然、オートロックなどというシャレたものはついていない。

秋生は、ドアの外から中国人がエレベータに乗るのを見届けると、中に入って、停止する階を確認した。エレベータの表示は四階で停まった。外に出て、四階の窓を眺めた。三十秒ほどして、いちばん右の端に明かりがついた。もういちどマンションに戻って部屋の並び順を確認する。明かりの点いたのは四〇六号室だった。郵便受けを覗いてみたが、名前が出ているわけはない。ピンクチラシが束になって突っ込まれているだけだ。

東京の高い家賃を嫌う中国人は、必ず共同生活をする。彼らにはそもそも、他人といっしょに暮らすことへの抵抗感があまりない。しかしそれでも、複数の男と女が狭い部屋で共同生活するわけにはいかないので、ホステスもヒモも、同性同士で暮らすことになる。あの部屋にも、何人かの同居人がいるはずだ。

そのまま十分ほどマンションの前に立っていると、部屋の明かりが消えた。手がかじかんで、感覚がなくなってきた。寒さのために、奥歯がカチカチと鳴る。最後には身体全体が震え、目からは涙まで溢れてくる。こんな夜に張込みをするのなら、せめてスーパーの店長が着ていたような革のジャンパーが必要だ。ホームレスだって、セーターにジャケットだけで、十一月末の深夜二時に道端に突っ立っていたりはしないだろう。

無謀な張込みを諦めて、秋生はいったんホテルに戻ることにした。その前に、携帯を取り出して電話をかけた。

大久保通りでタクシーを拾ってホテルの部屋に辿り着くと、熱いシャワーを浴び、ウィスキーをストレートで飲み干して、そのまま泥のように眠り込んだ。

19

翌日の午前中はずっと、ホテルのベッドで横になりながら、電話を待っていた。

午前十一時過ぎ、携帯が鳴った。調査会社の恩田からだった。

「メールいただいたので、少し調べてみました。真田という男のことです」

朝からさっそく仕事に取り掛かったらしい。よほど腕が立つのか、それとも暇なのか。

「名前は真田克明。年齢は三十五歳です。電話番号の登録住所は港区南麻布。購入すれば一億円以上、賃貸でも月三〇万円は下らない高級マンションです。港区の登記所まで真紀ちゃんに行ってもらって、不動産登記を調べたら、所有者は不動産会社なので、賃貸で借りているだけのようですが」

「不動産会社って、どこかわかりますか？」

「菱友不動産。一部上場の中堅です。どうせ、バブル期に大金を出して地上げして建てたものの、その後の地価暴落で不良債権になり、売却すると損金計上しなくてはならないので、仕方なく賃貸に回してるんでしょう。このあたりは、そんな塩漬け物件ばかりですよ」

マンションの持ち主が菱友不動産なら、それを斡旋《あっせん》したのは取締役の山本に違いない。麗子は山本の秘書をしていた。その山本は、麗子の婚約者である真田のために、会社所有の高級マンションを用意した。徐々に、三人の関係がつながってきた。

「ついでに、お訊ねのあった株式会社ジェイピーエフを港区の商号登記で当たってみました。しっかり出てきましたよ。それも、本店登記地は真田のマンションです」

ここで恩田は、もったいぶって会話を止め、書類をめくる音を立てた。もっとも、この程度のスタンドプレーが許されるだけの実力は充分、証明しているが。

「ＪＰＦの資本金は五〇〇〇万円。筆頭株主はケー・エス物産という会社で、本店は港区赤坂になっています。保有比率は八〇パーセント。真田は代表権のある社長ですが、保有比率は一〇パーセント。同じく、山本敬二という男が取締役で一〇パーセント持ってます。この山本敬二が、お訊ねのあった菱友不動産の取締役営業部長で、紳士録で検索できました。ケー・エス物産に関しては調査中です。帝国データバンクのデータベースには載っていないようですね。JPFの設立は今年のはじめですが、短期間で増資を行なって、現在はケー・エス物産の完全な子会社です」

ケー・エス物産は、言うまでもなく黒木の会社だ。真田・山本と合わせ、この事件の関係者はすべてここに顔を出している。やはり、ファンドの販売会社であるJPFが事件の舞台なのだ。

秋生は登記簿謄本をホテル宛にFAXするよう頼んだ。役員欄を調べれば、登場人物たちの関係がわかるかもしれない。電話越しに、恩田が「真紀ちゃん、これお願い」と大声で叫んでいるのが聞こえる。

「会社の定款はどうなってます？」

「あれこれ書き並べてありますが、要は金融や不動産のコンサルタントですね。経営コンサルとか人事コンサルも入っているから、何でも屋ですかね。後は投資事業に投資顧問業……」

恩田は、わざとらしく言葉を切った。

「登録は？」秋生は訊ねた。

「関東財務局で確認しました」恩田は、喉の奥で笑いを嚙み殺しながら答えた。わざと秋生にカマをかけたのだ。金融関係者以外、投資顧問業が財務局への登録を義務づけられていることを知る人間は、それほど多くない。

「その名前で投資顧問業登録した法人はありません。似非《えせ》投資顧問ですね」

恩田のほうも、秋生がどの程度の金づるになるのか、しっかり計算している。金融関係の人間であることを確認して、さっそくゼロの桁をひとつ増やしたはずだ。秋生が五億の報酬を提示されて動いていることを知れば、この有能な調査員はどんな反応を示すだろう。もちろん、生きて受け取ることができれば、の話だが。

「このJPFという会社には、真田の自宅とは別に、港区六本木に支店登記があります。さっき、その近くで営業している同業者に頼んで見に行ってもらったら、旧防衛庁裏の雑居ビルで、最近は使われている気配がないとのことでした。郵便受けにはチラシや郵便物が束になっていて、日付を見ると、二週間ほど前からそのままにされているようです」

麗子が五〇億を持ち逃げした後、真田がいつもと同じように仕事を続けていたら、そのほうが驚きだ。たぶん、すでに自宅も引き払っているだろう。どこかに逃げたか、そうでなければ、黒木が身柄を押さえている可能性が高い。もし後者なら、生きているかどうかも怪しいものだ。

「この後はどうしますか？」と聞く恩田に、秋生は、真田克明の所在確認と同時に、赤坂にあるケー・エス物産の黒木誠一郎についての調査も依頼した。

黒木の名前を聞いて、「そういえば、東京西部を地盤にするヤクザの若頭にそういう男がいます」と恩田が言った。「最近はどこもシノギがきつくなってきてるから、赤坂にフロント企業でもつくったんですかねえ」先ほどとは打って変わって、口調に警戒感が滲《にじ》んでいる。

せっかく金づるだと思ったのに、ヤクザがらみの面倒な話かもしれないと思い始めたのだ。

秋生は、もし筋者が出てくるようならその場で調査を打ち切って構わないと伝え、必要な費用は明日にでも振込むと約束した。恩田はしばらく躊躇していたが、「もし領収書が必要ないなら、このあいだみたいに現金でいただけませんかねえ」と言った。やり手の調査員も、税務署は苦手なのだ。

恩田との話が終わると、その直後に、今度は五井建設の間部から電話がかかってきた。

秋生が目論見書を送ってもらった礼を言うと、「あんなもんでお役に立つのならいつでも」と間部は応えた。あの目論見書を受け取った人間は、見るからにいかがわしい話なのでそのままほっておいただけで、詳しい話は知らないのだという。話を持ってきたのは、やはり菱友不動産の山本だった。

「その後、菱友不動産のトラブルがどうなったかわかりませんか？」

「さあ、詳しいことは知りませんが、なんでも右翼の街宣車がいなくなったので、金を払う約束が裏でまとまったんだろうと言われてますね。そうでもしなきゃ、あの話は収まらんでしょう。警視庁が内偵を始めた、という噂も出てます。近頃は、この手の裏取引は世間の目が厳しいですからねえ。こっちにも火の粉が飛んでこなきゃいいんですけど」

会社から電話をかけているのだろう、間部は声をひそめた。

「例の割引金融債なんですが、できるだけ早く手離してしまいたいんですが」

急がせて申し訳ないがこっちも追い詰められてるんで、と間部は自嘲気味の笑いを漏らした。たしかに、五井建設をめぐる政治家や暴力団とのスキャンダルは、このところ経済誌を賑わしていた。もしそのうちのひとつでも立件され、それを根拠に株主代表訴訟を起こされれば、確実に負ける話なのだろう。違法行為であれば、商法改正もなにも関係ない。提訴の後に資金を動かせば、悪質な賠償金逃れと見なされる恐れもある。間部が焦るのも無理はない。

秋生は、受け渡しの場所と時間を決めて今日中に連絡すると答えた。

フロントから、ＦＡＸが届いているという連絡があった。恩田が約束の謄本を送ってきたのだ。コーヒーを淹れるために電熱器をセットしてから、ロビーまで受け取りに行った。

　膳本によると、株式会社ジェイピーエフは二〇〇一年はじめに資本金一〇〇〇万円の株式会社として、真田克明と山本敬二によって設立されている。設立時の代表取締役は真田だ。その半年後、八月の半ばにケー・エス物産が四〇〇〇万円を出して資本金は五〇〇〇万円に膨らみ、黒木が筆頭株主に代わった。その間、代表取締役はずっと真田のままだが、すべて額面増資なので、持株比率は一〇パーセントまで下がっている。恩田の言うとおり、いまは完全な黒木の子会社だ。

　この膳本を見る限りでは、金を盗まれた責任を最初に取らされるのは、JPFの代表取締役であり、同時に麗子の婚約者でもある真田に間違いない。デタラメな目論見書で金を集めた山本も、取締役に名を連ねている以上、責任は免れない。一方、筆頭株主の黒木は会社の運営にいっさい関与していないから、法的には、出資分の四〇〇〇万円が有限責任の範囲だ。たしかに大金には違いないが、ヤクザ組織の幹部らしき黒木が目の色を変えるほどの金額ではない。

　だが、黒木はなぜこんなインチキ話に四〇〇〇万円も出した？

　そこまで考えて、秋生は膳本をベッドに放り投げた。これ以上は無駄だ。材料が少なすぎる。

待っていた連絡が携帯に入った時は、すでに十二時を回っていた。

「工藤さんかい？」相変わらず、酷薄な口調だ。

「いまからここに来てくれ」黒木は一方的に住所を告げた。新宿区百人町の一角だ。麗子のクレジットカードを持っていた中国人のヒモが住むマンションからそれほど離れていない。タクシーを使えば、十五分以内で着ける距離だ。

そこは山手線と明治通りに挟まれた一角で、職安通りから路地を一本奥に入ったところだった。近くには韓国からのニューカマーが集まり、韓国料理店や、キムチなどの食材を売る店を出している。在日韓国人の街としては大阪・猪飼野《いかいの》が有名だが、猪飼野が戦前から戦中にかけての植民地時代に日本に渡ってきた韓国・朝鮮人の街なのに対し、大久保の韓国人街は、一九八〇年代のバブル期にやってきた移民たちによってつくられた〝リトル・ソウル〟だ。すぐ近くに歌舞伎町やラブホテル街があるにもかかわらず、強固な韓国人コミュニティが存在するため、治安はそれほど悪くない。ただしすぐそばの大久保公園では、夜になればタイ、コロンビア、中国など世界各国の売春婦が立ち、その隣でイラン人がマリファナやシャブを売っている。

黒木のいる場所はすぐにわかった。狭い路地のド真ん中に、黒のベンツが停まっている。

ゴローが秋生に気づいて、うれしそうに頭を下げた。ボンネットに凭れて、黒木がキャメルの煙草をふかしていた。今日は、気味の悪い金髪男の姿はない。

黒木は秋生を見ると、ニヤリと笑った。相変わらずの黒のスーツ。その上に見るからに高級な黒のカシミアコートを羽織り、真っ白なマフラーを首からだらりと下げている。

「香港では、ゴローが世話になったようだな。あんたのお陰で、極楽のような体験ができたらしい」

不気味な坊主頭のゴローが、首筋まで真っ赤になった。こちらは、ジャージの上にダウンジャケットというラフな格好だ。寝ているところを叩き起こされたようだ。

「こいつ、日本に帰ったら中国語の勉強を始めたんだぜ。中学もまともに出てないのによ。香港で好きになった女を、日本に呼ぶらしい」

「勘弁してください」ゴローが、小声で呟いた。黒木のほうは、満更でもないようだ。

「ここが、麗子の借りていた部屋だ」黒木は目の前にある木造のアパートに目をやり、ぶっきらぼうに言った。

「ちょっと見てみるかい」

秋生が電話してからの黒木の動きは素早かった。組事務所の泊まり番から伝言を聞くと、深夜にもかかわらず組員を掻き集め、マンションに乗り込んで中国人のヒモをさらってきた。

「それが福建の野郎でよ。通訳を探すのに苦労したぜ」

けっきょく、新宿中をあたって日本語を話せる福建人を探し出し、男に事情を聞いた時は夜が明けていた。クレジットカードの謎は、簡単に解けた。

「あいつはただのポン引きで、一週間前に、仲間の故売屋《こばいや》から三〇〇〇円で麗子のクレジットカードを買ったらしい。その故売屋は、ピッキング泥棒から二束三文でクレジットカードを仕入れ、〈盗んだばかりだからまだ使える〉と適当なことを言って、ヒモに売りつけた」

白井スーパーを選んだのはやはり、クレジットカードのサインがノーチェックなことと、少額なら盗難カードとわかっても店員が面倒臭がって警察に連絡しないことが、中国人の間で知られていたからだった。ポン引きは、一回目がうまくいったので、都合三回、カードでちょっとした電化製品を買った。ケチな奴で、それをすべて独り占めしたために、ホステスたちと揉めたらしい。それが、秋生の見た口論の原因だ。

「で、その故買屋からピッキング泥棒を辿ったら、このアパートの一階に住んでやがった。寝てるところを叩き起こして、ちょっと脅したら、ここで麗子を見たことをすぐに吐いた」

「麗子はいたのか？」

黒木は、肩を竦めた。「少なくとも、十日前はな」

「いまは？」

「いやしねえよ。もしあの女を捕まえてれば、いまごろ、あんたと世間話なんかしちゃいねえ」

一階に住んでいたのは、二十代の中国人留学生だった。こいつが十日前に、隣の部屋に人の気配がすることに気づいた。これまでずっと誰も入っていなかったので、入居者はどんな人だろうと思っていたら、外出する気配がした。窓からそっと覗くと、とてつもない美人だった。

それ以来、女の妄想に浮かされ、三日目の夜、とうとう我慢できなくなり、女の部屋に押し入って強姦しようと思い立った。ピッキングで鍵を開ける技術は、知合いから教わっていたらしい。そんな技術がなくても、無理矢理引っ張れば壊れるようなチャチな鍵だったが。

ところが、部屋はもぬけの殻だった。頭にきた留学生は、そこにあった金目のものを掻き集め、知合いの故買屋に持ち込んだ。といっても、ブランドもののバッグや財布など、数点らしい。その財布の中に、クレジットカードが入っていたというわけだ。

「下着だけは、しっかり自分の部屋にしまってあったぜ」黒木は付け加えた。

薄暗い廊下に沿って、ドアが五つ並んでいた。麗子の部屋は、一階の手前から三つ目だった。カーテンを開ければ、外の通りからそのまま部屋の中が覗ける位置だ。とても、麗子のような女が一人で暮らすところではない。

ドアを開けると、家具も何もない殺風景な部屋だった。典型的な1DKのつくりで、トイレはあるが、シャワールームだけで風呂はついていない。盗みに入った留学生が部屋の中を漁ったのだろう、部屋の隅に衣類が乱雑に散らかっていた。テーブルも、テレビも、食器も、布団すらない。

「部屋に押し入った時も、こんな様子だったらしい。それ以降、麗子が戻ってきた形跡はない。盗難届も出されていない。カードを盗まれたことをまだ知らないということだ」黒木は舌打ちした。

「不動産屋には当たったのか？」

「さっき呼びつけた。借りたのは麗子に間違いない。あんな美人がこんなボロアパート借りるんだから、忘れるわけはない。契約は一ヶ月前。中村恵とかいう名前を使っていた」

「偽名で部屋を借りた？」

「まともな不動産屋じゃ、そんなことしやしないさ。住民票から印鑑証明から持ってこさせるからな。ただ、このあたりの物件は訳ありの人間しか借り手がいない。現金で六ヶ月分の家賃を前払いすれば、本名なんか聞きゃしない。借りるのは、たいていは不法滞在の外国人か、家出して水商売で働いている女。あとは犯罪者。ほとんどが半年もたずにいなくなるから、ボロい商売だ。まともに借りたら五万だって借り手がいるかどうかという部屋で、月一〇万の家賃を取ってた。それを聞いて、商売替えしたくなったぜ」

「なんで、こんなアパートを借りたんだろう？」

「よくはわからんが、身を隠して、長期に滞在する必要があったんじゃないか？」

「ホテルは？」

「麗子が東京に戻ったことがわかれば、俺たちは、ラブホテルも含めて、片っ端からホテルを当たる。偽名だろうがなんだろうが、あんな目立つ女が同じところに泊まってれば、すぐにバレる。ただいくら俺たちでも、まさかこんなボロアパートを用意してるなんて思わねえ。スケベな中国人が隣にいて、馬鹿な中国人のヒモがカードを使わなきゃ、まったく気づかなかった。あんたのお陰だ。感謝するぜ」

秋生はざっと部屋の中を見回した。

「これから専門の奴を呼んで、畳まで引っくり返して徹底的に調べるつもりだが、あんまり期待できねえな」

黒木が自嘲気味に言った。中国人留学生の話がほんとうなら、麗子はこの部屋にわずかの時間しかいなかったことになる。トイレを覗くと、便器には茶褐色の大きな染みができている。台所の流しには剝き出しの水道管に錆びが浮いている。蛇口をひねると、赤茶色の水が噴き出てきた。クレジットカードの疑問は解けたが、それでもまだ、同じ謎が残った。

五〇億円の金を持って、なぜこんなボロアパートを借りる必要がある？　それが黒木たちから身を隠すためだとしたら、いったい何をしに日本に戻ってきた？

日に焼けた安物の薄いカーテンだけでかろうじて外と隔てられている窓のそばに、黒いヒモのようなものを見つけた。手に取って見ると、パソコンのモデムケーブルだ。

「ここは電話を引いてる？」

「そんなものあるわけないだろ。電話は偽名じゃ契約できないからな」黒木は言った。たしかに、壁に電話のモジュラージャックはあるが、使われた形跡はない。

秋生はカーテンを開けて、外を覗いた。通りの角に、公衆電話のボックスが見える。

「その故買屋に、ノートパソコンが持ち込まれなかったかどうか聞いてくれないか？」

「なぜだ？」

黒木に、モデムケーブルを見せた。

「麗子は、自分のパソコンをインターネットにつないでいた。この部屋に電話がないんなら、たぶん、そこの公衆電話のモジュラージャックを利用したんだろう。だとすれば、デスクトップは無理だから、ノートパソコンを使っていたに違いない。ケーブルが残っている以上、パソコン本体もここに置いてあった可能性がある」

「なるほど」黒木は感心したように秋生を見ると、携帯電話を摑んで指示を飛ばした。

部屋を出て、秋生はもういちど、麗子が十日前に現れたというアパートを振り返った。それは終戦直後に建てられたと言われても信じそうな安普請で、建物そのものも、見た目でわかるほど大きく歪んでいた。漆喰《しっくい》の壁はところどころ剝がれ、地肌が覗いている。階段は、踏板が何枚かはずれている。コンクリートの通路には、動かなくなった洗濯機や冷蔵庫が打ち捨てられたままだ。それでも人は住んでいるらしく、二階の欄干《らんかん》には女物の下着が何枚か干してあった。

その貧しさの肌触りは、麗子の母親が住んでいた六畳一間の安アパートとそっくりだった。

黒木の事務所は地下鉄・赤坂駅のそばの、一ツ木通りからTBS裏に入ったところにある瀟洒なマンションにあった。オートロックのドアを開けると、マンションの一階はロビーになっており、革張りの応接セットで来客を待たせておくこともできる。

事務所は最上階のワンフロアをぶち抜いてつくられており、優に一五〇平米はあった。いくら地価が暴落したといっても、一億ではとても買えないだろう。玄関のドアは、裏から鉄板で補強されていた。それを除けば、室内は黒を基調にした趣味のいいインテリアで統一され、ヤクザの事務所を思わせるものは何ひとつない。壁には日の丸と神棚の代わりに、印象派の巨匠・モネの絵が飾られていた。ただし、目を血走らせたジャージ姿の男たちがウロウロしていて、すべてを台無しにしている。どこから見てもクラブのホステスにしか見えない女が受付に座り、枝毛の処理に余念がない。黒木は秋生を、奥の応接に案内した。

「今回はあんたに借りができた。あの女の行方がわからなくて往生してたんだ。今日からあのアパートには二十四時間、人を張り付かせる。麗子が戻ってくれれば一件落着だ」

黒木は隣の部屋に向かって、大声で「お茶ぐらい持ってこい」と怒鳴ると、「すみませんねえ。知恵も機転も利かない馬鹿ばっかりで」と言った。

「工藤さんに、お礼しなきゃいけないな。金、女、クスリ、何でも言ってくれ」

顔は笑っているが、相変わらず目の表情は変わらない。

「それなら、いったい何があったのか教えてほしい」

「お互いの札を見せ合おうというわけか。いいだろう」黒木が笑った。「それなら、まずはあんたの札からだ。どうやって麗子が戻ってることを突き止めた？」

秋生は、クレジットカードの信用情報から使用されているカードを特定し、インターネット経由でステイトメントを入手した方法を説明した。牧丘病院を訪ねたことと、母親の墓に捧げられたかすみ草の花束については黙っていた。黒木には関係のない話だ。

「まるでハッカーだな」黒木は驚きの声をあげた。「あんたをスカウトしたいんだが、ウチに来ないかい？」

ゴローが部屋に入ってくると、危なっかしい手つきで二人分のコーヒーカップをテーブルに置いた。黒木はそれを一口、口に含むと、「馬鹿野郎!」と怒鳴りつけて、残りをゴローの顔にまともに浴びせかけた。

「こんなマズいもん、大事なお客さんに出せると思ってるのか!」

ゴローは、額から脂汗を流しながら、棒立ちになっている。

「興醒めさせちゃったんで、酒でも飲みますか。ちょうど、いいブランデーがあるんですよ」

黒木は立ち上がると、ゴローに「片づけとけ」と命じて、奥のキャビネットからレミーマルタンのボトルと、バカラのグラスを出してきた。秋生の前にグラスを置くと、ブランデーをなみなみと注いだ。その横で、ゴローが四つん這いになって、必死に床を拭いている。黒木は虫けらでも見るようにそれを無視すると、グラスを持ち上げて「こんどはあんたが質問する番だ」と言った。例の爬虫類のような目で、じっと秋生を見詰めている。

この場の雰囲気に完全に気圧されていたが、秋生はなんとか態勢を立て直すことに成功した。自分を優位に立たせようとする黒木の演出だということが、あまりに見えすいていたからだ。この機会を逃しては、黒木から事件の真相を聞き出すチャンスは巡ってこないかもしれない。乾杯の真似事をしただけで、ブランデーにはわざと口をつけなかった。黒木は気にする風もなく、ゆったりとグラスを傾けた。

「若林麗子のことで何を知っている？」

黒木は首を傾げ、少し考え込んだ。

「麗子はこの半年ばかり、南麻布のマンションで男と暮らしていた。真田克明って野郎で、そいつがいちおう麗子の婚約者ということになっている。ほんとうに婚約したかどうかは知らんが、真田が周りにそう言いふらしていたことはたしかだ。

その前は、麗子は一年ほど、菱友不動産で役員秘書をしていた。山本という平取で、早い話が、麗子にたぶらかされて愛人に囲ってたんだな。麗子が菱友不動産を辞めた後も、二人の関係は続いていた」

黒木は、秋生が知っているであろうことを並べ立てたにすぎない。麗子が山本の愛人だったというのは初耳だが、これとても恩田の話から容易に推測できた。

テーブルの上に置いてあったキャメルの煙草を銜《くわ》えると、慌ててライターを探すゴローを制し、黒木は真っ白なワイシャツの胸ポケットから金無垢のライターを出して自分で火を点けた。カシャリと大きな音がして青い炎が上がった。黒木はその間もずっと、秋生から目を逸らさない。

秋生は、ゲームのルールを理解した。黒木は、肝心のことは何ひとつ教えるつもりはない。

だが、秋生がどこまで知っているかには興味がある。だったら、それを利用して話を引出すしかない。

「麗子は、二人とどうやって知り合った？」

「山本とは、銀座のクラブだよ。麗子は、〈響〉というみゆき通りのクラブでナンバーワンのホステスだった。バブルの頃から派手に稼ぎまくっていたらしい。そこに菱友不動産の山本が飲みに来て、麗子を愛人に射止めた。あいつを囲いたい客は星の数ほどいて、なんであんな潰れかけた不動産屋の平取に持ってかれたのか、ヤケ酒を呷ったって話だ」

「クラブのホステスになる前、麗子は何をしていた？」

「さあな」黒木は薄笑いを浮かべた。

「麗子は、母親の康子と二人で、高校生の時まで綾瀬の安アパートで暮らしていた」

「俺に興味があるのは、麗子が持ち逃げした金だ。あいつのガキの頃に何があろうが、俺には関係ねえ」

黒木は何かを知っている、と秋生は思った。だが、それを教える気はないらしい。

山本の愛人になった麗子は、同時に、菱友不動産の役員秘書になった。大方、かたちだけ人材派遣会社に登録させたのだろう。しかし、なぜそんな面倒なことをする必要がある？

「麗子が菱友不動産に勤めた理由は？」質問を変えた。

黒木は、ニヤリと笑った。「若林麗子というのは、金にとりつかれた女だ」こんどは、答える気になったらしい。「バブルが崩壊して不況が長引くと、銀座のクラブも閑古鳥が鳴いて、ホステス稼業はうまみがなくなった。それで、山本の愛人に乗り換えたってわけさ」

「しかし、いくら一部上場とはいえ、いつ倒産してもおかしくない不動産屋の取締役じゃあ、引出せる金にも限界がある」

「だから、わざわざあいつの会社に潜り込んだんじゃねぇか」

「山本を利用して、会社の金を騙し取ったのか？」

「相変わらず、頭の回転が速いな」黒木が笑った。「麗子は、山本の秘書になると、さっそく菱友不動産の経理課長をくわえ込んだ。山本がでたらめな請求書に決済印を捺すと、麗子が経理課に持っていく。その経理課長が出金伝票を起こして、金が麗子の懐に転がり込む。この方法で、一億ちかい金を抜いたらしい」

「真田という男は？」

「しょーもない若造だよ。アメリカの大学に留学してMBA取って、向こうの金融機関に就職したはいいが、顧客とトラブルを起こして会社をクビになって日本に逃げ帰ってきた。そのことを隠して、コンサルタントの真似事みたいなことをしていたらしい。麗子とは、菱友不動産に営業に行った時に知り合って、虜になって腑《ふぬ》抜けにされた。それで、南麻布のマンションでいっしょに暮らし始めた。麗子にすべて貢いで、最後は一文なしだ」

「そのマンションは菱友不動産の所有で、山本が斡旋した。愛人を寝取られて、なぜそんなことまでする？」

黒木は、わずかに眉を上げた。不動産の登記簿まで調べているとは思っていなかったようだ。

「菱友不動産は、業績が悪すぎて銀行管理になっちまった。経理も銀行からの出向者で押さえられて、金を引っ張ることができなくなった。だから、麗子は山本を捨てて真田に乗り換えた。山本は、麗子に横領の証拠を握られてがんじがらめだ。あいつの言うことならなんでも聞く奴隷に成り果てた」

例の詐欺ファンドは、やはり真田が考え出したらしい。それを麗子が、山本を脅して売らせたのだ。しかし、あんなデタラメな話で五〇億もの金が集まるものだろうか？

「真田はいま、どこにいる？」

「さあな」黒木は酷薄な笑いを浮かべた。

「菱友不動産の山本は？」

「間違いなくクビだろうな。会社は事件を表沙汰にはしたくねえから刑事告発はないだろうが、退職金は出ねえ。家屋敷を売っ払っても五〇〇〇万にもなりゃしねえ」

「菱友不動産からも金を出させようとしてるはずだ」

よく調べてるな、とでもいうように、黒木が笑った。

「山本が集めた五億は仕方ないと、会社も覚悟は決めてるだろう。ただ、それ以上は無理だ。なんせ倒産寸前の会社だから、やりすぎると警察に駆け込まれる。金を出した馬鹿には一割も返してやればいいからボロい商売だが、いずれにしても麗子が盗んだ五〇億を押さえないことには話にならん。真田の野郎にそそのかされて、ウチの組は一〇億も突っ込んでるんだ」

秋生は素早く計算した。山本が集めた金が五億。黒木の組が出したのが一〇億。ということは、どこかに三五億出した大馬鹿野郎がいる。菱友不動産から五億回収し、債権者に一割の五〇〇〇万円を支払ったとすると、残りは四億五〇〇〇万円。街宣車を出して経費もかかっているから、実際の手取りは四億を下回るだろう。山本の家屋敷を売り払って五〇〇〇万円。真田は麗子に骨までしゃぶられて一文なしだという。このまま麗子が見つからなければ、黒木の組は五億円以上の大損だ。ＪＰＦへの出資金、四〇〇〇万円どころの話ではない。これなら、黒木が血眼になるのも無理はない。

だが、なぜ黒木はこの話に一〇億も出した？

秋生は、間部から送られてきたファンドの目論見書をジャケットの内ポケットから取り出し、テーブルの上に広げた。かすかだが、黒木の顔に驚きの表情が浮かんだ。

「あなたの会社は、このファンドの販売会社に四〇〇〇万円出資している」目論見書の上に、JPFの登記簿謄本を載せた。

黒木は、黙り込んだままだ。秋生がたった一人で、それも香港から帰国してわずか二日間で、なぜここまで詳細に調べられたのか戸惑っているのだろう。秋生は、有能な調査員・恩田に感謝した。

「あなたもこの件に嚙んでいる」秋生は言った。

「俺は、そんなセコい話には興味ねえ」黒木はかすかに唇を歪めた。笑ったつもりらしい。少なくとも、黒木は嘘をつく気はないらしいと秋生は思った。だとすれば、黒木が金を出した理由は別にあるはずだ。

「このファンドを使って、いったい何をやろうとした？」

黒木は黙って秋生を見ていた。

「ほかに質問は？」

この話には触れるな、ということだ。

「麗子はなぜ、日本に戻ってきた？」仕方がない。質問を変えた。

「そんなことは、俺は知らんよ」黒木は肩を竦めた。「あの女のことについては、あんたのほうが詳しいんじゃないのか？」

口調は軽いが、目は笑っていなかった。黒木は疑っている。秋生は、自分が置かれた微妙な立場をはじめて意識した。

今回の件は、麗子一人でできることじゃない。誰か、裏で糸を引く奴がいる。「お前もその候補者の一人だ」と、黒木は告げているのだ。

「推理ごっこの時間は終わりだ」あからさまに時計を見て、黒木は言った。

ブランデーのせいか、目の端がほんのりと赤く染まっている。ソファーに凭れて、のんびりと煙草をくゆらせる。だが、その視線は一瞬たりとも秋生から離れない。ドアの外からは時々、電話に出る組員の怒鳴り声が聞こえてくるが、ここは静寂そのものだ。

「なあ、工藤さん。あんたにひとつ頼みがあるんだ」突然、黒木が言った。「明日、香港に帰ってくれないか」

「なぜ？」秋生は訊いた。

「邪魔だからだ」黒木は、真顔で答えた。

「断ったら？」

「べつに殺したりはしないさ」今度も笑わない。「ただ、誰かにあんたを監視させることになる。そんなことになったら、お互い、不愉快なだけだろ」

「なんでそんなことをする必要がある？」もういちど訊ねた。

「あんたは優秀だ。それに度胸もある。あんたが先に麗子を見つけて、二人でトンズラするようなことになったら困るんでね。こっちはゲームじゃねえんだ」

黒木は、麗子と過ごした十日間のことを知っているのか？　秋生には判断がつきかねた。

「これも取引？」

「いや」黒木は首を振った。「強い依頼。あるいは警告。あんたがこれ以上日本にいると、面倒なことになる」

そしてドアの外に向かって大声でゴローの名を呼ぶと、「工藤さんがお帰りだ。駅までお見送りしろ」と言って、さっさと席を立った。伝えるべきことは伝えた。生きるか死ぬかはお前次第、というわけだ。

エレベータを降りてビルを出ると、秋生は、駅までの道はわかるから送ってくれなくてもいいとゴローに伝えた。ゴローはそれでも、秋生の前に立ってもじもじしている。

「なんか僕に用でもあるの？」

ゴローは何も言わず、トレーナーの下からA４判の封筒を取り出すと、秋生に渡した。中を覗いてみると、なにかの企画書かプレゼンテーション用の資料のようだ。表紙に「ジャパン・パシフィック・ファイナンス」の文字が見える。しかし、間部から送られてきた目論見書とは別物だ。

「何でこんなものを僕に渡す？」秋生は訊いた。

ゴローは、黒木にぶっかけられたコーヒーを始末しながら、二人の話を聞いていたのだろう。関係のありそうな資料を、こっそり事務所から持ち出したのだ。

「香港でお世話になったから」ゴローは、ぼそっと答えた。

「僕は何もしてないよ」

たしかに、秋生はゴローに夜総会を紹介してやった。そのバックマージンとして、秋生には、ゴローの払った金の五パーセントが店から支払われた。それで帳尻は合っている。ゴローが危ない橋を渡る理由はない。

「こんなことして、黒木さんに見つかったら大変なことになるんじゃないの？」

ゴローが虫けらのように扱われる様子を思い出した。

「別にいいっす。自分は馴れてますから」

そう言うと、そそくさとマンションに戻ろうとする。咄嗟《とっさ》にゴローを呼び止めた。駅まで送っていくのなら、もう少し時間はある。

「夜総会では、いい娘と出会えたそうだね」

そう言うと、ゴローの顔はあっという間に真っ赤になった。顔が醜く歪んだが、笑ったらしい。

「彼女、来月、日本に来るっす」ようやく、それだけ言った。「あと五〇万円あれば、日本に留学するお金ができると言われたから、自分、送ったっす」

日本人向けの夜総会の中には、片言の日本語を話すホステスもいる。そんな女に適当な作り話を聞かされたのだろうが、そんなことを言える雰囲気ではない。適当に調子を合わせた。

「こんど香港に来る時は、必ず紹介してよ」

ゴローは、「もちろんっす」と大声で返事をした。意外に根はいい奴らしい。

黒木は「明日、香港に帰れ」と言った。逆らえば、殺されることはないにせよ、面倒は避けられない。秋生としても、ヤクザ相手に喧嘩を吹っかける気にはなれない。

時計を見た。午後三時前。果たして、今日中に麗子を見つけることができるだろうか。

ゴローと別れると、携帯を取り出し、黒木にも一目置かせた有能な探偵に電話をかけた。

20

週末の人波でごった返す駅前商店街の雑居ビルの地下に、秋生が気に入っているその喫茶店はあった。学生時代に短い間付き合っていた女性がこの街に住んでいて、いつも待ち合わせに使っていたのだ。

駅を降りると、髪を奇妙な色に染めた若者たちが下手糞なフォークをがなりたて、ピンサロやキャバクラのキャッチが誰かれかまわず声をかけ、サラ金やカラオケ屋が趣味の悪いティッシュを配りまくっていた。だがそんな喧騒とは、ここは別世界だ。店内には趣味のいいアンティークが並べられ、六〇年代のジャズがゆったりと流れている。

赤坂からタクシーで四谷に出て、中央線を使って吉祥寺駅に着いた頃にはもう日は傾いていた。この街にはまだ、昔ながらのジャズ喫茶が何軒か残っている。

濃いコーヒーを飲みながら、ゴローから渡された資料を読んでいた。電車の中でざっと眺めたが、それは、菱友不動産の山本が顧客に配り歩いていたのとはまったくの別物だった。けっきょく二回読み直し、簡単な図をいくつか書いて、秋生は、黒木がやろうとしていたことを理解した。もしこれが実行に移されたとしたら、黒木の手元には莫大な金が転がり込んでいただろう。

黒木の計画は、真田と山本が持ち込んできた詐欺ファンドのスキームをそのまま利用して、金融機関の不良債権処理をサポートするというものだった。もちろん、まともな話であるはずがない。

二一世紀を迎えても、日本中の金融機関はバブル期の過剰融資で莫大な不良債権に苦しめられていた。いい加減な土地を担保に一〇億貸したら、地価が半分の五億になってしまった。こんなのはまだいいほうで、地価が八割、九割下落したところだって山ほどある。ゴルフ場やリゾートの開発計画に一〇〇億出したら、計画そのものが頓挫してしまった。こうなれば、担保の土地は山林や原野に逆戻りだ。

黒木は、こうした金融機関に、不良債権を簿価《ぼか》で買い取ってやると声をかけた。時価で五億円の値打ちしかない不動産に、簿価の一〇億円出そうというわけだ。もちろん、この話には裏がある。この一〇億円は、当の金融機関が出すのだ。

黒木の持ち込んだスキームは、次のようなものだった。

まず金融機関が、オフショアに設立されたジャパン・パシフィック・ファイナンス（JPF）のファンドに一〇億円の投資をする。JPFは、この一〇億円で、金融機関が担保にとった時価五億円の不動産を簿価で購入する。これで一〇億円の融資は全額返済され、金融機関のバランスシートから不良債権は消える。代わりにJPFへの一〇億円の投資貸付が生じるが、こちらはまともな会計監査もないオフショアのファンドだから、含み損を時価で評価する必要はない。要するに、損失の飛ばしだ。

JPFは、購入した土地を売却して五億円の現金に替え、それを年一〇パーセントで運用する。理屈のうえでは、十年もしないうちに五億円の元金は一〇億円に増えるはずだから、そこで金融機関への貸付を返済すればメデタシメデタシというわけだ。

もし仮に投資が失敗したとしても、損失が確定するのは、ファンドが償還される十年後だ。その頃には、現在の経営陣は全員、無事に退職しているはずだから、会社がどうなろうが関係ない。その一方で、いますぐ会社を倒産させてしまえば、退職金が受け取れないのはもちろん、株主代表訴訟で訴えられたり、背任罪で刑務所にブチ込まれる恐れもある。それを考えれば、誰だって損失はできる限りバランスシートの外に飛ばして、責任を後任に押し付けようと考える。その後任も、自分が任命した後継者にすべての損失を押し付ける。九〇年代の日本企業は、要するにこういうババ抜きをずっと続けてきた。これでは、現在の経営陣にいくらモラルを要求しても無駄というものだ。

金融庁の検査や会計監査が厳しくなったから、いまではまともな企業がこんな話に乗ることはない。だが、不良債権の処理に頭を抱える金融機関やゼネコン、不動産会社はいくらでもある。人間、誰でも自分がいちばん可愛いのだ。たとえ将来、会社が倒産し、従業員が職を失うことになったとしても、自分が不幸になるよりはずっとマシだと、大半の経営陣が考えている。

目論見書の日付を見ると、二〇〇一年十月になっている。麗子が金を持ち逃げしたのは十一月だから、たった一ヶ月の間に、黒木はこの話で三五億引出したことになる。このまま続けていたら、いったいいくら掻き集めたか想像もつかない。なんといっても日本は、いまだに一〇〇兆円もの不良債権を抱えていると言われている国なのだ。

銀行などは、ここ何年かの合併ブームで、相手行の揚げ足取りに夢中だ。同じ地域にふたつの支店があれば、何とか相手の足を引っ張って自分たちが生き残ろうと醜い争いを続けている。バブル時代に積み上げた不良債権の山は、それにかかわった者の将来を吹き飛ばす時限爆弾のようなものだ。それを解決できるとなれば、簡単に転ぶに決まっている。べつに、自分が損をする話ではないのだ。

もしそれでもつべこべ言うのなら、金融機関からの融資の一部をバックマージンとして担当者に戻してやればいい。一〇億の融資で一〇〇〇万円も渡してやれば、飛びつく奴はいくらでもいる。どうせ黒木は、最後はファンドを破綻させて、すべて自分の懐に入れるつもりなのだ。その程度の出費は痛くも痒《かゆ》くもない。

黒木はこの話を仕切るために、ＪＰＦに四〇〇〇万円を出資して筆頭株主になり、会社を実質支配した。最初に出したという一〇億は、獲物になる金融機関への見せ金だろう。真田と山本を役員に据えたままにしておいたのは、何かあった時にこの二人に責任を負わせるためだ。

そこまで考えて、ようやく事件の役回りが見えてきた。

いちばん悲惨なのは、山本という菱友不動産の取締役だ。こいつは麗子を愛人に囲っていたものの、真田に寝取られたあげく、弱味を握られ、会社所有のマンションを提供したうえに詐欺ファンドの営業までやらされていた。いまや会社をクビになり、黒木に身ぐるみ剝がれ、詐欺と横領で刑務所に送られるのを待つだけだ。

真田は、麗子を香港に行かせて、海外法人と銀行口座をつくらせた。その後、共同名義人として自分がその口座にアクセスできるようにしたのだろうが、当然、麗子のサインでも法人口座の金が動かせることを知っていたはずだ。だが、真田は黒木にそのことを隠していた。黒木はあれだけ周到な男だ。もしそのことを知っていれば、金を送る前に麗子の身柄を押さえるだろう。

真田は最初から、詐欺ファンドで集めた金を自分のポケットに入れるつもりだったのだ。おそらく、山本にすべての責任を押し付けて、麗子を連れて高飛びする計画だったのだろう。自分が動くと目立つから、その下準備を麗子にやらせた。

だとすれば、香港での麗子の説明もあながちデタラメではないということになる。ただひとつ、真田は小さな誤解をしていた。麗子は最初から、真田を切り捨てるつもりだったのだ。

だが途中から、この話に黒木が一枚嚙んできた。麗子が香港に来たのは七月。黒木がＪＰ

Fに四〇〇〇万円出して子会社にしたのは、その翌月だ。五億の話が五〇億に膨らんだのは、麗子としても予想外だっただろう。

いずれにしても、麗子は真田をいいように利用し、自分が共同名義人として銀行口座にアクセスできることを巧妙に隠していた。そして黒木の裏をかき、最初の大口送金があった瞬間に、金を自分の口座に送金して消えた。

秋生はもういちど、ゴローから受け取った資料を開いた。そこには、「信頼できるスタッフが企業の資産を有効活用します」というフザけたタイトルのページに、真田と山本の顔写真と略歴が掲載してあった。オフショアを演出したつもりなのだろう、サイパンあたりの砂浜をバックに、半袖姿の二人の男が並んで写っている。

麗子の婚約者だった真田克明は、ブランドもののポロシャツを粋に着こなし、日に焼けた精悍《せいかん》な顔にとっておきの笑顔を浮かべている。

真田の隣にいる菱友不動産の山本は、打って変わって、ごま塩頭の冴えない初老の男だった。こちらは真田と対照的に、苦虫を嚙み潰したような表情をしている。たしかに、麗子のような金のかかる女を愛人に囲うにはずいぶん役者不足だ。

この二人が始めた詐欺ファンドの計画では、麗子の名前はどこにも出てこない。強欲な小金持ちから集めた金をオフショアにある自分の口座に送金しても、法人口座そのものを潰してしまえば、麗子の関与を立証することは不可能だろう。真田と山本が詐欺で刑務所に送られれば、麗子は金を持ったまま悠々自適の生活を楽しむことができる。

だが、ヤクザの金に手をつければ話は別だ。麗子はいま、死ぬまで追われる身となった。見つかれば、生命の保証はない。麗子はむろん、そのことを知っているはずだ。

秋生は時計を見た。そろそろ約束の時間だ。

コーヒーの残りを飲み干し、マイルス・デイビスの懐かしいナンバーが終わるのを待って、席を立った。

いつの間にか、霧雨が降ってきた。ふだんは若者たちで賑わう井の頭公園も、この時間はそれほど人が多くない。池の中央にかかる橋は、公園の南にある住宅街への近道になっており、家路を急ぐ小中学生の姿が目立つ。あとは犬の散歩をする近所の住人。学生風のカップル。ジョギングをする人がちらほら。営業時間が終わったのか、ボートはすべて船着場に片づけられている。

入口の案内板を見ると、公園は思っていたよりずっと広い。井の頭池を囲む一帯が公園の中心だが、南にはグラウンドやテニスコート、プールなどのスポーツ施設があり、吉祥寺通りを挟んだ西側には「自然文化園」という動物園がある。それとは別に鳥類と魚類だけを集めた小動物園が、井の頭池の中の島につくられていた。ボート乗り場の向かい側が入口になっているが、この時間はすでに閉園していて、受付に人の姿はない。

中村恵とは午後五時に、この受付前のベンチで待ち合わせることになっていた。

ゴローと別れた後、秋生は恩田に電話をかけて、麗子が偽名で借りた新大久保のアパートの住所で「中村恵」の住民票を請求するよう頼んだ。黒木は、麗子がアパートを契約するため適当な名前を使っただけだと思い込んでいた。しかし、「中村恵」というのは実在する人間ではないのかと、秋生は考えたのだ。

秋生は、ジャケットの内ポケットから恩田が手に入れてきた住民票を取り出し、もういちど日付を確認した。中村恵は麗子と同じ一九七〇年生まれの三十一歳で、十日前に、新宿区役所に転入届を出していた。ちょうど、麗子が香港から戻り、新大久保のアパートに現れた頃のことだ。

あまり知られていないが、つい最近まで、住民票や戸籍謄本は第三者でも簡単に請求することができた。いまでは原則として窓口で身分証明書の提示を求められるようになったが、年格好が同じで、本人と名乗る人間がやってきて、「身分証明書を忘れたが、どうしてもいますぐ必要だ」と粘れば、担当者の裁量で発行されることも多い。

本人確認が徹底されている自治体でも、他人の住民票を手に入れる方法はいくらでもある。

たとえば、金銭貸借契約などに基づいた公的書類の請求は法律で認められているため、サラ金業者が夜逃げした顧客の転出先を調べるという理由で契約書を持って窓口にやってくれば、自治体側は請求を断ることはできない。相手が転出・転入届を出していなければ業者にはわからないが、新しい場所で子供を公立学校に入れるためには、自治体に届け出なければならない。子供のいる家族の夜逃げは、ほとんどこれで業者にバレる。この仕組みを悪用して、勝手に金銭貸借契約書を偽造して、住民票を請求する奴らもいる。

それよりもっと簡単なのは、仕事がなくて金に困った弁護士に協力させることだ。こういう提携弁護士が一人いれば、適当な理由をでっち上げて、弁護士名で開示請求書を送りつければいい。

恩田がどの方法を使ったかは聞かなかった。だが、連絡してからたった一時間で必要な書類を揃えてきたことを見れば、自治体によるセキュリティの限界がわかる。もともと住民票や戸籍謄本などは、第三者の閲覧に供することを前提に、戦前につくられた制度だからだ。現在のようなプライバシーの概念がなかったのだから、第三者による悪用を防止するためには、法律そのものを変えるしかない。

このところ、戸籍や住民票をめぐるトラブルが頻発している。もっとも深刻なのは、本人の知らない間に第三者が勝手に住民票を別の場所に移したり、戸籍を改竄したりすることだ。

たとえば、婚姻届の提出に必要なのは、本人と保証人の印鑑だけだ。自治体が保証人に婚姻の事実を確認することはないから、適当な住所と名前をでっちあげ、三文判を捺しておいても問題ない。本人を名乗る人物が婚姻届を提出してきた場合、窓口で身元を確認することもない。「運転免許証を提示しなければ婚姻届を受理しない」などという規則はないからだ。これは、養子縁組にしても同じだ。

このセキュリティの間隙《かんげき》を利用して、悪質なサラ金業者などが、多重債務者を勝手に結婚させたり、養子に入れたりする。目的は、債務者の苗字を変えることだ。

ブラックリストに載っている多重債務者は、このままでは金融機関から金を借りることもできなければ、クレジットカードもつくれない。だが信用情報データベースは、本名と生年月日で利用者を照合している。苗字が変わってしまえば他人として認識するから、信用情報はすべてリセットされ、また新たに金を借りることができるようになる。こうやってクレジットカード会社や大手の消費者金融を騙し、貸した金を取り立てるのだ。現在のシステムでは、これをやられるとどうしようもない。

しかし、手を染めた多重債務者にとってもこれは劇薬だ。カード詐欺を働けば、自己破産しても裁判所は免責を認めない。刑務所に送られたうえに、一生、借金を背負いつづけるはめになる。

同様に、住民票を勝手に移動して、他人になりすます方法もある。

三文判ひとつあれば転入や転出の届を出すことができるから、自分と年恰好の似た人間の住民票を動かし、転出先の自治体で国民健康保険証を手に入れるのだ。健康保険証には所有者の顔写真が付いていないが、日本ではなぜか、これが身分証明書の代わりになる。この偽造した保険証をサラ金に持っていくと、金が借りられる。

もちろん、麗子にはサラ金から借金する必要はない。では、なぜ中村恵の住民票を動かしたのか？

その理由はひとつしかない、と秋生は思った。麗子は中村恵という女性になりすまし、新しい名前でパスポートを手に入れようとしたのだ。

香港から戻ってきた麗子は、中村恵が住民登録している役所に行って、本人を名乗って転出届を出した。それを持って区役所に行けば、転入の手続きができる。ただし、架空の住所や私書箱、すでに住民登録がなされている住所では転入を受け付けてもらえない。そのために、「中村恵」の名前でアパートを確保する必要があったのだ。

もしも中村恵が国民健康保険に加入していれば、転出届を出す際に、保険証を返還するよう求められる。国民健保は各自治体が運営することになっているからだ。だが、彼女がどこかの企業の組合健康保険か、中小企業向けの政府管掌健康保険に加入していれば、自治体は何の関係もないから、転出の際に保険証を持参する必要はない。

　転入先では逆に、「自分は組合健保にも政管健保にも入っていないから、国民健保の保険証をください」と言えばいい。なぜこんなことが可能になるかというと、健康保険は各自治体や健保組合ごとにばらばらに管理されていて、データベースが共有化されていないからだ。したがって、転入先の自治体では、本人が前の自治体で国民健保に入っていたかどうかすら確認できない。さらに言えば、国民健保の保険料をどれだけ滞納していても、違う自治体に引っ越すか、就職して組合健保や政管健保に加入すると、データベースはリセットされてまっさらな保険証を手にすることができる。

　こうして住民票・戸籍謄本・健康保険証が手に入れば、たいていのことは可能になる。パスポートの交付を受けるためには身分証明がいる。日本においてもっとも確実な身分証明は運転免許証だ。これも、仮に中村恵が運転免許を持っているとすれば、簡単に入手できる。「免許証を紛失したから再発行してほしい」と言って、健康保険証を持って運転免許試験場に行けばいいだけだからだ。東京都の場合、三三五〇円を払えば自分の顔写真の入った新しい免許証が交付される。古い免許とは住所が異なっているが、「転居したまま住所変更の手続きを忘れていたので、ついでに住所も新しくしてほしい」と言えばいい。

　しかしもっと簡単なのは、転入先の自治体で印鑑登録をする方法だ。シャチハタ以外なら、たとえ三文判でも印鑑を登録することができる。

東京都でパスポートを申請する場合、健康保険証と印鑑証明、住民票・戸籍抄本を持っていけば受け付けてもらえる。どの書類にも顔写真はついていない。あとは、パスポートの交付通知を受け取る住所があればいいだけだ。

この方法を使えば、麗子は、「中村恵」のパスポートを手に入れて、赤の他人になりすますことができる。国際線の場合、搭乗時にパスポートの提示を要求されるから、偽名で航空券を購入することは不可能だ。黒木にパスポートナンバーを知られていれば、データベースで照会される可能性もある。しかし自分の顔写真のついた他人のパスポートがあれば、追っ手を気にせず自由に日本と海外を行き来できる。

だが、この方法にもいくつかの制約がある。

まず、転出・転入届を出す以上、なりすます相手は麗子と同年代の女性でなくてはならない。国民健康保険に加入していれば、転出の際の保険証でトラブルになる可能性がある。運転免許証を所持していなければ、身分証明として免許証を利用できない。しかしもっと厄介なのは、相手がパスポートを所持していた場合だ。

パスポートも他の身分証明と同じく、名前と生年月日で管理している。したがって、相手がすでにパスポートを持っていると、同姓同名で生年月日の同じパスポートが二通できることになる。もちろんそういうケースもなくはないだろうから、「中村恵」のような平凡な名前なら問題は起こらないかもしれない。しかし、ヤクザから大金を盗んで追われる身になった麗子には、どんな小さなリスクも冒す余裕はないはずだ。

もっと安全なのは、相手がパスポートを持っていないことが明らかな場合だ。これなら、麗子が偽のパスポート申請をしてもなんの危険もない。

だが、麗子はどうやってそんな都合のいい人間を見つけた？

秋生は、自分で直接、確かめてみるしかないと考えた。

「もしよろしければ、恩田調査情報の名前を借りたいんですけど」

中村恵の住民票を受け取った後、恩田に頼んだ。秋生の申し出をしばらく考えて、「仕方ないですねえ」と恩田は言った。探偵といえども客商売である以上、金払いのいい客の頼みは無下にはできないのだ。

「そのかわり、どういう話をしたのか、包み隠さず報告してください」

秋生は、もちろんだと答えた。

最近では珍しく、中村恵は自宅の電話番号を電話帳に載せていた。秋生の予想が正しければ仕事に就いているはずだが、今日は土曜日なので、試しに電話をかけてみた。しばらくべルが鳴った後、本人が電話に出た。

「私、高田馬場にあります恩田調査情報の工藤と申します」と挨拶すると、電話の向こうで警戒する様子がありありとわかった。

「失礼ですが、若林麗子さんという女性をご存知ありませんか？」秋生は、構わず言った。

「麗子さん？」恵は、驚いた声をあげた。

秋生は、自分の予想が正しかったことを確認した。麗子は、自分の条件に合う人間を探していた。三十歳前後の女性なら誰でもいいというわけではない。中村恵は麗子と年齢が同じだ。たぶん、同級生かなにかだろう。

「あの、たいへん恐縮なお願いなのですが、もし差し支えなければ、麗子さんの人となりについて少しお話をお伺いできればと思いまして、お電話さしあげたんですが」

「何のことです？」また、声が強張《こわば》った。突然、こんな怪しげな電話がかかってくれば当然だ。

「麗子さんご本人にはご内密にしていただきたいのですが、実はご縁談の話がありまして」

「ああ」そのひと言で、恵の警戒心は簡単に解けた。底抜けに人が好いか、世間ずれしていないお嬢様なのだろう。「ほんとうですか？」と、うれしそうに言った。「でも私、小学校の時に三年間ほど、同じクラスにいただけなんですよ」

「実は、小学校時代から大学まで、それぞれのご友人に最低お一人はお話を伺ってほしいと依頼主様から言われていて……」秋生は、適当な作り話を並べ立てた。「麗子さんは何度か転居されているようで、昔のお友達を探すのにちょっと困ってまして」

そう言うと、すっかり信用したらしい。「なぜ自分のことがわかったのか」と聞かれると思っていたが、その気配もない。

「麗子さん、いろいろありましたものね」恵は、同情の言葉を漏らした。「私にできることなら、ご協力しますわ」

「ありがとうございます」秋生は大仰に礼を述べた。「もしよろしければ、十五分ほどで構いませんから、お目にかかってお話をお伺いすることは可能でしょうか？　できるだけ短い時間で済ませるようにいたしますから」

恵は、「電話では駄目なんですか？」と、ちょっと困ったように言った。無理に頼み込むと「仕方ありませんねえ」と折れ、それでも自宅には他人を呼びたくないようで、近くにある井の頭公園を指定されたのだ。

約束の五時を五分ほど過ぎると、公園の南側から車椅子に乗った女性がやってきた。動物園の入口前に立っている秋生を見ると、「工藤さんですか？　中村です。お待たせしてしまってすみません」と向こうから声をかけてきた。車椅子は電動式で、足の部分は厚いキルトの膝掛けで覆われている。カシミアのコートに、手編みとわかる毛糸のマフラーをしていた。小太りで、血色はいい。傘を差していないから、霧雨で、きれいに編まれた髪の毛が濡れている。秋生は屋根のあるベンチまで恵を案内し、「無理を言って申し訳ありません」と丁重に礼を述べた。たぶん、家族といっしょに暮らしているのだろう。だったら、調査会社の人間の来訪を躊躇しても当然だ。

　秋生は、「恩田調査情報　調査スタッフ　工藤秋生」と書かれた名刺を渡した。事務所を出る前に、アルバイトの真紀にパソコンでつくってもらったものだ。インクジェット式プリンタの精度が急速に向上し、いまでは印刷と遜色《そんしょく》のない名刺がただ同然の値段で簡単につくれる。

「すみません。あまり長く外にいると家の者が心配するので、ほんとうに十五分くらいしかお話しできないんです」と恵は謝った。

「形式的な報告書をつくるだけなので、それでまったく構いません」秋生は、わざとらしくノートを広げた。さっき、駅ビル内の文房具店で買ってきたものだ。「小学生時代の麗子さんの印象を二、三、お聞かせいただければそれで充分ですから」

「そう言われても、小学校の三年生から五年生までの三年間、クラスをごいっしょさせていただいただけですから」恵はそう言って、近くにある私立学校の名をあげた。小学校から大学までの一貫教育が売り物で、裕福な家庭の子弟が集まることで知られた学校だ。「麗子さん、五年生の半ばで転校されたので、それ以降のことはよく知らないんです」

　秋生は熱心にメモを取る振りをして、先を促した。

「私の知っている麗子さんは、お綺麗で、活発で、成績がよくて、正義感の強い、とても魅力的な方でした」

　それから恵は、ちょっとはにかんだように笑った。自分でも、あまりに月並みな表現だと思ったのだろう。

「私、生まれてからずっとこんな身体でしょう、それを理由にいじめられることもあったんです。もっとも、いじめといっても最近のような恐ろしいものではなく、お弁当を食べる時にいっしょの席に座ってくれないとか、そんな可愛らしいものですけど。

でも、私が一人で寂しそうにしているのを見かけると、麗子さんが必ず、声をかけてくれたんです。それも、私に対する同情とか、そういうものをいっさい感じさせずに」

　恵は、懐かしそうに目を細めた。

「お昼は教室でグループになって食べるんですけど、私の班の人たちはみんな違う友だちのところに行ってしまって、私はお弁当も広げられずに、必死になって泣くのを我慢してるんです。すると麗子さんが、自分のお弁当を持って私のそばに来て、当たり前のように隣の席に座って、最近読んだ本のことだとか、昨日のテレビで何が面白かったかとか、そんな話をとても自然に始めるんです。そのことで、私はどんなに救われたことか。

麗子さんは、学校の子供たちはもちろん、先生にも一目置かれていましたから、彼女が私をかばっていることがわかると、誰も私に手を出す人はいませんでした。こんな身体にもかかわらず、私が幸せな小学校生活を送れたのは、麗子さんのお陰です。だから、麗子さんにご縁談の話があると聞いて、私にできることならなんでもしようと思ったんです」

「それだけ聞かせていただければ充分です。先方もきっと喜ばれるでしょう」秋生は、努めて事務的に答えた。「麗子さんが転校されてからのお付き合いは？」

恵は、ちょっと顔を曇らせた。「あんなことがあって、麗子さんもいろいろ苦労されたから……。それでも、高校生の頃までは半年にいちどくらい、私のところに訪ねてきてくれました。それからは、年賀状の挨拶くらいで」

「麗子さん、何かおっしゃってましたか？」

「弱音を吐くような方ではないので詳しいことは知らないのですが、やっぱりつらいことも多かったようで……」恵は、そっと目頭を押さえた。調査会社の人間なら、当然、知っているだろうという感じだ。

「お父様、お亡くなりになられたんですよね」秋生は、多磨霊園で見た墓碑銘を思い出した。

若林義郎が死んだのは昭和五十六年。麗子が小学校五年生の時だ。同時に麗子は転校していき、母親の康子と二人で、綾瀬の六畳一間の安アパートで暮らすところまで落ちぶれた。中村恵は、その経緯を知っているのだ。

「たしかに、ひどい話ですよね」秋生はわざとらしい溜息をつき、ノートを閉じてペンをジャケットの胸ポケットに戻した。ここから先は雑談、という合図だ。

恵は、その下手糞な演技をすっかり信用したらしい。「そうですよね」と言うと、一気にしゃべり出した。

「うちの親も、麗子さんのところと同じように小さな会社を経営しているので、他人事じゃないとひどく怒って、警察や弁護士の先生にいろいろと相談したんですが、どうしようもなくて……」

麗子の父親は会社を経営していて、その会社は理不尽な理由で倒産したらしい。おおかた、取込み詐欺にでもあったのだろう。

「それを苦に、お父様はご自分の命を絶ってしまわれて……」恵は、緊張した表情で秋生を見た。「こういうことって、縁談にはあまりよくないんでしょうね。でも、麗子さんのお父様はとても素晴らしい方だったんです。ただ、悪いヤクザに騙されたばかりに……」

「大丈夫です。先方も当然、そのことは知っておられますから」秋生がそう言うと、ほっとしたように恵は吐息を漏らした。

「お母様のこともご存知ですから、そちらもご心配には及びません」秋生はカマをかけてみた。

恵は一瞬、怯えたような表情を見せた。「恐ろしい話です。あんなに優しく素敵だった方が、まさか……」そう言って、うつむいたまま黙り込んでしまった。

秋生は、そろそろ切り上げる時間だと思った。この純真な女性をこれ以上騙すのは、さすがに心が痛んだ。

礼を述べると、「あの、麗子さんはお元気ですか？」と逆に訊ねられた。

「私のような仕事では、調査対象の方に直接、お目にかかることはないんですが、お元気に暮らしておられるようです」

そう答えると、恵は心底、うれしそうな顔をした。

「これまであんなにつらい思いをしてきたんですもの、麗子さんには幸福になる権利がありますわ。もし万が一、麗子さんにお目にかかることがあったら、そうお伝えいただけますか？」

秋生は、「必ずそうする」と約束した。

「私のような者が披露宴に呼んでいただけるようなことはないと思いますが、せめて祝電の一本くらいは送らせていただければ……」

「結婚式は盛大に行なわれるだろうから、きっと招待状が来るはずだ」と言った。

ジャケットの内ポケットから、三〇〇〇円の図書券の入った封筒を取り出すと、「調査に協力していただいたお礼です」と渡した。これも、駅ビルの中にある本屋で買ってきたものだ。恵は、「私が望んでお話しさせていただいたことですから」と遠慮していたが、「規則ですから」と無理を言って受け取ってもらった。

「ところで、恵さんはお仕事されてるんですか？」別れ際に、さりげなく聞いた。

「いえ」そう言って、ちょっと恥ずかしそうに笑った。「でも、帳簿上は父の会社の経理ということになっていて、毎月、お給料をもらってるんです」

これで、保険証の問題はクリアできる。恵は、「なぜそんなことを聞くのか？」という顔をしている。

「実は、私の親しい友人が旅行代理店をやってまして、例のテロ騒ぎのあとに大量のキャンセルに見舞われて悲鳴をあげてるんです。いまなら世界中どこでも、これまでの七割引きで旅行ができるので、もしお時間があるようならご案内しようかと思ったんですが」

そう言うと、「私のような身体で海外旅行なんかできるわけないじゃありませんか」と、恵は笑った。

「そんなことはありません。いまでは車椅子の旅行に何の不都合もありませんよ」と説明すると、「だって、パスポートすら持ってないんですよ」という答えが返ってきた。

「でも不思議ですね。つい二週間くらい前も、同じようなお話の電話がかかってきたんです。なんでも、旅行会社のアンケートで、答えてくれたら抽籤《ちゅうせん》で海外旅行が当たるとか……」

間違いない。麗子が、パスポートの有無を確認したのだ。

「いまはどの旅行会社も経営が苦しいので、同じようなことを考えるのでしょう」と答えておいた。

中村恵と別れた後、吉祥寺駅から恩田に電話をかけた。恵とのやり取りを簡単に説明した後、「明日にでも区役所の名前で恵のところに電話をかけて、不審な転入届が出ていると教えてやってほしい」と頼んだ。

21

新宿駅に着くと、いつの間にかあたりはすっかり暗くなって、風も出てきた。相変わらず、霧のような雨が降り続いている。

歌舞伎町を抜けて、大久保方面に向かって歩いていた。都立大久保病院横の路地には、こんな夕暮れでも、早くも何人もの街娼が立っていた。半分が外国人、残りの半分は男だ。その隣の大久保公園では、目つきの悪いアラブ系の男たちが、秋生をじろりと睨みつけた。私服刑事でも覚醒剤を買う客でもないとわかると、小さく舌打ちして離れていった。

麗子の契約したアパートは、寒々とした空模様の下で、さらに貧相に見えた。午後六時を回っているというのに、電気の灯った部屋は見当たらない。昼に見た洗濯物が、雨に濡れてだらしなく垂れ下がっていた。よく見ると、どれも黒ずんでひどく汚れている。何日も放っておかれているようだ。

アパートの入口にある郵便受けを覗いた。麗子の契約した一〇三号のポストは、エロビデオとテレクラとホテトルのチラシが乱雑に押し込まれているだけで、郵便物は何も届いていなかった。

麗子は、香港から日本に戻った後、中村恵の住民票を抜き、転入届を出した。転入日はちょうど十日前、隣の部屋に住む中国人留学生が麗子の姿を見た日だ。それから国民健康保険証と印鑑証明をつくり、東京都庁に行ってパスポートの申請をしたとしても、中村恵のパスポートを入手するのは時間的に不可能だと秋生は計算した。

もし仮に申請まで終わっていたとしても、パスポートを受け取るためには、この住所に郵送されてくる交付証がいる。だとすれば、麗子はここにやってこなければならない。

この郵便ポストを監視していれば、麗子は現れるのだろうか？　秋生は考えた。

もっと確実なのは、恩田事務所の真紀に頼んで、中村恵の名を騙って、パスポートができているかどうかを確認させることだ。そうすれば、交付証の発送日がわかる。あとはレンタカーでも借りて、張込みを始めればいい。

だが秋生のこの計画は、すぐに破綻していることが明らかになった。何者かが、秋生の肩を叩いたのだ。振り返ると、一目でヤクザとわかる、頬に傷のある剣呑な目をした男が、

「ちょっとこっち来てもらえませんかねえ？」と言った。秋生の左腕を摑み、有無を言わせぬ調子だ。男の右手小指は、第二関節まで欠けていた。

いつの間にか、アパートの横に黒塗りのセダンが停められていた。スモークガラスで中の様子はわからないが、車内にも何人かいるようだ。あまり、好ましい状況ではない。

「黒木さんの知合いなんだけど」

そう言うと相手は一瞬ひるんだが、「このアパートに寄った人間は、一人残らず調べるように言われてるんで」と、後部ドアを開けた。さらに人相の悪い男がふたり、秋生を睨みつけた。

その時、携帯が鳴った。

「工藤さんかい？」黒木が言った。

秋生は「いま、ちょっと取り込んでるんだ」と言って、電話をそのままヤクザに渡した。

「黒木さんが直接、説明するって」

ヤクザは携帯を奪い取ると、「もしもし」と大声で怒鳴った。黒木がなにか言ったのだろう、いきなり「はいっ！」と叫ぶと、「若頭のお客さんとは知りませんでした。失礼いたしました」そう言って、秋生に向かって、両手で携帯を差し出した。車からも一斉に男たちが飛び出し、「お疲れ様です！」と、馬鹿でかい声で挨拶された。秋生が「わかったからもういいよ」と言っても、その場を動こうとしない。

「礼儀を知らない奴ばかりですみませんねえ」黒木が、喉の奥で笑いを堪える気配がした。

こういう光景には慣れているのだろう、銭湯帰りの老人が一人、「ちょいと御免なさい」と言って、路地いっぱいに立ちはだかるヤクザたちを飄々《ひょうひょう》とかき分けていった。

「あんたに、ひとつ礼を言わなきゃならないことがあって電話したんだ」感謝の気持ちのかけらも感じられない口調で、黒木が言った。「故売屋を締め上げたら、あんたの言ったとおり、麗子のノートパソコンを隠してやがった。明日の昼に事務所に来れば、特別に見せてやる」

秋生が予想したように、麗子はモデムを使って、公衆電話からインターネットにアクセスしていた。何のために？　まさか、ネットサーフィンがしたかったわけではないだろう。

可能性はふたつ。ひとつは、メールの送受信。もうひとつは、ネットを使って銀行口座にアクセスするためだ。それ以外に、わざわざそんな面倒なことをする理由はない。いずれにしても、パソコンにその時のデータが残っていれば、五〇億円の行方を知る手がかりになる。

「だが、それには条件がある」黒木が言った。「あんたが麗子のパソコンをいじるには、チケットを買ってきてもらわなきゃいけないんだ」

しばらく考えて、黒木の言わんとしていることを理解した。

「もし、それを持っていかなかったら？」

「あんたが俺に喧嘩を売ったということだ」

それだけ言うと、電話は切れた。

成田発香港行きの便は、半数が午前中、残り半数は夕方に出発する。要するに黒木は、昼に事務所で麗子のパソコンを見せてやるかわりに、明日の香港行き午後便を予約し、そのまま空港に直行しろと言っているのだ。

「くそっ」秋生は思わず毒づいた。

ヤクザたちが自分たちへの叱責だと思ったのだろう。一斉に「申し訳ありません！」と頭を下げた。

そのまま真っ直ぐホテルに戻る気にはなれず、西口の高層ビル街をあてもなく歩いていた。いつのまにか雨はあがり、厚い雲の切れ間からかすかな月明かりが漏れていた。いったん甲州街道に出てＫＤＤＩビルの角を曲がると、東京都庁のグロテスクな外観が見えてくる。バブル全盛期に登場したこの不吉な建物は、まさにその後に続く日本の没落を象徴することになった。

その東京都庁を過ぎると、中央公園の南の端に出る。新宿駅の地下道を追われたホームレスたちがダンボールハウスをここに移し、集団生活を始めていた。それを不良少年のグループが「ケラチョ狩り」と称して襲い、今年もすでに数名の犠牲者が出ているはずだ。

中央公園から南通りを挟んだ左手に、ホテル・パークハイアットがある。オープンしたばかりの頃、日本に戻ってきたついでに何度か泊まったことがある。ここの最上階にあるニューヨーク・グリルは人気のデートスポットで、シャンパンを片手に、若い男女が寒空に震えるホームレスたちの暮らしを見下ろしている。

空を見上げた。冷たく陰鬱な夜。風が少し強くなってきたようだ。

明日の夕方には、秋生は香港に戻るか、それとも黒木と事を構えるか、決断しなくてはならない。もはや、麗子の行方を探す手がかりはほとんど尽きていた。唯一の可能性は麗子が使っていたノートパソコンのデータだが、それは黒木の手元にあり、香港行きのチケットを持っていかなければ見せてはもらえない。

中国人留学生が部屋を荒らし、麗子のクレジットカードを故売屋に売っ払ったことで、「中村恵」になりすましてパスポートを入手するという麗子の計画は失敗した。もし郵便を受け取りに大久保のアパートに現れれば、張込んでいる黒木の配下につかまる。それをうまくかわせたとしても、若林麗子のまま逃げつづけなくてはならないことに変わりはない。

婚約者の真田が考えた詐欺ファンドに黒木が嚙んだことで、麗子は予想外の大金を手にした。しかしいま、麗子は追い詰められている。

麗子が黒木の手から逃れるためには、新しい名前と身分証明が必要だ。それを手に入れるために、危険を冒してでも、わざわざ日本に戻ってきたのだ。

秋生には、ひとつの確信があった。

麗子は、山本を捨てて真田に乗り換えた。その真田も、黒木の餌として放り出した。頼ることができる人間は、もうそんなに残っていない。

中央公園を一周し、公園通りを下って淀橋給水所を通り過ぎ、角筈《つのはず》橋に向かう。

麗子は、会社経営をする父親と美しい母親との間に生まれ、何不自由のない幸福な子供時代を過ごした。多少の脚色はあるにしても、中村恵の言葉に嘘はないと秋生は思った。だが、小学校五年生の時に、父親はヤクザに騙されて会社を倒産させ、それを苦に自殺する。そして、麗子は母親の康子と二人で赤貧の生活を余儀なくされ、高校生の頃は綾瀬の安アパートで暮らしていた。母親の康子が何かの事件を起こし、二人の足跡は消える。十数年後、康子はどこかの病院で療養生活をしていたが、激しい自傷行為で牧丘精神病院に転院してくる。そして、麗子が母親を見舞いにやってきた。

黒木の話によれば、麗子は二十代のはじめに銀座のクラブのホステスとなって、派手な生活をしていたらしい。その一方で、母親の康子は生活保護を受けていたと、牧丘病院の吉岡光代は言っていた。

だが、麗子が母親を見捨てた、というわけでもないようだ。少なくとも、麗子は十年以上、母親と二人で暮らした綾瀬のアパートの家賃を払い続けていた。康子が牧丘病院に入院すると、一泊一万円もする個室に入れている。

何かが欠けている、と秋生は思った。若林康子の起こした「事件」が鍵になるのは間違いない。近所の主婦は、「警察沙汰になった」と言っていた。中村恵は、「恐ろしい話」と言った。所轄の警察署の記録を調べればわかるだろうか？　それとも、新聞社のデータベースで検索してみるか？　いずれにしても、明日の夕方までには間に合いそうもない。

――これ以上、麗子の過去を調べることに何の意味があるだろう？

中村恵の話を聞いてから、秋生はずっとそのことを考えていた。人には誰にでも、土足で踏み込んではいけない場所がある。

麗子の盗んだ五〇億は、黒木の金だ。秋生には何の関係もない。麗子の人生は、彼女のものだ。やはり、秋生が何かをしてやれるわけではない。

このまま待って、何もなければ、明日はやはり香港に帰るべきだろう。金が欲しいわけではない。誰かを傷つけるつもりもない。

もう、とっくに時間の感覚もなくなった。タクシーのヘッドライトだけが次々と通り過ぎる。街路灯の黄色い光が、濡れた歩道を照らしている。

いつのまにか、雨がまた降りはじめた。雲が流れて、月がわずかに覗いて、すぐに消えた。

携帯が鳴った。画面が「発信人非通知」を示している。

受信ボタンを押した。

「久しぶりね」麗子が言った。

「どこにいる？」

「あなたの近く」そう言って、小さく笑った。「驚かないのね」

「僕に会いに来るんじゃないかと思っていた」

「ぜんぶ知ってるの？」麗子が言った。「やっぱり魔法使いだ」

「どうすればいい？」

「そのまま真っ直ぐ歩いて。目の前の階段を上がってくれたら、そこで待ってるわ」

言葉が途切れた。

「ねえ、わたしいま、あなたのこと見てるのよ」

わずかな明かりを頼りに周囲を見回した。高架の端に、小さな人影が見えた。

麗子はガードレールに凭れて、ぼんやりと街の明かりを眺めていた。フードのついた黒の毛皮のコート。臙脂《えんじ》のロングブーツ。ゆるくウェーブのかかる髪は少し伸びたようだ。白い顔が、闇の中に浮かんだ。

「わたしのこと、ずっと探してくれていたの？」

秋生の姿を見ると、麗子は言った。目を伏せると、長い睫毛《まつげ》がヘッドライトに照らされて揺れる。今日もまた、隙ひとつない完璧な化粧だ。

「なぜ、僕を呼んだ？」麗子の問いには答えず、秋生は訊いた。

「どうやってあなたを見つけたか、考えてるんでしょ」麗子もまた、秋生の問いを無視した。

「ずっと、あなたの後をつけてたの。それから、ここに立って、あなたが公園のほうに歩いていくのを見ていた」

麗子はやはり、大久保のアパートに行ったのだ。そして、秋生が黒木の部下たちに囲まれているのを見た。秋生が着くのがもう少し遅れれば、麗子は黒木の手に落ちていたはずだ。

「あなたに電話しようかどうか、ずっと迷ってたの。それで、この橋の上で待つことにした。もういちどあなたの姿が見えたら、思い切って電話しようと決めたの」麗子は不安げな笑みを浮かべた。「あなたは、戻ってきてくれたわ」

日本に来てからの三日間、麗子を追い求めて東京中を這いずり回った。いま、その麗子を前にして、秋生はどこかで「会わなければよかった」と感じていた。

「あなたのことを、ずっと考えていたの」麗子は言った。白い吐息が風に流されていく。

「香港、とても楽しかったわ」あでやかな笑みが広がって、そしてすぐに消えた。

「僕は、何をすればいいんだい？」もういちど、秋生は訊いた。

「ねえ、信じて」麗子が言った。「あなたといっしょだった時、わたし、これまででいちばん幸福だったわ」それから、「わたしって、ひどい女でしょ」と、怯えたような目で秋生を見た。

秋生は、何も答えなかった。

「わたしのこと、嫌いになった？　嫌らしい女、卑《いや》しい女、汚らわしい女……」

「そんなことはないよ」

「でも、みんなわたしのこと、そう言うのよ」麗子が笑った。「面白いでしょ」

秋生は黙って、麗子を見ていた。

「わたしのこと、許してくれるの？」深い穴の底からそっと相手を窺うような口調で、麗子が訊いた。

「君は何も悪いことはしていないよ」

「ほんとに？」

「ああ」

「嘘よ」どこか投げやりに、麗子は言った。「きっと、誰もわたしを許してくれない。ほら、みんながわたしのこと、笑ってるわ。ねえ、あなたにも聞こえるでしょ」こわごわと辺りを見回した。それから、上目遣いに秋生を見た。「だからわたし、復讐《ふくしゅう》してやるの」

麗子は、香港で会った時とはすっかり別人になっていた。もっと言えば、壊れかけていた。

「わたしの持ってるお金、あなたにあげるわ」突然、麗子は言った。ゴミ箱に紙屑を捨てるような口調だった。

「いらないよ」秋生は応えた。「その金は僕のものではないし、それに、君のものでもない」

「そうよね」あっさりと麗子は認めた。「わたし、どうすればいいんだろう？」ぽつりと呟いた。

「それを僕に答えろというのかい？」

「教えて」と麗子。

「金を黒木に返す」

「嫌よ」即座に、麗子は言った。「あのお金は、やっぱりわたしのものだわ」

「だったら、このまま日本を出て、二度と戻ってこない」

「それも嫌よ」

「あの金を持ったまま日本にいれば、いずれ黒木に見つかって殺されることになる」

「死ぬのはべつに怖くないわ」

「じゃあ、君は何がしたいんだい？」

「わたしの希望を、あなたは叶えてくれるの？　魔法使いみたいに」

「できることはするよ」

「冷たい言い方ね」麗子は小さく笑った。「ねえ、あなた本気で人を憎んだことある？」

しばらく考えて、秋生は首を振った。

「じゃあ、本気で人を愛したことは？」

もういちど、首を振った。

「だったら、あなたはきっと、わたしの願いを叶えてはくれないわ」

それから、麗子は秋生の左腕に手をかけた。その動作はとても自然だった。

「もうすぐ十二月ね」まるで何ごともなかったかのように、言った。「クリスマスのイルミネーションはもう始まったの？」

「たぶん。十二月に入れば、香港はどこもクリスマス一色だよ」

「ねえ、覚えてる？　ヴィクトリア・ピークから、クリスマスの夜景を見せてくれるって約束」

「ああ」秋生は答えた。「忘れないよ」

「楽しかったなあ」麗子は腕を離すと、正面に回って、秋生の前に立った。「いまでも、毎日のように思い出すのよ」

「僕もだ」

麗子は、そっと秋生の頰に手を触れた。白く細い指にその輪郭を記憶させるように、何度もなぞった。

「ひとつだけ、お願いがあるの」麗子は言った。「わたしは、違う人間になりたい」

「知っているよ」

「あなたにはできるの？」

「ああ」

「そしたら、わたしといっしょに暮らしてくれる？」

何も言わずに麗子を見た。

「ごめんなさい。そんなこと、無理よね」

それから、秋生の胸を思い切り殴りつけた。

「ねえ、教えてよ。わたしはどうすればいいの！」

落ち着くまで待って、そっと肩を抱いた。麗子は、秋生の腕の中で泣き崩れた。

そうやって、どれだけの時間、抱き合っていただろう。秋生の中では、哀しみとも絶望ともつかない感情が渦巻いていた。

麗子を憐れんだのではない。この壊れていく魂をどうすることもできない無力さに、打ちのめされていた。

ひとしきり泣いた後、「ごめんなさい」と麗子は謝った。「泣いたらすっきりしたみたい」

ちょっと笑った。頬に朱が差して、生気が戻ってきた。

「僕は明日、香港に帰る」秋生は言った。「いつでもいいから、準備ができたら香港の僕の携帯に電話してほしい。直接、成田空港まで行って、いちばん早い出発便のチケットをその場で買ってしまえば、たとえ黒木たちが航空券の予約をチェックしていても君を捕まえることはできない。いまの時期なら、エコノミーは満席でも、ファーストクラスやビジネスクラスはいくらでも空いている」

「香港に行けばいいのね」麗子は小さく頷いた。

「電話する時に、君の新しい名前を決めておいてほしい。その名前で、どこかの国のパスポートができるようにするよ」

「ありがとう」麗子は言った。「なんで、そんなに優しいの？」

「僕に礼を言う必要はないよ」秋生はそっと、麗子の頰に触れてみた。雨に濡れて、驚くほど冷たかった。

「君には幸福になる権利がある」

麗子は、びっくりしたように秋生を見た。

「中村恵という人に会ったよ。彼女から、そう伝えてほしいと頼まれた」

「わたし、彼女にもひどいことしたわ」

その頰に涙が伝って、秋生の指先を濡らした。麗子の涙は、驚くほど温かかった。

「わたし、もう行かなきゃ」そっと涙をぬぐった。「泣いてばかりね」無理に笑おうとして、かえって涙が溢れた。

「気をつけて」秋生は言った。

「その言葉、前にも言ってくれたわね」

また笑った。派手なクラクションを鳴らして、猛スピードで車が走りすぎていった。突然、秋生の胸に、熱いかたまりが飛び込んできた。

「このまま、わたしをどこかに連れていってよ！」

それから、大声で泣き出した。秋生はこれまで、これほど悲痛な声を聞いたことがなかった。

「君が望むところならどこへでも連れていくよ」麗子が泣き止むのを待って、秋生は言った。

車のヘッドライトが、麗子の華奢な肩を照らしては消えていく。豪華な毛皮のコートを通してもはっきりわかるほど、麗子は震えていた。

「ごめんなさい。でも、やっぱり無理だわ」

秋生には、麗子がそう言うだろうことがわかっていた。

震える肩にそっと手をやると、麗子の顔を真っ直ぐに見た。

「僕には、どうすれば君が幸福になるのかわからない。もしわかったとしても、君を幸福にすることはできない。だから、自分ができることをするよ」

やって来たタクシーを停めて、麗子を乗せた。

雨がまた、本格的に降りはじめた。

麗子を乗せたタクシーは、すぐに見えなくなった。

秋生はずっと、降りしきる雨の中に立ち竦んでいた。

この季節には珍しく、遠く、雷鳴が聞こえた。

ホテルのフロントで間部からの伝言を受け取った。「明日、香港への土産を渡したい」とある。秋生からの連絡がないので、焦っているのだろう。フロントでバスタオルを借りて、濡れた髪をぬぐった。

ロビーの公衆電話から間部の自宅にかけると、日曜にもかかわらず、午前中から本社で会議があると言う。債権放棄を受けた中堅ゼネコンの経営が行き詰まり、金融庁の特別検査で破綻懸念先に分類されるのではないかとの憶測が市場に流れ、ゼネコン株は軒並み大きく売り込まれていた。五井建設もいつ経営不安説が流され、マーケットの餌食《えじき》にされるかわからない。会社が消滅すれば、間部は丸裸で法廷に立たなくてはならない。

黒木の事務所に行く前に間部のところに寄ることにして、午前十一時に会社の前で待ち合わせる約束をした。割引金融債は、どうでもいい書類といっしょに会社の封筒に入れ、封をせずに持ってくるよう伝えた。ついでに航空会社に電話し、明日の午後六時発の成田─香港便を予約した。

エレベータで十五階まで上がり、薄暗い通路を左に折れた。製氷室の向かいが秋生の部屋だ。

ふと、なぜ麗子は携帯の番号を知っていたのだろうと思った。

何か大事なことを見落としているような気がした。

カードキーを差し込み、ドアを開けた。その時、後ろの製氷室で何かが動く気配がした。振り返ろうとした瞬間、後頭部にすさまじい衝撃を受け、そのまま意識を失った。


気づいたら、ベッドに横たわっていた。ひどい頭痛がして、ほとんど何も考えられない。わずかに目を開けるだけでも、とてつもない労力を必要とした。どうやら、まだホテルの部屋のようだ。かろうじて時計を見ると、午前三時を過ぎている。ホテルに帰ってきたのが午後一〇時前だから、五時間以上、気絶していたことになる。

恐る恐る後頭部に手を触れてみた。出血はないが、ひどく腫《は》れている。患部を冷やさなければいけないと思ったが、起き上がるだけの気力はない。そのうちに、また気を失った。

次に目が覚めたのは、午前六時過ぎだった。カーテンを開け放った窓から、東の空がわずかに白みはじめた気配がする。今度はなんとか気力を振り絞って身体を起こすと、洗面所まで這っていって、タオルを冷水で濡らし、後頭部に押し当てた。相変わらず頭が割れるように痛むが、耐えられないほどではない。幸い、骨には異常がないようだ。このぶんでは、なんとか動けそうだ。

部屋の中を点検した。盗《と》られて困るようなものは何も置いてない。テーブルの上に、財布が放り出されていた。現金には手をつけていない。ノートパソコンを起動しようとした形跡がある。パスワードを入力しないと起動しないように設定されているので、諦めたようだ。クローゼットの中のセーフティ・ボックスを開けた。パスポートやキャッシュカード、クレジットカードなどはこの中に入れてある。すべて無事だ。もういちど部屋をチェックして、ジャケットの内ポケットに入れていた携帯電話が持ち去られていることに気がついた。

ただのホテル強盗でないのは明らかだった。

ホテルの電話から、携帯に電話をかけてみた。つながらなかった。電源が切られているようだ。

少し気分がよくなってきたので、製氷室から氷を持ってくると、タオルに包んで患部に当てた。最初に触った時よりも、腫れはかなり引いてきているようだ。動くと地面がぐらぐら揺れて吐き気がする。トイレに行って胃の中のものを少し戻した。

いったい、誰がこんなことをした？

最初は黒木の警告かと思った。しかし、黒木が仕組んだとおり、秋生は香港に帰るしかなくなった。わざわざホテルの部屋を襲う必要はない。それにもしほんとうに秋生が邪魔になったのなら、こんな中途半端なことはしないはずだ。

じゃあ、誰だ？　秋生がここに宿泊していることを知っている人間は、それほど多くはない。倉田老人、五井建設の間部、調査会社の恩田……。記憶にあるのはその三人だけだ。秋生を襲う動機がある人間は思いつかない。

しばらくして、犯人がやろうとしたのは、携帯の番号から所有者を割り出すことと、着信・送信履歴をチェックすることではないかと気づいた。理由はわからないが、秋生の本名を知りたがっている人間がいる。だが秋生の携帯は匿名で購入したプリペイドなので、番号がわかってもそこから所有者を知ることはできない。日本に来てから、秋生の本名を知っている人間と携帯で会話したこともない。

そんなことを考えているうちに、徐々に意識が遠くなっていくのがわかった。朦朧《もうろう》とした意識の中で、麗子が泣いていた。

「このまま、わたしをどこかに連れていって」

何かに気づいたが、それを言葉にする前にふたたび記憶が途絶えた。

22

午前十一時。新橋駅前にある五井建設本社前にタクシーを停め、間部を待っていた。今日もまた朝から小雨が降っている。カーラジオから聞こえてくる天気予報によれば、この雨は昨日の夜半からずっと降り続き、今日の夕方からは霙《みぞれ》に変わるかもしれないという。相変わらずひどい頭痛がする。間歇《かんけつ》的に吐き気も襲ってくる。

九時過ぎに目が覚めると、ずいぶん気分はよくなっていた。これなら大丈夫だろうと、身の回りのものをまとめ、チェックアウトしてタクシーに乗った。それが先ほどから、ふたたび頭痛がぶり返してきた。

約束の時間から十分ほど遅れて、間部が息せき切って走ってきた。休日だからか、セーターに革のジャンパーというラフな格好をしている。後部ドアを開けさせ、そこに間部が乗り込んでくると、「このあたりを一周してくれ」と運転手に伝えた。

間部は、五〇〇〇万円分の割引金融債の入った封筒を秋生に渡すと、「よろしく頼みます」と小声で言った。額面一〇〇万円の割引金融債が五十枚だから、たいした厚さにはならない。

「言われたとおり、会社の封筒に書類といっしょに入れておきましたが、どうするんですか？」

「このまま、ジャケットのポケットにでも突っ込んで手荷物チェックを通過するんですよ」

秋生は答えた。

航空機の手荷物検査で問題になるのは、機内への危険物の持ち込みだ。九・一一テロ後、その傾向はより顕著になり、安全カミソリの刃まで没収される過剰警備が不評を買った。それに対して、現金や債券では飛行機に危害を加えることはできない。スーツケースいっぱいに現金を詰め込んでいれば別だが、封筒に入った書類など、検査官は何の興味も持ちはしない。

受取りを書こうかと言うと、

「そんなものあっても、何の意味もありません。かえって邪魔ですわ」

と間部は断った。たしかに、余計な証拠は残さないほうがいい。

「口座開設申請書は郵送してくれましたか？」

「ええ。さっそくその日のうちにパスポートを認証させて、海外宅配便で送りました」

「これから香港に戻りますから、お預かりした割引金融債は、明日の午前中に証券会社に入庫します。そこから現金化の指示を出せば、来週の半ばには換金できるでしょう。オフショアの銀行の口座開設通知は香港の私書箱に送られてくるので、よろしければ私のほうで開封して、送金しておきます。口座番号は、こちらから電話でお教えします」

間部は、すべて任せますと言って頭を下げた。秋生は、香港の携帯の番号をメモにして間部に渡した。

「何かあったら、ここに電話してください。緊急の用事でなければ、電子メールでも構いません」

　間部はわかったと頷いて、ちらっと時計を見た。次の会議が始まるのだろう。秋生のほうも、そろそろ限界だった。

　タクシーがもういちど会社の玄関前に停まると、降り際に間部は秋生の耳元に顔を寄せて囁いた。

「そう言えば、菱友の山本さん、昨日の夜、自分の家で猟銃で頭撃ち抜いたそうです。広報が必死でマスコミを抑えてるから、まだ公にはなってません。二、三日うちには、新聞の社会面にデカデカと出るでしょう」

　それから、はじめて秋生の様子に気づいたらしく、「なんか顔色が悪いですよ」と言った。秋生が大丈夫だと答えると、「お身体に気をつけて」と間の抜けた挨拶をして、せかせかと会社に戻っていった。自分と会社のことで頭がいっぱいなのだ。お陰で、秋生は自分の怪我を見破られずに済んだ。

　新橋の駅前でいったんタクシーを降りると、駅ビルの地下にある郵便局に行き、現金書留の封筒を買って四〇万円の現金を入れ、恩田調査情報宛に郵送した。非常階段の脇に公衆電話があったので、そこから電話をかけた。

秋生が「これから急な出張で香港に行く」と告げると、恩田は、住民票や戸籍などの資料が届いているので、香港の郵送先を教えてほしいと言う。チャンの私書箱を教えるついでに、内容を簡単に説明するよう頼んだ。

「若林麗子は一九七〇年に東京都武蔵野市で生まれています。父親は義郎、母親は康子。兄弟はいません。

麗子は小学校五年生まで生家で暮らし、それから拝島《はいじま》、大井町、赤羽など東京周辺で転居を繰り返し、綾瀬に移ったのは十五年ほど前です。住民票のうえではずっとそこに住んでいることになっていて、九九年に港区南麻布に移っています。こちらは、婚約者である真田克明のマンションです」

相変わらず報告は手際いい。

「真田克明は?」秋生は訊いた。

「事務所は放置されたままです。管理会社に問合せたところ、今月分の家賃が未納で、本人にも連絡がつかないようです。自宅マンションも行ってみましたが、こちらはヤクザに占有されていました。話は聞けず、どこの組の人間かもわかりません。さんざん脅されましたよ」

恩田は苦笑いした。よほどひどい目にあったのだろう。ここで、恩田がしばらく黙り込んだ。

「真田も山本もひどいトラブルに巻き込まれているようです。明らかに犯罪の証拠がある場合は警察に通報することになりますので、あらかじめご了解ください」

秋生は、それで構わないと答えた。恩田に、麗子の母親が起こした事件の調査を依頼しようかとも思ったが、やはり止めた。昨日の夜、ホテルで襲われたことも知らせないほうがいいだろう。

「調査はここまででけっこうです。現金書留で四〇万円送りましたが、もし調査費が足らないようなら、香港に連絡してもらえれば追加で支払います」

恩田は少しだけ安心したように、「わかりました」と言った。最初は金脈だと思ったが、実際に調査を始めてみるとてつもなく危険で面倒な案件だということがわかったのだろう。秋生も、そのことを身をもって思い知ったのだが。

新橋駅からタクシーに乗って、黒木の事務所に着いたのは十二時過ぎだった。急に動いたせいか、ふたたび頭痛が激しくなってきた。タクシーを降りると、ぐらぐらと地面が揺れている。なんとか事務所のドアまで辿り着き、インターフォンのボタンを押した。ドアが開き、ゴローの顔が見えたところで、目の前が真っ暗になった。

気がつくと、どこかのソファーに寝かされていた。後頭部には氷嚢《ひょうのう》が当てられ、包帯で器用に固定されている。少し眠ったからか、ずいぶん気分はいい。頭を起こして、あたりを見回した。徐々に目の焦点が合ってくる。

「二時間近くぶっ倒れてたんだぜ」どこからか声がした。たしかに聞き覚えがある。しばらく考えて、声の主が黒木だということを思い出した。

「いちおう、医者を呼んで診察させた。強い打撲だが、骨に異常ないから、寝てりゃ治るだろうってよ。できれば専門医のとこに行って、CTスキャンで診たほうがいいって言ってたけどな」

不気味な顔が、突然、視界に飛び込んできた。ゴローが、心配そうな顔でこちらを覗き込んでいる。その陰から、昨日と同じように、ダークスーツにエナメルの靴を履いて、ゆったりと足を組む黒木の姿が見えた。

「あんたにはいろいろ世話になったが、これで貸し借りはチャラだ」

秋生はゆっくりと起き上がると、黒木の顔を正面から見た。ゴローの助けがなければ、座ることすらできない。

「誰がやった？」

「そんなことは知らんよ。俺たちを疑ってるなら、お門違《かどちが》いだ。あんたはまだ、俺との約束を破ったわけじゃない」黒木は肩を竦めた。「ほかに心当たりはないのかい？」

秋生は、首を振った。それだけで、床が大きく傾いた。

「盗られた物は？」

「携帯」こんどは、首を振らずに答えた。頭部を固定しておけば、大したことはない。

「犯人は、あんたを一発殴って気絶させて、携帯だけ持って逃げたのか？　ずいぶん変わった奴だな」

キャメルの煙草を手に取ると、ライターを出そうとするゴローを制して、自分で火をつけた。金無垢のライターから、青い炎があがった。

「また一人、変な奴が現れたってわけか。面白えじゃないか」

昨日、麗子に会ったことは、黒木には知られていないようだ。そのことを伝えるつもりは、無論なかった。

黒木は、「水でも飲むかい？」と訊いた。

「いらない」先ほどから再び、激しい吐き気が襲ってきた。

「じゃあ、麗子のパソコンをここに持ってこさせよう」

「その前に、ちょっとトイレに行かせてくれないか？　吐きそうなんだ」

黒木は、ゴローに目配せした。ゴローは軽々と秋生を抱え上げると、そのままトイレまで連れていった。

便座の前に屈み込んでも、吐くものは胃液しかない。それでも、ずいぶん楽になった。再びゴローに抱えられて応接室に戻ると、テーブルの上にIBMのノートパソコンが置かれていた。二、三年前のモデルで、カードモデムを使ってインターネットに接続するようになっている。応接室の電話が外され、電話線がモデムケーブルに接続されていた。

パソコンを起動する。幸い、パスワードでロックされてはいない。インターネットの接続環境を調べる。ダイヤルアップの設定がしてある。間違いない。麗子は深夜、このノートパソコンとモデムケーブルを持って近くの公衆電話まで行き、そこからインターネットに接続していたのだ。

メールソフトを起動してみる。受信ボックスは空だ。メールアカウントの設定もしていない。麗子は電子メールを使っていないか、秋生と同じく、インターネットメールを利用していたらしい。

ブラウザに記録されたインターネットの閲覧履歴を見て、秋生は自分の予想が正しかったことを確認した。そこには、日本でも一部のマニアの間で知られているインターネット専業オフショアバンクのURLが残されていた。

このパソコンから、銀行口座にログインできるかもしれない。最新のブラウザにはオート・コンプリート機能がついており、いちいちログイン名とパスワードを打ち込まなくても、ログイン名の最初の一文字を入力すれば、パスワードまで自動表示されるようになっている。わざわざ屋外の公衆電話からアクセスする以上、麗子がこの機能を使っている可能性は高い。

ダイヤルアップで、インターネットに接続した。黒木が背後に回って、パソコン画面を覗き込んでいる。マウスを持つ手が止まった。だがここで確認しなければ、永久にその機会はない。

履歴に残されていたＵＲＬで、オフショアバンクのホームページを開いた。顧客の何人かがこの銀行を使っており、秋生は、ここのログインＩＤが数字六桁であることを知っていた。「１」から順に、数字を打ち込んでいく。さっきまでの頭痛も、どこかに消えた。心臓の鼓動が早くなる。

「６」まで来て、ヒットした。

秋生は思わず、大きな溜息を吐いた。画面には、ログインＩＤと＊印のパスワードが表示されている。

「すげえじゃないか」背後で黒木が呟いた。

そのままサインインすると、自動的にアカウント画面が開いた。

それを見た途端、秋生の興奮は一瞬にして消えた。画面上に表示されたステイトメントには、たった三万ドルの残高しかなかった。

取引履歴によれば、二週間前にどこかの銀行から電信送金で五万ドルが振込まれている。それをカードで二万ドルほど、断続的に出金している。取引はそれだけだ。

「どういうことだ？」

黒木の質問を無視してなんとか取引の詳細を表示させようと努力したが、けっきょく諦めて、ソファーに身体を投げ出した。また気分が悪くなってきた。

「麗子は、二週間前にどこかの銀行から金を振込んだ。事件の直後だ。盗んだ五〇億円の一部をドルに替えて、送金した可能性は充分ある。後は、ATMから金を引出したり、カードで買物しているだけだ」

ステイトメント画面を指差しながら、黒木に説明した。

「送金元の銀行がどこかはわからないのか？」

秋生は弱々しく首を振った。さっきまでそれを確認しようとあれこれ調べたが無駄だったのだ。

一般に、銀行のステイトメントには送金元や送金先の銀行名が表示される。口座番号や振込人名まで出すところもある。だがこの銀行の場合、電信送金と小切手の区別くらいしか表示しない。それ以上、詳しいことを知りたければ電話しろ、ということだ。もちろん、本人以外が電話しても相手にされるわけがない。

キャッシュカードの使用についても同じだ。秋生が利用しているオフショアバンクは、ステイトメントに、どの地区の何番のATMが使われたかまで表示される。こちらはただたんに、キャッシュが引出されたとの記載があるだけだ。

ただし、クレジットカードの使用履歴だけはしっかり残されていた。

麗子は、この銀行のカードを使って新宿のデパートで買物をしていた。だがカードが使われたのは三回だけで、あとは、二日か三日に一回のペースでATMから金を下ろしている。

ATMから引出し可能な上限は一日に約二〇万円で、毎回、上限いっぱいまで使っていた。数えてみると、こちらは計八回、一六〇万円を下ろしたことになる。最初の引落としは十日ほど前、最後に使われたのは一昨日だ。

逃亡中も、麗子は相変わらず豪勢な暮らしを続けていた。ざっと計算しても一日あたり一〇万円以上の散財だ。秋生は、麗子の着ていた豪華な毛皮のコートを思い出した。もっとも、麗子が持っている五〇億円の金融資産から見れば、どうでもいいような額だが。

「くそっ」秋生の説明を聞いて、珍しく黒木がうめいた。「何か、ほかに方法はないのか？」

だが秋生には、もはやこれ以上、考える力は残っていなかった。集中力が切れたら、また気を失いそうだ。

最後の気力を振り絞り、いつも持ち歩いている保存用のフロッピーディスクを取り出すと、麗子のノートパソコンからインターネット一時ファイルを探し出し、そのデータをコピーした。パスワードさえ記録してしまえば、他のパソコンからでも麗子の口座にアクセスできる。黒木はその作業をじっと眺めていたが、何も言わなかった。

「何時の飛行機だ？」

ちらっと時計を見て、黒木は訊いた。

「六時」

「予定どおり、帰るのか？」

「ああ」秋生は答えた。

「いい心がけだ」黒木が満足そうに笑った。「だったら、成田までゴローに送らせよう」

黒木はソファーに凭れ、大きく足を組んだ。

「もう少し時間があるようだから、あんたにひとつだけいいことを教えてやろう」

そう言って、隣にいるゴローに何ごとか囁いた。ゴローは顔を歪めたが、「いいからさっさと行け」と怒鳴りつけられて、しぶしぶ部屋を出ていった。

「あんた、ヤクザにとっていちばん大事なものは何か知ってるかい？」黒木は訊いた。

「暴力？」

「おしいな」ニヤリと唇を歪めた。「ヤクザはなぜ暴力を使う？　それは、暴力が恐怖を呼び覚ますからだ。恐怖は、人間を奴隷にする。俺たちのビジネスは、相手を恐怖でコントロールして金を絞り上げることだ。そのための道具は何でもいい。この世に暴力がはびこるのは、それが馬鹿でも使える道具だからだ」

わかるか、と黒木は訊いた。「暴力が恐怖を生み出す原理は簡単だ。小指を切り落とされれば痛い。心臓を撃ち抜かれれば死ぬ。この日本において、組織的に暴力を使うことができるのは警察・軍隊・ヤクザだけだ」

その時、ゴローが金髪男を連れて部屋に入ってきた。上下とも薄汚れたジャージ姿だ。胸のあたりにゲロがこびりついている。香港で見た時よりもさらにガリガリに痩せて、土気色の顔をしている。相変わらず、小刻みに貧乏揺すりをしてる。秋生を見ても、何の反応もない。

「非合法な暴力には、厳しい代償が待っている」黒木はかまわず話を続けた。「昔はヤクザ同士の殺し合いは大目に見られたが、最近ではそんな甘い話は許されない。組の事務所にカチ込んだだけで二年も三年も刑務所にぶち込まれたんじゃ、話にもなりゃしない。暴力団と呼ばれながら、暴力を使う奴がいなくなっちまったのさ。これじゃあ、商売になりゃしねえ」

それから、ゆっくりと金髪男を見た。

「そこで最近では、俺たちも暴力を輸入するようになった。人殺しが必要になったら、南米やフィリピンや中国あたりから殺し屋を呼び寄せて、ハジかせる。だが、それじゃあ間に合わねえ時もある。だから、こういう奴が必要になるのさ」

金髪男はいらいらと貧乏揺すりを続けている。小声で何か呟いているようだが、よく聞き取れない。

「見てのとおり、こいつはヒドいシャブ中だ。二時間おきに注射してやらねえと壊れちまう。頭の中は、シャブのことだけだ。たぶん、あと半年ももちゃしないだろう」

なぜこんな奴を飼ってると思う、と黒木は訊いた。金髪男は、自分が話題になっていることすら気づいていないようだ。

「俺たちの修業時代は、匕首《あいくち》を喉元に突きつけられても眉ひとつ動かすなと躾《しつ》けられた。もっとも現実にはそんなことのできる奴はほとんどいねえし、仮にいたとしても真っ先に死んじまうからいまごろは生きてねえ」黒木は愉快そうに笑った。「そこで俺たちは、もっと簡単な方法を考えた。文明の進歩ってのはありがたいもんだな。いまじゃクスリの力で人間をコントロールすることができる。シャブでイカれかけた奴を拾ってきては、調教するのさ」

黒木がキャメルの煙草を咥えた。ゴローがすかさずジッポーのライターを取り出して火を点けた。黒木はそれを一服すると、吸殻を灰皿に押し付けた。

「人間なんて、犬や猫と同じなんだぜ。暴力とシャブを交互に与えていくと、スイッチを入れるだけで人を殺す殺人マシンが出来上がる。こいつは死ぬことを恐れない。そもそも、死ぬという感覚すらない」

面白えだろ、と言って秋生を見た。それから、黒木は黙ってゴローに出口を指差した。ゴローは汚いものでも触るように顔を顰め、金髪男のジャージの袖を引っ張った。金髪男は、素直にゴローの指示に従った。

部屋の空気が揺れて、胸の悪くなるような異臭が漂ってきた。また吐きそうになった。そばを通る時、金髪男の呟きが今度ははっきりと聞こえた。「やりてえよ、やりてえよ、やりてえよ、やりてえよ……」と延々と繰り返していた。

秋生は目を閉じて、嘔吐《おうと》を堪えた。

「いったい何のつもりだ？」

ようやく少し気分が収まると、黒木に訊ねた。これは悪い冗談なのか、それとも脅しか？

「この世には、あんたのようなお坊ちゃまには想像もできない、薄汚い世界がある。俺たちは、そんな世界に住んでいる」

そこで黒木は、薄笑いを浮かべた。

「俺たち、というのは、俺や、真田や、山本や、麗子のことだ」

秋生は、黒木の顔を見た。そこには、何の表情も浮かんでいない。

「あんたは、香港に戻ったら、こんなことはさっさと忘れたほうがいい」

黒木は席を立つと、大声でゴローを呼んだ。


黒木の事務所から、ゴローの運転するベンツに乗せられて、成田空港に向かった。車が動き出してからのことは、ほとんど覚えていない。気がつくと、ベンツは空港の出発ロビー前に停まり、ゴローが心配そうに、秋生の肩を揺すっていた。

「着きましたよ。大丈夫っすか？」

「何時？」

「四時半っす」

出発まで、まだ一時間半はある。ビジネスクラスのチケットなので、搭乗手続きに並ぶこともない。ゴローに礼を言って、車から降りた。こんどは地面が揺れることもない。

「かなりよくなったみたいだ」

そう言うと、ゴローはうれしそうに笑った。

荷物といっても、間部から預かった封筒とパソコンの入ったバッグしかない。

「あの、これ」と言って、ゴローがビニールの袋を差し出した。「打ち身用の湿布です。飛行機の中で使ってください」

「ありがとう」と言って、受け取った。

「いや、黒木さんから持ってけって言われただけっすから」

ゴローは、車を駐車場に入れて出発ゲートまで見送りたいと言ったが、あとは一人でやれるからと断った。こんど香港に来たら必ず連絡するように約束させて、名残惜しそうなゴローと別れた。

早めにチェックインを済ませ、出発ロビーで搭乗時間を待つことにした。間部から預かった五〇〇〇万円の割引金融債は、簡単に手荷物検査を通過した。二つ折りにして、ジャケットに無造作に突っ込んだ封筒など、誰も興味を示さない。

年末の海外旅行は記録的なキャンセルの嵐に襲われていると言うが、今日も成田空港はデカいスーツケースを引きずる若い女たちで溢れていた。新聞によれば、この国には三五〇万人の失業者と、一〇〇万人の生活保護受給者と、公的統計には出てこないが、数万人のホームレスがいる。失業率が五パーセントを超える戦後最大の不況に苦しむ国で、ここでは誰もが底抜けに明るい。

ゴローと別れた後、秋生は、チケットをキャンセルして東京に戻ることも考えた。このまま残って、麗子ともういちど話をするべきではないのか。

だが、黒木はそれほど甘くはない。秋生が指定の便に搭乗したかどうかは、必ず確認するだろう。約束を破ったことがわかれば、こんどはさっきのような優しい顔はしないはずだ。少なくとも、秋生のために湿布薬を買ってくれるようなことはないだろう。

秋生は、昨日の麗子の様子を思い出した。

麗子は、壊れていく心のかけらを必死に拾い集めていた。その傷つきやすい魂は、虚しい努力にもかかわらず、がらがらと音を立てて崩れ落ちていた。麗子があのままいつまで正気を保っていられるものなのか、秋生にはわからなかった。

麗子がもういちど、秋生の前に現れるという保証はどこにもない。もし彼女が秋生に会いたいと思っても、連絡のための携帯は奪われてしまった。それに万が一、ふたたび麗子に会えたとしても、彼女のためにしてやれることは、いまの秋生には何ひとつない。

最終搭乗案内のアナウンスが、ひっきりなしに流れる。カフェテリアの真ん中のスタンドバーで、白人の旅行者たちがウィスキーを飲んでいる。ブランドものに身を包んだ子供たちが、ロビーを走り回っている。ラウンジの端の椅子に腰をおろし、目を閉じて、間歇的に襲ってくる頭痛と吐き気に耐えていた。

強く唇を噛んだ。

力ずくで、麗子をさらうこともできた。彼女と運命をともにする覚悟がありさえすれば。もういちど、麗子を抱きたかった。狂おしいほどの欲望があった。

そうすることが怖かっただけだ。

これまでの人生の中で、秋生は何度か手痛い挫折を体験してきた。自分の無能さを見せつけられてヘッジファンドを叩き出された日。一瞬にして二〇〇〇万円を失い、降りしきる雨の中、電話ボックスで震えていた夜。だが、これほどまでの深い挫折感を味わったことはなかった。

ふと、チャンに帰国の連絡をしなければならないと思った。あの磊落な笑い声が、懐かしさとともに甦った。

何かしなければ、この場で喚き出しそうだ。

近くの公衆電話から、香港に電話をかけた。

呼び出し音が鳴っても誰も出ない。日曜日だと気づいて切ろうとした時に、メイが受話器を取った。

何と言えばいいのかわからず、「チャンは？」と訊くと、長い沈黙の後に、今日はちょっと顔を出しただけだという言葉が返ってきた。「これから香港に戻る。明日の午前中にでも事務所に寄る」と、伝言を頼んだ。

「大丈夫？」メイが訊いた。

「疲れたよ」秋生は答えた。

「このまま事務所で待ってる。香港に着いたら、必ず電話して」メイが言った。


テロの影響で、香港行きのビジネスクラスは三分の一も埋まっていなかった。企業がこぞって海外出張を取りやめているのだ。座席に凭れると、何をする気力もなくなった。スチュワーデスが、「ご気分がお悪いんですか？」と訊いてくる。心配しているというよりも、迷惑そうな口ぶりだ。適当に手を振って、「食事はいらない」と告げて目を閉じた。

麗子の婚約者だった真田は行方不明だ。菱友不動産の山本は猟銃で自分の頭を撃ち抜いたという。

麗子は、触れる者すべてを破滅させ、死体を撒き散らしていた。

そうやって、いったいどこに行こうとしている？

朦朧とした意識の中に、記憶の断片が一瞬、浮かんだ。

あの日麗子は、ヴィクトリア湾を渡るフェリーの手摺に凭れて、静かに泣いていた。

誰のために？

第三章　ハッピークリスマス

23

香港国際空港に着いたのは、午後十時を過ぎていた。到着ロビーから、チャンの事務所に電話を入れた。最初のコールで、メイが受話器を取った。

「戻ってきたよ」

「わたしは何をすればいいの？」メイが訊いた。

「君の名前で、セントラルあたりでホテルを予約し、チェックインしてくれないか。何だか、自宅に戻りたくないんだ」

気圧の関係なのか、フライトの途中から、割れるような頭痛が襲ってきた。いまは少し和らいだが、明日のことを考えると、できるだけ街の中心部にいたほうがいい。新宿のホテルで襲ってきた奴のことも気になっていた。

「ホテルが取れたら、アキの携帯に電話するわ」

「電話番号は覚えてる？」

「忘れてしまえたら、どんなによかったか」メイは電話を切った。

金鐘《アドミラルティ》の太古廣場《パシフィック・プレイス》に隣接して、アイランド・シャングリラ、コンラッド、J・W・マリオットの三つのホテルが覇を競っている。メイは、シャングリラのロビーで待っている、と伝えてきた。

山水画を模した巨大な中央アトリウムの下に、メイは立っていた。濃い臙脂のセーターに、濃紺のロングスカート。伸ばした髪を後ろに束ね、大粒の真珠のネックレスが大人っぽい雰囲気に似合っていた。ロビーを通る男たちがメイに目線を送るが、本人はまったく気づいていない。

秋生がエスカレータでロビー階に上がると、目敏く見つけて、メイが駆け寄ってきた。

「どうしたの！　顔色が真っ青よ」一目見るなり、メイが叫んだ。

「たいしたことはない。ちょっと気分が悪いだけだよ」

そう答えている間に、メイは秋生の腕をつかんでエレベータのほうに引きずっていった。

「チェックインは済ませたわ。部屋は四十六階よ」

ルームキーを貰《もら》えば後は自分でやる、と言おうとしたが、メイの意図は違うらしいと気がついた。

部屋に入って秋生のジャケットを脱がせている時、後頭部のケガを見つけて、メイはまた悲鳴をあげた。「医者にも見せた。大したことはない」と説明したのだが、まったく耳を貸さない。そのままベッドに連れていかれると、洋服を脱がされて、身体中を仔細に点検された。ケガが後頭部の打撲だけだとわかると、ようやく少し冷静になったようだ。

それからのメイの活躍ぶりには、特筆すべきものがあった。フロントに電話して氷嚢と頭痛薬を持ってこさせ、その後はあちこちに電話をかけまくった。早口の広東語なので、何を言っているのかまったくわからなかったが。

三十分ほどして、「ちょっと待ってて」と出かけると、漢方薬の袋を持って戻ってきた。薬剤師に打ち身用の薬を調合させ、ロビーまで持ってきてもらったのだという。それをホテルの厨房から持ち込んだ湯沸しと薬缶で煎《せん》じていると、誰かがドアをノックした。現れたのは五十歳過ぎの紳士で、中環《セントラル》にある私立病院の外科部長だと紹介された。日曜の深夜十一時過ぎに、病院を抜け出して、わざわざ往診に来てくれたのだ。「お父さんの友だちだから、これくらい当たり前よ」とメイは言うのだが。

この外科部長の診断も、「骨には異常はないが、念のためにCTスキャンで検査したほうがいい」というものだった。メイはその場で、明日の朝いちばんの予約を入れてしまった。このままだと次に誰を呼んでくるかわからないので、「もう充分だよ」と丁重に辞退した。

「お腹すいてない？」メイが訊いた。

そう言えば、まる一日何も食べてない。

「お粥だったら食べられるかなあ」そう呟くと、また何件か電話をかけて、広東語で交渉している。

「ルームサービス頼んだの？」と訊くと、「夜はやってないんだって。だから、ほかのとこにした」と言う。

「そんな店、ここにあったっけ？」

「近くに、夜中までやってるおいしい粥の店があるの。だから、そこに電話して、テイクアウトしてもらうことにした」

「ホテルまで出前してくれるの？」

「ううん。そんなことしてくれるわけないじゃない。ホテルのボーイさんに取りに行ってもらうのよ」

あっさりと言う。さっきの電話は、そのためのチップの交渉だったのだ。

しばらくすると、ほんとうにパックに入った粥が運ばれてきた。ピータンと白身魚の二種類だ。それをホテルの食器に入れると、立派な夕食になった。

「あっさりしたものがいいと思って。どっちでも好きなほうから食べて。このあたりじゃ、この店がいちばんおいしいわ」

ホテルの部屋の狭いテーブルに向かい合って、二人で粥を啜った。メイが言うだけあって、どちらも美味かった。何が効いたのか知らないが、先ほどまでの激しい頭痛は不思議に治まっていた。

遅い夕食が終わると、秋生をベッドに寝かせて、メイはシャワーを浴びに行った。

うつ伏せではどうも寝つかれず、窓際まで行ってカーテンを開けた。

眼下に、光の海が広がっている。

なにもかも遠い出来事のように思われた。

顔色の悪い、やつれた貧相な男が一人、窓ガラスに映っていた。

自分がやろうとしていることが正しいのかどうか、秋生にはわからなかった。

麗子のために偽のパスポートをつくるのは簡単だ。

だが、それだけでは意味がない。秋生は、麗子の金を見つけるつもりだった。

ふと気づくと、隣にバスタオルをまとったメイの姿が映っていた。

白い肌が上気し、髪の毛に水滴が光っていた。

午前九時、メイに連れられて病院で検査を受けた。どこにも異常はなかった。

朝起きると、頭痛や吐き気はほとんど消えていた。メイはけっきょく、昨日は一睡もせずに秋生の氷嚢を取り替えていた。後頭部の腫れも引いて、目立たなくなった。

病院から直接、チャンの事務所に向かうと言うメイと別れ、セントラルのメインストリートから少し奥まったところにある地元の証券会社に足を運んだ。

香港では、銀行でも株式や投資信託の売買ができるため、別格のジャーディン・フレミングを除いては、日本で言うような大手証券は存在しない。後はすべて、地場の証券会社ばかりだ。株は完全に博奕感覚で、街角の証券会社では株価ボードの前にいつも人だかりができ、値動きに一喜一憂している。

秋生は香港や中国の株式市場にあまり興味がないので、口座を持っているのは、日本の株式市場に注文を取り次ぐことのできる証券会社だけだった。日本語を話すスタッフを何人か揃え、提携している証券会社を通して、日本市場の株式や債券を売買できる。建前上は「香港在住の日本人向けサービス」ということになっているが、日本国内から注文を受けることのほうが多い。秋生は顔見知りの営業マンに間部から預かった割引金融債を渡し、換金してくれと依頼した。

秋生が昨日、香港に持ち込んだ割引金融債は、航空便でもういちど日本に送り返され、提携先の日本の証券会社によって売却される。中途売却は無記名ではできないが、この割引債の名義人は香港の証券会社になるので、べつに問題はない。この金が香港ドルに両替されて、秋生の口座に振込まれるというわけだ。ただし、最近は香港の金融機関でも、日本の割引金融債がマネーロンダリングに使われているとの認識が広がり、一見の客が持ち込んでも、まともなところではまず受け付けてはもらえない。

証券会社を出ると、午前十時を回っていた。昨日の激しい頭痛は嘘のように消えていた。メイからは真っ直ぐ自宅に戻るように言われていたが、久しぶりにチャンの事務所に顔を出すことにした。

事務所では、チャンとメイのほか、四、五人の事務員が電話の応対に追われていた。商売はそこそこ繁盛しているようだ。

チャンはいつもの似合わない蝶ネクタイ姿で、満面に笑みを浮かべて力強く秋生を抱き締めた。

「アキ、よく帰ってきたな」

たった五日会わなかっただけだと笑うと、「毎日、メイの機嫌が悪くて大変だったんだ」と、耳元で囁いた。広東語でメイに向かって何か言うと、事務所中が笑いに包まれた。メイは真っ赤な顔をして、広東語で怒鳴り返した。

「そしたら、今朝は打って変わって機嫌がいい。まるで、天国にでも行ってきたようだ。昨日、メイをどこに連れてった？」

チャンは秋生の背中を思い切り叩くと、爆笑した。その衝撃で一瞬、目の前が暗くなったが、それだけでずいぶん気が楽になった。メイからおおよその事情を聞いていたこともあるだろうが、面倒なことはいっさい言わない。

事務所のデスクを借りると、ノートパソコンを取り出し、ＬＡＮケーブルをつないだ。ジャケットからフロッピーディスクを取り出し、記録してあったパスワードのデータをハードディスクにコピーする。インターネット・オフショアバンクにアクセスして、ＩＤナンバーを打ち込むと、瞬時にパスワードが表示され、ログインした。

麗子はまた、ＡＴＭから金を下ろしていた。金額はやはり上限額の二〇万円で、引出したのは昨日だ。

ネット上で閲覧できるこのステイトメントだけが、いまや残された唯一の手掛かりだ。麗子はどこでＡＴＭを使っている？　それがわかれば、金の在《あ》り処《か》を探ることができるかもしれない。

チャンがモニタを覗き込んだ。秋生は、簡単に事情を説明した。

「麗子の口座をひとつ、見つけたんだけど、そこには五万ドルが入金されただけで、残りがどこにあるのかはわからない。ステイトメントには送金元の銀行名が出てないから、どうしようもないんだ」

「カードは使ってないのか？」

「ほとんどがATMからの現金の引出しだよ。こっちも手掛かりなしだ」

チャンはステイトメントの一部を指差して訊ねた。

「これは？」

「ああ、三回だけは、新宿のデパートで、VISAカードを使って買物をしている。たぶん、ネット経由でステイトメントを見て、カードだと使った場所が特定できることに気づいたんだろう。その後はいっさい、カードで買物はしていない」

「ATMだと、使った場所はカード会社に問合せないとわからないというわけか」チャンが呟いた。「それじゃあ、どうしようもないな」

「ねえ、いまなんて言った？」秋生は聞き返した。

「俺、何か言ったか？」チャンは、きょとんとした顔をしている。

「そうか、わからなきゃカード会社に訊けばいいんだ」秋生は思わず声をあげた。

チャンは目を丸くしている。「そんなことができりゃ、誰も、苦労はしないだろ」

VISAやマスターなどの国際ネットワークと接続したATMは、実はそれほど多くない。

同じＶＩＳＡのマークがあっても、「インターナショナル」の表示がないものは、海外のカードは使えない。こうしたＡＴＭがどこに設置されているかは、クレジットカード会社のホームページで検索できる。ＡＴＭにはすべて番号が振られているので、カード会社に問合せれば、使用された機械を特定することが可能だ。オフショアバンクの場合、クレジットカードやデビットカードはキャッシュカードと一体化しているため、銀行のカード部門が発行していることが多い。

だが、本人以外の人間が、どうやってカード会社に問合せをする？

秋生は、恩田がアルバイトの真紀にやらせていた方法を思い出した。生年月日やパスポートＩＤなどの基本情報を持っているのだから、誰かが麗子に成りすまして電話すればいい。資金移動にかかわる話ではないので、セキュリティは甘く、コードワードを要求されることもないだろう。

しかし、そのためにはカード番号が必要だ。

恩田がやったように、盗難を装ってカード会社に聞くか？　しかし、それはあまりうまくない。その後、同じ人間がＡＴＭについて再度問合せれば、誰だっておかしいと思う。もし銀行側が麗子に照会すれば、第三者が口座にアクセスしていることがバレて、麗子はパスワードを変えるだろう。そうなれば、すべてが無駄になってしまう。

秋生は、もういちどステイトメントを見た。カードが使われたのは、新宿東口にある有名デパートだ。ここの伝票を見ることができれば、すぐにカード番号はわかる。だが、白井スーパーのように簡単にはいかないだろう。

恩田に頼もうか？　しかし、いくら有能な調査員でも、ヤバい筋が嚙んでいると知った以上、あまりいい顔はしないはずだ。それに、これ以上首を突っ込ませると、警察に通報される恐れもある。あれだけのやり手だ。保険のひとつやふたつは掛けるだろう。いまの時点でそれは避けたい。

そうすると、後は黒木しかいない。

秋生はしばらく考えて、受話器を取った。黒木も同じステイトメントを見ている以上、隠したって仕方がない。

「調子はどうだい？」と黒木は言った。その無関心な口調は、どこかの犬コロの機嫌を訊ねているのと変わらない。

「まあまあだよ」秋生がそう答えると、挨拶は終わった。

「で、何の用だ？」

秋生の依頼を聞いて、黒木は、「そんなことは昨日のうちに調べた」とあっさり言った。

黒木と別れたのが午後一時前だから、こちらも凄まじい調査能力だ。

「あのデパートとは、いろいろと付き合いがあるんだよ」そう言って、カード番号を読み上げた。

「ほかには？」

とくにないと告げると、「何かわかったら連絡しろよ」と言って電話は切れた。妙に協力的なのが気味悪いが、ともかく一歩前進だ。

時計を見ると、まだ十二時前だ。時差の関係で、ヨーロッパの銀行が業務を始めるのは、香港時間で夕方の五時過ぎになる。

秋生はチャンに、「夕方、ちょっとメイに仕事を頼んでいいかい」と訊いた。

「そんなことはメイに直接、言えよ」チャンはわざと、大声で答えた。その後、いまのやり取りを広東語に訳した。社内がまた、笑いに包まれた。メイが真っ赤になって、チャンに詰め寄った。どうやら、メイが昨日と同じ洋服を着ていることを、チャンが朝からからかっているらしい。

カルロの店のランチは相変わらず人気で、タクシーを降りた時には、入口の前に行列ができているのが見えた。チャンは構わずに店に入ると、ウェイターの李を呼んだ。グランドピアノの脇のいつもの席に、予約の札が置かれている。李がメイを見て、「久しぶりですね」

と挨拶した。チャンは今日のランチを奢ることで、メイの怒りを宥《なだ》めたのだ。ランチタイムは予約不可の店だが、チャンは構わず李に電話すると、さっさとテーブルを押さえてしまった。

チャンはよほど機嫌がいいらしく、シャンパンを開けようと言い出した。李にワインリストを持ってくるように言うと、「何かいいことがあったのか？」と、店主のカルロが顔を出した。二人はもちろん、株の仲間でもある。何かで一発当てたと思ったのだろう。

「今日は、私の人生で最高の日だ」チャンは言った。「ここにいるメイが、四ヶ月ぶりで笑った」

メイは泣きそうな顔をして、広東語で何か言った。これ以上あちこちで触れ回るのはやめてくれ、と頼んだのだろう。

カルロは秋生とメイの顔を見て、「シャンパンは店のおごりにしよう」と言った。

24

「バケーションで香港に来ていて、久しぶりにステイトメントを見たら、ＡＴＭから心当たりのない引出しがある」

チャンの事務所に戻ると、秋生はメイに手順を説明した。欧米の人間には、中国人と日本人の区別はつかない。ロンドンとリバプール程度の違いだと思っている。若林麗子を名乗ったメイの広東語訛りの英語を聞いても、誰も不思議には思わないだろう。

「そこで、〈いったいどこのATMが使われたのか、大至急、調べてくれ〉と言うんだ。電話をかけているのは香港の友人の会社で、結果は、電話かFAXでここに送らせる」

秋生が大丈夫かと訊くと、メイは「そんなの簡単よ」と答えた。

午後五時を待って、電話をかけた。

予想どおり、麗子の名前とクレジットカード番号、生年月日を伝えるだけで、カード担当者は簡単に騙された。すっかり同情して、すぐに調べてFAXを送ると言う。メイの演技も、真紀に劣らず、なかなかのものだった。面倒に巻き込まれた金持ち女を見事に演じている。そのうえ、自分は旅行中で、簡単に連絡がつかないことをちゃんと強調している。これなら、担当者がわざわざ自宅にかけなおそうとは思わない。

三十分ほどで、銀行からFAXが送られてきた。

ATMは計八回使われ、そのうち六回は新宿東口のシティバンクのATMが使われていた。麗子は大久保のアパートに荷物を置いた後、新宿周辺のホテルを転々としていたのだろうと秋生は考えた。国内のホテルなら、チェックインの際に身分証明を要求されることもない。

予約なしのウォークインで宿泊し、すべて現金払いにしてしまえばいいのだ。身元を隠してホテルに泊まりたい奴はいっぱいいるから、ホテル側としても慣れたものだろう。そこから、大久保のアパートの郵便受けをチェックしに行くつもりだったのだ。

残りの二回のうち、昨日の引落としは世田谷区経堂の駅ビルにあるＶＩＳＡのＡＴＭが使われていた。最初にカードが使われたのは十日ほど前、場所は香港国際空港だ。

秋生はようやく、麗子が金を奪った後、香港まで来なければならなかった理由に気づいた。麗子は、カードを受け取りにやって来たのだ。

秋生はずっと、麗子がチャンとの契約をキャンセルしたのは、隠れ家のある新宿あたりに私書箱をつくって、ステイトメントを日本で受け取れるようにするためだと思っていた。

しかし、新しく別の口座を開くとなると、そう簡単にはいかない。

どのオフショアの銀行も、マネーロンダリング対策の一環で、住所として私書箱を使うことを禁じている。「P. O. Box」と表示される正規の私書箱では、口座開設はできない。それに対してチャンのような業者を使えば、自宅住所のように装うことができる。だからこそ、割高な料金でも利用する人間がいるのだ。

日本にも同様のサービスをする業者はいるが、グレイゾーンのビジネスなので、ヤクザの息がかかっていることも多い。当然、黒木だってそれくらいのことには気づいているだろう。

そんなところに、「若林麗子」の名前で私書箱をつくれば、すぐにバレる。口座をつくるためには、「若林麗子」の名前で郵便が届く住所がいる。当然、真田と暮らしている南麻布の自宅は使えない。綾瀬にある母親のアパートも問題外だ。鍵もないような郵便受けじゃ、誰が持っていくかわかりゃしない。それに、麗子の住民票を辿ればしっかり住所が載っている。

——私書箱が香港にあるのか。

秋生は舌打ちした。なぜこんな簡単なことに気づかない。

麗子はなんらかの方法で香港に新しい私書箱をつくり、法人口座のあるオフショアバンクに住所変更届を出した。新しい住所が記載されたステイトメントが手に入れば、それを住所証明にして、どこでも好きな銀行に口座をつくることができる。あとは、認証されたパスポートのコピーと金を送ればいいだけだ。

必要なのは最初の口座番号通知だけだから、これは別に金を払って日本の私書箱に転送させればいい。こっちは、口座番号がわかったらすぐに潰してしまう。これなら黒木にも気づかれない。

こうやって麗子は、秘密裡にふたつの口座をつくった。ひとつは、五〇億を入金するための口座。もうひとつは、インターネットでアクセスできる銀行口座。こっちは、日本での活動に使うためのものだ。黒木たちから身を隠しながら、いちいち国際電話やＦＡＸで銀行とやり取りするんじゃ面倒だ。

だが、新しく開設した銀行のカードが送られてくるまでには、一週間か、場合によっては一ヶ月ちかくかかることもある。そんなに長く日本に私書箱を置いておくのではリスクが大きすぎる。だからこそ、五〇億を送金した後、黒木に出国の事実を知られるリスクを冒してでも、カードを受け取りに香港に来なければならなかったのだ。

「ということは、若林麗子名義の私書箱が、香港のどこかにあるというわけか？」秋生の説明を聞いて、チャンが呟いた。「だけど、俺みたいなことをしてる業者は腐るほどいる。個人営業の店もあるから、とても全部は調べられないぞ」

「そんなことないよ」秋生は言った。「日本からサービスを申し込んだのなら、インターネットにホームページを持っている業者に違いない。それに、相手との交渉は英語じゃなきゃいけない。条件をそこまで絞れば、五十社はないはずだ」

秋生はちらっとカレンダーを見た。

「麗子が香港に来たのは二十日前。いまごろは、十一月末締めの新しいステイトメントが届いているはずだよ」

チャンの事務所の応接室のソファーに、横になっていた。三畳ほどの狭い部屋に、安物の応接セットが無理矢理詰め込まれている。部屋の隅には段ボールが山積みになっており、埃をかぶった花瓶がいくつか転がっている。

夕方になると、さすがに少し疲れた。吐き気は治まっているが、また頭痛がぶり返してきた。秋生の顔色が悪いのを見てチャンやメイからは家に帰れと強く勧められたが、今日中に私書箱サービス業者のリストアップまでやってしまうつもりだった。けっきょく、仕事が終わった後でメイが手伝うことになって、それまでこの部屋を空けてもらったのだ。

「アキ、調子はどうだ？」そう言いながら、チャンが顔を出した。「やっぱりいちど、病院で精密検査してもらったほうがいいんじゃないのか？　この際だから、人間ドックにでも入ってぜんぶ診てもらえ。俺が知合いの病院長に頼んで、最高級の個室をディスカウント価格で用意してやる」と真顔で言う。

このままではほんとうに入院させられてしまうと思い、慌てて「もう大丈夫だよ」と起き上がった。

「それなら、メイに元気なところを見せてやれ。五分おきに、どこの病院がいいだの、どの薬を飲ませるだの相談されて仕事になりゃしない」そう言って、いつもの馬鹿笑いをした。「ぜんぶ試してみたら、どれがいちばん効くかわかるだろう。これで俺の老後も安心だ」相変わらず、ジョークはくだらない。

「ところで、それは何？」秋生は、チャンの持ってきた包みを指差した。

「これか？　いま届いたんだ。すっかり忘れてた」

チャンから渡されたのは、恩田から送られてきた資料だった。昨日の電話の後、すぐに発送の手配をしてくれたのだろう。中身は、麗子の戸籍と住民票。ざっと内容をあらためたが、電話で聞いていたのと同じだ。

包みの中に、角判の白い封筒が入っているのに気づいた。恩田からの手紙だ。

「同封の資料をご査収ください」という事務的な文面の下に、手書きで、「お知らせすべきかどうか悩みましたが、私が判断することではないので、お送りすることにしました」としたためてあった。

いっしょに入っていたのは、Ｂ５判の紙切れ一枚だった。そこには、短く次のように書いてあった。

「若林康子　昭和十七年七月三日生
前科：有（一犯）

罪名：殺人
判決宣告日：昭和六十三年十一月二十六日

判決：懲役十五年
平成十一年十月十四日：仮出獄
平成十二年十一月六日：死亡」

その下に、古い新聞記事のコピーが貼り付けてあった。わずか四行ほどのベタ記事だ。赤いボールペンで、「一九八八年五月八日」と日付が書き込まれている。

「八日午後三時頃、足立区綾瀬一丁目のアパートで男性が全身を包丁のようなもので刺され、殺されているのが発見された。調べによると、死亡したのは近くに住む無職・柿山浩二さん（56歳）。警察ではアパートに住んでいた無職・若林康子（45歳）を殺人の疑いで逮捕し、詳しく事情を聴いている」

麗子は一九七〇年に生まれているから、事件のあった時は十八歳、高校三年生だ。

母親の康子は、あのアパートで男を殺して刑務所に収監され、平成十一（一九九九）年十月に刑期を短縮して釈放されていた。牧丘病院の吉岡光代は、「康子は長い療養生活を送っていたが、自殺未遂騒ぎを起こしてこの病院に送られてきた」と言っていた。当然、この事情を知っていたのだろう。康子は、ドライバーのようなもので自分の顔を傷つけ、片目を抉り出したという。刑務所内の作業場でそんな事件が起きたことがわかれば、確実に管理責任者の首が飛ぶ。医療刑務所に送ったもののもてあまし、精神病院に放り込んだというわけだ。

生活保護のひとつくらい、つけてやっても不思議はない。

母親が刑務所から出てきたことを知って、麗子は見舞いに訪れた。これなら、麗子が母親と疎遠にしていた理由もわかる。

秋生は、もういちど新聞記事のコピーを眺めた。事件があったのは一九八八年。麗子はそれから十三年もの間、母親が男を殺したアパートの家賃を払いつづけ、畳や襖を張り替えることもなく現場をそのまま残していた。いったい何のために？　まさか、母親が刑期を終えた後、ふたたびあそこで暮らそうと思っていたわけではないだろう。

あの血だらけのアパートは麗子にとって特別な場所であり、家賃を払いつづけることは、彼女にとってひとつの儀式だったのではないか？

思わず溜息をついた。

もしそうなら、その理由を知って、いったいどうなる？

事務所のフロアに戻り、ノートパソコンを立ち上げた。メイが駆け寄ってくると、「動いても大丈夫？」と訊く。「すっかりよくなったよ」と言ったが、そんな自己申告ではまったく信用されないようだ。額に手を当て熱がないことを確認し、ついでに舌と瞳孔を検査され、「ずいぶん血色がよくなったわ」と満足そうに頷いた。秋生は礼を言って、「そのうちちゃんと病院で診てもらうから」と約束した。「だったらいいとこを探さなきゃ」と言って、メイはさっそくどこかに電話しはじめた。今度はなにをされるかわからないが、これまでのことを考えれば文句の言える立場ではない。

秋生とメイは手分けしてインターネットを検索し、英語のホームページを持ち、海外の顧客をも対象にする香港の私書箱サービス業者をリストアップした。チャンは手持ち無沙汰のようで、事務所の中をうろうろしている。メイが「チャンさん、やることないんだからもう帰ったら？」と言うと、「俺だっていろいろ考えているんだ」と頬を膨らませた。

「麗子って女は、金を盗んだ後、パスポートを偽造して別人になりすまそうとした」チャンが言った。「よほどのワルじゃなきゃ、そんなことは思いつかない」

チャンには、簡単な経緯を話していた。それで、探偵気取りになっているのだ。

「麗子は、香港に私書箱をつくって、銀行口座をふたつつくった。だが、なんでそんな面倒なことをする。銀行口座なんか、ひとつあれば充分じゃないか」チャンは推理を続けた。メイの手前、何か言わないと格好がつかないと思ったのだろう。

「誰だって、クレジットカードで簡単に金が引出せる口座に大金を置いておきたくないだろ」

秋生が反論すると、「なるほどな」と、あっさり自分の推理を撤回した。もともと、何も考えてはいないのだ。

だが、秋生のほうが自分の言葉に引っかかった。どんな銀行でも、こうしたニーズを満たすため、定期預金や通知預金の口座を用意している。これらの口座に移してしまえば、カードで資金を動かすことはできない。だったらなぜ、ふたつの口座が必要になった？　最初からインターネットバンクに金を送れば、そのほうがずっと簡単だ。

その時、秋生はもっと基本的な疑問に思い当たった。

――麗子はどうやって五〇億円、米ドル換算で四〇〇〇万ドルもの大金を送金できたのか？

大金持ち相手のプライベートバンクなら、個々の担当者が顧客の属性や資金の性質を把握しているから、一〇〇〇万ドル単位の金を動かしても問題はない。しかし麗子が使っているのは、メールオーダーで簡単に口座が開けるようなオフショアバンクだ。口座をつくったばかりの人間がいきなり四〇〇〇万ドルもの大金を振込んできたら、大騒ぎになるに決まっている。同時多発テロ後のこの時期、面倒なことに巻き込まれるのはどこも真っ平だから、犯罪絡みの金かどうかを徹底的に調べるだろう。まともな銀行なら、受取りを拒否するかもしれない。

じゃあ、なぜ銀行は麗子からの入金を受けた？

「わかったよ」秋生は呟いた。

チャンが驚いた顔で、秋生を見た。

「何がわかったんだ？」

「金の在り処」

こんな子供騙しの手口に引っかかるなんて、自分でも信じられない。

チャンが、思わず身を乗り出した。「どこだ？」

「麗子は、法人口座を開いたのと同じ銀行に、個人の口座もつくった。金は、法人口座から個人口座に振替えただけだ」

どんな大口送金であっても、法人口座にあった資金を、所有者の同じ個人口座に振替えるだけなら、銀行は何も不思議に思わない。法人名義の口座を解約したとしても、個人名義で資金を運用することにしたと思うだけだ。これなら、銀行に何ひとつ不審を抱かせずに、五〇億を自分の口座に移動できる。

実に単純だ。しかし、これ以外に五〇億もの大金を銀行に怪しまれずに動かす方法はない。

「なるほど」チャンが頷いた。「金がある場所はわかった。あとは、そいつを手に入れるだけだな」

「どうやって？」

チャンは、ちょっと言葉に詰まった。「襲うか」

メイと二人、思わず顔を見合わせた。

そのあとチャンは、麗子の口座にある金を手に入れるための愚にもつかないアイデアをあれこれ並べ立てていた。自分が無視されていることがわかるとしばらく電話番をしていたが、やがて「何か食い物を買ってくる」と出ていった。いつのまにか午後八時を回っており、ほかの事務員は帰ってしまって、フロアは閑散としている。秋生とメイは、インターネットで私書箱業者の検索を始めた。

チャンは一時間くらいで、大きな紙袋を抱えて戻ってきた。テーブルに料理が並べられると、餃子・シュウマイなどの点心類、焼ソバ、チャーハン、鶏や魚介類の炒め物、杏仁豆腐まで付いていた。メイがからかった。「チャンさん、中華レストランを始めるの?」

リストアップできた業者は、四十社ほどだった。だがこんな時間から電話をかけても、ほとんどつながらないだろう。たとえ相手が電話に出ても、怪しまれるだけだ。作業は、明日の朝から始めるしかない。

メイは料理に箸をつけながら、「きっとお父さんがカンカンよ」と笑った。

「俺から電話しとくから大丈夫」とチャンが言うと、

「もっと心配するわ」

メイの父親は政府の役人のはずだが、チャンとは親しいらしい。こうした香港人の人間関係は、部外者である秋生にはよくわからない。

「アキはどうする？」チャンがこちらを向いた。

「久しぶりに銅鑼灣《コーズウエイ・ベイ》のアパートに戻るよ」

「もう二、三日は、家には帰らないほうがいいな」しばらく考えて、チャンは言った。「自宅で突然、具合が悪くなって死んじまうってこともあるし」

「チャンさん、ヘンなこと言わないでよ」メイが本気になって怒った。チャンはもちろん、気にするふうもない。

「俺が近くにホテルを取ってやる。アキのアパートは、帰りに俺が様子を見に寄る」それからメイを見て、「そんなに心配なら、今日もいっしょに泊まればいいじゃないか」と言った。

メイが真っ赤になった。チャンが例の馬鹿笑いを爆発させた。メイはむっとして、思い切りチャンの脛《すね》を蹴飛ばした。

秋生は、チャンの好意に甘えることにした。言葉には出さないが、もういちど襲われることを心配しているのだ。

チャンは何件か電話をかけ、セントラルにあるフラマ・ホテルのシングルを二泊、予約した。リッツ・カールトンの隣にあるルフトハンザ航空系のホテルだ。そのせいかドイツ人の客が多く、サービスも質実剛健という感じだ。秋生は、チャンに自宅の鍵を渡した。

「アキがホテルにいれば、いつでもボーイさんに様子見に行ってもらえるし」と、メイも納得している。このぶんでは、三十分おきに電話がかかってくることを覚悟しなくてはならない。もし電話に出なければ、ホテル中の従業員が押し寄せてくるだろう。

「料理はそのままにしておいて。明日の朝早く来て、わたしが片づけるから」

メイはそう言うと、おもむろに秋生の脈拍を測った。「ちゃんと心臓は動いているみたいね」

チャンが腹を抱えて笑い出した。メイがまた真っ赤になって、広東語でチャンを罵《のの》った。ひとしきり二人でじゃれあった後、「ホテルに着いたら必ず電話して」と念押しして、メイはタクシーで帰っていった。

「よい娘じゃないか」チャンが言った。「アキにはもったいない」

今日はじめて、まともなことを言った。

チャンはどこからか老酒の瓶を持ってくると、生《き》のままグラスに注いで秋生に渡した。こんなふうに、二人で静かに酒を飲むのははじめてだ。

「アキ、メイのことはどうするつもりだ？」

しばらくとりとめのない雑談をした後、チャンが訊いた。

「メイは俺にとって、実の娘のようなものだ。もしアキがメイを幸福にしてやれるんなら、あの頑固親父にも俺から話してやろう」

秋生は、どう答えていいのか迷った。チャンが、嘘や言い訳を許さないことだけはわかった。

「これが終わったら、考えるよ。その時は、頼むことになるかもしれない」

そう言うと、チャンは底抜けの笑顔を浮かべた。

「メイは、俺の娘みたいなものだ」もういちど繰り返した。「死んだ娘と、同い年なんだ」

「チャン、結婚したことがあるの？」秋生は驚いた。そんな話はいちども聞いたことがない。

「結婚といっても、二年も続かなかった。ずいぶん昔のことで、忘れてしまったよ」

それからぽつりぽつりと、話しはじめた。

中国本土から密航してきたチャンには、満足な職はなかった。広州出身の人間を探し、同郷の縁でようやく紹介してもらったのが、屠場での豚の解体だった。

「文化大革命でド田舎に下放され、そこで三年間豚を育てた。そいつらを皆殺しにして逃げ出してきたと思ったら、ありついた仕事は、鋸《のこぎり》で豚をバラバラにすることだった」

チャンは皮肉っぽく笑った。

「最初の頃は、血の匂いに噎せて、毎日ゲロを吐いていたよ」

休日や深夜には中華レストランの皿洗いや工事現場の人足をして稼いだ。そうやって貯めた金を元手に屋台を買い、三年目に路上で商売を始めた。屠場から横流しした豚肉を安く売る店だ。その頃、同じように広州から密航してきて、屋台を引いている家族に出会った。そこに豚肉を卸したのがきっかけで、娘と口をきくようになった。一年後に小さなアパートを借り、結婚して子供が生まれた。かわいい女の子だった。

その頃、鄧小平の改革・開放経済が始まり、華南一帯は急速に資本主義化してきた。広東省と香港の間に貿易も始まり、それ以上に密輸が増えた。

香港の物価は、東アジアでは、東京と並んでもっとも高い。一方、七千万人の人口を抱える広東省の物価水準は十分の一以下だ。中国本土で仕入れた肉や野菜を香港で売れば、濡れ手に粟《あわ》のボロ儲けになる。こうして、大規模な密輸ビジネスが始まった。

チャンもまた、屋台を畳んで密輸商人となった。やっていることは、深圳あたりに集積した荷物を闇に紛れて小船に載せ、香港側に陸揚げするだけだが。この密輸品の中で、人間を専門に扱ったのが蛇頭《スネークヘッド》だ。

香港政府は密入国には神経を尖らせていたが、肉や野菜、魚を運ぶだけなら、官憲も大目に見て、賄賂を渡せばそれで済んだ。トラブルは、同業者の間で起こった。密輸ビジネスが儲かるとわかると、あっという間に商売敵《がたき》が増え、利権をめぐって抗争が頻発した。

そこから先は、チャンは詳しく語らなかった。裏社会の話なのだ。

ある日、チャンが家に帰ると、妻と子供の姿がなかった。三日後、ゴミ捨て場で、二人の変わり果てた姿が発見された。

「その時の娘が生きていたら、メイのようになっていたんだよ」チャンは、淡々とそう語った。

秋生には、どんな慰めの言葉も思いつかなかった。

「大切にするよ」秋生は言った。「約束する」

チャンは、潤んだ目をして笑った。

けっきょく、秋生とチャンは午前零時過ぎまで酒を飲み、タクシーを拾って帰った。フラマ・ホテルで先に降りると、フロントに伝言が大量に残されていた。慌ててメイに到着を報告すると、「こんな遅くまで何してたの?」と詰問《きつもん》された。「十回もホテルに電話したのよ」チャンと飲んだくれていたと言うわけにもいかず、日本にいる間に溜まった仕事を片づけていたと、適当な言い訳をしてごまかした。

三十分ほど後に、チャンから電話がかかってきた。秋生のアパートに、とくに変わったところはないと言う。

「二日くらいホテルに泊まって、帰ればいいんじゃないか。明日の夜、もういちど様子を見に行く」とチャンは言った。

25

翌日、午前八時半過ぎに事務所に着くと、すでにテーブルの上はきれいに片づけられていた。

「早いのね」布巾でテーブルを拭きながら、メイが言った。今日は目の覚めるようなピンクのスーツで大人っぽくきめている。「さっき、チャンさんから電話があったわ。九時にはこっちに着くって」

コーヒーでも淹れるからそこに座って待ってて、とメイ。秋生は、昨日リストアップした私書箱サービスの一覧を取り出した。ほとんどが香港島の中環、金鐘、灣仔《ワンチャイ》周辺に集まっている。九龍《カオルン》半島側は、尖沙咀《チムサアチョイ》以外は除外してもいいだろう。わざわざ不便なところに私書箱をつくる理由はない。秋生は、電話をかける優先順位を決めた。

メイが、コーヒーカップを持ってきた。秋生の隣に座って、リストを覗き込む。

今回も、メイに麗子を装わせて電話させるつもりだった。メイはカナダに二年いただけあって、香港人にしては、ブリティッシュ・イングリッシュに近い発音をする。日本人のふりをしても、バレることはないだろう。

「いいかい。日本から電話をかけていることにして、郵便物の確認をしたいと訊ねる。うまく私書箱が見つかったら、銀行からの郵便が届いているはずだと伝える。先月はじめに郵便を取りに行ったと付け加えてもいい。〈たまたま香港に友人が遊びに行っているから、ついでに取ってきてもらう〉と言って、僕の名前を教える。その後、僕が電話をかけて、〈知合いから頼まれたから、これから郵便をもらいに行く〉と伝える」

「そんなにうまくいくかなあ」メイが首を傾げている。「もし、〈折り返し日本に確認の電話を入れる〉と言われたらどうするの？」

「その時は、仕方ないから、〈いま外出中だから自宅に戻ったらまた連絡する〉と言って電話を切ってくれ。私書箱がどこかわかれば、やりようもあるだろう」

秋生は、ただの私書箱サービスにそこまでのセキュリティはないと踏んでいた。だいいち、国際電話をかければコストがかかる。

「やりようって？」メイが訊いた。

それから、悪戯っぽく笑った。「チャンさんに相談しちゃダメよ。襲っちゃうかもしれないから」

思わず吹き出した。

「いったい何を笑ってるんだ？」

事務所に入ってきたチャンが、訝し気な顔で二人を見た。


リストの上から順番に電話をかけていって、八件目でメイは当たりを引いた。相手は、メイが郵便物を特定したことで、すっかり信用した。「日本から何度も取りに来るのも大変ですからね」とも言ったらしい。それでも麗子の生年月日を確認したというから、予想外にまともな業者だ。

三十分ほど待ってから、今度は秋生が電話をかけた。

「若林さんから連絡を受けて電話したんですが」と言うと、電話に出た男は、「お聞きしています。お待ちしてました」と即座に言った。声を聞くかぎりでは、かなり若い。場所はすでに調べてあったが、旅行者のふりをして道順を尋ねた。金鐘駅の近くで、ここからなら二十分もあれば行ける。

そこは、パシフィック・プレイスの裏手にあるハイテク・オフィスビルの一室だった。事務所にいる社員は五人くらいだが、パソコンのモニタだけでも十台以上が並べられ、フロア中にケーブルが張り巡らされていた。まるでソフトハウスか、ネットワーク関連のベンチャー企業という趣《おもむき》だ。そういえば、凝ったつくりのホームページを運営していたことを思い出した。スタッフは黙々とパソコンに向かっている。チャンの事務所とは雰囲気がずいぶん違う。

応対に出たのは、ビリー・ヤンというまだ二十代の若者だった。たんなる私書箱サービスではなく、ベンチャー企業のバックオフィス支援会社として起業したのだという。コールセンターが別にあり、郵便物も、自動転送のものはそこで扱っている。ここに置いてあるのは、依頼者本人が直接、取りに来たいというものだけだと説明された。

「広東語のコールセンターは、深圳の近くに置いています。人件費がずっと安いですから。英語のコールセンターはオーストラリアにつくろうと思って、いま、場所を探しています。ここは狭くて不便ですけど、交通の便がいいだけが取り柄で」

何日もオフィスに泊まり込んでいるのだろう。寝不足の赤い目をしてビリーは笑った。

秋生は、日本からも依頼は来るのかと訊いた。

「どこかのホームページで紹介されたらしくて、私書箱希望の方が増えてます。でも、なぜか偽名での申込みが多くて。ウチは、外国人のお客さんにはパスポートのコピーを要求してますから、断ることも多いんです。海外へも郵便物を転送できるので、日本に偽名で私書箱をつくって、そっちに送らせる人もいます。最初はお受けしてたんですが、これもインターネットで評判になったらしく、人数が増えちゃっていまはお断りしているんです」

ビリーは言わなかったが、麗子も、この方法を使っていたのだろう。麗子が香港にやってきたのは、もっと単純な理由だった。本人以外の宛名への転送が認められなくなったため、カードを受け取りに来なくてはならなくなったのだ。

香港でも九九年は空前のベンチャーブームで、二〇〇〇年には東証マザーズやナスダック・ジャパンに対抗して、GEM（グローバル・エマージング・マーケット）というベンチャーのための新市場もできた。いまは大きく落ち込んでしまっているが、ビリーも、上場で一攫《いっかく》千金《せんきん》を狙う若き起業家の一人なのだろう。だったら、無用な法的リスクは冒さないはずだ。

二通のステイトメントを持ってくると、ビリーは言った。

「郵便物のお預かり期限は、最大六ヶ月です。それを過ぎても引き取りに来られないと、処分することになります。日本から半年にいちど、香港まで来るのが大変なら、海外転送サービスをお使いになるよう、若林さんにお伝えください」

秋生は、二通の郵便物の受取りにサインした。一通は、麗子がVISAカードを使っているインターネット・オフショアバンク。もう一通は、秋生がつくってやったオフショア法人と同じカリブの銀行だ。これが、本命だ。少し手が震えたかもしれないが、ビリーは気づかなかった。

「それにしても、おきれいな方ですね。こんど香港にお見えになった時は、お食事にお誘いしたいのですが……」

秋生は、彼女も喜ぶんじゃないか、と答えた。ビリーはうれしそうに、頬を赤らめた。こういうところは、まだ子供だ。

事務所に戻ったのは、昼過ぎだった。

秋生は、チャンとメイを応接室に呼び、ドアを閉めた。

二通の封筒を、テーブルの上に置いた。

最初に、インターネット・オフショアバンクのステイトメントを開けた。残高は五万ドルになっていた。入金の直後が締日だったのだ。

次の封筒を開ける時は、さすがに手が震えた。

「どうした？」とチャン。

「なんだか怖いわ」メイが真っ青な顔で秋生を見た。

「何をくだらないこと言ってるんだ。貸してみろ」

チャンは秋生から封筒を奪い取ると、勢いよく封を切った。ステイトメントを取り出し、そこに記載されている数字を見て、石のように凍りついた。

「何かの間違いじゃないのか、これ」

秋生は、チャンからステイトメントを受け取った。口座の残高は、米ドルで四〇〇〇万ドル。日本円にして約五〇億円。

間違いない。ついに金の在り処を突き止めた。

「四〇〇〇万ドルだって……」

チャンの声も震えている。秋生は、チャンには正確な金額を伝えていなかったことを思い出した。

——とうとう突き止めた。

秋生は、その言葉を何度も繰り返した。

上環《ションワン》駅近くの西港城《ウエスタン・マーケット》にあるアンティーク・カフェでコーヒーを飲んでいた。

西港城は、二〇世紀はじめに建てられたエドワード様式の建物を十年ほど前にショッピングセンターに改修したもので、中国工芸品やアクセサリー、小物などの店が集まっている。ここにある中華レストランは飲茶の店として有名で、昼時には近くのビジネスマンやＯＬたちの長い行列ができる。グランドフロアにある喫茶店は一九四〇年代の租界時代をイメージしており、店内は凝ったアンティークで飾られていた。

四〇〇〇万ドルのステイトメントを見てから、チャンは躁状態であちこちに電話をかけまくり、午後になると、「今日はどうしても断れない約束があるから」と出かけていった。事務所にいても仕方がないので、メイにひと声かけて、街に出た。

上環界隈は、古い下町の面影を色濃く残している。文武廟《マンモウミウ》は香港最古の道教廟《びょう》で、いつ来ても地元の人たちで賑わっている。巨大な渦巻き状の線香が天井からいくつもぶら下がり、赤い短冊に願い事を書いてこの線香に結べば夢が叶うのだという。

文武廟から東西に延びる通りがハリウッド・ロードで、香港一の骨董街として有名だ。ただし、そのぶん贋作《がんさく》も多い。その一本北がキャット・ストリートで、こちらは中古品や玩具などのガラクタが集まる泥棒市だ。

十二月に入っても、香港ではまだ半袖姿もよく見かける。夜になるとさすがに冷え込むが、湿度も低く、一年の中では過ごしやすい季節だ。一時間ほど街を歩き、メイに電話すると、三十分くらいで仕事を切り上げて出てこられるという。そこで、この喫茶店で待ち合わせることにしたのだ。

事務所を出る時に、「金を手に入れる方法をちゃんと考えておいてくれよ」と、声を潜めてチャンから言われた。チャンは異常なくらい興奮し、熊のように事務所を歩き回っては、自分の思いつきを秋生に向かってしゃべり散らしていた。その中でいちばん力説していたのは、どこかの女を麗子そっくりに整形させて銀行に行かせたらどうだ、という途方もない計画だった。「顔が同じなら、少しぐらいサインが違っってても信用するだろ」そう言ってメイのほうをちらっと見た。

秋生の手元には、五〇億円の眠る銀行の口座番号と麗子のパスポートのコピーがある。これでパスポートIDと生年月日、サインは入手できる。登録住所はビリーの私書箱。電話転送サービスは利用していないようだから、おそらく麗子の母親のアパートのままだろう。電話は取り外され、回線は解約されている。仮に第三者が送金依頼をしても、銀行はそれを麗子に確認することができない。これは一見メリットのように見えるが、多額の送金依頼の場合、銀行側は直接、本人に確認できない限りその指示を実行しないだろう。

しかし最大の問題は、コードワードがわからないことだ。

本人が直接、窓口を訪れるわけではないオフショアバンクでは、顧客の認証はコードワードがすべてだ。それがなければ、電話やFAXでの残高照会すらできない。

麗子の口座開設申請用紙に書かれたコードワードは〈KASUMI〉。母親の墓前に飾られていた花の名前だ。ほかに手段がなければ、チャンはこれで、いちかばちかやってみるべきだと言っていた。

もし麗子が同じコードワードで登録しているのなら、五〇億円はこちらのものになる。しかし、その可能性は万にひとつもないだろうと秋生は思っていた。これだけ用意周到に計画していて、秋生やヘンリーが知っているコードワードをそのまま使うわけがない。

もしコードワードが間違っていれば、銀行側は警戒し、二度とチャンスはなくなる。

もうすぐ麗子は、偽造パスポートをつくりに香港にやってくる。それまでに、金を動かす方法を見つけなくてはならない。

「どうしちゃったの？　深刻な顔で考え込んじゃって」

気がつくと、メイが前の席に座っていた。

夕陽を浴びて紅に染まったヴィクトリア湾を、灣仔の埠頭に向けて、スターフェリーがゆっくりと近づいてくる。ハーコート・ガーデンを囲む高層ビル群に、ひとつひとつネオンが点っていく。アイランド・シャングリラの五十六階にあるバーから眺める香港の夕暮れは、息を呑むほど美しかった。

風が強いのか、上空では雲が、素晴らしい速さで西へと流れていく。空が少しずつ暗くなって、やがて宝石のような光の海が一面に広がる。その一大スペクタクルを、メイは飽きもせずに眺めていた。

秋生は、二杯目のドライマティーニ。メイはフローズン・ダイキリ。以前はよく、このバーで夕陽を眺めてから、クラブやディスコへと繰り出したものだ。その頃のメイは、流行に夢中の女の子だった。いつの間にか、すっかり大人になった。

「いろいろありがとう」秋生は言った。いちど、ちゃんと礼を言っておきたかったのだ。この二日間で、返しきれないくらいの借りをつくった。

「そんなこと気にしないで」メイは応えた。それから、真っ直ぐに秋生を見た。

「わたしは、アキが何を考えているのかよくわからない。でも、きっと正しいことをしようとしてるんだと信じてる」

秋生は、何と応えていいのかわからなかった。

「だから、わたしは何も言わないつもりだった」

それからしばらくの間、目を伏せていた。

「だけどひとつだけお願いがあるの」メイは言った。鳶色の瞳には、強い光が宿っていた。

「あのお金にかかわるのはもうやめて。このままだと、みんな不幸になるような気がする」

たしかに五〇億は、人を狂わせるのに充分な額だ。いったん狂ってしまえば、二度と元へは戻れない。そういう人間を、これまで何人も見てきた。

自分の考えていることを、メイにうまく説明できそうもなかった。

「わかってるよ」秋生は言った。

「よかった」ほっとした顔で、メイが笑った。

「チャンさんはどうしよう。あの人、お金に夢中よ」

たしかに、あの異常な興奮ぶりが気になってはいた。

「チャンには僕から話しておくよ」

「それで済めばいいんだけど」不安そうな目で、秋生を見た。「チャンさん、今日あちこちに電話かけてたでしょ。時々、受話器を抱え込んで応接室でこそこそ話してたし」

「何も問題はないさ」そう答えながらも、秋生も少し不安になった。自分の知らないところで、チャンは何をしようとしている？

嫌な予感がした。

黒木は、絶対に金を諦めないだろう。裏切った奴を許すはずもない。

あの金に触って、無事に済むはずはなかった。

十二月に入って、夜のイルミネーションはすっかりクリスマス一色に変わっていた。麗子との約束を、思い出した。だが、彼女ともういちどこの夜景を眺めることはないだろう。

気がつくと、メイの身体が細かく震えていた。

「とっても怖いの」

「ごめん」自分でも驚くほど、素直に言えた。

メイを金鐘の駅に送り、そのままホテルまで歩いて帰った。夜になっても相変わらず人通りは多く、車の警笛に物売りの声が混じる。コンビニに寄って、ミネラルウォーターを買った。高層ビルのネオンに隠れて、半月が侘しげに中空にかかっていた。

部屋に着いてノートパソコンを取り出すと、今日までの経緯を簡単なメモにまとめた。データをフロッピーディスクにコピーし、ビジネスセンターに持っていってプリントアウトすると、ステイトメントや麗子のパスポートのコピーなど、その他の資料といっしょに大判の封筒に入れ、封をした。

作業が終わると、午前一時を過ぎていた。

ファイルをまとめている時から、何か大事なことを忘れているような気がしていた。ミニバーからバーボンを取り出し、ビールグラスに氷を入れてオンザロックにした。それを持って窓際の椅子に座り、しばらく考えていたが、けっきょく思いつかなかった。

メイに言われた言葉を、思い出した。

もう、何が正しいのかすらもわからなくなっていた。

午前二時を回り、そろそろベッドに入ろうかと思っていた時に、携帯が鳴った。国際通話を示す「通知不可能」のディスプレイを見て、受信ボタンを押す前から誰かはわかった。予定よりもずいぶん早い。

一瞬、躊躇した。

自分にできることをやるしかない、と思った。それが正しいかどうかなんて、どこかにいる誰かのための神様が判断すればいいことだ。

「工藤です」と答えると、短い沈黙が流れた。

「明日、あなたのところに行くわ」麗子が言った。

「何時の飛行機？」

「お昼前には着くわ。どうすればいいの？」

午前便に乗れば、香港国際空港には十一時前に到着する。秋生は余裕を見て、午後一時に中環の香港上海銀行五階にあるＶＩＰルームで待ち合わせることにした。「もし先に着いたら、入口で僕の名前を出せばいいから」

「必要なものは？」

「名前だけ。教えてくれる？」

「いろいろ考えたんだけど、わたしには決められないわ」麗子は小さく笑った。「あなたが決めて」

秋生の反応を楽しんでいる。

「そんなことは無理だよ」

「ううん、ほんとうになんでもいいの」それから、「あなたがつけてくれた名前で生きていくわ」と言った。

麗子の底意がわからなかった。悪い冗談なのか？　だがしばらく考えて、反論するのは止めた。麗子がどんな名前になろうと、自分には関係のないことだ。

「わかったよ。明日までに考えておく」

「ありがとう」麗子は言った。「いくら払えばいいの？」

「それも明日、相談させてもらうよ」

そう答えると、「好きなだけ請求してくれていいのよ」と麗子は笑った。

「ねえ、ひとつだけお願いがあるの」

「なに？」

「クリスマスのイルミネーションは、もう始まったの？」

「ああ」

「暗くなったら、もういちどだけヴィクトリア・ピークに連れていってほしい。そうしたら、もう二度とあなたの前には現れないわ」

秋生の答えを待たずに、電話は切れた。

バーボンを舐めながら、しばらく麗子のことを考えていた。それからノートパソコンをインターネットにつなぎ、ニュースサイトにアクセスした。いちばん最初に出てきた女性の名前を、紙にメモした。「滝川沙希《たきがわさき》」。地方の新聞社が主催するヴァイオリン・コンクールで優勝したという、十五歳の中学生の名前だった。

バーボンの残りを飲み干すと、部屋の電気を消した。さすがに疲れていたのだろう、すぐに深い眠りに落ちた。

26

翌朝、午前九時を少し回ったあたりで、メイから電話がかかってきた。ちょうど荷物をまとめ、チェックアウトしようとしていたところだった。

「アキ？　チャンさんが事務所に来ないの。どうしたんだろう。お家に電話しても誰も出ないし」

泣きそうな声で言う。これまで、チャンが連絡もなしに事務所に来なかったことはいちどもないという。

「べつに心配することないよ。どっかで飯でも食ってるんだろ」

そう答えながらも、秋生は不安になった。昨日の夜、チャンから電話はなかった。アパートの様子を、もういちど見に行く約束だった。

「これから自宅に行ってみる。君はそこにいてくれ」

「お願い」メイの声は震えていた。

チェックアウトの時、フロントに「荷物を預かってほしい」と頼んだ。「今日の夕方までには引き取りに来る」と伝え、チップとともにノートパソコンと、昨日の夜にまとめたファイルの入った封筒を渡した。


チャンの自宅は、銅鑼灣から地下鉄で五駅東の太古《タイクー》にあった。秋生はいちど、酔い潰れたチャンを連れて帰ったことがあった。何があったのか知らないが、真夜中に秋生のアパートに押しかけてきた時にはまともに話のできるような状態ではなかった。その時ちょうど、マコトが香港に遊びにきていた。半ば意識を失ったチャンからかろうじて自宅の住所を聞き出し、二人でタクシーに押し込んで家に担ぎ込んだのだ。

チャンの家は、秋生と同じ雑居ビルのアパートだった。ホテルの前からタクシーを拾うと、三十分もかからずに着いた。もういちど電話してみた。やはり誰も出ない。

玄関のドアはロックされていたが、五分ほど待っていると、買物にでも行くのだろう、五歳くらいの女の子を連れた主婦が出てきた。入れ違いに、アパートに入った。

チャンの部屋は、五階の端だった。古いエレベータを降りると、日の当たらない廊下側は電灯も暗く、ところどころ蛍光灯も切れかかっている。どこからか、テレビの音がする。

インターフォンを押したが、壊れているのか、何の反応もない。ドアをノックした。やはり返事はない。しばらく待って、もういちどノックした。

ノブに手をかけると、鍵はかかっていない。チャンの名前を呼びながらドアを開ける。窓はカーテンが閉められ、部屋は薄暗かった。玄関には、靴がきれいにそろえて置かれていた。靴箱の上には、幸運を呼ぶという翡翠《ひすい》の置物が飾られている。

どこか、生臭いにおいがした。

玄関の先はダイニングルームで、そのテーブルの上に、何かが載っている。黒い物体で、そこから異臭が放たれている。
二、三歩近づいたところで、秋生は思わず目をそむけた。
チャンはテーブルの上に仰向けに横たわり、全身をナイフで滅多刺しにされていた。テーブルからぽとりぽとりと血の滴が落ち、床は赤褐色の池になってる。チャンの目は、虚空を睨んでいた。下腹部はナイフで大きく抉られ、傷口から腸がはみ出している。真っ赤に染まったシャツに、蝶ネクタイだけがなぜかきちんと結ばれていた。

胃から食い物が逆流した。秋生は必死にそれを抑えると、二、三歩後ずさった。そのまま廊下に出る。午前中のこの時間は、幸いなことに人の気配はない。逃げ出そうと走りかけたが、かすかに残っていた理性がそれを押し止めた。

ポケットからハンカチを取り出すと、指紋が残らないように、ドアノブをきれいに拭った。靴跡が残っているかもしれないが、さすがに、もういちど部屋の中に入る勇気はない。

ドアを閉めると、エレベータを使わずに、非常階段から外に出た。路地の陰で、激しく嘔吐した。酸っぱい胃液が、口の中に溢れた。通りは、いつものような雑踏。果物売りの屋台が、ゆっくりと通り過ぎていく。開店の準備をする男たちの威勢のいい掛け声に、赤ん坊の泣き声が混じる。

秋生は携帯を取り出すと、チャンの事務所に電話をした。アルバイトの女の子が出て、メイは、どこからか電話がかかってきて、慌てて出ていったという。携帯にかけてみるが、電源が切れているのかつながらない。また不安が増した。いったい、何が起きている。

タクシーを拾ってチャンの事務所に行こうと大通りに出ると、携帯が鳴った。受信ボタンを押した。

「工藤さんかい」黒木が言った。

「いま、香港に来てるんだ。ちょっと会えないかと思ってね」

秋生は混乱した。なぜ、黒木がここにいる。

「気分はどうだい？　嫌なもん、見せちまったかな」

「どこから電話してる？」かろうじて、訊いた。

「あんたのアパートさ。早く帰ってこいよ」黒木は冷たく笑った。

黒木は一人でダイニングテーブルを背に、空き缶を灰皿代わりに煙草を吸っていた。その顔は、どこか退屈そうだ。

アパートの前でタクシーを降りると、もういちど事務所に電話をした。やはり、メイは帰っていない。なんの連絡もないという。

秋生は、パニック寸前の頭で考えた。

誰がチャンを殺した？

メイはどこに消えた？

なぜ黒木が自宅を知っている？　どうして部屋に入り込めた？

理由は、ひとつしか考えられなかった。

黒木は秋生を見ると、「早かったな」と言った。頬がこけ、目の下にはっきりとわかる隈ができている。

こいつも相当、追い詰められている。少しだけ、余裕が戻った。

「いつから知ってたんだ?」秋生は訊いた。

「最初からに決まってるじゃないか」黒木は面倒くさそうに答えた。「俺と会う二、三日前に、日本から来た客に香港上海銀行の口座をつくってやっただろ。あれは囮《おとり》だ。その時、お前の顔を確認し、後をつけたのさ。どこの誰だかわからない人間に会うのは、不安なんでね」

秋生は、のっぺりした顔の男を思い出した。何ひとつ質問もせず、金だけ払ってさっさと帰っていった奴だ。つけられているなんて、まったく気づかなかった。

「チャンとはいつから?」秋生は訊いた。

黒木は、麗子が今日、香港に来ることを知らないはずだ。そのことに間違いはないと、秋生は踏んでいた。もし知っていれば、いまごろは香港国際空港を駆けずり回っているはずだ。こんなところで秋生をのんびり待っているわけはない。

だとすれば、黒木が香港に来たのは、秋生が金の在り処を見つけたからに違いない。そのことを知っているのは、チャンとメイの二人だけだ。

「香港人とは、あんたが日本に向かった日に話をつけた。勝手なことをされないようにな」

あの日、香港駅で待っていたのはメイだった。チャンは、大事な用事ができたからと言って、秋生に渡す荷物をメイに頼んだ。あの時、チャンは黒木と会っていたのか。

「ここの鍵も、チャンから受け取ったのか？」

「人をむやみに信用しちゃいけねえな」黒木は笑った。「あいつは、俺が交渉する前から、あんたを売るために合鍵を用意していた。金の匂いを嗅ぎつけたんだろう」

日本に行く前日、上環の中華レストランで、チャンに自宅の鍵を渡したことを思い出した。それでチャンは、合鍵をつくったのか？　秋生のためにホテルを予約したのも、アパートを嗅ぎまわるために違いない。

しかしなぜ、そんなことをする。

「あんたは知らないだろうが、あいつは株で大損して、首が回らなくなっていた。なりふり構ってられる立場じゃなかったのさ。そんな時にあんたの話を聞いて、こいつをなんとか金にしようと思った。準備万端整えて待ってた時に、俺から連絡があった。渡りに船という感じだった。話が早くて助かったぜ」

秋生の疑問がわかったのか、黒木が言った。相変わらず、面倒くさそうな口調だ。

「一昨日の夜、あんたが金を見つけたと電話があった。そこで、昨日の朝一の便でこっちに飛んだ」

一昨日の夜といえば、メイと私書箱サービスを検索していた時だ。あの日、チャンとはずっといっしょだったはずだ。

――いや、そうじゃない。二人を置いて、チャンは料理の買出しに出かけた。あの時に違いない。

その後、誰もいない事務所で酒を飲み、チャンの死んだ妻と娘の話を聞いた。その時に、チャンはすでに、秋生を黒木に売っていた。

喉の奥に苦いものが込み上げた。

昨日の午後、麗子のステイトメントを見つけた後で、チャンは「どうしても断れない約束がある」と出かけていった。それ以来、連絡はない。

「昨日、チャンと会ったのか？」

「ああ。そこであんたの活躍ぶりを聞いた。あんた、凄腕だぜ。俺が知る中じゃ、ピカイチの猟犬だ」

「なぜ、チャンを殺した」

「あんたのせいさ」

黒木は新しい煙草に火をつけた。

「あんたはチャンに、盗まれた金は五億だと教えていた。ところが、銀行に入っていたのは、一桁多い五〇億だった。そこで約束が違うとゴネだした。自分の報酬も十倍にしろ、と揉めたわけだ。訳のわからん中国語で喚かれたんで、ナイフで滅多刺しにしちまった。あいにくクスリが切れかけてて、我慢が効かなかったんだ」

チャンの凄惨な死に様を思い出した。黒木は、あの金髪男を使ったのだ。

「友だちだったんだろ。悪いことしたな」興味なさそうに、黒木は言った。「ところで、そろそろ本題に入らないか。あんたの質問に答えるのはもう飽きた」

――黒木はなぜ、ここにいる？　秋生は考えた。

秋生が知っているのは、麗子の口座がある銀行と、ステイトメントが送られてくる登録住所だけだ。それなら、チャンだって知っている。口座番号だって、こっそり控える時間はいくらでもあった。それなのに黒木がここにいるということは、チャンは何もしゃべっていないということだ。金髪男が、聞き出す前に殺してしまったに違いない。

もし黒木が何も知らないとすれば、秋生にも交渉のチャンスはある。

「メイをどうした？」秋生は訊いた。

「悪いが、ちょっと預からせてもらっている」黒木は肩を竦めた。

「返してくれ」

「それは、あんたの返答次第だ」

秋生は、黒木が口を開くのを待った。

「麗子と会ったそうだな」恐ろしく冷たい目をしていた。

なぜそのことを知っている？　血の気が引くのがわかった。

「世の中には親切な奴がいるもんだ。どこの誰だか知らねえが、わざわざ電話して、あんたが新宿で麗子と抱き合ってたことを教えてくれた」

ゆっくりとキャメルの煙草を咥えると、秋生に向かって紫煙を吐き出した。

「あんたの時間だ。説明しろ」

いったい誰が、あの新宿の夜のことを知っている？　ホテルで襲った奴だ、と秋生は思った。そいつが、黒木に電話をかけたに違いない。

「五〇億は僕にはなんの関係もない」秋生は言った。「麗子が何をしようとしているのかも、僕にはわからない」

「それで？」黒木はじっと、秋生を観察していた。

「あなたの代わりに金を取り戻すよ」

鼻で笑った。「俺を馬鹿にしてるのか？」

それから秋生の顔を見て、「本気なのか」と驚いた顔をした。「どうやるんだ？」

秋生は、五〇億円がＪＰＦの法人口座から、麗子の個人口座に振替えられたことを説明した。

「ステイメントを手に入れたから、口座番号はわかった。麗子のパスポートIDとサインは手元にある。それを使うよ」

「だがそれだけじゃ、金は動かせねえ。そんな与太話を俺に信じろというのか？」

「真田は殺したのか？」黒木の質問には答えず、秋生は訊いた。

「俺は、金にならねえことはやらねえ」黒木は笑った。「あいつを殺したって、金が戻ってくるわけじゃねえからな」

「だったら都合がいい」秋生は時計を見た。「いまならまだ充分、余裕がある。今日の夕方の便で、真田をこっちに寄越してほしい」

「それは構わんが、何をする気だ？」

「麗子がやったことを、そのままもういちどやるつもりだ」

たしかに黒木の言うように、口座番号がわかっただけでは、金は動かせない。だが秋生は、わずかな可能性を見つけた。

麗子は、秋生がつくってやったジャパン・パシフィック・ファイナンスというオフショア・カンパニーに振込まれた五〇億円を自分の個人口座に振替え、法人名義の口座を閉鎖した。秋生の計画は、この法人口座をもういちどつくり直して、麗子の個人口座から法人口座に金を振替えることだった。

「銀行は、顧客の資金が第三者に送金されることにはナーバスになるけど、同じ銀行内の口座間で振替える分にはセキュリティは甘い。麗子は、これを利用した。だったら同じように、もういちど以前と同じ法人口座をつくって、〈日本の税制上の問題で、やはり法人名義で運用することにした〉と連絡する。これなら、たぶん疑われない」

「だが、口座をつくる時のサインはどうする?」

「麗子のサインは、プロに頼んで偽造する。真田のサインが本物なら、なんとかなるだろう」

欧米人の目には、漢字はまったく異質な言語だ。たとえば日本人には、アラビア文字の筆跡を比較することはできない。それと同様に、アルファベットのサインを見慣れた欧米の銀行員でも、漢字のサインを判別することは難しい。そのため、オフショアの銀行の中には漢字のサインを認めないところもある。

麗子は、パスポートと同じ漢字のサインで口座を開いていた。真田はアメリカの金融機関に勤めた経験があるから、当然、欧米流のサインを使っているはずだ。以前と同じ共同名義の口座で、真田のサインが本物なら、銀行の人間が麗子のサインの細かな違いに気づくとは思えない。

「もうひとつ、やってほしいことがある」秋生は言った。「麗子は母親と住んでいた綾瀬のアパートに電話を置いて、銀行からの連絡を受けていた。その電話は二週間前に解約されたばかりだから、番号はまだ空いているはずだ。同じ局内にアパートでも借りて、その電話番号で回線を開く。資金移動の指示を出せば、銀行から確認の連絡が入る。そこに英語を話す女性を置いておき、本人を装わせれば、信用するだろう。どうせ日本人の英語なんて、ぜんぶ同じに聞こえるんだ」

黒木は、しばらく秋生の提案を考えていた。「うまくいく確率はどれくらいあるんだ？」

「七〇パーセント」秋生は答えた。「香港に、その銀行の事務所がある。エージェントを通して、先に事情を説明させておくよ。銀行にとっては、四〇〇〇万ドルも預けているＶＩＰ顧客の頼みだ。どんなことでも嫌とは言えない」

「いつ、金は戻ってくる？」

「麗子が設定したコードワードがわからない以上、電話やＦＡＸでは指示は出せない。正式な文書にして郵便で送ることになるから、いくら急いでも一週間はかかる。法人名義の口座に金が振替えられたら、真田のサインでどこへでも資金を動かすことができる」

黒木はまた、黙り込んだ。

「それ以外に方法はないよ」

黒木は金を取り戻すのに必死だ。この提案を、絶対に断れない。

「あんたの条件は何だ？」

「約束どおり、五億の報酬をもらいたい」

「ほかには？」

「麗子を自由にしてやってほしい」

それを聞いたとたん、黒木は腹を抱えて笑い出した。ひとしきり笑った後、「それは何かの冗談か？」と言った。それから、信じられないとでも言うように首を振った。「あんた、馬鹿か？」

「質問には答えたよ」

黒木はまた考え込んだ。何かを思いついたのだろうが、表情から内面を窺い知ることはできない。

「最初から約束したことだ。五億はあんたにやる」そこで言葉を切った。「だが、麗子はダメだ。俺は慈善事業をしてるわけじゃねえ」

「麗子の自由は、僕が買うよ」秋生は言った。

「いくらだ？」

「三億」

「どこにそんな金がある？」黒木が鼻で笑った。

麗子が五〇億円をドルに替えた時のレートは一ドル＝一二五円だった。いまは一三三円近くまで円は下落している。そのまま四〇〇〇万ドルを円に替えれば五三億円になる。黒木に、そう説明した。

「その三億もあなたのものだ」

黒木は興味深そうに秋生を顔を見ていた。

「麗子の生命は、三億じゃ売れねえな」

「それに、あなたが金を取り戻したことを、誰にも言わないよ」

「どういう意味だ？」黒木が、剣呑な目付きをした。

「べつに他意はないよ」秋生は答えた。「あなたが僕の条件を飲んでくれたら、僕は約束を守る。その金をどうしようが、あなたの自由だ」

秋生には、黒木の考えが読めた。

麗子が盗んだ五〇億は、黒木の自由になる金ではない。一〇億は組が出した見せ金だし、残り四〇億にしても出資者がおり、契約書もある。その金を少しずつポケットに移し替えていくにしても、儲けが出れば上部組織にもリベートを払わなくてはならないだろう。だったら金を取り返したうえで、組の連中には「金は戻らなかった。組が出した一〇億は自分で弁償する」と言えばいい。そうなれば、菱友不動産から取った五億と合わせて、締めて四五億のボロ儲けだ。責任はすべて、真田に押し付ければいい。だからこそ、いままで生かしておいたのだろう。

「あんたが約束を守るって、なぜわかる？」

「信じてもらうしかない」秋生は言った。それは黒木のリスクだ。なんのリスクも負わずに五〇億ちかい金が手に入るなんて話が、この世にあるはずはない。

「まあいい。やってみろよ」そう言って、黒木はニヤリと笑った。「裏切った時は、あんたの親や兄弟が面倒なことになる。親父さんは地方銀行の支店長、兄貴は金融庁のお役人さま。絵に描いたようなエリートじゃねえか」

秋生は、驚愕《きょうがく》のあまり言葉が出なかった。いつの間に調べた？

「驚くようなことじゃないぜ。あんたがやったことを、ちょっと真似ただけだ。あんたが手伝った口座開設用紙を取り寄せて、紹介者欄から本名を割り出した。あんたの年齢を三十歳から三十五歳の間と踏んで、都市銀行、証券会社、生保、大手資産運用会社の社員名簿とつき合わせた。バブルの頃は銀行にも金がうなってたからな、新入社員の名簿もほとんどがカラー印刷で顔写真付きなんだぜ。あんた、あんまり変わらねえな」

それから、煙草の吸殻を空き缶に放り込むと、「命拾いしたじゃねえか」と言った。「麗子を隠していたら、この場で死んでるところだった。あんたの馬鹿な友だちみてえにな」

27

黒木と二人、タクシーで灣仔のグランド・ハイアットに向かった。

〈秋生が大怪我をした〉という電話がメイに入ったのは、チャンの件で秋生に連絡した直後だった。メイがあわてて飛び出すと、待ち伏せていた地元のチンピラがナイフを突きつけ、停めてあったバンに押し込んだ。「ここは物価が安くていいな。人をさらうのに五万も出しゃ充分だ。日本の十分の一だぜ」と黒木は言った。

「今日はやけにいい天気だな」黒木は目を細めて、窓の外を見た。

いままで気がつかなかったが、たしかに素晴らしく空が青い。香港では、雲ひとつなくてもいつも空は白っぽく濁って見える。最初はスモッグのせいかと思ったが、亜熱帯の気候とはそういうものらしい。

「あんた、麗子をどうするつもりだ?」黒木が訊いた。相変わらず、何の表情も浮かんでいない。「麗子の母親は人殺しだ。父親は首を括った」

「知っているよ」秋生は答えた。「麗子の父親は、あなたのようなヤクザに騙されて会社を潰した」

「お坊ちゃんに何がわかる」黒木が笑った。「墜《お》ちていく人間がどうなるのか、見たことがあるのか？　面白いぜ」

それから、愉快そうに秋生を見た。

「麗子の母親は、近所中の男をあの安アパートに引っ張り込んで、身体を売って金を稼いでいた。金を払わねえ男がいたんで、頭に来て包丁で滅多突きにした。それから電話をかけて、警察を呼んだ。その殺し方があんまり残酷なんで、十五年も刑務所にぶち込まれることになった」

「なぜそんなことまで知っている？」

「警察調書を見せてくれる友だちがいるんだ」あっさりと黒木は言った。「警察官が駆けつけた時、殺しの現場には、娘の麗子もいたんだとよ」

それから、わざとらしく溜息をついた。

「学校から帰ってきたら、売春で金を稼いでた母親が客をぶっ殺してた。感動的な話だろ。それもこれも、馬鹿な親父がヤクザの金に手を出すからだ。麗子が金にとりつかれるのも無理はねえ」

黒木はやはり、何かを知っている。

「麗子はなぜ、こんなことをした？」

「人間なんてみんな同じだ。楽して金を稼いで、楽して暮らしたいのさ」

「それならなぜ……」

秋生の言葉を途中で遮って、黒木は言った。

「あんたの悪いところは、どんなことにも算数のように答えを探すところだ。あんたのいる世界じゃ、1＋1は必ず2になるかもしれない。だが、生身の人間はいつもそんなふうにわかりやすく動くわけじゃねえ。そこらの犬コロだって、殴ったり蹴ったりされても飼主の足元をキャンキャンいって舐めるじゃねえか」

この話は終わりだというように、黒木は窓の外に目を移した。


黒木たちは、最上階の三部屋もあるスイートルームに泊まっていた。

メイは秋生の姿を見るなり、泣きながら胸にしがみついてきた。何発か顔を殴られたような痕があるが、それ以外は無事のようだ。その後から、ゴローが申し訳なさそうに現れた。黒木は、「五体満足で生きてりゃ文句ないだろ」という顔をしている。

「大丈夫か？」

メイは気丈にもすぐに泣き止み、「ええ」と頷いた。「心配しないで」

部屋の隅に、いやな目付きをした男が二人、座っているのが目に入った。一人は二十代、もう一人は四十歳を過ぎたあたりか。二人とも髪の毛を短く刈り上げ、若い男は安物のジャンパー、年上の方は、それでもスーツらしきものを着ている。こいつらがメイを誘拐したのだろう。

黒木は年上の男に近づくと、財布から一〇〇〇香港ドル札を何枚か引き抜いて渡した。男は礼も言わずにそれを受け取ると、若い方に合図して、出口に向かった。通り過ぎる時、年上の男が秋生の顔をじろりと睨みつけた。頰に深い傷がある。秋生は、この男にどこかで会ったことがあるような気がした。

時計を見た。午前十一時前。あと二時間で、麗子が香港上海銀行本店に現れる。この場をうまく抜け出して、麗子と会わなくてはならない。

「どうするんだ？」という目で、黒木が見ている。

「いまから手配しても、真田が香港に着くのは夜中だ。それまでに、すべての準備を整えておくよ」秋生は言った。「金鐘にヘンリーというエージェントの事務所がある。そこに行けばジャパン・パシフィック・ファイナンスの登記簿の写しがあるから、法人口座の開設手続きができる。それから銀行の事務所に寄って、事情を説明しておく」

「なるほど」と言って、黒木は立ち上がった。秋生は慌てた。いっしょに行くつもりなのだ。

「それはまずいよ。あなたがいっしょだとヘンリーが警戒する」

「信用できねえな」

「話をぶち壊す気か？　いちど疑われたら、取り返しがつかない」ここは強引に押し切るしかない。

「何時に戻ってくるんだ？」

麗子との話は三十分もあれば済む。「二時には書類を揃えてここに戻る。どこかで昼飯でも食べて、待っていてくれればいいよ」と答えた。

「しょうがねえな」黒木が折れた。「だが、約束の時間を一分でも遅れたら、この女の生命はないと思え」と、メイを見た。

「それじゃ話が違う」こんどは秋生が抵抗した。「メイはここで解放する約束だ」

黒木が、「お前は馬鹿か」という目で秋生を見た。

その時、ベッドルームへと通じるドアの向こうから、獣のような唸り声が聞こえた。黒木が小さく舌打ちして、「一時間と持ちゃしねえ」と言った。金髪男がいるのだろう。とても人間の声とは思えない。

「かわいい娘じゃないか。大事にしな」黒木が残酷な笑みを浮かべた。

この状況では、秋生としても黒木の言いなりになるしかない。

メイに事情を説明した。正しくは、「あと三時間ほど、ここで待っていてほしい」と言っただけだが。

メイは、「わたしは大丈夫」と気丈に答えた。「アキを信じてるから」

もっとも、詳しく聞かれても説明できるような話ではない。

ゴローを呼んで、「この娘を頼む」と伝えた。ここにいる三人の中では、間違いなく、もっとも信頼できる人間だ。ゴローは、「任せといてください」と大声をあげた。

メイに、ゴローのことを紹介した。

「彼は香港人の彼女を日本に呼んで、いっしょに暮らす予定なんだ」

メイはちょっと驚いた顔をしたあと、「素敵！」と言った。なぜだか知らないが、その不気味な容貌にもかかわらず、ゴローのことが怖くないらしい。「その彼女をわたしにも紹介してほしい」と言うので、通訳してやった。

ゴローは額に脂汗を流しながら、「こんなきれいな人じゃないから恥ずかしいっす」と答えた。しばらくして、「今夜、会いに行くっす」と、小声で付け加えた。

黒木は日本に電話をかけ、真田をいちばん早い便で香港に連れてくるよう命じている。指定の電話番号はどんなことがあっても押さえろと、事務所の人間を怒鳴りつけた。秋生は、この件を担当することになるＮＴＴの職員に同情した。

気がつくと、いつの間にかゴローが、覚えたばかりの広東語でメイに話しかけていた。英語と広東語と日本語を混ぜ合わせて、ともかく会話らしきものが成立している。

秋生が「行ってくるよ」と声をかけると、心細げにメイが手を振った。

タクシーを捕まえるといったんフラマ・ホテルまで戻り、フロントに預けていた書類を回収した。この中に、麗子のパスポートのコピーも入っている。そのまま待たせていたタクシーに乗り、深水埗《シャムシュイポ》に向かった。

タクシーの中から、携帯でヘンリーの事務所に電話を入れた。幸い、本人が電話を取った。

「急ぎの話があるんだ」秋生は言った。「十二時にそっちに行くから、待っていてほしい」

「何の話だ？」

「金の話だよ」

「素晴らしい」とヘンリーは答えた。

深水埗は尖沙咀から地下鉄で北に五つ目の駅で、同じ沿線にある旺角《モンコック》や油蔴地《ヤウマテイ》と同じ香港の典型的な下町だが、現在では東京・秋葉原と並んで、東南アジアのハッカーやコンピュータおたくの聖地になっている。なかでも百軒以上ものコンピュータ・ショップが集まる高登電脳中心《ゴールデン・コンピューターセンター》は、コンピュータのパーツとコピーソフトを求めるハッカー、おたく、観光客で、平日でも足の踏み場もないほど込み合っている。

その近くの雑居ビルには、コンピュータを使ってちょっとした便宜を図ってくれるさまざまな業者が店を構えていた。チャンはこうした業界でも顔役で、秋生もそのうちの何軒かを紹介してもらっていた。

その店は築三十年は経っているだろう古いビルの八階にあり、ドアには表札ひとつ出ていない。呼び鈴すらない。この手の店はほとんどがそうだが、信頼できる紹介者を通してあらかじめ連絡しておかなければ、いっさい相手にされない仕組みになっている。

二〇平米ほどの狭い部屋にはパソコンが何台か置かれ、薄汚れたセーターを着た若者が二人、スナック菓子をつまみながらモニタに向かっている。応対に出たのは藪にらみの五十歳近い貧相な男で、片言の英語が通じる。もっとも秋生の依頼内容は単純なので、話をする必要すらない。

秋生は封筒から麗子のパスポートのコピーを取り出すと、「TAKIGAWA　SAKI」というローマ字と適当な生年月日を記入した紙といっしょに渡した。奥にいる若者がパスポートのコピーをスキャナで取り込み、文字を差し替えるのだ。ちょっとした技術があれば誰でもできることだが、ここは日本のパスポートとまったく同じ書体《フォント》と、それを出力できる特殊なプリンタを持っている。これを使えば、現物をコピーしたものとまったく区別はつかない。

部屋の片隅に置かれたパイプ椅子に腰掛けて二十分ほど待っていると、分厚い眼鏡をかけた気の弱そうな若者が、署名欄を空白にした「滝川沙希」のパスポートのプリントアウトを持ってきて、これで問題ないか訊いた。慎重にチェックしたが、実によくできている。これにサインして、もういちどコピー機にかければ、麗子の顔写真のある偽名のパスポート・コピーの出来上がりだ。特急料金込みで三〇〇〇香港ドル、日本円にして五万円弱の仕事だ。

秋生がOKを出すと、藪にらみの男は秋生から金を受け取り、黙ってドアを指差した。あまり歓迎されていないようだ。帰り際に、男はようやく口を開いた。

「チャンによろしく言っといてくれ」

秋生は曖昧に頷いて、無愛想な偽造屋を後にした。チャンの無残な死に様を思い出して、また気分が悪くなった。

深水埗の大通りでタクシーを拾ったのは十一時四十分だった。これなら予定どおり、十二時にヘンリーのところに着けそうだ。

タクシーの中で、チャンのことを考えた。

なぜ、黒木を呼んだ？　その理由が、どうしてもわからなかったのだ。

チャンは、四〇〇〇万ドルのステイトメントを見てすっかり夢中になった。明日にでも自分のものになるような妄想に駆られていた。それなら何も、金を見つけたことをわざわざ黒木に教えて、香港に呼び寄せることはない。四〇〇〇万ドルを目の前にして、わずかな謝礼を受け取っても仕方がないからだ。それなのに、なぜ命を落とすようなことをした？

メイは、チャンが何かを企んでいるようなことを言っていた。もちろん、本人が死んでしまったいまとなっては、それを知る術《すべ》はないのだが。

ヘンリーは、秋生の話を聞いて露骨に嫌な顔をした。いちど潰した法人口座をもういちどつくりたい、などという依頼がロクな話でないことは明らかだからだ。その説得に、十分を必要とした。説得といっても要は金の交渉で、通常の手数料二〇〇〇香港ドルの倍額で話がついた。

麗子の偽造パスポートを認証してほしいという依頼では、ヘンリーはさらに嫌な顔をした。こちらの交渉はさらに厄介だとわかっていたから、三十分の持ち時間を予定していた。残り十分でヘンリーを連れ出し、十二時五十分にここを出て中環の香港上海銀行に向かうというのが秋生のスケジュールだ。

「偽造したパスポートのコピーをいったい何に使うんですか？」ヘンリーは聞いた。

「一通は銀行口座の開設、もう一通はパスポートの申請」と、正直に答えた。最初から嘘をつくつもりはなかった。

偽造パスポートが犯罪に使われると、認証したヘンリーにも火の粉が飛んでくる可能性がある。警戒するのは当たり前だ。これは脱税のための道具だということを、まず最初に納得させなければならない。

脱税は、ヘンリーの認識では犯罪の範疇《はんちゅう》に入っていない。香港の警察や司法当局も、日本国に税金を納めるべき日本人がその義務を放棄したとしても、何の興味も持たない。ヘンリーとしても、脱税目的の偽造パスポートなら認証してもたいしたリスクはないのだ。

「顧客からの強い希望だ。金は出せるよ」秋生は追い討ちをかけた。金の話に持ち込んでしまえば、こちらのものだ。

ヘンリーはそれでも逡巡《しゅんじゅん》していたが、やがて「いくらぐらいで考えてるんですかねぇ」と折れた。目の前にぶら下げられた金の魅力にはかなわないのだ。

「そっちの値段を出してよ」秋生は言った。

「せめて一〇万香港ドルはいただかないと……」予想どおり、とんでもない額を持ち出してきた。サイン二回で、日本円にして一五〇万円相当を稼ごうというのだ。

「それでいいよ」秋生は即座に認めた。ヘンリーは、驚きで目を丸くした。もともと三倍は吹っかけているのだから当たり前だ。それから、満面に笑みを浮かべた。こんなに幸福そうな笑顔は、めったに見られるものじゃない。

秋生は小切手を取り出すと、金額欄に一〇万香港ドルと記入してサインした。ヘンリーの目が釘付けになるのがわかる。

「そのかわり、中環までいっしょに来てほしい。時間がないんだ」

また疑念の色が、ヘンリーの目に浮かんだ。しかし、テーブルの上に置かれた一〇万香港ドルの小切手を諦めることなど、この男にできるはずがない。

ヘンリーは立ち上がると、コートを取りにロッカーに向かった。

香港上海銀行本店VIPルームの窓際の席に座って、麗子はぼんやりと外の景色を眺めていた。

ランチタイムになって、真下にある皇后像廣場は物売りと、通行人と、弁当を広げる人たちで溢れていた。思わず外で食事がしたくなるような、一年に何日もない、最高に気持ちのいい午後だ。学校の課外授業なのか、制服姿の小学生たちが教師に引率されて広場を渡っていった。

VIPルームの十席ほどのテーブルは、ほとんど空いていた。奥に、携帯電話を片手にどこかの金融機関の担当者を怒鳴りつけている中年の白人女性がいる。こういう手合いには慣れているので、たいていの香港人は蛙の面に小便という顔をしてやり過ごしている。

麗子のテーブルには紅茶の白いカップが置かれていて、半分ほど残っている。椅子の横には、小ぶりの旅行鞄が置かれている。ホテルに寄らずに、国際空港から直接、ここに来たのだろう。もしそうなら、一時間ちかくは待っていたはずだ。

今日の麗子は、大きなカメオのペンダントをつけた青いタートルネックのセーターに、濃紺の革のパンツを穿《は》いていた。セーターの明るい青色が、窓の外に広がる真っ青な空とよく似合っていた。相変わらず美しいが、どこか疲れているようにも見えた。

「お待たせしてすみませんでした」

秋生は、事務的に話を進めようと決めていた。四十分で手続きを終え、二時までにグランド・ハイアットに戻らなければならないのだ。

「お久しぶりです」ヘンリーが挨拶した。彼もまた、面倒なことはさっさと終えたいと考えている。秋生と違うのは、そのことが露骨に態度に表れていることだ。

ヘンリーを別のテーブルに座らせると、秋生は封筒からパスポートのコピーを取り出した。

「これを使って、新しい名前で銀行口座とパスポートをつくります」秋生は説明した。「まず、この署名欄にサインしていただけますか？　日本語で構いません」

「滝川沙希って言うのね。素敵な名前」麗子がうれしそうに言った。「大切にするわ」

秋生はそれには答えず、白紙のレターヘッドと万年筆をテーブルに置いた。「ここに何度か書いてみて、同じ署名ができるようにしてください。今後は、これがあなたのサインになります」

麗子は小首を傾げ、三パターンほどの署名を書いた。どれも上品な字だ。しばらく考えて、

「これにするわ」と決めた。それを、先ほど深水歩でつくってきた偽造パスポートの署名欄に書かせた。

ヘンリーを呼んで、コピーを四通とってくるよう頼んだ。その間に、麗子に必要なことを伝えておかなくてはならない。

「認証されたパスポートのコピーがあれば、滝川沙希の名前で、オフショアの銀行に口座を開設することができます。今回も、ヘンリーが扱っているカリブ系の銀行に口座をつくってもらいます」

ヘンリーの事務所から持ってきた口座開設用紙を、テーブルの上に置いた。

「口座のつくり方は、もうおわかりですよね。住所と電話は、ご自分で手配してください」

麗子は小さく頷いた。

「口座ができたら、そこにある程度まとまった額のお金を送金します。一〇〇万ドル、日本円で一億三〇〇〇万円ほど送っておけば充分でしょう。入金が確認できたら、その残高証明を添えてパスポートを申請します」

アメリカやヨーロッパ、日本のような賃金水準の高い先進国では、常に外側の世界から人口流入圧力を受けている。日本の場合はそれでも四方を海に囲まれているからまだマシだが、自国よりも貧しい国と地続きになっているアメリカやヨーロッパ諸国では、所得の裁定取引が働いて、理論的には賃金水準が同じになるまで労働者が流入してくる。これでは国民の既得権が侵されるため、移民の受入れには強い政治的反発が生まれる。

だがこうした移民問題は恵まれた一部の国の話で、世界の大半を占める貧しい国々には何の関係もない。その国に住むことで何のメリットもなければ、移民はやってこないからだ。こうした国でも単純労働者の移住は厳しく制限されているが、金持ちの外国人なら大歓迎だ。まとまった額の資金を自国に投資することを条件に、ビザやパスポートが発給される。その審査や条件も、国によってマチマチだ。南太平洋あたりでは一五万ドルも払えば喜んで投資家ビザを発給してくれるし、アフリカの名もない国では一万ドルでパスポートを売っている。

一般に、居住権に比べて市民権の取得はずっと難しくなるが、ちょっとした工夫でパスポートは手に入る。たとえば、自国民と結婚した外国人には簡単に市民権を与える国がある。そこで、結婚ブローカーに頼んで結婚届を出し、市民権を得たら離婚してしまう。本人の意思で自由に名前を変えられる国も多いから、こういうところなら、いったんパスポートを手に入れてしまえば、まったく違う名前に変えることができる。

秋生が「滝川沙希」名義でパスポート申請させようと考えているのはカリブのタックスヘイヴンで、ここは市民権の販売を国のビジネスにしている。政府に金を払い、担当者に相応の賄賂を渡せばパスポートを発行してくれる。条件は、一〇〇万ドル相当の資金を自国内の金融機関に預けることと、犯罪に関与していないという証明を提出すること。もちろん、この証明も金で買える。ヘンリーのルートを使えば、認証されたパスポートのコピーで市民権の申請をすることも可能だ。

こんな事情は、当然、どの国の入国審査官も知っているから、かなりのトラブルを覚悟しなければ実際には使えない。少なくとも、このパスポートを使って麗子が日本に入国することは不可能だろう。しかし、独立国が発給した正式なパスポートがあれば、もう少しランクの高い国に移住する道が開ける。

ＯＥＣＤに加盟する先進国の中でも、カナダ、オーストラリア、ニュージーランドなどは建国以来の慢性的な人口不足に悩まされているため、移民に関してはかなり寛容な政策を維持している。それ以外でも、フィリピン、タイ、マレーシアなど、富裕な外国人の移住に特別枠を用意しているところはいくらでも見つかる。こちらは労働人口の確保というよりも、移民を受け入れることで海外からの資金を呼び込むことが目的だ。

こうした事情をうまく利用すれば、多少時間はかかるが、信用度の高いパスポートを入手することができる。金があってシステムを理解していればたいていのことは可能になる、という当たり前の話だ。

日本は二重国籍を禁じているので、複数のパスポートを所持していることがわかると、どれかひとつを選択するよう命じられる。だが実際には、誰がどこの国籍を持っているかを調べることは不可能なので、多重国籍の日本人はかなりいる。ペルーのフジモリ前大統領などもその一人だ。麗子も日本のパスポートを捨てる必要はないので、いつでも「若林麗子」に戻ることができる。

そんな事情を麗子に説明し終えたあたりで、ヘンリーが四通のコピーを手に戻ってきた。そのうちの二通に認証のサインをさせ、一通は控えとして麗子に渡す。残りの一通は、何かあった時のために秋生が預かることにした。

認証されたパスポートと引き換えに一〇万香港ドルの小切手を渡すと、ヘンリーは挨拶もそこそこに帰っていった。さっそく小切手を換金しに銀行窓口に走ったのだ。

口座開設申請書、パスポートの申請書、認証されたパスポートのコピーをまとめて封筒に入れ、麗子に渡した。

「僕にできるのはここまでです。もし何か困ったことがあれば、ヘンリーに頼むといい。金さえ払えば、何でもやってくれます」

麗子は封筒を受け取ると、秋生を見た。

「これであなたとはお別れなの？」

「申し訳ないけど、ヴィクトリア・ピークにご一緒する約束はキャンセルさせてください」

「残念だわ」と、気のない調子で麗子は言った。まったく残念そうには聞こえない。違うことを考えているようだ。

時計を見た。もうすぐ一時三十分になる。

麗子は頬杖をついて、窓の外の皇后像廣場を眺めている。そろそろランチタイムも終わりに近い。周囲のオフィスで働くビジネスマンやＯＬたちが、談笑しながら通りを横切っていくのが見えた。

秋生は逡巡した。麗子と会うのは、たぶんこれが最後になるだろう。

もういちどだけ、話してみることにした。そうでなければ、きっと後悔する。

「あの金を、黒木に返す気にはなりませんか？」

なぜ？　という目で、麗子が見た。

「黒木は絶対、あの金を諦めない。仮に新しいパスポートを手に入れたとしても、いつまでも逃げ切れる保証はない。金を返すなら、黒木と話をつけることができる」

これからの人生をずっと海外で過ごすことは、麗子には不可能だろうと秋生は思っていた。

そもそも、異国の地に骨を埋めることができる人間など、ほとんどいはしないのだ。日本でも最近は、非日常に憧れて海外に移住する人間がずいぶん増えてきた。しかし、三年も経てばそのほとんどが日本に帰ってくる。だが麗子の場合、日本に戻ってくれば黒木が待っている。

麗子は、興味深そうな目で秋生を見ていた。

秋生は、麗子の盗んだ五〇億を法人口座にもういちど振替え、黒木に返そうと考えていた。そのうえで、カリブの銀行につくった「滝川沙希」名義の口座には、黒木から受け取る五億円の報酬をそのまま送金する。口座番号は、ヘンリーに確認すれば簡単に知ることができる。

五億もあれば、麗子一人が暮らすのに何の不自由もないだろう。黒木の元には、四五億に為替差益の三億を加えて、四八億が戻ってくる。菱友不動産から回収する五億を加えれば、充分帳尻が合う。その大半がすべて自分のポケットに入るのだから、たとえ何年か後に麗子の居所に気づいたとしても、事を荒立てることはしないはずだ。

麗子の金を個人口座から法人口座に振替えると、秋生の手元には、黒木が金を取り戻した証拠の送金伝票が残る。金が戻った後でも黒木が麗子を追いつづけるならば、秋生はそれを使うことに躊躇するつもりはなかった。

だが、麗子がここで黒木に金を返すのなら、そのほうがずっと確実だ。一人の人間が生きていくのに、五〇億もの金は必要ない。それにもし資金の振替に失敗したら、秋生にはどうすることもできない。

秋生は、黒木の置かれた状況を簡単に麗子に説明した。そのうえで、金を返し、その証拠を握っておけば、麗子の身の安全は確保できると話した。麗子は当初の計画どおり、五億の金と自由を手にすればいい。

「わたしのためにいろいろ努力してくれてありがとう」麗子は笑った。「でも、たとえわたしがお金を返そうとしても、あの人はそれを受け取れないわ」

秋生は、麗子が何を言おうとしているのかわからなかった。

「ねえ、中村恵さんに会ったんでしょ」

まったく別の話を、麗子は始めた。「彼女からお父さんのこと、聞いた？」

秋生は頷いた。

「わたしはその頃、小学生だったから、何が起きているかはわからなかったわ。夜遅くまで、お父さんとお母さんが、暗い顔をしてずっと話をしていた。そのうち、知らない人が家にやってきて、お父さんを怒鳴りつけるようになった」

麗子は、他人事のように話しつづけた。

「その頃わたしは、土曜日や日曜日は近くの公園で過ごすことにしていたの。雨の日も、びしょ濡れになりながら公園で泣いていたわ。それでも、お父さんが怖い人にいじめられるのを見るよりよかった。

でもあの日は、今日みたいにとても天気がよかった。日曜日で、わたしはいつものように、夕方まで公園で過ごそうと、出かける準備をしてたわ。そしたら、あの人たちがやってきたの。

わたしは怖くて、二階の部屋に隠れていたの。そしたらお母さんの泣き声が聞こえて、そのあと、お父さんが何か叫んだわ。わたしは部屋を飛び出した。お母さんを助けなくちゃと思ったの」

まるで、夏休みの日記でも読み上げているようだ。

「そしたら、お父さんが男に羽交い絞めにされて、もうひとりの男が、お母さんをテーブルに押し倒していた。男はズボンを脱いでいて、お母さんは洋服が破れて、男がお母さんの真っ白な胸を鷲づかみにしてたわ」

麗子を見た。笑っていた。

「わたしはびっくりして、声を出すことすらできなかったわ。そしたら、叫んでいたお父さんがわたしを見たの。お父さんの顔は、もっと怖かった。目を大きく見開いて、口を開けて、涎を垂らして……」

麗子は、真下に見える広場から目を逸らさない。何かが気になって、秋生も窓の外を見た。ちょうど、タクシーが広場の脇に停まるところだった。ドアが開いて、中からゴローと金髪男が降りてきた。

秋生には、何が起きているのかまったくわからなかった。もう一台、タクシーが停まって、黒木とメイが降りた。メイが、ゴローのところに駆け寄っていく。金髪男があたりをぐるぐると回り始めた。

「わたし、あの人知ってるわ」

黒木は、額に手をかざしてあたりを見回している。誰かを探しているようだ。

「あの人は、部屋の隅に立って、お父さんとお母さんを見てたの」麗子は言った。「それから私に気づくと、手を引いて、二階の部屋まで連れていってくれたわ。〈いい娘だからここにいなさい〉って」

秋生は混乱した。麗子は、黒木を知っていたのか。

「それから、教えてくれたの。〈君はこれから、毎日、悪い夢を見るようになるんだよ〉って」

麗子は微笑んだ。

「あの人の言うことは、ほんとうだった」

「黒木をここに呼んだのか？」秋生は訊いた。自分でも、声がかすれているのがわかった。

麗子は答えなかった。

メイとゴローが、相変わらず身振り手振りで話をしている。観光客の一団が、噴水をバックに記念写真を撮り合っている。フィリピン人のメイドが乳母車《うばぐるま》を押して、のんびりと広場を横切っていった。うららかな午後のひと時。

麗子はじっと、黒木を見ている。

しまった！

秋生は椅子を引っくり返すと、猛然と走った。

エスカレータを駆け下り、通りに飛び出すと、黒塗りのＢＭＷが広場の脇にゆっくりと停まった。黒いシールドが貼られた窓が音もなく下がる。

メイが秋生を見つけて、手を振った。

「逃げろ！」と叫んだ。戸惑った顔をしている。とっさに出た日本語がわからないのだ。

黒木が、「何だ？」という表情でこちらを見る。

車の窓から銃口が覗いた。

黒木の目が、驚愕で見開かれた。立て続けに銃声が響いた。

近くにいた観光客の悲鳴が響いた。メイが、恐怖に立ち竦んでいる。ゴローがメイを投げ倒し、黒木に向かって走った。

一発が肩口に命中し、その衝撃で黒木は後ろに吹っ飛んだ。それに向かって、さらに銃弾が撃ち込まれる。右足の腿《ふともも》に一発。脇腹に一発。被弾するたびに黒木の体から血しぶきが上がり、体が小刻みに痙攣《けいれん》した。

ゴローが黒木に飛びつき、噴水の陰まで引きずろうとする。そのゴローに向けて、容赦なく銃弾が浴びせられる。広い背中に血しぶきが上がり、六発目でゴローは黒木の上に倒れた。

「くそっ、くそっ、くそっ、くそっ……」金髪男だけが一人、貧乏揺すりしながら例の独り言を呟いている。近くにいた会社員や観光客が逃げ惑い、這いつくばり、悲鳴をあげる。黒木とゴローが動かなくなったことを確認すると、黒いＢＭＷはタイヤを軋《きし》らせて急発進した。

倒れているメイに駆け寄った。ゴローに思い切り投げ飛ばされて、ストッキングは破れ、服はちぎれて、膝や肘から血が流れている。だが、それで銃撃を避けることができた。

「大丈夫か？」と訊くと、恐る恐る目を開け、秋生の顔を見ると悲鳴をあげて抱きついた。

「もう心配ないよ」

遠くからサイレンの音が聞こえる。

広場では誰もが泣き叫んでいた。そうでない者は、呆然と天を仰いでいた。仕立てのいいスーツを着た男が、座り込んだまま、真っ赤に染まった自分のワイシャツを不思議そうに眺めていた。

その場で待っているようメイに言い、噴水の脇まで行った。ゴローは薄目を開け、舌を出し、血を吐いていた。黒木はまだ、微《かす》かに息をしているようだ。

秋生の姿を見ると「ざまあないぜ」と呟き、黒木は目を閉じた。わずかに唇を歪め、それが笑ったように見えた。

金髪男が、ゆっくりと近づいてきた。相変わらず、独り言を言っている。何が起きたのか、まったく気づいていないようだ。服が破れ、脇腹に穴が開き、そこから血が噴き出している。

金髪男は秋生を見ると、ニヤニヤと笑った。「やりてぇよ、やりてぇよ」と言って、枯れ木のような腕を突き出した。その腕は、無数のかさぶたで覆われていた。そのまま笑いながら前のめりに倒れ、ネジの切れたブリキのオモチャのように動かなくなった。

——麗子。これが君の望んだことなのか？

パトカーが次々と到着し、警官隊が飛び出してきた。

「もうすぐ救急車が着くよ」

黒木に声をかけた。聞こえたかどうかはわからない。

その場を離れ、渋滞する大通りを渡った。付近のビルから野次馬が集まってきて、警官たちが必死になってそれを押し戻している。

秋生は、唇を噛んだ。

どのような方法でかはわからないが、麗子はチャンに連絡をとったのだ。そして、「金を出すから黒木を始末してくれ」と持ちかけた。だから、チャンは黒木を香港に呼んだに違いない。チャンがあちこちにかけていた昨日の電話は、そのための手配だったのだろう。

黒木の泊まっているホテルで会った、頬に深い傷のある男のことを思い出した。半年ほど前、カルロの店で飲んだくれてチャンと二人で街を歩いている時、偶然すれ違って、紹介された。チャンの昔の仲間だと言っていた。チャンからの依頼で黒木を襲ったのは、あの二人に違いない。

エスカレータを上ると、そこには誰もいなかった。

麗子が頬杖をついて窓の外を眺めていたテーブルの上には、白い紅茶のカップが置かれたままになっていた。ピンクの口紅のあとが、鮮やかに残っていた。

28

タクシーの運転手に倍のチップを払い、メイを連れてアパートに戻った。運転手は最初、血だらけの服を着た客を乗せるのを嫌がったが、二人があの惨劇の現場に居合わせたことを知ると、片言の英語で根掘り葉掘りくだらないことを聞きたがった。

簞笥の奥から使ったことのない救急セットを探し出すと、メイの傷口を洗って包帯を巻いた。コンクリートの地面に叩きつけられて、あちこちに痣《あざ》ができている。幸い、傷はそれほど深くない。

メイが泊まりに来た時のための着替えが、まだ残っていた。ほとんどが夏物だが、ジーンズとTシャツがあったので、上から秋生の男物のセーターを着ればなんとかなる。もともと背が高いので、袖のあたりを折り返すくらいでちょうどいい。

少し落ち着くと、テレビをつけた。どのチャンネルも、香港の中心街で起きた銃撃事件を臨時ニュースで流していた。テーブルの上に空き缶が置かれ、そこに黒木の吸っていたキャメルの吸殻が二本、残されていた。

「チャンさんは？」メイが訊いた。

「死んだ」正直に答えた。いまさら隠したって仕方がない。

「そう」覚悟していたのだろう、涙は見せなかった。

「自宅のテーブルの上で、血まみれになっていた」

一瞬、嗚咽《おえつ》が漏れた。

裏切られたことを恨む気持ちは、不思議となかった。

チャンをこの話に引き込まなければ、あんな無残な死に方をすることもなかったろう。けっきょく、何もかも無茶苦茶にしてしまった。

「わたしたち、これからどうなるの？」メイが訊いた。

秋生はメイに、カナダのパスポートが手元にあるか訊ねた。

自宅に置いてある、とメイは答えた。カナダと中国の二重国籍を持つ彼女は、どちらの国でもビザなしで生活することができる。

「明日、香港を出ようと思うんだ。いっしょに来るかい？」

メイはびっくりしたように目を見開いた。そして、「いいわ」と頷いた。「どこへでも行く」

黒木を襲ったのがメイをさらった二人組なら、秋生とメイに顔を見られている。口封じを考えないともかぎらない。これ以上、彼女を危険に晒《さら》すわけにはいかない。

航空会社に電話して、翌日の北米行きの便の空きを聞いた。幸い、シアトルへの直行便にキャンセルがあった。そこから、バンクーバーに渡ればいい。パスポートとカードと小切手帳さえあれば、世界中どこに行ってもなんとかなる。

メイに、いったんパスポートを取りに家に帰って、荷物をまとめるように伝えた。

準備ができたら尖沙咀まで戻って、携帯で連絡を取り合うことにした。今夜は下町の安ホテルにでも泊まればいい。足跡はできるだけ残さないほうがいいと判断した。

部屋を出る時、メイは振り返って秋生を見た。

「ねえアキ、あなたのことを愛しているわ」

何もかも台無しにしてしまったが、少なくとも、メイだけは守ることができた。

いまはそれだけで充分だ。


コンピュータの電源を入れ、ハードディスクを初期化して電源を抜いた。仕事で使っていたファイルは空箱に詰め、海外宅配便で日本の実家に送ることにした。顔見知りになった一階のコンビニエンスストアの店員にチップをはずめば、喜んでやってくれる。家ではどうせ、なんだかわからず、物置に積み上げられるだけだろう。

整理が終わって、部屋をざっと見回した。この件にかかわった証拠になるようなものは何も残されていないことを確認した。ノートパソコンはまだホテルのフロントに預けたままだから、今日中に回収して、カナダに持っていけばいい。メイの血のついた洋服は、近くにあるゴミ捨て場に放り込んでおく。明日には焼却されて、灰しか残らない。向こうは寒いだろうと、洋服箪笥から革のジャンパーを引っ張り出した。

時計を見た。午後三時を少し回っている。メイから連絡があるまで、あと二時間はあるはずだ。

風は少し涼しくなったが、日はまだ高い。厚い革ジャンパーを着ているせいか、額が少し汗ばむ。

コンビニの店員は、気軽に秋生の頼みを引き受けてくれた。今日中には配達に回しておいてくれるという。「どこか寒いところにおでかけですか？」と訊かれた。「僕も、今年こそはスキーに行きたい」と言う。香港の若者の間では、スキーこそがもっともゴージャスな娯楽だ。日本では十一月から四月まで、半年間スキーができると説明するとみんなうらやましがる。ゴミ焼却場に洋服を捨てると、タクシーを拾った。中環周辺は大渋滞しているらしく、大きく遠回りしたが、それでも三十分ほどで着いた。

ヴィクトリア・ピークの展望台は、いつもよりも閑散としていた。ピーク・トラムの起点になる中環が大混乱に陥っているためだ。店のスタッフたちも、みんなテレビ画面に齧りついている。

そんな中、麗子は展望台の端に頬杖をついて、ぼんやりと街を眺めていた。

たとえ何人の人間が死のうとも、昨日と同じ今日があり、今日と同じ明日が来る。なにも、世界が終わるようなことが起きたわけじゃない。

秋生は、麗子の隣に立った。

「やっぱり来てくれたのね」振り向きもせずに、麗子は言った。「うれしいわ」

「みんな死んだ」

「そう」その声には、なんの感情も籠《こも》ってはいなかった。

「君の望みは叶ったのか？」

麗子はようやく、秋生を見た。ベルベットのジャケットを羽織って、薄いシルクのスカーフを無造作に首に巻いている。

「何のこと？」

「黒木に、復讐しようとしたのか？」

麗子は、不思議そうに秋生を見た。

「あの人はとても親切だったわ」空を見上げた。太陽はまだ、西の空に輝いている。「悪い夢を見なくなるお呪《まじな》いを教えてくれたから」それから、「ねえ、あなたはなぜそんな哀しそうな顔をしているの？」と訊いた。

麗子が何を言おうとしているのか、秋生にはわからなかった。だが、黒木を恨んでいるわけではないらしい。ただ、邪魔だっただけだ。

「君のために、何人もが死んだ」秋生は言った。

「だから？」

「みんな、幸福になろうと必死に生きているんだよ」

「幸福って何?」麗子は小さく笑った。「あなた、面白いこと言うのね」

麗子はふたたび頬杖をついて、街を眺めはじめた。栗色の髪が風に靡《なび》いて頬にかかる。それを、優雅な仕草で払いのけた。

「ねえ、どうすればいいのか教えて」軽く溜息をついて、言った。「このごろ、また悪い夢を見るようになったの」

眉を顰《ひそ》めた。そんな仕草すらも優雅だった。

「その夢っていうのは、わたしが家に帰ると、お母さんがまた知らない男に押し倒されているの。気がつくと、その男の人は体中から血を流しているの。わたしの手も、血でぬるぬるとしているわ。お母さんが、その横で泣いているの。わたしは、お母さんに喜んでもらおうと思ったのに」

そして、こぼれるような微笑を浮かべた。

「どうしたらその夢を見なくなるか、教えてほしいの」

それから麗子は、秋生の身体に身を寄せた。「少し寒くなってきたわ」全身が、細かく震えていた。「どんなお呪いも、もう効かなくなったの」

「僕はもう、君のために何もしてあげられないよ」

「わたしこそ、あなたのためにしてあげられることがあるといいんだけれど」麗子が言った。

秋生は首を振った。

麗子の目が、悪戯の種を見つけた子供のように、きらりと光った。思わず引き込まれるような美しい瞳だった。

「そんなことないわ」

それから、ゆっくりと目を閉じた。

「わたしを、ここで死なせて」

広い展望台には、二人のほかに誰もいない。長い影が延びて、重なった二人のシルエットがひび割れたコンクリートのテラスに映っていた。

秋生は麗子の身を起こすと、言った。

「それは君が自分で決めることだよ」

麗子を残して、ピークトラムの駅に向かった。車内に観光客の姿はなく、早めに店を閉めて家路を急ぐ店員たちが何人か、乗っているだけだった。

気の早いビルが何棟か、クリスマスのネオンを点灯させはじめた。

中環を避け、タクシーでいったん灣仔まで出てフェリーに乗った。船着場を降りたところで、メイから電話が入った。

その夜は旺角の安ホテルに泊まった。ビジネスホテル兼ラブホテルのようなところで、フロントで現金を払えば、宿泊客の身分は問わない。

部屋にはかろうじて、テレビがあった。メイは着替えもせずにベッドに横になると、赤ん坊のように体を丸くしていた。秋生は、意味のわからない広東語のテレビをぼんやりと眺めていた。画面では皇后像廣場が映し出され、レポーターとニュースキャスターが大声でしゃべり合っている。

ふと思いついて、ゴローに紹介した夜総会に電話をして、マネージャーを呼んだ。日本人の予約を調べてもらい、「友人が女の子を指名したが、都合が悪くなって今日は行けなくなった」と伝えた。マネージャーはゴローのことを覚えていたらしく、残念そうな声を出した。

その娘を電話口に呼べるか、訊ねた。

「指名がキャンセルされて、がっかりしてます」マネージャーは言った。「かわりに今夜、遊んでやってください」

「こんど、友人がその娘といっしょに日本に行くって聞いたんだけど」

ふん、とマネージャーは鼻で笑った。そういう馬鹿がいるから自分たちの商売は成り立っているのだと説明された。

29

バンクーバーのチャイナタウンはダウンタウンの東南にあり、サンフランシスコ、ニューヨークに次ぐ北米第三の規模だ。近年は、〝ホンクーバー〟と呼ばれるほど香港からの移民が多く、メイと暮らすにはなんの問題もない。ブリティッシュ・コロンビア州最大の都市で、その名のとおり、イギリス風の美しい街だ。

最初の三日は、メイの希望で、スタンレーパークに近い海の見えるホテルに泊まった。それからコンドミニアムを探し、チャイナタウンのそばの1DKを一ヶ月一五〇〇ドルで借りた。

バンクーバーに着いた日に、メイは実家に電話を入れた。両親は、娘の居場所がわかっただけで安心したらしい。さっそくバンクーバーに住む親類縁者に連絡を取り、秋生たちの狭い部屋には次々と客が訪れるようになった。

チャンの葬式は、無事に行なわれたという。地元のゴシップ紙はチャンの無残な死と白昼の銃撃戦を関連づけ、面白おかしく書き立てていた。関係者は連日、ゴシップ紙の記者に追い回され、それもあって両親は、娘が国外に出たことにほっとしているようだ。

秋生は、倉田老人に電話を入れた。簡単に事情を説明し、間部の五〇〇〇万円の送金が滞っていることを相談すると、「そんなことは気にせんでいい」と言った。

「しばらく香港を離れることにしました」と報告したが、理由は訊かれなかった。

「金にはすべて色がついておる。汚い金に手を出した人間は、自ら破滅するしかない。そのことがわかっただけでも、いい体験をしたと思いなさい」

倉田老人は、すべてを知っていた。

その時、メイがちょうど買物から帰ってきた。

「アキ、荷物運ぶのちょっと手伝って」

その声が聞こえたのだろう、倉田老人は満足そうに笑った。

その日の夜、間部の自宅に電話をすると、すでに倉田老人から連絡があったという。

秋生は、チャンの事務所の閉鎖で、間部がオフショアにつくった銀行口座がわからなくなってしまったことを詫びた。いまごろはチャンの私書箱に口座開設通知が届いているはずだが、それを回収する手立てがない。例の五〇〇〇万円は、ドルに替えてオフショアの自分の口座に送金してある。間部の口座さえわかれば、振込むのは簡単だ。

間部は、「株主代表訴訟が始まったが、思いのほか早く和解できるかもしれないから、決着がつくまではそのままでもいい」と答えた。

「倉田さんが、秘書も通さず、わざわざご自分で私みたいな者のところに電話してくれたんです。すべて自分が責任を持つと。工藤さん、あなたはお幸せな方ですなあ」

間部は言った。

バンクーバーの冬は、美しい季節だ。ジョージア海峡を流れる暖流のせいで、冬でも雪はほとんど降らない。秋生とメイは、時間があるとスタンレーパークを散歩し、古い街並が残るダウンタウンを歩いた。

バンクーバーはサンフランシスコやシアトルと同じく魚介類が豊富で、素晴らしいレストランが何軒もある。チャイナタウンに行けば、香港にいるのとほとんど変わらない。

メイはお金がもったいないからと、最近では食材を買い込んでは料理をつくっている。これまで知らなかったが、なかなかの腕前だ。

バンクーバーに着いて一週間後に、香港の実家からメイ宛に大量の衣類が送られてきた。秋生はといえば、適当に下着類を買っただけで、毎日同じ格好をしている。今日もメイと腕を組んで、近所のスーパーマーケットまで買物に行った。

クリスマスイブには、小さなケーキを買ってきて二人で食べた。テロの影響でカナダの景気も急速に冷え込んでおり、クリスマスセールも例年に比べてもうひとつ盛り上がらないようだ。去年のクリスマスイブは、チャンの主催で、カルロの店で盛大に祝った。チャンは珍しく、タキシードを着て現れた。それがまったく似合わなかった。そんな話をした。

二〇〇二年を迎えて、ヨーロッパではユーロの流通が始まったが、マーケットに大きな動きはなかった。円が急速に安くなって、三月に金融危機が起きるとの噂が囁かれていた。しかしそんなことも、ここでは別世界の話だ。

欧米では、新年はただの休日のひとつだ。一月二日から仕事が始まる。中国では、新年は春節といって旧暦で祝う。チャイナタウンも、本格的な春節の準備を始めるのはもう少し先だ。

これからどうするかは、何も考えていなかった。メイと二人で生きていくには、いずれにせよ、何か仕事を探さなくてはならない。倉田老人からは、落ち着いたら連絡するよう言われていた。海外資産の管理を任せたいという話だったが、もう少し考えさせてほしいと答えていた。

秋生の中では日に日に、ひとつの疑問が膨らんできた。

真夜中に目が覚めて、一人でインターネットを検索していると、いつの間にかメイが後ろに立っていた。

「どうしたんだい？」

メイは黙って秋生を見詰めていた。

「三ヶ月だけここで待つわ。それでアキが戻ってこなかったら諦める。わたしのことは心配しないで」

それだけ言うと、ベッドルームに戻っていった。

30

昼過ぎに成田空港に到着すると、そのまま成田エクスプレスで東京駅まで行き、コインロッカーに荷物を預けてから竹ノ塚に向かった。

バンクーバーを発《た》つ前、牧丘精神病院の吉岡光代に手紙を書いて、麗子の母親が入院した経緯をもういちど聞きたいと伝えておいた。成田空港から電話をすると、今日は早番で三時過ぎに勤務が終わるから、その後ならと、駅前の喫茶店を指定された。

「お待たせしてすみません」

カウンターにテーブル席が四つしかない貧相な喫茶店でぬるいコーヒーを飲みながら三十分ほど待っていると、光代が現れた。普段着姿だと、ますますそのあたりの主婦と変わらない。席に座ると、光代はさっそくバッグから煙草を取り出し、火をつけた。

「麗子さんは、まだ見つからないんですか？」

麗子に会ったことは知らせていなかった。光代は、若林母娘に心の底から同情しているようだった。

秋生には、どうしても聞きたいことがあった。

「前にお訪ねした際、康子さんの意識が一瞬、戻った時のお話をされましたよね」秋生は言った。「その時康子さんは、〈このまま死なせてください〉と言った」

光代は頷いた。

「麗子さんが毎日、母親の見舞いに来ていた時に、同じように康子さんの意識が戻った瞬間があったんじゃないかって、あなたはおっしゃった」

緊張した顔で、光代は煙草を吸っている。

「もしそうだとしたら、康子さんは何て言ったんでしょう？」

「そのことは、私も考えました」

「やはり、〈このまま死なせて〉ですか？」

ある日突然、麗子が母親の見舞いに来なくなった理由も、母親が劣悪な病院に転院させられ、衰弱死するのを放置していたのも、そう考えれば納得がいく。麗子は、母親の意思を確認するために、毎日、病院に通っていた。そして母親は、自分の言葉を娘に伝えた。

「転院のことで私が麗子さんに電話をかけた時、麗子さんから〈これは母の希望ですから〉というようなことを言われ、その時はどういう意味かわからなかったんですが、後から、そういうことか、と思うようになって……」光代はもうひとつ、大きく溜息をついた。「それ以来、康子さん自身もいっさいの治療や食事を拒否するようになりました」

「麗子さんはお母様について、ほかに何か言ってませんでしたか？」

「さあ」光代は首を傾げている。「ちょっと記憶には」

「康子さんは、それ以外の望みも麗子さんに伝えたんじゃないかと思うんですが」

光代はしばらく考えていたが、「すみません。そう言われても心当たりがなくて」と頭を下げた。

いったん東京駅まで戻ると、コインロッカーから荷物を取り出し、近くのホテルにチェックインした。それから何件か電話をかけ、ホテルのラウンジで軽い食事を取り、新宿から小田急線に乗り換えて世田谷区経堂まで出かけた。

秋生の探している人間は、二週間ほど前に転居したと言う。親切な管理人がいて、転居先の住所を教えてくれた。江東区南砂のマンションだった。このあたりは、八〇年代半ば以降、東京のベッドタウンとして再開発され、急速に人口が増加していた。

新宿から高田馬場に出て、東西線に乗り換えて南砂町に向かった。高田馬場駅で降りた時、恩田の事務所に寄ろうかと思ったが、途中で気が変わった。恩田にとっても、秋生のような疫病神《やくびょうがみ》につきまとわれたのでは迷惑だろう。そのかわり、駅前から電話をした。

真紀が電話を取った。名前を告げると、「うわっ、お久しぶりー」とうれしそうな声を上げた。

「所長といつも、工藤さん、どうしたんだろうって話してるんですよ」

ひとしきりしゃべると、真紀は恩田に電話をつないだ。

「お元気ですか？」恩田の声も、どことなく弾んでいる。「まったくお役に立てなくて、ずっと気になっていたんです」

秋生は、こっちこそ面倒な話に巻き込んで申し訳ない、と謝った。

「あれから個人的に少し調べてみたんですが」恩田は言った。「菱友不動産の山本取締役は、亡くなりました。事故死、ということです。会社側のガードが固く、葬儀も身内でしか行なわれなかったので、いろんな噂が飛び交ってます。真田克明ですが、こちらは親族から捜索願いが出されています。真田のマンションと事務所は、ヤクザが占有に入っています」

資料をめくる音がする。

「あと、新宿と赤坂でヤクザ同士の抗争がありました。組事務所に銃弾が撃ち込まれ、一人、死んでいます。菱友不動産がヤクザに払った裏金の取り分をめぐる喧嘩だという情報が流れてます。抗争の一方の当事者である組の若頭が、香港で銃撃されています。ボディーガードが死亡して、本人は重態です。一命は取り留めて、いまは都内の病院に入院してるようです。この事件でも、いろんな噂が乱れ飛んでいます」

ここで、恩田は言いよどんだ。それから、「銃撃されたのがケー・エス物産の黒木誠一郎だということはご存知ですよね」と訊いた。

「知っている」と答えた。

「しばらく日本には戻ってこないほうがよろしいかと思いますが……」

秋生は恩田の心遣いに感謝して、追加の調査費を支払いたいと申し出た。

「いまだって充分、もらい過ぎですよ」恩田は笑った。

そこはひと目でそれとわかる、独身者用のワンルームマンションだった。南砂町の駅からすぐのところにあり、一階にはレンタルビデオショップが入っている。商店街にはコンビニやクリーニング店、定食屋が並び、終夜営業のカラオケボックスも何軒かある。半径一〇〇メートル以内の生活圏で、すべての用が足せるようにできている。

秋生はオートロックのドアの前で、しばらく考えた。郵便受けを見たが、名前は出ていない。いまでは、郵便受けに名前を出すほうが珍しくなった。けっきょく、インターフォンを押すよりも、携帯から電話をかけることにした。

「いま、下まで来てるんだ。ちょっと寄らせてもらえないか」

相手は一瞬、絶句したが、やがてドアが開いた。

部屋は南側が全面、窓になっているモダンなつくりで、まだ引っ越しの荷物が片づいていないのか、あちこちに段ボールが積み重ねられている。ダイニングテーブルの上にはデスクトップのコンピュータが置かれ、さまざまな機器とケーブルでつながれている。

「よくここがわかりましたね」マコトが言った。白のトレーナーに、粗い生地のコットンパンツというラフな格好だ。少し声が震えているかもしれない。

「前に住んでいたマンションに行ったら、管理人が教えてくれたんだ」

秋生は、まだ片づいていない室内を見回した。隅に裸のままマットレスが置かれているが、あれがベッドなのだろう。新宿で会った時から比べると、マコトはずいぶん痩せて、顔色も悪かった。

マコトは、部屋の隅にある椅子を秋生に勧めた。「何もないですけど」と、冷蔵庫からウーロン茶のボトルを取り出し、紙コップといっしょに持ってきた。

「俺がなぜここに来たかわかってるんだろ」

「何のことです？」マコトは聞き返した。

秋生は、マコト相手にクイズごっこをするつもりはなかった。

「若林麗子と最後に会った時のことを知りたいんだ」

マコトの顔が真っ青になった。

秋生には、どうしても解けない謎があった。

麗子は、同じ銀行に個人名義の口座をつくれば、法人名義の口座からいきなり大金を送っても怪しまれないことを知っていた。インターネットでアクセスでき、なおかつクレジットカードも発行されるオフショアバンクをどこからか見つけてきた。日本から香港に私書箱を開設し、国内には匿名の私書箱をつくって、口座開設通知をそこに転送させていた。金融のプロでも、これだけのことができる人間は多くない。オフショアに何の知識もない麗子では絶対にムリだ。

こうした方法を麗子に教えた人間がどこかにいる。最初は真田の知恵かと思ったが、プライベートバンクに勤めていたならともかく、投資銀行で機関投資家向けの債券営業をやっただけでは、リテールのことなどわかるはずがない。この事件での真田の役割は、麗子に金を毟り取られることと、インチキファンドのもっともらしい目論見書をつくって山本に売らせること、そして破滅することだ。

真田でなければ、後は誰がいる？

バンクーバーに移ってから、秋生はマコトのホームページにインターネット・オフショアバンクの口座開設方法が掲載されていたことを思い出し、過去の記事を検索してみた。そこには、金融や投資に関する有象無象《うぞうむぞう》のノウハウが集められている。インターネットで香港に私書箱をつくる方法や、そこから日本の私書箱に転送させる裏技も載っていた。元本保証、年利一〇パーセントという金融商品をネット販売する韓国版商工ローンの日本語ホームページに対する喧々囂々《けんけんごうごう》の議論もあった。掲示板の過去ログを見ると、オフショアの法人口座から個人名義の口座に送金した際、マネーロンダリングを疑われてヒドい目にあったという投稿があった。それに対して、同じ銀行に個人名義の口座があれば問題ない、との回答が寄せられていた。

最初の頃は、マコトの求めに応じてアドバイスをし、こまめにホームページも見ていた。この半年はすっかり興味を失って、ときどき情報をアップするだけになっていた。久しぶりにホームページを覗いてみると、いつのまにかそこは金融ハッカーたちの巣窟になっていた。麗子のノウハウは、すべてここに載っている。

最初は、麗子が自分でホームページにアクセスしたのかと思った。しかし、どうしても引っかかることがあった。

黒木はなぜ、マコトに接触しない？

黒木は、秋生が知る中でもっとも頭の切れる男の一人だ。秋生と会う前に、ダミーの客を仕立てて住所と名前を探った。秋生が金融関係の人間だと当たりをつけると、金融機関の名簿を片っ端から当たって家族のことまで割り出した。チャンの場合は、仕手株で大損していることを調べ、協力者に仕立てた。そこまでする男がなぜ、麗子が最初に相談に行ったマコトのことを放っておく？

考えられる可能性はひとつしかなかった。黒木は、マコトのことを知らないのだ。

麗子は、マコトのことを誰にも話していない。その代わり、香港で秋生に会ってオフショア法人をつくったことを真田に伝え、携帯の電話番号まで渡していた。麗子が金を奪って逃げれば、当然、黒木は真田を締め上げる。その時のために、秋生を当て馬にして、マコトの存在を隠そうとしたのだ。

なぜ、そんなことをする？

答えはひとつ。すべての絵を、マコトに描かせていたからだ。

「そんなの、なんの証拠もないじゃないですか？」マコトの顔は紙のように白くなり、言葉もはっきりと震えている。目は、落ち着きなくきょろきょろと動く。

「俺はべつに刑事じゃないから、証拠はいらない。ただ、君がホテルで俺を襲った後、何があったのかを知りたいだけだ」秋生は言った。

マコトは目を大きく見開き、口を半開きにして、その場で凍り付いていた。

秋生はずっと、ホテルで待ち伏せしていたのは誰かを考えていた。

あの日麗子は、大久保のアパート前でヤクザに囲まれる秋生を見かけ、後をつけた。それからマコトに電話をかけて、新宿に来るように言った。そして、マコトが会社を抜け出してホテルに先回りする時間を稼ぐために秋生を呼び止めた。想像どおりなら、麗子は最初から秋生を始末するつもりだったことになる。

マコトは、驚愕した目で秋生を見た。

「知らないよ、そんなこと」ようやく、絞り出すような声で言った。

「それならそれで構わない。ただ、ひとつだけ教えてくれないか」秋生は、マコトの目を覗き込んだ。「麗子は、俺を殺そうとしていたのか？」

その疑問がずっと、秋生の心に引っかかっていた。

「そんなことあるわけないよ！」突然、マコトが大声で叫んだ。「麗子さんを人殺しみたいに言わないで」それから、声をあげて泣き出した。

途切れ途切れに、マコトは話し始めた。

あの日たしかに、麗子は会社にいるマコトに電話をかけた。用件は、秋生の連絡先を知りたいというものだった。マコトは、秋生の携帯の番号を教えた。それだけだと言う。

「じゃあなぜ、俺を襲った？」

マコトは黙っていた。

「ずっとうらやましかったんだ、秋生さんのことが」ぽつりと呟いた。「秋生さんは、すべてを持ってる。才能も、自由も、愛情だって……。僕には何ひとつないんだ。そんな秋生さんに、麗子さんまで奪われたくなかったんだよ！」

麗子から電話を受けたマコトは、会社を飛び出して新宿に向かった。秋生の泊まっているホテルは、すでに調べてあった。新宿で会った時、タクシーに乗った振りをして後をつけたのだという。

マコトはずっと、麗子を探していた。五〇億を自分の口座に送金し、香港から戻ってきたあと、麗子は新宿周辺のホテルを転々とし、マコトにも所在を教えていなかったのだ。秋生は、新宿の店でのマコトの奇妙な振舞いを思い出した。

あの後、マコトは秋生に、麗子の消息を問合せる長いメールを送ってきた。そのメールも、秋生が襲われた日以来、ぷつりと途絶えた。もちろん、麗子から連絡があったからだ。

「麗子さんが秋生さんに会いに行くって知って、ホテルの周りを歩き回ったんだ。そしたら、麗子さんが抱かれていた。秋生さんの胸で、泣いていた。うらやましかったんだよ！」

それで、先回りしてホテルで襲ったのか？

マコトは、いつも持ち歩いているノートパソコンで秋生の後頭部を殴りつけた。だが、気を失った秋生を殺すような度胸はなかった。そのかわり、部屋の中を漁って携帯を奪った。麗子と連絡できなくしようと思った、と言っていたが、おおかた秋生の本名を暴いて嫌がらせをするつもりだったのだろう。コンピュータおたくの考えそうなことだ。

秋生は、マコトが泣き止むのを待っていた。

「はじめての女の人だったんだ。それも、あんな凄い美人。こんなことになるなんて、思ってもみなかったんだ」

「ファンドの話を考えたのは君か？」

マコトはうなずいた。

「不良債権処理で金を引っ張る話は？」

「あれは僕じゃないよ」

「金を奪う計画は？」

「いきなり五〇億円が消えたら面白いと思ったんだよ。お金のことで人が殺し合うなんて、信じられないよ！」

すべては、麗子に夢中になったマコトの妄想から始まった。いろんなアイデアをごちゃまぜにして、麗子の気に入る計画を練り上げていったのだ。

例の詐欺ファンドのプランも、マコトの計画を麗子が真田に伝え、山本に営業させたものだった。マコトの妄想の中では、奪った金で麗子と暮らすことになっていた。

黒木が話に嚙んできて五億の計画が五〇億に膨らむと、法人名義の資金を個人名義の口座に振替える方法を思いついた。香港にメールオーダーで私書箱をつくり、銀行口座を開設した。麗子の身を隠すために、中村恵の住民票を移動してパスポートを手に入れることを計画した。それを、麗子が次々と現実のものにしていったのだ。

「麗子と新宿で会ったことを黒木に連絡したのも君か？」

マコトはふて腐れたような顔をしている。

「チャンにも、電話をかけたのか？」

「麗子さんが、他人のパスポートが欲しいというから、相談したんだ。そしたら、向こうが話を持ちかけてきたんだよ」

どこが悪い、という感じだ。

「チャンは何て言った？」

「偽造パスポートなんか簡単にできる。ついでに、黒木も始末してやる。一〇〇万ドルでどうだ。そう言ったよ」

る。

麗子が、香港に来る前に世田谷区経堂のATMで金を引出していたことを思い出した。マコトがついこの間まで住んでいた場所だ。秋生と新宿で別れた後、麗子はマコトに会ってい

中村恵名義のパスポートを手に入れることに失敗した麗子は、秋生に接触すると同時に、別のアイデアをマコトにも求めたのだ。あるいは、マコトが秋生に対抗して話を持ちかけたのか。いずれにせよ、マコトはチャンを利用して麗子の偽造パスポートをつくろうと考えた。マコトのネットワークを考えれば、そんなことを頼めるのはチャンしかいない。

これでようやく、すべてが繋がった。

あの日、メイと秋生はインターネットで香港の私書箱サービス業者を検索していた。手持ち無沙汰のチャンは、電話番をしていた。そこに、マコトから電話がかかってきたのだ。麗子が他人名義のパスポートをつくろうとしていたことを、チャンは知っていた。日本人女性の偽造パスポートが欲しいというマコトの依頼を聞いて、チャンはマコトと麗子の関係に気づいたのだろう。買出しに行くと言って外出し、話を詰めた。それから、黒木を誘《おび》き出すために、「秋生が金を見つけた」と電話をかけたのだ。

チャンが黒木を始末した後、偽造パスポートをつくりに、麗子が香港に来ることになっていた。一〇〇万ドルの報酬は、パスポートと引き換えに支払われることになっていたはずだ。

その翌日、秋生は麗子のステイトメントを入手し、チャンは五億だと思っていた金が、実は五〇億だと知った。それなら、一〇〇万ドルの報酬でも少なすぎる。麗子を脅せばもっと金が取れると踏んだチャンは、黒木を始末する計画を延期した。黒木を殺せば、麗子との交渉の材料がなくなってしまう。

だが黒木は、最初からチャンを始末するつもりで、金髪男を連れて香港にやってきた。チャンだけでなく、秋生や麗子も含め、黒木が金を回収したことを知る人間をすべて殺すつもりだったのだろう。邪魔な人間を始末した後、金髪男を香港に捨ててくればいい。あの様子では、警察が尋問しても名前すら聞き出せない。

誰もが、五〇億の金を前にして狂っていた。

「香港で何をした？」マコトに訊いた。

「調べたの？」うらめしそうに、マコトは秋生を見た。

「ああ、搭乗者名簿にちゃんと君の名前が出ている」

マコトは麗子といっしょに香港に来ていた。香港国際空港着は、午前十時三十分だった。

だが香港に来てみると、チャンとは連絡がとれない。事務所にも出てきていないという。そこでマコトは、麗子を連れて自宅までチャンを探しに行った。そして、死体を見つけた。

だが、どうやって香港のヤクザと話をつけた？

「血だらけの死体を見ても、麗子さんは表情ひとつ変えなかったんだよ」マコトが言った。「まるで、いつも見慣れているみたいだった」怯えた目で、秋生を見た。「そしたら、電話がかかってきたんだ。麗子さんはちょっと考えてから、その電話を取った」

秋生は、グランド・ハイアットの黒木の部屋ですれ違った頰に深い傷のある男を思い出した。黒木が偶然、チャンの昔の仲間を知っていた、などということはあり得ない。あの男は、チャンが黒木に紹介したに違いない。あいつに黒木を監視させ、始末する手はずになっていたのだ。

黒木が秋生を連れてホテルに戻り、男が金を受け取って帰っていったのが十一時過ぎ。それからチャンに報告の電話をかけたとすれば、時間はぴったり符合する。

麗子は、チャンが殺されていることを男に教えた。そして、黒木を始末するよう改めて交渉した。

男は、麗子が五〇億の金を持っていることを知らない。昔の仲間を殺されて、頭に血が上ってもいる。一〇〇〇万円も払ってやれば、喜んで仕事を請け負うはずだ。結果として、麗子はかなりのディスカウント価格で仕事を発注できたことになる。

あとは、香港上海銀行のＶＩＰルームから自分が演出したドラマの結末を眺めるために、黒木に電話をかけて、皇后像廣場に呼び出すだけだ。秋生は、麗子から特別に観劇に招待された客ということになる。

こうして、麗子は目的を達成した。黒木は重態だというから、当分、復帰できないだろう。チャンが死んでしまったから偽造パスポートの話はなくなったが、秋生が教えた方法で新しいパスポートを手に入れることができる。いまごろは、常夏のビーチでトロピカル・カクテルのグラスでも傾けているはずだ。

だが、何かおかしいと秋生は思った。

「麗子はいま、どこにいる？」秋生は訊いた。

「知らないよ」マコトは言った。「香港で別れたきりだよ」

「そんなはずはない。事件のあった翌日、同じ飛行機で日本に戻っている」

マコトは、うつむいて黙り込んだ。

やがて、「日本に帰ってから、別れたんだよ」と言った。

秋生が何か言おうとすると、「もう充分でしょ。帰ってよ！」と喚き出した。もうこれ以上、何も話すつもりはないらしい。

べつに、マコトに罪を償わせようと思ったわけではない。傷害や詐欺でこいつを訴えたところで、死んだ人間が生き返るわけではない。麗子がどこで何をしていようと、どうでもいいことだ。

出口に向かった。積み上げられた段ボールの山の中に、口が開いているものがあった。鮮やかな赤い色が目に入った。見ると、女もののパンプスだった。

嫌な予感がした。

秋生が教えた方法で「滝川沙希」名義のパスポートをつくるには、麗子は新しい私書箱を契約し、オフショアの銀行に偽名の口座を開設しなければならない。そのうえで口座に金を送金し、残高証明といっしょにパスポートを申請する。すべての手続きを終えるまでに、どんなに早くても一ヶ月はかかる。すべてを麗子ひとりで手配できるとも思えない。彼女はまだ、マコトを必要としていたはずだ。だとしたら、日本に戻ってからも、麗子はマコトと接触していたことになる。

秋生は、ダンボールの中を覗き込んだ。靴やバッグの下に、見覚えのある青いシャネルのスーツが押し込まれていた。初めて会った時、麗子が着ていた。

目の前で、マコトが震えている。目だけがギラギラと輝いている。

「何があったんだ？」秋生は訊いた。

マコトは両目を大きく見開いた。唇が激しく震えている。

「麗子は死んだのか？」

その震えが激しい痙攣になって、突然、頭を抱え込んで蹲《うずくま》った。

「自分でも、何をやったのか覚えてないんだよ！」

マコトが泣きじゃくりながら話した内容を把握するには、長い時間がかかった。秋生が理解したのは、おおよそ次のようなことだった。

香港から戻って、マコトは会社に辞表を出した。年が明けたら、麗子を連れてヨーロッパに渡る計画を立てた。そこで、新しいパスポートを受け取るつもりだったのだ。

だが、マコトの精神は少しずつ蝕《むしば》まれていった。

「麗子さんは僕といても、少しも幸福そうじゃなかった。いつも、秋生さんと比較されているような気がしたんだ」

もともと麗子には、マコトと暮らす気などなかったはずだ。彼女が求めていたのは、新しい名前とパスポートだ。マコトは、それを手に入れるためのただの道具にすぎない。パスポートが手に入れば、真田や山本と同じく、ゴミのように捨てられるだけだ。マコトはどこかでそのことに気づいていたに違いない。

そのうち、マコトの頭の中で、誰かが囁くようになった。「麗子が、お前から離れていこうとしている。急がないと永遠に失ってしまう」と、そいつは言っていた。いつしかそれは、秋生の声に変わっていった。

香港から戻って二週間で、マコトは強烈な嫉妬にとりつかれるようになった。嫉妬の対象は、秋生ではない。自分自身のコンプレックスだ。

「あの日のことは、よく覚えてないよ。いまでも、夢じゃないかと思うんだ」

マコトはふたたび泣き出した。

「麗子さんは食卓に頬杖ついて、ぼんやりしてた。それで、〈何を考えてるの？〉って訊いてみた。そしたら、とても自然に言ったんだ。〈秋生さんのこと〉って。それを聞いて、目の前が真っ暗になった。

そうしたら、頭のどこかで誰かが囁いたんだ。〈もう終わりだ。誰もお前を愛したりしない〉って……。

気がついたら、麗子さんが死んでいた。ほんとうに、何をしたか覚えてないんだよ！」

マコトは、こんどは笑いはじめた。「ねえ、教えてよ。だって、秋生さんが僕に言ったんだよ。〈麗子が死ねば、二度とお前から離れたりしない〉って。でも、麗子さんはいなくなっちゃった。何でだろう……」

マコトは完全に壊れていた。

だが、それがどうだというのだ？　いまさら、狂った人間がひとり増えたくらいで驚くことはない。

マコトは夜中まで待って、マンションの地下駐車場に駐《と》めてある車で麗子の死体を運んで、富士山麓に捨ててきた。地図を描《か》かせると、富士五湖のひとつ西湖のそばで、自殺の名所と言われる青木ヶ原樹海の真ん中だ。あまりに自殺者が多いので、地元の警察や消防団が、死体の一斉捜索を止めたという記事が週刊誌に出ていた。捜索のたびにマスコミが大きく報道し、自殺者が増える、というのが理由だった。

捜索が中止になれば、あとは、死体を見に樹海にやってくる物好きたちがたまたま探し出すしかない。だが、こいつらは死体を見つけても写真を撮るだけで、警察に連絡したりはしない。

マコトはその後、マンションを引っ越し、車も売り払った。職も失い、生きていく気力もなくした。麗子の幻影に怯えながら、日々を過ごすだけだ。けっきょく、マコトも人生を滅茶苦茶にされた一人、ということになるのだろう。

「僕はこれからどうなるの？」

涙と鼻水でぐしゃぐしゃになった顔で、マコトが訊いた。

「何も変わらないさ」秋生は答えた。「これまでどおり、生きていけよ」

翌日、午前六時の新幹線で三島に向かい、そこでレンタカーを借りて、西湖の近くにある氷穴までドライブした。富士の噴火とともに生まれた溶岩洞窟で、真夏でも内部が氷で包まれていることからこの名がついた。小学生の頃、遠足で連れていかれた時はあまりの迫力に驚いたが、その後、女の子を連れてデートの帰りに立ち寄った際は、ただの冷たい洞穴だった。十年以上むかしの話だ。

この氷穴から、国道一三九号線を挟んで向かい側が、青木ヶ原樹海だ。西湖へと至る林道が通っており、樹海の中を横断することができる。林道から一歩脇に入ってしまえば、あとは延々と原生林が続くだけだ。

秋生は氷穴の駐車場に車を停めると、トランクから用意してきた毛布を取り出した。ここに来る途中で、日用雑貨店に寄って買ってきたのだ。

非力のマコトでは、麗子の死体を担いでそんなに遠くまで行けるはずもなかった。後からもういちど死体を動かそうと考えたのだろう。マコトは、林道から樹海へと逸れるあたりの目印を正確に覚えていた。雲が重く垂れ込め、富士の姿は見えない。このぶんでは、雪になるかもしれない。秋生は、毛布を小脇に抱えると、マコトの描いた地図を手に林道を歩き始めた。

十分ほどで、マコトが目印にしていた巨大なブナの木を見つけた。その木の幹に、ハイカーたちがナイフで思い思いの文字を刻み込んでいた。その真ん中に、まだ新しい、抉られたようなバツ印が刻まれている。麗子を運んだ時にマコトがつけたものだ。

そこから左に折れたあたりの一帯を、慎重に調べた。マコトが死体を捨てに来たのは真夜中だ。あまり遠くまで行けば、戻ってこられなくなる惧れがある。林道から五分とは離れていないだろう。ちらちらと雪が降ってきた。

三十分ほど歩き回って、クヌギの樹の根元にできた小さな窪みの中に、麗子を見つけた。最後に香港で会った時と同じ、青いセーターとベルベットのジャケットを着ていた。寒い日が続いたからか、腐乱はさほど進行していないようだ。

秋生は、麗子の死体の隣に跪《ひざまず》くと、乱れた衣服を直してやった。手や顔からは完全に血の気が失せて、蠟《ろう》のように真っ白になっている。下腹部のあたりが、ガスで少し膨らんでいる。首のところに、はっきりと素手で頸《けい》動脈を絞められた跡が残っている。それを除けば、麗子は相変わらず美しかった。いまでも、秋生が出会った中でもっとも魅力的な女性だった。

秋生は、持ってきた毛布を麗子の死体にかけた。

その時、ジャケットのポケットに何かが挟んであるのを見つけた。取り出してみると、一枚の古い写真だった。

粉雪が麗子の顔に積もっていく。

「これが、君の望んだことなのか？」そう問い掛けてみたが、もちろん、答えが返ってくるはずもない。

麗子の冷たい唇に、そっと唇を合わせた。

腐った肉の臭いがした。


東京に戻ったのは、午後三時を過ぎていた。

東京駅から、倉田老人に電話をかけた。

秋生の頼みを聞いて、倉田老人は最初、渋っていたが、やがて「そこまで言うなら仕方ない」と折れた。倉田老人の情報力はやはり凄まじく、三十分もしないうちに電話がかかってきた。

二年前、若林康子は刑務所内で激しい自傷行為を起こし、牧丘精神病院に運ばれてきた。しばらくして、娘の麗子が病院に現れた。

麗子は約半年、毎日母親を見舞いに病院に通い、そして突然、現れなくなった。牧丘病院の吉岡光代は、その直前に麗子が母親と何か会話を交わしたのではないかと推測していた。

康子は、娘をかばって長い獄についた。麗子もまた、ずっとその罪を背負っていた。だからこそ、あの綾瀬の血みどろのアパートをそのまま残しておいたのだ。まるで墓碑銘のように。

母親が精神を病んで出所した時、麗子は、母親の意思を知ろうとした。

秋生は、麗子が母親から許しを得たのだと思いたかった。新しい人生を生きるよう、伝えられたと信じたかった。そうでなければ、あまりにも残酷すぎる。

中央線に乗り、御茶ノ水駅で降りると近くにある私立病院を訪ねた。先ほど、秘書の青木から教えられた病院だ。

差額ベッド代が一日七万円という豪華な病室で、黒木は退屈そうに週刊誌を眺めていた。秋生を見ると、驚いたふうもなく「よお」と言った。

香港で銃撃された黒木は、奇跡的に一命を取り留めたものの、右足は腿の中ほどから切断され、腎臓が一個、使いものにならなくなっていた。香港の警察はけっきょく、事件と黒木の関係を特定することができず、移送が可能になると、危険人物ということでさっさと日本に送り返してきた。あと半年ほどは入院が必要らしい。

「いったい何の用だい、こんな病人に」黒木は皮肉っぽく訊いた。

東京に着いた頃には、空はすっかり晴れ上がっていた。レースのカーテンが引かれた窓から差し込む暖かな日差しで、部屋は満たされていた。ベッドの周りは、見事な胡蝶蘭《こちょうらん》で飾られている。

「麗子を墓に入れてやってほしいんだ」秋生は言った。

「あいつは死んだのか？」黒木は驚いた声をあげたが、すぐにいつもの調子に戻った。「なぜ俺にそんなことを頼む？」

秋生はその問いに答えず、死体の場所を示した地図を黒木に渡した。

「麗子は首を絞めて殺されているが、自殺として処理してほしい。茶毘《だび》に付したら、多磨霊園にある両親の墓にいっしょに納骨してやってくれ」

麗子の死を事件にする気はなかった。そんなことをしたところで、誰が救われるわけでもない。

黒木は黙って秋生を見ていた。それから、ニヤリと笑った。

「そんなことなら頼まれてやってもいいが、俺の報酬は？」

「あんな事件があった以上、麗子の五〇億は、第三者ではもう動かせない。しかし、本人が死ねば相続が発生する。麗子の死亡証明が出たら、誰でもいいから相続権を持つ人間を探し出し、腕の立つ弁護士を立てて交渉すれば、金を移すことができる」

「なんで俺に、そんなことを教える」

「べつに理由はないよ」それから、「報酬はもういらない」と付け加えた。

黒木は珍しいものでも見るかのように、秋生の顔を覗き込んだ。

「そのかわり、ひとつだけ教えてほしい」秋生は訊いた。「麗子のことは、最初から知っていたのか？」

「俺は何も知らんよ」黒木は言った。

それから、世間話でもするように話しはじめた。

「俺がまだ下っ端の頃、取立てに行った先に、恐ろしく美人の女がいた。いっしょに行った奴が、旦那の目の前で、その女を犯《や》っちまった。旦那はそれで首を括り、女は世間の目を避けて、娘と二人であちこちを彷徨った。俺たちの周りじゃ、よくある話だ」

「その家にいた子供に、何をした？」

黒木は、懐かしそうな目をした。

「あれはかわいい娘だった。母親が男たちに犯されてるのを見て、心が死にかけてた。だから生き延びるために、俺が知ってるたったひとつの方法を教えてやったのさ」

秋生を見て、笑った。

「財布からありったけの一万円札を出して、その娘に握らせた」黒木はそう言うと、「俺も同じようなことを経験したんでね」と、どうでもいいことのように付け足した。

秋生には、返すべき言葉が見つからなかった。

「どっちにしろ、あんたには何の関係もない話だ。忘れちまいな」

黒木は週刊誌に目を戻し、二度と秋生のほうを見ようともしなかった。

31

翌日の午前便で香港に飛んだ。

チャンの事務所が閉鎖されたことで、いちど郵便物を処理しに戻らなければならなかったのだ。ついでに、アパートも引き払うつもりだった。

成田空港から電話をかけて問合せると、事務所の人間が、それでも一週間にいちどくらいは整理に行っているらしいことがわかった。運良くそのスタッフがつかまったので、夕方に事務所で待ち合わせることにした。

昼前に香港に着くと、そのままタクシーで上環に向かった。

久しぶりに訪れたチャンの事務所はきれいに片づけられており、無人のままがらんとしていた。案内してくれたスタッフの話では、今月末には、別の人間が借りることになっているという。そのため、私書箱サービスを利用していた客に連絡をとっているところだった。

「アキさんが来てくれて助かった」と言った。

新しい私書箱は、ビリーのところを使う予定だった。チャンの私書箱を利用していた何人かのクライアントにも、同様の提案をした。ビリーの私書箱サービスなら海外への転送も自由だし、オンライン上で住所や支払い方法の変更も簡単にできる。チャンのように人脈に頼った商売は時代遅れで、これからはビリーたち若い起業家の時代になるのだろう。

秋生は持ってきた紙袋に郵便物を入れると、事務員にビリーの私書箱サービスの住所を教えた。住所変更手続きをとるが、間に合わなかった場合は転送してくれと言って、一〇〇〇香港ドル札を三枚渡した。

不動産屋に寄って、アパートを解約した。契約期間が四ヶ月ほど残っていたが、家具類はすべて譲るからと言うと、一ヶ月分をまけてくれた。いったんアパートに戻ると、衣類などを荷造りしてカナダに送る手配をした。それから不動産屋に電話をかけて、残っているものは適当に処分してくれと伝えた。

いつのまにか、あたりは暗くなっていた。ちょっと遅いかもしれないと思いつつも、ビリーの事務所に電話をいれた。ビリーは、秋生のことを覚えていた。「今日も朝まで仕事してますから、いつでも来てください」と言う。八時までには行けると伝えた。

「自分は日本人向けのファイナンシャル・アドバイザーだが、顧客の私書箱を君のところに変更したい」と提案すると、ビリーは大喜びだった。秋生が連絡した顧客の中には、自分で申込みをした人間もいるらしい。「最近、日本からのお客さんが増えてびっくりしてたんです」とビリーは言った。

「そういえば、また何か来てますよ」

そう言って、一通の封書を持ってきた。見ると、五〇億が眠る銀行から麗子に宛てられたものだ。ビリーは、秋生があれからずっと香港にいると思っていた。「ついでに渡してくれ」という感じだった。

ステイトメントにしてはちょっと厚いな、と思いながらその手紙を受け取った。どうせ麗子は死んでいるのだから、秋生が受け取っても怒る人間はいない。

何かの国際会議があるらしく、セントラル周辺のホテルはほとんど満室で、たまたま空きがあったのはリッツ・カールトンだけだった。麗子とはじめて会ったホテルだ。

チェックインして部屋に入ると、チャンの事務所から回収した間部宛の郵便物を開封した。口座開設通知と、入金がない旨の照会だ。それ以外の顧客の郵便物は、転送先を指定して、ビリーに預けてきた。

オフショアの銀行に電話をかけ、間部の口座に五〇〇〇万円分を送金するよう依頼した。後から正式な送金依頼書をFAXすることを条件に、手続きだけ先に進めるよう頼んだから、明後日には入金できるだろう。

間部の携帯に電話をかけると、幸い、出先だった。秋生は送金がずいぶん遅れてしまったことを詫び、口座番号を伝えたうえで、カードなどは、ほとぼりが冷めた頃、転送サービスを使って受け取ればいいと教えた。

ビリーから渡された麗子宛の郵便の封を切った。それは、麗子が銀行と結んだ信託契約の写しだった。

本人のサインでしか口座にある資金を動かせない欧米の銀行の場合、単独名義の口座で、名義人が死亡した場合の扱いがしばしば問題になる。資金が凍結し、宙に浮いてしまうのだ。スイスの銀行には、第二次大戦中のユダヤ人の資産をはじめとして、こうした受取り手のいない資金が何千億ドルと眠っているとされている。そのため銀行は、単独名義でまとまった資金を預ける顧客に対し、死亡時の取扱いを文書にするよう薦めている。麗子も、同様のオファーを受けたのだろう。

信託契約書はこうした場合の定番のひとつで、口座名義人の死亡が確認された場合は、指定の団体に指定の割合で寄付する、というものだった。空欄に団体名と寄付の割合を書いてサインすればそれでいい。

麗子が選んだのはＵＮＨＣＲ（国連難民高等弁務官事務所）で、寄付割合は一〇〇パーセントだった。黒木が麗子の死亡証明を取り、銀行側に通告した時点で、この契約は有効になり、四〇〇〇万ドルは世界中の難民たちの救援活動に充てられることになる。黒木にそのことを伝えようかと思ったが、あの金がどうなろうと、もう自分には関係ないと思い直した。

秋生は、麗子のジャケットから見つけた一枚の写真を取り出した。

それは、古いセピア色の白黒写真だった。場所はどこかの公園で、桜の花が満開に咲いている。三十代半ばと思われる男の隣に、美しい女が座っている。桜の木の下にゴザが敷かれ、弁当が並べられている。美しい女は、これ以上ないという笑顔で、カメラに向かって微笑んでいた。女の膝には、幼稚園くらいの可愛い女の子が抱かれ、右手に桜の枝を持っている。

秋生は灰皿とマッチを探してくると、信託契約書の写しと写真を重ね、四つに折って火をつけた。香港の街は、いつも以上に鮮やかに輝いていた。ホテルの窓から、麗子が泊まっていたペニンシュラ・ホテルが見える。契約書も写真も、一握りの灰になってしまった。

麗子は彼女なりのやり方で、いちばん幸福だった時代に帰ろうとしたのだろう。それがいかにグロテスクな方法であっても。

ノートパソコンを取り出し、インターネットにつなぐ。メイから、メールが届いていた。

「バンクーバーは、今年はじめての雪が降りました。カナディアンロッキーは、来年の春まで、路面が凍結するそうです。明日から、中華レストランで働きはじめることにしました」

秋生は航空会社に電話をかけ、いちばん早いバンクーバー行きの便を予約した。

誰もが人生をやり直すことができるわけじゃない。

だが、努力することは誰でもできる。

参考文献

『ゴミ投資家のための金融シティ香港入門』海外投資を楽しむ会・編著（メディアワークス）
『ゴミ投資家のための人生設計入門』同（同）
『ゴミ投資家のための人生設計入門［借金編］』同（同）
『チャイナマフィア――暴龍の掟』溝口敦（小学館）
「狂乱！　中国版マネーゲームの知られざる真実」大西憲（『金融ビジネス』2001年8月号）
「粉飾決算は当たり前　不正事件続発で暴落」同（同2001年12月号）
「アル・カイダ資金源の暗部」ケビン・ケイヒル（『選択』2001年12月号）

解説

玉木雄一郎

私が本書の存在をはじめて知ったのは、書店でも、新聞広告でもなく、それは、大阪国税局の幹部会の場であった。当時、私は大阪国税局総務課長の職にあり、毎週定期的に開かれる局内の幹部会に参加する立場にあった。ある日の幹部会で、M部長から、「ちょっとすごい小説を見つけたので、是非、皆さんにも読んでもらいたい」と紹介されたのが本書であった。私はこれまで、税務執行の現場だけでなく、不正な証券取引の調査に関わった経験もあり、違法な、あるいは、違法すれすれの金融取引について、かなり様々なケースを見聞きしてきた方であったが、そんな私が、本書を読んで衝撃を受けた。加速度を増して展開するストーリーもさることながら、物語の柱として描かれているオフショアを利用した不正スキームが、専門知識に基づく極めてリアルなものであり、職業柄もあって、たちまち本書に引き込まれてしまった。何人かの部下にも読んでもらったが、やはりよく書けているとの評判で、正直、とんでもない作家が出てきたものだと、税務当局に身を置く者として、ある種の恐怖感さえ覚えた。

特に、私が感心したのは、ノンフィクション小説にありがちな、現実にはありえない荒唐無稽なスキームを使って強引に話を進めるのではなく、ある一つのスキームを描く場合にも、例えば、秋生に「オフショアの法人も銀行口座も合法ですが、そこに不正な資金を送金した瞬間に日本の法を犯すことになる」などと語らせ、その違法・適法の境界について冷静な記述を加えているところである。こうしたことが可能なのは、やはり、橘氏が「海外投資を楽しむ会」創設メンバーの一人として、オフショア投資に関する卓越した経験・知識を有しているからであろう。私自身、知識としては知っていても、本書を読んではじめてその実体を知ったものが少なからずあった。とにかく、豊富な税制・金融の知識に基づく精緻《せいち》な記述が、本書の魅力の一つであることは間違いない。そこで、税制・金融についてあまり馴染《なじ》みのない方が、本書をもっと楽しめるよう、若林麗子が使ったスキームの概要について簡単に説明してみたい。

麗子は、彼女の婚約者である真田たちが集めた金をかすめ取るため、まず、香港の口座開設代行業者を使って、あるカリブ系のタックスヘイヴンに法人を設立し、その法人の銀行口座に資金を移転しようと企てた。ただ、秋生が指摘しているように、わが国には外国子会社合算税制（いわゆるタックスヘイヴン対策税制）というものがあって、税率の低い国に設立した子会社に移転させた利益は、親会社の利益に合算して課税される。したがって、税務署に目をつけられた場合に面倒なことにならないよう、単に資金を移転するだけではなく、資金の移転先の法人が、子会社ではなく、独立した外国法人であるかのごとき偽装が必要になる。そのため、秋生は、麗子の名前が登記簿上には出てこないよう、法人登記にノミニーといわれる代理人の名前を利用し、設立された法人が、麗子とは関係ないものであるかのごとき外観をつくり出そうとしたのである。もちろん、こうしたスキーム自体は違法であるが、何が違法であるかについて正確に理解しているからこそ、偽装工作が極めて丁寧に描かれ、優れた現実感を与えているのである。

また、こうした現実感は、わが国税務当局が調査できる範囲に一定の限界があることを指摘することによっても、高まっている。例えば、「日本の税務署が確実に口座の中身を把握できるのは日系の金融機関だけだ。香港の金融機関は中国の金融当局の管轄下なので、表向きはなんの調査権もない」との指摘は正しい。わが国税務当局は、日本国内では法律に基づいた様々な調査権限を有しているが、その権限を外国で行使することは原則としてできない。なぜなら、調査権の行使もある意味で主権の行使であって、国内の法人や個人に対する調査権限は、その国に属しているからである。つまり、「どうしようもない島国であったとしても、国家を名乗る以上は主権を有しており、したがって、他の国々は独立国の主権の行使になんの強制力も持てない」のである。これを調査される側から見れば、例えば、外国の調査官が、いきなりあなたの会社に来て何か資料を出せと言っても、調査に従う義務は基本的にないということである。

以上は、租税回避の観点からの説明であるが、麗子のスキームは、実は、租税回避というよりも、マネーロンダリングである（そういう意味で、本書のタイトルは的を射ている）。マネーロンダリング（資金洗浄）とは、違法な起源のお金の源泉を隠すことで、例えば、詐欺の犯人が騙《だま》し取ったお金をいくつかの銀行口座を転々と移動させて出所を分からなくするような行為のことを指す。麗子が手に入れようとした資金は、そもそも違法行為によって集められたお金であるから、彼女のやろうとしたことはマネーロンダリングそのものである。資金の出所が分からなくなるということは、送金元から見れば、資金の流れをたどるルートが途切れることであり、結果として、お金を騙し取られた人は、そのお金を取り返すことができなくなるわけである。

こうしたマネーロンダリングも、租税回避と同様、オフショアの銀行口座を経由して行われることが多い。なぜなら、オフショアの口座を使えば、先ほど説明した国家の調査権限の限界を巧みに利用して、追跡の手から逃れることができると考えるからである。例えば、A国のa銀行から、B国のb銀行に送金し、そこからさらにC国のc銀行に送金したうえで、B国のb銀行の口座を閉じてしまえば、A国は、B国のb銀行に資金が送金されたことは分かっても、そこから先、どこに資金が流れたかについては、B国のb銀行に聞かない限り分からない。しかし、A国の当局の調査権限は、B国内のb銀行には及ばないから、b銀行が自主的に送金情報を教えてくれない限り、資金の流れは解明できない。

ただ、こうした事態に対し、各国ともただ手をこまねいているわけではない。積極的な対応としてまず挙げられるのが、パリにある国際機関の一つであるOECDによる対応である。OECDは、二〇〇〇年六月に三十五の国・地域を「タックスヘイヴンリスト」として公表し、二〇〇二年二月末までに、税務情報の交換を行うことなどを約束するよう求めてきた。こうした国・地域は、国内にこれといった産業がないために、法人税や所得税などを全く課さないか、あるいは著しく低い税率にすることで、国外の資金を自国に引き付けようとする。主権の問題があって、こうした国・地域に強制的に税率を上げさせることはできないが、一定の税務情報の提供について約束を取り付けることができれば、取引の実体や資金の流れを追うことが可能になる。先ほどの例で言えば、Ａ国政府はＢ国内のｂ銀行に対する調査権限はないが、Ｂ国政府は国内のｂ銀行に対する調査権限を有している。したがって、Ａ国の依頼に基づいてＢ国が調査権限を行使し、必要な情報をＡ国に提供してくれれば、Ａ国において、取引の実体や資金の流れを把握することが可能になる。

経済取引が国境を越えて自由に行われる現代でも、国家というものは、いわば、国内旅行しかできない窮屈な存在なのである。そこで、海外旅行ができないのなら、海外の友達をなるべく増やして、欲しい情報を送ってもらおうという努力が必要になる。そうした友達づくりの取りまとめをＯＥＣＤがやっているわけで、これまで、多くの国・地域が情報提供について協力するようになってきている。しかし、依然として七カ国からは、どうしても協力が得られず、二〇〇二年四月に再び「非協力的タックスヘイヴンリスト」として公表されている。

もちろん、橘氏はこうした動きもよく理解したうえで、「ＯＥＣＤを中心にタックスヘイヴン対策が議論されているが、いまだに効果的な解決方法は見つからない」という辛らつな嫌味を秋生に語らせるのである。こうした指摘にとどまらず、秋生がなにげなく語る現行制度や当局に対する批判、皮肉は、われわれ当局側にいる人間にとっては必ずしも心地良いものではない。しかし、こうした指摘がいずれも本質を衝《つ》いたものであるがゆえに、それらがまた、ストーリーの現実感をより一層高めることに寄与しているのである。

このように、税制・金融に関する豊富な知識に裏打ちされた精緻な記述が本書の魅力であるが、私が本書に引き付けられたのは、なんといっても秋生というキャラクターの存在によるところが大きい。まず、自立した個人投資家としての彼の姿が小気味よい。

証券取引等監視委員会に勤務していたとき、私は、証券会社やその外務員が、個人投資家の利益を犠牲にして自らの利益を上げようとする姿を数多く目にした。手数料を得るために投資信託の無理な乗り換えを勧めたりするようなケースはまだいい方で、販売している本人自身が商品の仕組みやリスクについて正確に理解しているのか疑問を感じるケースもあった。こうした事態を防ぐためには、当局による厳格な摘発も重要だが、ひとたび被害が発生すると、それを実際に回復することは容易ではない。したがって、自分の財産を守るためには、結局、しっかりとした知識を身に付けて自己防衛を図るほかないのである。真に成熟した証券市場の実現のためには、高い判断能力を有する自立した個人投資家が育つことが不可欠なのである。

そういう観点から見れば、秋生は、私が思い描く個人投資家の理想形であり、彼が、スイス系プライベートバンクの日本駐在社員の田宮の前で繰り広げる一連の反論や、真田らが販売したファンドの目論見書を見て、「世の中には不思議なことに、こんな詐欺話にコロッと騙される馬鹿がいっぱいいる」と切って捨てる姿には、爽快感にも似た心地良さを感じるのである。

秋生に魅力を感じるもう一つの理由は、私自身、今年で三十四歳であり、彼から同世代の匂いを強く感じるからである。彼の、「平凡な中流家庭で育ち、中学・高校・大学をとりあえず優等生で過ごし」、「金があってもやりたいことがあるわけでなく」、「そもそも根源的な欲望の幾つかが欠落し」、「ただ、貧乏のまま路頭に迷うのが怖かった」というプロフィールは、どこか甘ったれた私たちの世代にある程度共通するものだし、若くして挫折を味わい、世の中を醒めた目で眺めている態度にも、同世代としての親近感を抱くのである。

私たちの世代は、日本がある程度豊かになった時代に生まれ、戦後の経済成長の恩恵をそれなりに享受してきた世代である。しかし、社会人になった頃から経済が傾き始め、以来、好景気というものを一度も経験せず、それでもがんばって、やっとそこそこ責任のある立場になったと思ったら、不良債権処理をはじめとしたバブルの後始末的な仕事ばかりで、明るい話がなにもない。なんとか現状を変えようと思ってみても、頭の上には、逃げ切りを決め込んだ世代がずらりと重しのように並んでいる。漠たる不安を抱えながら、また、投げ出したくなる気持ちを抑えながら毎日仕事をしている。そんな世代なのである。

本書が、単なるミステリーを超えた現実感を帯びているのは、こうした私たちの世代が感じている不安や不満が、秋生の言葉や態度を通じて随所に表現され、今の時代の不透明感を的確に記述することに成功していることも一因であろう。

私たちの世代の未来はどんなものになるのだろう。自信と活力に満ちた世の中は再び訪れるのだろうか。本書を読んで改めて考えさせられたテーマである。もはや私たちは、こうした問いかけにナイーヴにイエスと答えることができる世代ではないが、諦《あきら》めてしまうにはまだ若すぎると思える世代でもある。秋生の最後の言葉が象徴的である。

「誰もが人生をやり直すことができるわけじゃない。だが、努力することは誰でもできる」

個人であれ、国家であれ、わずかな可能性に挑戦する勇気を失ってはならないと思う。

——元大阪国税局総務課長、行政改革担当大臣秘書官補

（注）本解説は、あくまで私人としての立場から述べたものであり、国税庁や証券取引等監視委員会など当局の公式見解を表すものではない。もちろん、いかなる違法行為を助長しようとするものでもない。

この作品は二〇〇二年五月小社より刊行されたものです。

マネーロンダリング

橘玲《たちばなあきら》

平成15年4月15日　初版発行
平成28年6月10日　16版発行

発行人——石原正康
編集人——菊地朱雅子
発行所——株式会社幻冬舎
〒151-0051東京都渋谷区千駄ヶ谷4-9-7
電話　03(5411)6222(営業)
　　　03(5411)6211(編集)
振替00120-8-767643

印刷・製本—株式会社 光邦

装丁者——高橋雅之

検印廃止

幻冬舎文庫

ISBN4-344-40353-3　C0193　　た-20-1

幻冬舎ホームページアドレス　http://www.gentosha.co.jp/
この本に関するご意見・ご感想をメールでお寄せいただく場合は、
comment@gentosha.co.jpまで。